Ce roman est dédié à Lili,
Andrew,
mes enfants
et à toi, cher lecteur

D1692786

LE DESTIN DES RUNES
III
MAIRIEAD HEYDGE

ISBN : 9798392014637

Création couverture : ©K2K_design_
Crédit photo couverture : Shutterstock
Crédit fonts utilisés : ShipsNBoats (Drakkar) ©Manfred Klein
Runelike (titre couverture et intérieur) ©Kiedra

© 2023, Mairie D. Heydge
Tous droits de reproduction, d'adaptation et de traduction, intégrale ou partielle réservés pour tous pays.
L'auteur est seul propriétaire des droits et responsable du contenu de ce livre.

PROLOGUE

Rygjafylki[1], Þorri[2] 868

— Tu en es réellement certain ? demanda-t-il incrédule.

— Pas le moindre doute possible. Ils ne montent plus la garde. Probablement se croient-ils en sécurité. Il y a un relâchement depuis la célébration de Jól.

— Il était temps ! Je commençais à désespérer. Essaye de me faire un rapport sur les habitudes d'Einarr Leifrson et d'Agnarr Tjodrekson. Tu seras payé généreusement. Je reviens dans cinq jours pour entendre ton rapport. Tu n'as pas intérêt à me décevoir ou il t'en coûtera.

— Je ne t'ai jamais déçu !

— Il suffit d'une première fois ! Si jamais c'est le cas et que tu crois pouvoir te cacher, sache que je te retrouverai où que tu sois, que ta famille s'en repentira. Sais-tu où je peux trouver Bendik Tjodrekson ?

— Il est avec le Jarl Thorolf. Ils ont quitté le village quelques jours après le combat qui a couté la vie à Tjodrek[3].

---

1 Rogaland en vieux norrois.

2 Période de la mi-Janvier à mi-Février en vieux norrois.

3 Voir « Le Destin des Runes » livre 2

— Que ce jour soit maudit, ainsi qu'Agnarr Tjodrekson ! Où sont ses trois jeunes frères ?

— Ils sont ici et vivent avec Agnarr. Ils ont commencé les entrainements depuis peu avec les autres jeunes du village.

— Leur arrive-t-il d'être sans surveillance ?

— Oui, comme tous les autres enfants. Agnarr passe les matinées à entrainer les hommes, quelles que soient les conditions. Depuis la naissance de son fils il passe pas mal de temps chez lui dans son atelier d'orfèvre.

— Ainsi il a un fils ! C'est bon à savoir. Concernant les trois plus jeunes : sont-ils toujours ensemble ?

— Non, ils ont chacun leurs amis respectifs. Pourquoi ? Ne me dis pas que tu veux leur faire du mal !

Pour toute réponse il reçut un sourire carnassier.

— C'est un moyen comme un autre pour atteindre notre but : anéantir Einarr et Agnarr. Il me semble qu'ils s'entendent bien ces deux-là.

— L'idée de s'en prendre à des enfants me rebute. Ils sont innocents dans cette histoire !

— Crois-tu ? Tu n'es qu'un imbécile si tu penses qu'ils sont inoffensifs. De toute façon c'est *moi* qui décide de ce que nous allons faire, quand et comment. Maintenant retourne auprès de ta famille. Veille à ce que personne ne se méfie de toi !

Il fixa l'homme quittant l'écurie. Comme d'habitude, quand il n'aura plus besoin de lui il s'en débarrassera. Ne jamais laisser de témoins gênants derrière lui !

Après que son interlocuteur fut hors de vue, il se retourna et quitta l'écurie. Il avait une longue route à parcourir. Les journées étaient courtes en Þorri.

Oddvakr inhala profondément. Lui et Snorri épiaient les faits et gestes du traître.

— Je déteste quand Einarr a raison !

— Tu n'es pas le seul, répondit Snorri tout aussi soulagé que son ami de pouvoir respirer normalement.

Ils se fixèrent tous les deux inquiets. Oddvakr se passa une main sur les yeux :

— Tu as entendu cette vermine ? Il s'en prendra aux trois jeunes frères d'Agnarr sans même tourner de l'œil ! Un kúkalabbi[4] de première je te dis.

— Nous devons aller trouver Einarr pour faire notre rapport immédiatement.

Les deux hommes quittèrent leur cachette derrière les sacs de fourrage à l'étage de l'écurie pour se rendre à la grande maison. À leur entrée le silence se fit, tous les regards fixés sur eux.

Snorri s'assit à sa place habituelle comme quand ils se réunissaient pour organiser leurs félagis. Or cette fois-ci ce ne fut pas aussi réjouissant. Oddvakr suivit son exemple en prenant place à ses côtés. Einarr les observa, l'inquiétude se lisait sur son visage.

— Il est bien le traitre, c'est ce que vous avez découvert. Ai-je tort ?

— Non, malheureusement. Ils viennent de se quitter. Il a reçu l'ordre de t'espionner, ainsi qu'Agnarr. Il doit

---

4 Insulte scandinave, littéralement *merde à deux pattes* ou *merde qui court.*

également communiquer les faits et gestes de ses trois jeunes frères. Ensuite il s'en prendra à Bendik.

Après les paroles de Snorri, Einarr se pencha vers l'avant en posant ses coudes sur la table avant de se frotter les yeux. Tout en réfléchissant à ce qu'il venait d'entendre, il se gratta la barbe les yeux dans le vague.

— Je déteste quand tu as raison, surtout concernant cette histoire, dit Thoralf le sortant de ses réflexions.

Se tournant vers son ami il le dévisagea :

— Ne te l'ai-je pas dit depuis le début ? Le doute s'est installé petit à petit le concernant. En donnant l'impression que nous relâchions les tours de garde l'a fait agir. Au moins nous savons quand ils se rencontreront à nouveau.

D'ici là, nous allons brouiller les pistes pour qu'il donne de mauvais renseignements. Ensuite, nous nous occuperons de lui. Oddvakr, ajouta Einarr : continue de l'observer, tu nous rapportes ses moindres faits et gestes.

Snorri se racla la gorge :

— Comment fait-on pour protéger Eric et Halfdan ? Moi je peux m'occuper de Svein, mais il m'est impossible de prendre les deux autres avec nous. Surtout Halfdan qui semble être partout en même temps !

En disant ces mots Snorri tourna la tête vers Agnarr :

— Je sais que tu fais de ton mieux, que tu ne peux pas constamment le surveiller !

Agnarr soupira en secouant la tête.

— Je sais. Il est fatigant par moments.

Oddvakr rit de bon cœur :

— Par *moments* ?

Tous se joignirent à son hilarité. Halfdan Tjodrekson avait une telle soif de liberté, qu'il s'en donnait à cœur joie pour commettre toutes les bêtises d'enfant dont il avait été privé jusqu'à son arrivée au village, au grand dam de son frère aine !

— Je sais qu'il est souvent avec le petit Hákon Gautason[5].

— Au grand désespoir de mon épouse, répondit Gauti en ricanant. Hákon faisait déjà pas mal de bêtises avant l'arrivée d'Halfdan, mais depuis que ton frère l'a rejoint c'est devenu un concours : à celui qui fera la plus grosse !

— Laissons-les vivre leur vie d'insouciance, intervint Einarr : ils y ont droit. Tant que nous surveillons ce que fait le traitre il ne peut rien leur arriver.

De toute façon, ils ne quittent pas le village, sauf Svein quand il est avec toi, Snorri. Continuons nos tours de garde discrets et tout ira bien.

— J'espère que tu dis vrai, intervint Thoralf.

— Oui, c'est ainsi que nous procéderons, répondit Einarr en se tournant vers son ami. On est prêts à les recevoir.

---

5 Une exception pour les prénoms terminant par -i quand ils deviennent un nom de famille celui-ci devient -a en ajoutant -son ou -dóttir : Gauti => Gautason.

Ils n'approcheront même pas le village avec la surveillance que nous avons mise en place. Maintenant, continuons où nous en étions avant l'arrivée de Snorri et Oddvakr.

I

Trois jours plus tard, aux abords du village

Snorri, depuis sa cachette, vit trois hommes arriver. Comme convenu il imita la bernache à cou roux signalant une présence à l'approche du village. Avant de donner l'autre signal il devait attendre : constater s'il s'agissait d'amis ou d'ennemis. Tapis dans la neige, silencieux, il attendit qu'ils s'approchent.

Les trois inconnus avançaient lentement, sans se cacher. Ils marchaient tenant leurs montures par les brides. Ils étaient tous trois armés. Snorri les entendit parler entre eux, ne veillant pas à être discrets. Ils rigolaient à une blague de l'un d'eux.

Soit, ils étaient totalement insouciants, ou ignorants du danger qu'ils encouraient. Snorri ne savait pas exactement ce qu'il devait penser de cette attitude. Plissant les yeux il les examina plus attentivement.

Il secoua la tête en souriant, imita le garrot à œil d'or confirmant qu'il s'agissait d'amis approchant. Après être sorti de sa cachette il se tint droit, les bras croisés.

Bendik Tjodrekson fut le premier à se rendre compte de sa présence et lui sourit en retour. Auðgrímr Thorolfson, le plus jeune fils du Jarl Thorolf, et Leiðólfr l'accompagnaient, souriant à leur tour à la vue de celui qui se tenait devant eux.

— Qu'est-ce qui vous amène loin de chez vous en plein vintr[6] ? Snorri observa les arrivants attentivement les paupières plissées.

Faire ce chemin alors que le pays est couvert d'un épais tapis de neige épaisse le surprit. Ils venaient d'assez loin en bravant le froid, les loups et autres dangers pouvaient survenir.

— C'est mon père qui nous envoie, répondit Auðgrímr, nous avons des renseignements pouvant être utiles. Dès qu'il en a entendu parler il nous a ordonné de prendre la route.

Snorri les scruta attentivement. Ce qu'ils avaient à communiquer devait être très important pour que Thorolf envoie son propre fils loin de chez eux.

— Et cela ne pouvait pas attendre le dégel ? s'enquit-il.

— Malheureusement pas. Crois-tu réellement que mon père nous aurait laissé prendre des risques si ce n'était pas important ?

Snorri confirma. Effectivement : le Jarl Thorolf n'était pas le genre d'homme à en prendre inutilement.

— Il en a envoyé d'autres auprès d'Alvaldr Eríkson, l'informa le fils du Jarl.

---

6 Hiver en vieux norrois. Non pas les six longs mois, mais trois mois.

— Tout ceci me semble grave ! s'inquiéta Snorri.

— Très grave, dirais-je, confirma Auðgrímr.

— Allons au terrain d'entrainement. C'est là que tous se trouvent le matin, excepté ceux qui montent la garde.

Les quatre hommes se dirigèrent vers l'autre extrémité du village.

— Vous surveillez toutes les allées et venues ? demanda Bendik.

— Oui depuis que Svein nous a parlé des intentions de Glúmr. Depuis deux vika[7] nous agissons plus discrètement.

Einarr avait un doute concernant une certaine personne. Malheureusement il avait vu juste. Oddvakr et moi avons intercepté une conversation dans l'écurie.

— Dans l'écurie ?

— Oui. Elle est suffisamment à l'écart. Je peux te dire qu'il s'y passe des choses bizarres depuis l'ár[8] dernier.

— Je vois.

— La personne que nous surveillons doit y rencontrer quelqu'un dans peu de temps.

— Qui est-ce ?

— Je laisse ton frère t'en parler, ainsi qu'Einarr.

— Mentionnant mon frère : il doit être père maintenant ?

— Oui, un fils, né la veille de Jól : le petit Einarr[9].

— Je suis très heureux pour lui et Líf. Il doit être au comble du bonheur : enfin un enfant dont il est le père !

---

7 Semaine en vieux norrois.

8 Année en vieux norrois.

9 Voir « Le Destin des Runes » livre 2.

— Nous avons fêté cette naissance dignement pendant trois jours !

Bendik rit aux éclats en imaginant sans peine, la fierté et la joie de son aîné.

— Comment vont les trois plus jeunes ?

Un large sourire se dessina aux commissures des lèvres de Snorri laissant apparaître deux fossettes sur ses joues.

— Agnarr a ses journées bien remplies avec Halfdan ! Ton plus jeune frère s'en donne à cœur joie. Il fait toutes les bêtises que tu peux t'imaginer, et même d'autres.

Le petit sait très bien qu'Agnarr ne peut pas rester en colère contre lui. Il en profite pleinement avec Hákon Gautason. Ils se sont bien trouvés ces deux-là !

— Et Svein ? Il s'est toujours tenu un peu à l'écart des autres. S'est-il bien adapté ?

— Il fait son apprentissage de pisteur avec moi, il est très prometteur.

— Maintenant que tu en parles : il est vrai qu'il en montrait toutes les aptitudes. Merci de t'occuper de lui.

— On s'entend très bien, j'aime beaucoup ce petit.

— Et Éric ?

— D'excellentes aptitudes à l'épée et la hache. Il ressemble beaucoup à Agnarr. Il s'est fait des amis lui aussi. Ils se sont bien adaptés. Il a fallu le temps pour qu'ils deviennent un peu moins farouches, surtout vis-à-vis des hommes.

Ce qui n'est pas étonnant, quand on sait ce qu'ils ont vécu[10]. Heureusement qu'ils vous avaient, toi et Agnarr.

---

10 Voir Le Destin des Runes livre 2.

Je n'ose imaginer ce qu'ils seraient devenus sans vous. Et chez toi ? Comment va le petit Thorsten ?

— Il grandit à vue d'œil ! Freydis et Oda vont bien aussi. Elles se plaisent énormément dans notre nouveau clan, auprès du Jarl Thorolf.

— Ce qui n'est pas étonnant.

— Oui, tout est mieux que le clan de Tjodrek, ou plutôt celui de Glúmr maintenant !

Tout en parlant les quatre hommes arrivèrent au terrain d'entrainement. Á la vue de son frère, Agnarr mit fin à son combat contre Yngvi, accueillant son cadet d'une accolade :

— Bendik quel plaisir de te voir ! Comment se porte ta famille ?

— Ils vont tous très bien. Et toi ? Tu as un fils m'a dit Snorri ?

Un sourire éblouissant naquit sur le visage du jeune père : ses yeux brillaient de mille feux. Bendik sourit à son tour, il n'avait jamais vu son aîné aussi heureux auparavant.

— Dis-moi : qu'est-ce qui t'amène ici en plein vintr ?

— Auðgrímr, Leiðólfr et moi avons été envoyés par notre Jarl. Nous devons absolument vous parler. À Einarr surtout.

Le visage d'Agnarr se rembrunit :

— Que se passe-t-il Bendik ? Einarr est dans son skáli. Jórekr Alvaldrson son oncle, est arrivé plus tôt dans la matinée. Est-ce en rapport avec ta soudaine visite ?

— Je le crains. Thorolf a envoyé trois hommes auprès d'Alvaldr. Ils doivent y être arrivés depuis quelques jours.

— Amenons vos chevaux à l'écuries. Ensuite nous irons voir Einarr.

Yngvi s'approcha des trois hommes :

— Je m'occupe des chevaux, mène nos visiteurs auprès d'Einarr et Jórekr.

— N'oublie pas de faire le détour pour t'y rendre, ils ne doivent pas être vus.

— C'est ce que je comptais faire. Dois-je passer auprès d'Oddvakr en revenant ?

Agnarr plissa les yeux en réfléchissant.

— Oui fais cela ! Viens nous trouver dans le grand skáli en cas de besoin.

Après un bref signe de la tête Yngvi prit les rênes des trois montures puis dirigea vers les écuries.

— Pourquoi doit-il aller voir Oddvakr ? s'enquit Bendik tout en observant Yngvi s'éloigner. Pourquoi faire un détour ?

— Nous avons un traitre dans le village. Oddvakr surveille sa demeure. En faisant ce détour nous ne passons pas à sa vue. Oddvakr peut nous le confirmer.

— Snorri nous en a parlé. Donc ce traitre vous savez *qui* il est ?

— Einarr avait des doutes depuis pas mal de temps. Il vous l'expliquera.

Les quatre hommes quittèrent le terrain d'entrainement tout en faisant également un détour évitant de se faire repérer. Ils entrèrent par la porte arrière. Dans le skáli Einarr, Thoralf et Jórekr se tournèrent vers les nouveaux arrivants.

À la vue d'Auðgrímr Thorolfson, Einarr blêmit. Le Jarl Thorolf n'aurait jamais envoyé son fils si la situation n'était pas préoccupante !

Encore moins depuis les divulgations de son oncle Jórekr. Un voile d'inquiétude apparu dans son regard, son ventre se tordit pendant qu'il se levait pour accueillir les nouveaux arrivants. Portant son attention vers Agnarr, il constata que son ami était tout aussi inquiet que lui.

— Auðgrímr que se passe-t-il ? Ton père aurait-il besoin d'aide ?

— Ce n'est pas exactement lui qui en a besoin, c'est toi, ton grand-père, ainsi que Magnar, ton Jarl. C'est pour cette raison qu'il nous envoie.

Einarr déglutit péniblement fermant les yeux.

— Venez-vous assoir et réchauffez-vous. Nous parlerons après que vous ayez mangé.

Après ces mots Einarr se rendit aux cuisines espérant y trouver son épouse. Il examina la pièce les sourcils froncés : Iona ne s'y trouvait pas. Inga leva la tête à son entrée.

— Iona est dans votre alcôve si c'est elle que tu cherches. Elle nourrit tes fils.

— Peux-tu veiller à ce que nos trois invités aient de quoi se sustenter ? Ils ont fait une longue route pour nous rejoindre.

— Je m'en occupe de suite.

Après un salut Einarr se rendit vers l'alcôve. Il y trouva son épouse et leurs deux fils. Levant la tête souriant à l'entrée de son époux elle vit l'inquiétude d'Einarr et blêmit.

— Que se passe-t-il ?

Einarr vint s'installer à côté de son épouse allaitant Ulric. Son deuxième fils tétait tel un affamé le sein de sa mère, lui tenant fermement un doigt de son petit poing.

Alvaldr, l'ainé des jumeaux, était assis dans son berceau, souriant à son père en lui tendant les bras. Souriant à son tour, Einarr souleva son fils et le prit sur ses genoux.

— A-t-il déjà mangé ?

— Je commence toujours avec Alvaldr. Ulric est tellement glouton que je crains qu'il ne laisse rien à son frère.

Einarr posa ses lèvres sur le haut de la tête de son fils, lui donna un baiser avant de le serrer contre lui.

— Tu n'es pas venu pour t'enquérir de l'alimentation d'Alvaldr.

— Non. Auðgrímr Thorolfson vient d'arriver avec Bendik et Leiðólfr. Ils sont envoyés par Thorolf.

— Après la venue de ton oncle c'est plutôt inquiétant.

Einarr opina de la tête en soupirant :

— Je crains que cela ne présage rien de bon, ma Douce.

— Á quoi devons-nous nous attendre ?

— Glúmr Tjodrekson et ses hommes je suppose.

— Que dit Agnarr ?

— Il culpabilise, il a la conviction que c'est à cause de lui, du fait qu'il se soit installé ici parmi nous.

— Ce que j'en sais depuis que tu m'en as parlé, qu'Agnarr soit ici ou pas, Glúmr t'en veux personnellement !

— Agnarr ne veut pas en démordre. Selon lui c'est à cause de notre tactique de défense, celle qu'il nous a transmise.

— Je vois un homme tout aussi borné que toi !

— Moi ?

Iona sourit, approcha ses lèvres de celles de son époux et l'embrassa :

— C'est une des raisons pour lesquelles je t'aime tant, chuchota-t-elle.

Les yeux d'Einarr brillèrent de mille feux, aux paroles de son épouse.

— En attendant je ne suis pas aussi borné que toi ! murmura-t-il.

Le petit Alvaldr s'était sagement endormi dans les bras de son père pendant que le petit Ulric le fut au sein de sa mère.

Le retirant délicatement, Iona se rhabilla avant de le mettre dans son berceau. Ensuite elle se tourna vers son époux, prête à coucher Alvaldr également.

— C'est pourtant l'évidence même qu'Agnarr et sa famille ont leur place ici, constata Iona.

— C'est la raison pour laquelle je suis venu te trouver.

— Comment puis-je aider ? Je me vois difficilement en parler avec Agnarr !

— Mais avec Líf oui. Ne pourrais-tu pas essayer ?

— Líf a très envie de rester ici mais elle déteste l'idée de manipuler son époux.

— S'il fuit d'ici il le fera le restant de sa vie ! Einarr plissa les yeux en réfléchissant. Si tu lui demandais de consulter les Runes, auprès d'Unni ?

— C'est une idée, à condition que les Nornes conseillent qu'ils restent ici !

— Pourquoi les auraient-elles faits venir ici sinon ?

— Une chose que j'ai apprise depuis que je suis arrivée ici, c'est de ne pas essayer de comprendre les fileuses !

— Tu n'es pas la seule dans ce cas, crois-moi, maugréa-t-il.

— Je vais en parler à Líf. Mais je ne te promets rien !

— Je n'en demande pas plus, juste d'essayer. Cela me convient. Je suis certain que les Nornes vont lui ordonner de rester.

— Espérons-le. Tant que tu n'es pas trop déçu par ce qu'elles diront.

Einarr se leva du lit, se plaça devant son épouse et mit ses mains sur les épaules d'Iona.

— Je te le promets, quoi que les Nornes dévoilent, je l'accepterai.

Il l'embrassa tendrement puis quitta l'alcôve pour se rendre dans le skáli, où tous l'attendaient. Agnarr se tenait contre un des piliers, fixant son jeune frère avec appréhension, redoutant les paroles que lui ou Auðgrímr allaient prononcer.

Il sentit une présence et vit Einarr lui faire signe de d'assoir auprès d'eux. Après que tous aient repris leurs places, Einarr se racla la gorge :

— Dites-nous ce qui vous amène !

— Commence par nous dire ce que tu sais déjà par ton oncle, répondit Auðgrímr en fixant Jórekr.

— Glúmr et Jóarr font des mouvements suspects avec leurs hommes, commença Einarr, chacun de leur côté. Le tout est de découvrir pourquoi ils se sont séparés.

Auðgrímr hocha la tête.

— Ils se sont quittés en très mauvais termes. Glúmr voulait attaquer Alvaldr et toi en premier parce qu'il est resté trois jours au cachot à Stjórnavágr ; Jóarr le Jarl Magnar et mon père pour l'insulte lors de l'attaque qu'ils ont subie en haute mer.

— C'était lui l'attaquant, ou plutôt Tjodrek. Ton père et notre Jarl n'ont fait que se défendre !

— Sauf pour Jóarr ! Ce qui fait que chacun va attaquer de son côté… après avoir récupéré Agnarr.

— Quoi ? Tu peux répéter ce que tu viens de dire ! s'insurgea l'intéressé.

— Ils se sont mis en tête maintenant que Tjodrek n'est plus que tu veux reprendre ta place parmi le clan.

Agnarr le dévisagea bouche bée.

— Où sont-ils allés chercher une telle idée ? intervint Thoralf.

— Depuis quand en espères-tu des sensées dans leurs têtes perturbées ? répondit Auðgrímr.

Thoralf se pencha en avant, se tournant vers Agnarr.

— Tu nous as toujours dit que tes frères n'étaient pas malades comme ton père. C'est ce qui les rend d'autant plus dangereux ! Que doit-on penser maintenant que nous avons entendu ce que Auðgrímr vient de nous dire ?

— Je persiste : ils le ne sont pas. Seulement ils n'ont pas la même façon de réfléchir que les autres. Leurs actes sont dirigés par la haine et la violence. Si tu ne me crois pas demande à Bendik ce qu'il pense de nos deux frères !

Tous se tournèrent vers Bendik.

— Il a raison. Ils ressemblent à Tjodrek pour leurs cruautés mais n'ont pas hérité sa maladie. Ce sont les deux qui lui ressemblent le plus, mais ne sont pas très malins.

— Mais de là à croire qu'Agnarr va se joindre à l'un d'eux ! s'étonna Thoralf.

— Mon frère vous l'a dit : ils ne réfléchissent pas comme nous. Ce qui les rend très difficiles à comprendre. En arrivant ce matin Snorri m'a parlé des visites dans votre écurie. Est-ce en rapport avec ceci ?

— Glúmr a un espion ici dans notre village. Il revient dans deux jours pour son rapport, répondit Einarr.

— Qui est son espion ?

— Iver, le père de Líf, avoua Agnarr en baissant la tête.

Bendik blêmit : c'était lui qui l'avait aidé à les rejoindre ici. Il se passa la main sur le visage avant de répondre :

— J'ai eu un doute lors de l'enlèvement de ma famille et de nos frères. J'aurais dû persister dans mon intuition.

— Il serait venu, plus tard certes. Glúmr l'aurait envoyé sous prétexte qu'Iver voulait revoir sa fille. Tu n'as rien à te reprocher, ajouta Einarr.

— Donc quand mon frère reviendra dans deux jours nous en saurons probablement plus ?

— Nous pouvons l'espérer. Aviez-vous autre chose à nous apprendre ?

— Mon père fait évacuer toutes les femmes et les enfants de notre clan en ce moment, expliqua Auðgrímr.

— Tu peux répéter ? Einarr abasourdi parce qu'il venait d'entendre.

— Tu m'as bien compris. Il connait très bien les façons d'agir de Glúmr et de Jóarr. Ces deux-là, ainsi que leurs hommes, sont sans pitiés quand il s'agit de femmes et d'enfants : ils trépassent dans d'atroces souffrances. Plus d'une fois mon père a découvert des villages entiers massacrés par ces renégats.

— Où les évacue-t-il ? s'enquit Einarr.

— Dans le Jarldom de mon grand-père maternel.

— À pieds en plein vintr ?

— Non, nous avons portés deux navires jusqu'à l'entrée du fjǫrðr, où la mer n'est pas gelée. Peux-tu faire évacuer toutes vos familles ?

— Je ne vois pas bien où ? répondit Einarr.

Agnarr se dirigea vers la porte. Avant de sortir il se retourna.

— Il nous faut Unni. Elle seule peut nous conseiller. Les Nornes peuvent nous dire où les emmener.

Au moment où il tendit la main vers la porte, celle-ci s'ouvrit laissant Unni apparaître de l'autre côté. Stupéfaits tous la fixèrent.

Agnarr fit quelques pas en arrière, permettant à la seiðkona d'entrer.

— Ne te voyant pas arriver je suis venue par moi-même, mon garçon.

Agnarr secoua la tête incrédule : sa grand-tante était la femme la plus stupéfiante de sa connaissance ! Snorri se leva lui offrant sa place qu'Unni prit après un remerciement.

— Qu'ont dévoilé les Nornes ? lui demanda Einarr.

— Dans deux jours, à la marée du soir, les knǫrrer doivent prendre la mer. Pas avant, ni après pour des vents favorables. Vous reviendrez après avoir déposé les vôtres.

— Où doit-on les emmener ? s'enquit-il.

— Mais en Alba dans ton túath[11] ! Sans passer par les Orkneyinga[12] : il y a des vents trop violents par là. Vous devez prendre la voie la plus courte.

— Es-tu sérieuse ? *En Alba* ? On est en plein Skammdegi ! s'exclama-t-il.

---

11 Un fief en Écosse médiéval du IXème siècle.

12 Les Orcades, îles écossaises, en vieux norrois.

— Depuis quand doutes-tu des Nornes ?

— Réalisent-elles les dangers que nous allons encourir avec nos familles ? Ses eaux ne sont pas navigables en cette saison !

— Elles ont dit que vous deviez y aller et que vous réussiriez. Que veux-tu de plus ? Depuis *quand* mets-tu leurs paroles en doute ?

Ce sera moins dangereux que ce que toi et Iona aviez entrepris il y a deux ár je peux te l'assurer. Les vents vous seront favorables pour l'aller comme pour le retour.

— Que fais-tu d'Iver et de son épouse ? Il doit rencontrer Glúmr dans deux jours ! intervint Agnarr.

— Oui, le matin. Ensuite vous les bâillonnerez et les ligoterez pour les emmener avec vous. En Alba, Daividh a des geôles où il les gardera jusqu'après la saison. Vous serez plusieurs Jarlar pour leurs jugements.

Il est important qu'ils ne découvrent pas votre projet de départ. Deux knǫrrer seront suffisants avec cinq hommes à bord. Les autres resteront ici pour préparer la défense de notre village. Vous serez de retour à temps.

Ensuite vous irez prêter main forte à Magnar. Après vous pourrez venir nous rechercher.

— *Nous* ? Tu pars avec eux ? s'étonna Einarr.

— Oui, toutes les femmes et les enfants doivent partir pour quelques vika. Nous serons de retour bien avant le prochain équinoxe[13].

Tous étaient abasourdis suite aux paroles de la seiðkona.

---

[13] Dans ce cas-ci Unni parle de l'équinoxe du printemps.

— Nous allons devoir tirer deux knǫrrer jusqu'à l'entrée du fjǫrðr sans qu'Iver ne le remarque. Comment fait-on cela ? En plus des traces que ceci va laisser ! ajouta Thoralf.

Toutes les têtes se tournèrent vers Unni.

— Hákon, où en es-tu avec la commande de Daividh ?

— Elle est loin d'être terminée.

— Prends-le avec toi dans ta forge. Dis-lui que tu as besoin de son aide pour avancer dans la fabrication des pièces dont Agnarr a besoin pour les serrures que Daividh a commandées. Il n'y verra que du feu et cela le tiendra occupé.

Einarr se pencha vers la seiðkona.

— En es-tu certaine que nous arriverons en Alba sans problème et ensuite nous pourrons revenir ?

— Les Nornes t'ont-elles déjà trompé ? Tu m'as posé la même question quand tu as dû fuir avec Iona.

— Là c'est la mer que nous devons prendre en plein vintr avec des enfants, dont des nourrissons.

— Tout se passera bien, n'aie crainte.

— Aurons-nous la paix après cela ? lui demanda Snorri ?

— La paix concernant Glúmr et Jóarr ? Oui vous l'aurez.

Unni se tourna vers Agnarr.

— Toi abandonne le projet de partir : la fuite ne sert à rien, ta place est ici. Les Nornes en ont décidé ainsi. On ne leur désobéit pas sans conséquences, tu le sais.

Agnarr baissa la tête.

— Qui commandera nos navires ? demanda Thoralf.

— Tu seras le second d'Einarr pour l'un d'eux. Alvbjǫrn sera celui d'Agnarr pour l'autre. Vous choisirez vous-même les autres. Je vous laisse organiser votre voyage, j'ai certaines choses à préparer moi aussi. Un dernier ordre : Callum se joint à nous uniquement s'il en a envie. Personne ne le force à faire ce qu'il ne désire pas.

Unni quitta la pièce. Tous étaient secoués, perdus dans leurs pensées après ce qu'ils venaient d'entendre. Ils savaient également qu'ils n'avaient pas intérêt à désobéir aux Nornes. Thoralf fut le premier à prendre la parole, se tournant vers Einarr.

— Quels hommes prenons-nous en plus ?

— Je suggère de tirer au sort, répondit Agnarr. Nous avons pratiquement tous des épouses, or *tous* ne peuvent pas nous accompagner.

— Je crois que c'est la meilleure chose à faire, approuva Einarr. Il nous faut des pièces de tafl : uniquement six blanches et vingt noires. Ensuite réunissons les hommes sans qu'Iver ne s'en aperçoive, ou son épouse.

Einarr se leva en quête des pièces nécessaires. Il y en avait dans son alcôve. Les manquantes il pouvait les trouver dans celle d'Hákon, son jeune frère.

Le cœur gros par ce qu'Unni venait de dévoiler il soupira. Dès son entrée dans l'alcôve son attention se porta sur l'immense berceau de ses fils. Son cœur se serra, il allait devoir emmener son épouse et ses deux enfants au loin pour les mettre en sécurité.

Prenant les pièces, ainsi qu'une grande bourse en cuir, il y mit les six blanches et les douze noires de son jeu se remémorant la toute première partie que lui et Iona avaient jouée[14].

Il déglutit péniblement puis se rendit dans celle d'Hákon. À son retour dans le skáli il reprit place.

Tous étaient silencieux. Un à un ils vinrent piocher une pièce dans la bourse qu'Einarr avait placée devant lui sur la grande table. Des trente hommes seuls six se joindraient à lui et Agnarr pour la traversée.

Les élus furent : Bjǫrn, Hákon, Oddvakr, Snorri, Halli et Olvin. Les autres resteraient ici préparant leur défense contre l'attaque de Glúmr. Tous quittèrent le skáli pour prévenir leurs épouses et ensuite préparer les deux knǫrrer.

Einarr, son frère et Bjǫrn restèrent seuls dans le skáli silencieux, chacun retranché dans leurs sombres pensées. Einarr se leva : il lui restait la lourde tâche d'expliquer la situation à Iona. Le cœur lourd il quitta la pièce à sa recherche.

Suivant les indications de Dagmar il la trouva dans la réserve des salaisons. Découvrant le visage grave de son époux, Iona blêmit tout en le fixant s'avancer vers elle.

Les yeux vrillés aux siens il posa une main sur sa joue qu'il caressa du pouce avant de l'attirer tout contre lui et de l'enlacer. Son front vint se poser sur la tête de la jeune femme tout en la tenant fermement contre lui, puisant du courage dans cette étreinte.

---

14 Voir Le Destin des Runes livre 1.

Il déglutit, releva la tête, fixant Iona droit dans ses magnifiques yeux en amande couleur pervenche. Combien de fois s'y était-il noyé ? D'innombrables fois ! Le ferait-il encore, après ? Il baissa la tête, embrassa son épouse comme si sa vie en dépendait.

Il ne serait rien sans cette femme. Einarr réalisa à cet instant que les Nornes avaient vu juste : les femmes et les enfants devaient quitter ce lieu pour leur survie et leur sécurité. Il connaissait la réputation de Glúmr et Jóarr. Il vrilla son regard à celui d'Iona.

— Toi, nos fils, toutes les autres femmes et enfants, vous devez quitter le village pour quelque temps. Ce sont les ordres des Nornes : tel est le prix à payer pour votre sécurité. Je suis tellement désolé. Sa voix était devenue un chuchotement. Iona déglutit en hochant la tête.

— Où devons-nous aller ?

Einarr ferma les yeux et déglutit péniblement. Relevant les paupières il l'observa tristement :

— Dans notre túath, en Alba, chuchota-t-il.

Blême, Iona recula de quelques pas en secouant la tête incrédule, elle devait avoir mal entendu les paroles de son époux.

— Peux-tu répéter je te prie ?

— Tu m'as bien compris, ma Douce. Vous y partez pour quelque temps. Nous n'avons pas le choix : les Nornes l'ont ordonné. La cruauté de Glúmr n'a pas de limites, ni celle de ses hommes.

Ils s'apprêtent à nous attaquer. Nous serons plus efficaces vous sachant tous en sécurité. Ensuite nous devrons prêter main forte à Magnar qui se fera attaquer par Jóarr. Il a déjà évacué toutes les femmes et les enfants, ainsi que Thorolf et Alvaldr.

Des larmes silencieuses coulaient le long des joues de la jeune femme. Einarr avança vers elle pour prendre son doux visage en coupe.

— Ce n'est pas facile pour moi non plus, toi et nos fils êtes ce qu'il y a de plus précieux dans mon cœur. Je suis déchiré à l'idée de me séparer de vous trois, de vous mener au loin.

Vos vies sont à ce prix-là. C'est mon devoir de vous protéger de tout danger, même si cela me fend le cœur, ajouta-t-il la voix brisée par l'émotion.

Iona ferma les yeux, en évitant à d'autres larmes de couler. Elle devait montrer à son époux qu'elle était la femme forte qu'il voyait en elle, lui laisser au moins cette image.

— Qui nous mène en Alba ? Feras-tu le voyage avec nous ? murmura-t-elle.

Einarr affirma les yeux clos.

— Qui d'autres ?

— Alvbjǫrn, Bjǫrn, Thoralf, Agnarr, Snorri, Oddvakr, Hákon, Halli et Olvin. Les autres restent ici.

— Seulement dix hommes ?

— Oui, cinq par knǫrr. Il n'en faut pas plus pour naviguer avec nos navires.

— Nous devons réellement toutes partir ?

— Ma Douce, si nous voulons être en mesure de nous défendre nous devons vous savoir en sécurité, ainsi que nos enfants.

— Et Unni ?

— Elle aussi quitte le village et part avec vous en Alba.

— J'ai peur. Que deviendrais-je si tu te fais tuer ? Il m'est impossible d'envisager la vie sans toi ! Ou grièvement blessé, qui va te soigner ?

— Je te fais la promesse : je reviendrai en Alba te rechercher, toi et nos fils pour vous ramener ici chez nous.

— Promets-moi de revenir sain et sauf, en un seul morceau, sans une seule égratignure, ni blessure, ni brûlure.

Einarr sourit, ce n'était pas la première fois qu'il entendait ces mots-là[15]. Comme deux ár auparavant il donna la même réponse :

— Je te promets de revenir en vie, c'est tout ce que je peux te dire, je te retrouverai dès que possible.

— Quand ? Combien de temps devrons nous être séparés ?

— Unni a dit que vous serez de retour bien avant le prochain équinoxe.

Iona se jeta dans les bras d'Einarr ne réussissant plus à retenir ses larmes.

Le lendemain tous étaient moroses. Pour les hommes les combats qu'ils allaient devoir mener les accablaient, ainsi que l'éloignement de leurs familles. Pour les femmes

---

15 Voir « Le Destin des Runes » livre 1.

connaître les dangers que leurs époux, frères ou fils devaient affronter les angoissaient, les détruisaient à petit feu.

Callum, comme Unni s'en était doutée, décida de rester. Pas comme guerrier armé d'une fronde, ni moine, mais en tant que guérisseur. Aux côtés de la seiðkona il avait appris le pouvoir des plantes. Sa vieille amie et lui préparèrent les onguents et tout ce dont il aurait besoin en écoutant les directives et les conseils de la guérisseuse.

Les deux knǫrrer se trouvaient à l'entrée du fjǫrðr, prêts à prendre les voiles le lendemain à la marée du soir. Le dernier jour que tous passèrent en famille, ils s'étaient retirés tôt dans leurs demeures les cœurs lourds sachant que le lendemain matin Glúmr devait rencontrer Iver ; qu'au soir les familles devraient se séparer sans savoir s'ils se retrouveraient un jour.

— Je reste ici avec toi et les autres !

— Non Svein, tu accompagnes Líf dans le túath d'Einarr en Alba.

— Pourquoi ? Je suis un homme : j'ai quinze ár ! Je sais me battre.

Agnarr soupira, Svein devenait de plus en plus obstiné :

— Svein nous parlons de Glúmr et ses hommes. Ils ne se battent pas loyalement. Tu es bien trop jeune et inexpérimenté. Je ne pourrais jamais me concentrer au combat si je te sais dans les parages.

— Je ne pars pas ! Que tu le veuilles ou non.

Svein se tenait devant son frère ainé les bras croisés, le fixant droit dans ses yeux. Agnarr ne comprenait-il pas que Glúmr voulait sa peau ? Qui d'autre que lui pouvait surveiller ses arrières ? Pourquoi ne voulait-il pas voir en lui l'homme qu'il était devenu depuis qu'il était ici dans ce village ?

Dépité, Agnarr se tourna vers Líf.

— À qui d'autre que toi confirais-je de veiller sur Líf, le petit Einarr et nos deux frères ? essaya-t-il.

— Tu viens de dire qu'ils vont là pour être en sécurité. Quel danger peut-il y avoir ?

— Les Danis un peu plus au sud, tenta-t-il.

— Je vous ai entendu en parler : ils veulent la Norþanhymbra[16], pas Alba ! Ils en sont assez éloignés pour ne pas être une menace.

Agnarr se promit de veiller à ce que son frère ne soit plus dans les parages quand il parlerait de choses sérieuses à l'avenir.

— Quoi que tu puisses espérer Svein : tu resteras auprès de Líf et tes frères dans le túath d'Einarr.

Voyant son frère prêt à répliquer il leva la main.

— J'en ai décidé ainsi cela ne sert à rien de tenter de me faire changer d'avis.

---

16 Northumbria en vieux norrois. Actuellement une région en Angleterre, mais un royaume au 9e siècle.

Le jeune Svein fulmina : la forte tête de son ainé l'agaçait plus que tout. De colère il pinça les lèvres et ses yeux lancèrent des éclairs vers Agnarr. Quand constaterait-il qu'il était un adulte maintenant ? Il connaissait Glúmr aussi bien que lui et savait de quoi cette raclure était capable.

— Il va t'attaquer en traitre ! Quelqu'un doit surveiller tes arrières. Si ce n'est pas moi, qui le fera ?

— Je ne serais pas seul !

— Sérieux ? Vous êtes quarante et eux une septantaine. Tu me prends pour le dernier des trolls, c'est insupportable !

De rage Agnarr se leva pour faire quelques pas dans le skáli. Il devait se calmer, tenter de faire entendre raison à son jeune frère. Se tournant vers lui il vit à son allure que c'était peine perdue : il n'y arriverait pas dans l'immédiat.

Soupirant il quitta le skáli, il devait impérativement retrouver sa sérénité : ce qui n'était pas possible en présence de Svein.

— Tu devrais écouter ton frère, tenta Líf.

— Ne t'y mets pas aussi ! Qu'en sais-tu, tu n'es pas une guerrière ?

— Non, mais je connais Glúmr !

— Pas aussi bien que moi !

Líf s'accroupit devant le jeune garçon tout en posant une main sur son épaule.

— Ce que je sais par contre : c'est l'amour qu'Agnarr a pour toi. Je comprends également qu'un guerrier doit pouvoir se concentrer sur un combat. Pour y arriver il doit nous savoir tous en sécurité. Si l'un de nous reste ici, jamais il n'y parviendra et risquerait de perdre la vie. Ne comprends-tu pas cela ?

Svein baissa la tête, dépité : personne ne le comprenait. Tout ce qu'il voulait c'était protéger son frère. Celui qui lui a tout donné sans compter, tout appris. Qui mainte fois avait pris les coups de Tjodrek à sa place, pour le protéger. Comment pouvait-il oublier cela ? Il n'en n'avait pas le droit.

— Je ne peux pas abandonner Agnarr !

— Ce n'est pas le cas, Svein, loin de là. Il nous veut tous en sécurité, c'est par amour pour nous. Sa vie n'en vaudrait plus la peine s'il nous perdait.

— Crois-tu réellement que la mienne la vaudrait s'il n'est plus là ?

La voix du jeune Svein se transforma en sanglot :

— Ne me dis pas que toi tu as envie de le quitter ? Je ne te croirais pas !

Líf posa sa main sur la joue du jeune garçon.

— Je n'ai pas envie de le quitter crois-moi. Mais nous n'avons pas le choix. Pas si on veut qu'il ait toutes les chances de vaincre ! C'est le prix à payer même si cela me fend le cœur de partir ! De tout laisser derrière nous, même pour peu de temps.

Svein se retourna et quitta la maison. Mais pas assez vite pour cacher les larmes que Líf vit perler aux bords de ses cils. Elle comprit Svein et son envie de rester auprès de son frère. Agnarr avait raison : jamais il n'arriverait à se concentrer sur le combat à venir si l'un d'eux était présent.

Agnarr se dirigea vers les écuries, il devait absolument se calmer. Svein se montrait si borné par moments que c'en était exaspérant ! Comment faire comprendre à cette tête de mule que sa présence ne ferait que lui nuire ?

Il prit un peu de paille et commença à frotter le dos de son cheval. Les mouvements réguliers lui calmeraient l'esprit. Il sentit une présence avant de voir la personne. Il en était certain : Snorri venait de le rejoindre. Son ami vint se mettre de l'autre côté du cheval posant ses deux bras sur le dos de celui-ci.

— Svein ? demanda-t-il tout simplement.

Agnarr arrêta en posant également ses bras sur le dos de l'animal.

— Comment l'as-tu deviné ?

— Je commence à bien le connaître.

— Il s'est mis en tête de rester maintenant qu'il a quinze ár, et donc *un homme* ! Il est exaspérant au point que j'ai envie de lui donner la fessée ! Ce qui n'arrangerait rien, au contraire ! maugréa-t-il.

Agnarr se frotta le visage avant de porter son attention vers Snorri :

— Il est tellement borné. Je ne sais plus quoi faire, ni quoi dire, pour qu'il entende raison !

— Veux-tu que j'essaie de lui parler ? On commence à bien se connaître, lui et moi.

Agnarr eut un rire de dérision :

— Tu peux essayer mais je crains que tu n'obtiennes aucun résultat. Il ne veut tout simplement pas comprendre que sa présence nous nuirait.

Snorri hocha la tête pensivement :

— Je crois savoir où je peux le trouver. Rien ne m'empêche d'essayer, tu ne crois pas ?
— Toute aide est la bienvenue ! Bonne chance : il est si têtu !

Snorri sourit :

— Il a de qui tenir, non ?

Interloqué Agnarr plissa les yeux puis sourit également. Snorri disait vrai : Svein n'était pas le seul à avoir la tête dure dans la famille. Après un bref signe de tête, Snorri quitta l'écurie.

Svein ruminait les paroles que lui et Agnarr avaient échangées. Assis dans la grange jouxtant le terrain d'entrainement il tenta de se calmer. Un bruit de pas retint son attention :

— Si c'est mon frère qui t'envoie tu peux faire demi-tour !

Snorri vint s'assoir auprès du jeune garçon et attendit : Svein finirait bien par parler.

— Mon frère ne veut pas comprendre que je suis un homme maintenant ! chuchota Svein.

Snorri se tourna vers le jeune garçon :

— Tu te trompes, il ne le sait que trop bien.

— Alors pourquoi refuse-t-il que je reste ?

— Selon nos lois tu es un homme depuis un ár, nous le savons tous. Mais cela ne fait pas de toi un guerrier accompli ! Pour combattre, et vaincre, Glúmr il faut l'être.

Agnarr en est un qui fait le vide complet dans son esprit s'il veut être efficace. Pour en être capable il doit avoir la certitude que toutes les personnes qui lui sont chères ne risquent rien. Si l'un de vous reste ici il ne le pourra pas, ce qui lui fera commettre des erreurs. Cela serait fatal contre Glúmr et ses hommes. Comprends-tu ?

Svein baissa la tête.

— Agnarr ne devient qu'un avec ses armes, continua Snorri, il les voit comme un prolongement de ses bras. Mais tu dois le laisser veiller sur vous, à votre sécurité.

— Tu es de son côté de toute façon. Je te croyais mon ami ?

— Je le suis. Un ami doit également dire quand tu te trompes, que tu es dans l'erreur.

— Je connais Glúmr mieux que vous tous, à part Agnarr !

— Tu ne le connais pas en tant que guerrier. Nous oui, nous les avons croisés à Stjórnavágr. Crois-moi : lui et ses hommes ne se battent pas à la loyale. Tu n'as aucune chance contre Glúmr !

— Comment le savoir puisque vous ne me laissez même pas le prouver !

— Notre expérience nous le dit. Agnarr n'est pas le seul à ne pas vouloir te perdre, moi aussi je tiens à toi.

Voudrais-tu réellement que lui et moi ne sachions pas nous concentrer à cause de ta présence ?

Svein fronça les sourcils en écoutant Snorri.

— Tu vois Svein, continua Snorri, seul le combat à venir doit compter et rien d'autres. Si nous devons penser à vous et votre sécurité, on fera des erreurs pouvant être fatales.

— Tu veux dire que je vous mets en danger en restant ?

— C'est exactement cela en effet.

— Je ne veux pas perdre Agnarr, ni toi !

— Dans ce cas : accepte la volonté de ton frère. C'est tout ce qu'on te demande.

Svein réfléchit aux paroles de Snorri et opina.

Líf trouva Agnarr dans l'écurie. Il frottait inlassablement le dos de son cheval de gestes lents et réguliers. Elle devina qu'il agissait ainsi pour se calmer.

— Tu devrais rentrer maintenant, l'interpella-t-elle.

Agnarr s'était douté qu'elle viendrait le retrouver.

— Svein est-il revenu ? lui demanda-t-il.

— Oui. Il a pris son repas avec ses frères. Ils dorment tous les trois.

Posant ses deux bras sur le dos du cheval il tourna la tête vers Líf :

— Et toi ?

— Non, je t'attendais. Viens, tu as besoin de manger et de te reposer.

Agnarr se passa les doigts dans les cheveux en fermant les yeux :

— Si nous ne nous étions pas établis ici, jamais Glúmr serait devenu une menace !

De rage, il tapa du poing contre la palissade. Líf avança vers lui. Posant une main sur son épaule elle continua :

— Il aurait été une menace pour un autre village ! Où que nous demeurions, il nous aurait trouvé. Que veux-tu faire ? Fuir toute ta vie ? Quelle vie offririons-nous à notre fils en agissant ainsi ? On est bien ici ! Ne le vois-tu pas par toi-même ?

— Je les ai tous mis en danger ! s'énerva-t-il. Ils ne méritent pas cela. Pas après tout ce qu'ils ont fait pour nous ! À cause de moi, ils doivent se séparer de leurs familles sans même savoir s'ils les reverront un jour ! Comment veux-tu que je vive avec cela, Líf ?

— Tôt ou tard Glúmr aurait trouvé une raison pour attaquer ce village. Que tu sois ici ou pas !

— Ne comprends-tu pas que c'est à cause de cette tactique de défense ?

— Dis-moi : les autres villages était-ce également à cause de *ta tactique de défense* ?

— Où veux-tu en venir ?

— Depuis quelques ár c'est ce qu'il fait non ? Piller des villages, les massacrer, faire des prisonniers pour les vendre comme þrælar[17], violer et torturer ! Avaient-ils, eux aussi, une *défense* ? Non ! Pourtant ils ont subi la cruauté de ton frère ! C'est de Glúmr dont il s'agit, tu le connais mieux que n'importe qui ici.

— Tu penses réellement ce que tu dis ?

— Oui ! Maintenant rentrons. Arrête de t'en vouloir, tôt ou tard il serait venu ici, ta présence n'y change rien. On se plaît ici, *je* me plais ici. Je ne me suis jamais sentie aussi bien que dans ce clan.

Si tu nous oblige à fuir maintenant, on le fera toute notre vie. Est-ce cela que tu désires pour notre fils ? Pour tes frères ? Pour nous ?

Agnarr se laissa tomber sur une botte de foin mettant ses coudes sur ses genoux. Il baissa la tête, sa respiration se fit haletante. Líf vint s'installer à ses côtés posant son menton sur l'épaule de son époux :

— Ce n'est pas ta faute, il est ainsi : cruel, sanguinaire, tout ce que toi tu n'es pas !

— Je l'ai été ! murmura-t-il honteusement.

— Mais tu ne l'es plus ! Regarde ce que nous avons : la vie dont nous rêvions. Celle dont *tu* as toujours pensé qu'elle était impossible. Tu es *toi* ici : le fils de Damiana ! Pas celui de Tjodrek.

— Tu le penses vraiment ?

— Oui ! Elle serait fière de toi, tellement fière de voir l'homme que tu es devenu. Tu as pris tes trois jeunes frères sous ta protection, tu les élèves et en fait des

---

17 Esclaves en vieux norrois. Cette orthographe est également pour esclave masculin au pluriel.

hommes bien. Elle n'aurait jamais pu espérer mieux pour ses trois plus jeunes.

Il souleva la tête, vrillant son regard dans celui de son épouse. Elle y découvrit tant de peine, tant de souffrance.

— À part toi, elle est la seule femme que, commença-t-il avec une boule dans la gorge, que j'ai aimée, chuchota-t-il la voix brisée et baissa la tête.

— Depuis que je t'ai vu la première fois j'ai fait des offrandes et prié les dieux pour que tu puisses me prendre comme épouse.

Il releva son visage vers elle les sourcils froncés.

— Quand cela ?

— C'était près du ruisseau quand tant d'enfants se moquaient de moi.

— Líf tu avais quoi…

— Dix ár et tu étais celui qui avait pris ma défense ! Jamais personne ne l'avait fait avant toi. Ni après, à vrai dire.

— Je suis devenu quelqu'un de pas très fréquentable après cela. Tu devais bien le savoir, non ?

— J'ai toujours vu celui qui m'a aidé à me relever et qui m'a porté à la forge de mon père.

— Je ne t'avais pas reconnue quand je suis venu te trouver à l'écurie. Tu avais tellement changé, tu étais devenue une femme ! Je n'avais pas des intentions très honorables ce jour-là je te l'avoue.

— Elles le sont devenues par la suite. N'est-ce pas le plus important ?

— Dès que j'ai compris que c'était toi j'étais totalement perdu, tu te trouvais là, dans mes bras. Mon seul désir fut de te faire mienne à tout jamais.

— Cette vie que nous avons ici nous en avons tous les deux rêvé. Ne l'abandonne pas. Nous devons rester ici.

Agnarr exhala. Líf avait raison : jamais il n'avait été aussi heureux loin des cruautés de son père et de ses deux frères. Il n'avait pas le droit de fuir ! D'obliger son épouse et leur enfant à une vie d'errance et d'incertitude.

— Tu réalises que ne nous sommes qu'une quarantaine ? Mon frère à près de quatre-vingt hommes avec lui ! chuchota-t-il.

— Ce que je sais c'est qu'Unni a dit qu'après vous allez aider notre Jarl. Ensuite vous venez nous rechercher et ce, avant l'équinoxe.

— À se demander comment ? Ceci semble tellement impossible !

— Les Nornes n'ont peut-être pas tout dévoilé ? Peut-être que notre Jarl vient vous prêter main forte avec ses hommes ?

— Puissent les dieux t'entendre !

— Viens, rentrons maintenant.

2

Quelque part en mer à mi-chemin entre Rygjafylki et Alba

Le soleil était à son zénith ce deuxième jour en mer. Les vents étaient forts sans être violents. Ils avançaient à une bonne vitesse, certainement étaient-ils déjà à mi-chemin.

Tous étaient plutôt silencieux. Les femmes anxieuses, ne sachant pas ce qu'elles trouveraient comme accueil en Alba. Les adieux avec leurs époux avaient été déchirants, emplis de craintes de ne jamais se revoir. Elles tentèrent de rester fortes, courageuses, mais les larmes avaient fini par couler.

Jamais Einarr n'avait vu image plus douloureuse que celle des hommes restés aux village les observant s'éloigner. Les femmes se tenaient serrées les unes contre les autres, puisant de la force et du courage.

Einarr, tenant le gouvernail, porta son attention vers l'autre knǫrr où son frère semblait en grande conversation avec Agnarr. Son ami était un excellent marin : anticipant les vents pour ne jamais s'éloigner d'eux et rester à portée de voix si besoin en était.

Alvbjǫrn s'avéra être un excellent second aux côtés d'Agnarr. Sentant un regard sur lui, celui-ci tourna la tête. Même à distance, Einarr constata la tristesse sur le visage du jeune homme. Il devait certainement avoir le même, comme tous ceux qui les accompagnaient. Personne ne parlait beaucoup, tous avaient une boule dans la gorge et les entrailles qui se tordaient.

À l'aide de grandes bâches en peaux de phoques, les hommes construisirent un grand abri pour protéger les femmes et les enfants des rafales de vent, des embruns et de l'eau de mer qui ne manquaient pas.

Vu la saison, ainsi que la hauteur des vagues, ils écopèrent bien plus d'eau que d'habitude malgré que le knǫrr soit entièrement ponté pour cette traversée. Les hommes, en plus des enfants, rejetaient sans relâche des baquets d'eau à la mer, les empêchant de se trouver dans l'eau jusqu'aux genoux, ou leur évitant de couler tout simplement.

Malgré toutes les précautions ils avaient froid, à cause de leurs vêtements humides. Certains des enfants toussèrent en se plaignant de maux de gorge. Einarr détestait les voir ainsi !

Il pria les dieux qu'ils puissent arriver au plus vite en Alba, dans son túath. Unni et Iona avaient emmené avec elles les décoctions pour soulager les gorges enflammées. Pendant qu'Iona aidait Unni à soigner les malades, Dagný, sa plus jeune sœur, veillait les jumeaux.

Helga et Dagmar suivaient les recommandations des deux femmes pour soigner les enfants sur l'autre navire.

Les nourrissons présents semblaient être les seuls à ne pas souffrir, ni du froid, ni de l'humidité. Par précaution ils portaient tous des sacs en peaux de phoques graissées, avec des capuchons au-dessus de leurs vêtements en laine, les protégeant du froid mais surtout des embruns. La suggestion était venue d'Unni et toutes avaient approuvé.

Thoralf se dirigea vers Einarr pour le relayer. Les deux hommes prenaient le gouvernail à tour de rôle pour qu'ils puissent chacun se nourrir et dormir quelques ættir[18].

— Espérons que les vents nous restent favorables ! Avec de la chance nous arriverons demain en soirée, dit Thoralf en fixant la voile gonflée par le vent.

— Que les dieux puissent t'entendre ! Je déteste les voir ainsi. As-tu réussi à dormir un peu ?

— Difficilement, Auða ne se sent pas très
bien.

— Il y a-t-il un souci avec votre enfant à naître ?

— Non, selon Unni c'est uniquement dû à l'inconfort du voyage. Cela passera une fois arrivée et installée plus confortablement.

— Je comprendrais si tu préfères rester auprès d'elle.

— Non. Tu dois prendre ton repas mais surtout te reposer ! Vas-y, je prends le gouvernail.

— En es-tu certain ?

— Va, je te l'ordonne ! Iona risque de me trucider si je ne te relaye pas immédiatement.

Einarr sourit à son ami avant de lui laisser la place et de retrouver sa sœur veillant ses enfants. Se rendant vers la place que sa famille occupait, Einarr vit Iona et Unni à la proue du knǫrr, accroupies au-dessus d'un panier en osier. Troublé, il se dirigea vers elles.

Fronçant les sourcils il trouva Iona une plume en main. Il lui sembla l'entendre parler de leur arrivée prochaine dans son túath ! Il s'accroupit à côté d'elle.

---

[18] Le jour ou la journée en tant que période de 24h, est désignée par le terme solarhringr *anneau du soleil* en vieux norrois, et était divisée en æt en vieux norrois, plur. Ættir. Les 24 heures de la journée se décompose donc en 8 ættir de 3h environ portant chacune un nom.

Le jeune homme remarqua qu'elle tenait un petit bout de parchemin sur lequel elle écrivait. Mais le plus surprenant était le pigeon qu'Unni serrait dans les mains ! C'était un de ceux que Daividh lui avait offert !

— Peut-on savoir ce que vous manigancez toutes les deux ? demanda-t-il.

— Nous envoyons un message à Daividh pour le prévenir de notre arrivée, fut la réponse de son épouse. Ceci lui sembla tout naturel.

— Pourrais-tu répéter ?

— Tant qu'ils n'ont pas nidifié ils retournent d'où ils viennent, dans ce cas-ci : chez Daividh. On va enrouler ce parchemin autour de sa patte. L'attacher pour qu'il ne le perde pas, puis les lâcher. Ils retourneront chez Daividh.

— Tu es sérieuse ?

— Mais oui ! Je n'en ai pas parlé plus tôt, cela ne servait à rien, ils ne seraient jamais arrivés en Alba ! Du moins je suppose.

Einarr fixa Iona en doutant de ses dires.

— Tu crois réellement qu'il va retourner chez Daividh ? Mais pourquoi dis-tu *les* lâcher ?

— Oui ils vont y retourner, crois-moi. Je vais les lâcher tous les deux : on ne sépare pas un couple, ils restent ensemble à vie.

— Pourquoi prévenir Daividh ?

— Il peut se rendre dans notre túath avant notre arrivée. Autant faire prévenir Maîtresse Mairead que nous arrivons en nombre.

— Que lui écris-tu ?

Iona tendit le parchemin à son époux qui s'en saisit pour en prendre connaissance. L'idée était ingénieuse ! Les deux femmes avaient raison : ils seraient mieux pris en charge par Maîtresse Mairead.

— Ceci me semble une bonne initiative. Au moins nous ne les prendrons pas au dépourvu. Crois-tu que Daividh va s'en apercevoir assez vite ?

— Probablement pas lui mais la personne s'occupant des pigeons, oui.

Einarr hocha la tête pensivement, puis leva les yeux vers Iona.

— Est-ce toi qui en a eu l'idée ?

— Non au départ c'est Unni, elle les avait emmenés avec elle et m'en a parlé.

Einarr sourit à la seiðkona. Que feraient-ils sans elle ? Iona posa une main sur le bras de son époux.

— Tu devrais aller te sustenter et te reposer, tu es épuisé.

— Tu n'as guère dormi non plus, ma Douce.

— Je viens te rejoindre d'ici peu. Va maintenant, je termine le message et on lâche les pigeons.

Einarr se leva pour se diriger vers sa sœur qu'il trouva endormie avec les jumeaux. Ils semblaient si insouciants tous les trois qu'il vint à les envier. Installé contre la coque le jeune homme attendit son épouse.

Iona s'était afférée pendant des ættir à soigner les enfants malades en s'arrêtant uniquement pour nourrir leurs fils.

Après que les deux femmes aient libérés les pigeons Einarr formula une prière à Týr[19] pour qu'ils réussissent. Tournoyant quelques fois autour du mat les deux oiseaux prirent la direction vers Alba.

Einarr espéra qu'ils puissent arriver auprès de Daividh sans encombre. Tout en les suivant des yeux il les vit disparaître au loin, il entendit Iona approcher.

Tournant la tête vers son épouse, il lui sourit :

— Mangeons ensemble, ensuite tu prends toi aussi un repos bien mérité.

— Einarr ....

— Non, ma Douce, coupa-t-il : tu dois prendre du repos. Cela ne sert à rien de discuter, nous mangeons et ensuite nous nous reposons ensemble.

Iona ne répondit pas sachant que ce serait une perte de temps. Quand Einarr avait cette expression mieux valait ne pas discuter. Elle dut s'avouer qu'elle avait besoin de dormir un peu avant que les jumeaux ne se réveillent, réclamant son attention.

Après un repas frugal, Einarr s'installa prenant Iona tout contre lui qu'il entoura des bras. La jeune femme s'endormit immédiatement. Sa respiration calme et régulière berça le jeune homme qui suivit son exemple.

---

19 Dieu de la guerre, de la justice et de l'assemblée du peuple dans la religion nordique. Son nom signifie dieu et s'écrit avec la rune de puissance Týr : ↑.

Le lendemain en Alba chez Daividh

— Tu dis que deux des six pigeons que j'ai offerts à Einarr sont de retour ?

— Oui, Messire, un couple.

Daividh fronça les sourcils. Que cela pouvait-il dire ? Il avait conseillé à son ami de les garder enfermés jusqu'à ce qu'ils aient nidifié !

— As-tu remarqué quelque chose de particulier ?

— Comme quoi, Messire ?

Daividh se leva pour se diriger vers la sortie puis se retourna vers le jeune garçon et ordonna :

— Montre-les moi !

Cette histoire le préoccupait ! Ensemble ils se dirigèrent vers le pigeonnier.

— Ils sont là Messire.

Murtagh pointa du doigt l'endroit où le couple de pigeons s'était installé. Blottis l'un contre l'autre, ils tremblaient. Daividh s'en approcha, souleva l'un des deux, le retourna les pattes en l'air. Rien !

Il prit l'autre, vérifiant également les pattes de l'oiseau. Il découvrit le parchemin. Délicatement il retira le lien et le déroula pour en prendre connaissance. Devenu pâle il relut le mot. Sa respiration se fit haletante, blêmissant encore plus tout en fermant les yeux.

Que le Seigneur leur vienne en aide !

Il quitta le pigeonnier en trombe.

— Aidan ! hurla-t-il.

Son second se précipita vers lui. Daividh lui tendit le parchemin.

— Qui est Glú-mr Tj-od-re-ks-on ? demanda-t-il les yeux rivés sur le parchemin pour lire le nom en le prononçant.

— Einarr a eu affaire à lui à Stornoway l'année dernière un peu avant son arrivée ici. Ce Glúmr a passé quelques jours aux cachots. Il semblerait qu'il veuille prendre sa revanche.

— De là à amener leurs familles ici ? s'étonna Aidan de plus en plus perplexe.

— Einarr m'a parlé de ce *Glúmr* : il est des plus sanguinaire et cruel, prenant femmes, enfants pour les vendre comme esclaves. Un marché très lucratif. Les hommes généralement, il les massacre tous, sauf les plus jeunes qu'il vend également. Einarr ne les amènerait pas s'il n'y avait pas de danger.

Jamais il ne prendrait la mer en plein hiver avec femmes et enfants inutilement. Ce doit être, selon lui, la seule solution pour les mettre hors de danger.

— Que doit-on faire ?

— Nous allons à son túath : nous devons prévenir Maîtresse Mairead de la venue d'autant de personnes. Mais avant cela nous allons demander des volontaires pour se rendre en Rygjafylki et prêter main forte à Einarr.

Ils ne sont qu'une quarantaine de guerriers dans son village, donc en sous nombre. Nous allons nous joindre à eux pour les épauler à défendre leurs biens !

— En Rygjafylki ?

— Aidan, Einarr et ses hommes feraient de même pour nous si besoin ! Essaye de trouver des hommes ne souffrant pas de mal de mer ils ne serviraient à rien lors d'un combat.

— Combien ?

— Ce message dit qu'ils sont deux knǫrrer. Comptons quarante personnes par knǫrr ce qui fait que nous pouvons partir avec une soixante-dizaine d'hommes.

— Soixante-dix ! Vous ne pouvez pas laisser nos gens sans défense ?

— Une partie des hommes que nous emmenons seront du túath d'Einarr, dont ton fils. Hákon ne va pas rester ici non plus : il va prêter main forte à son frère c'est une certitude. Dieu merci ce jeune homme vous à tous entrainés au combat façon Norrœnir !

Daividh se passa la main sur le visage puis ajouta :

— Je vais prévenir mon épouse et faire préparer mes affaires, plissant les paupières il ajouta : nous devons voyager léger, ne pas nous encombrer, cela ralentirait les knǫrrer. Nous devons rejoindre le Rygjafylki le plus vite possible !

— Bien je vais donner les ordres.

— Aidan, il est important que tous soient volontaires !

— Entendu.

— Soyez prêts dans l'heure.

Daividh entra dans sa demeure, il avait à se préparer.

Hákon constata avec grand étonnement l'arrivée de Daividh avec une trentaine d'hommes d'armes. Se tournant vers Coinneach il vit que son ami était tout aussi surpris que lui. Rengainant son épée il quitta le terrain d'entrainement, suivi par le jeune Skotar.

Le visage tourmenté du mormaor lui fit froncer les sourcils.

— Hákon suis-moi ! Nous devons trouver Maîtresse Mairead, je t'explique en marchant.

Le ton de la voix de Daividh alerta Hákon :

— Que se passe-t-il ?

— Ton frère arrive avec deux navires. Les femmes et les enfants de ton village viennent se réfugier ici. C'est le seul moyen qu'il ait pour les protéger contre l'attaque imminente de Glúmr Tjodrekson et ses hommes.

Hákon s'arrêta net.

— Quoi ?

Daividh s'arrêta également et se retourna vers le jeune homme :

— Tu m'as bien compris. Maintenant dis-moi tout concernant cette raclure. Sauf qu'il est un maudit kúkalabbi, cela je le sais déjà !

— Il est sans pitié, ne se bat pas selon les règles mais par traitrise. S'il peut t'embrocher par le dos, il le fera. Mais ce qu'il aime par-dessus tout c'est la torture, faire souffrir, tuer à petit feu, de préférence très douloureusement.

Dommage qu'Agnarr ne soit pas ici, il pourrait te fournir tous les renseignements. Mais pourquoi me poses-tu cette question ?

— Parce que mes hommes et moi aimons savoir à quels adversaires nous avons affaire. Ses hommes sont-ils de la même envergure ?

— Ils ne les seraient pas s'ils ne l'étaient pas le cas. Que veux-tu dire par *parce que mes hommes et moi aimons savoir à quels adversaires nous avons affaire ?*

— Nous partons avec vous pour défendre votre village. Tous ceux que tu vois là sont volontaires. Nous allons demander aux hommes d'armes ici qui veut nous suivre.

Hákon en resta bouche bée les examinant tous, prêts à défendre son village dans un pays qui n'était pas le leur.

— Volontaires dis-tu ? s'étonna le jeune homme.

— Effectivement. Ils t'ont pris en affection.

Interloqué par ce qu'il venait d'entendre Hákon en avait la gorge serrée.

— Tu les as entrainés, continua Daividh, tu les as rendus plus fort, plus confiants. C'est leur façon de te remercier.

— Et toi ?

— Einarr est depuis notre plus jeune âge le frère que je n'ai jamais eu. J'irai jusqu'en enfer pour lui ! Lui ferait de même pour moi.

Quoi que votre Helheimr n'a rien à voir avec notre enfer, soit. Jamais je ne laisserais tomber mon meilleur ami, le seul véritable que j'ai. Nous avons passé des moments difficiles ensemble ce qui nous lie à vie comme des frères.

Hákon observa tous les hommes présents d'un autre œil.

— Allons prévenir Maîtresse Mairead, et ta mère, de l'arrivée de nombreuses familles.

Les deux hommes se dirigèrent vers le donjon pendant que Aidan regroupait les hommes d'armes du túath.

— De combien de familles parlons-nous Messire ? s'enquit Mairead.

— Une quarantaine. Mon épouse fait suivre des chariots contenant des victuailles pour vous aider à nourrir tous ces gens. Nous savons que vous avez subi des vols à répétition les derniers mois.

— Nous ne devrions pas les déposer dans la réserve mais dans les cuisines. Y laisser une surveillance à tout moment. Nous avons une souris à deux pattes dans ce donjon !

— Oui nous avons un doute concernant l'animal. Nous le capturerons d'ici peu, je l'espère. Occupons-nous pour le moment de l'arrivée des gens de votre toísech.

— Quand doivent-ils arriver ?

— Il m'est impossible de vous répondre à cette question ne sachant pas quand ils ont quitté le Rygjafylki, ni comment sont les vents.

— Je vais donner l'ordre de cuire plus de pains ainsi que de sortir des salaisons et du fromage. Dame Ástríðr, je ne connais pas grande chose de vos façons de cuisiner.

Votre fils m'a déjà expliqué que vous mangez moins gras que nous, ainsi que bien plus de légumes. Je ne voudrais pas qu'ils soient incommodés par notre nourriture, du moins notre façon de cuisiner.

— N'ayez crainte Maîtresse Mairead, je vais aller les aider. Il y a tout ce qu'il faut dans vos celliers, j'en suis persuadée.

Tout en suivant des yeux Ástríðr se dirigeant vers les cuisines Maîtresse Mairead soupira :

— Heureusement que vous m'avez expliqué que c'est votre façon de faire chez vous, Messire Hákon. Je ne m'habitue toujours pas à voir Dame Ástríðr travailler comme nous.

Se tournant vers Daividh, elle continua :

— Combien de chambres doit-on préparer ? Nous n'en avons que très peu.

Daividh et Hákon se regardaient.

— Votre toísech a la sienne. Probablement une pour son autre frère, Alvbjǫrn. L'épouse de Thoralf doit enfanter d'ici peu, si je me souviens bien.

Il serait préférable qu'elle ait une chambre. Combiens vous en restent-ils après ceux que je viens de nommer ?

— Deux, Messire.

— Trois, je partagerais la mienne avec mon frère.

— La jeune épouse d'Agnarr à un nourrisson, ainsi que deux autres femmes. Mettez les jeunes mères dans des chambres confortables.

— Bien Messire. Il y a-t-il autre chose ?

— Plus de tables. Vous devez bien avoir des tréteaux ? Pour les nuits plus de paillasses. Alimentez les feux : ils doivent être frigorifiés. Ainsi que pas mal d'eau chaude pour les bains et l'étuve.

— Ce sera fait, Messire.

— Merci, Maîtresse Mairead.

La responsable de la maisonnée quitta les deux hommes marmonnant *Pauvres gens, devoir quitter leurs foyers en plein hiver*.

— Je pars aussi !

— Mon jeune ami, je l'avais compris par moi-même.

Daividh se tourna vers le jeune homme :

— Nous les vaincrons, Hákon.

— Tu risques de perdre des hommes dans un combat qui n'est pas le vôtre. En es-tu conscient ?

— Nous le savons tous et ils acceptent ce risque. N'en parlons plus nous avons l'arrivée de ton frère à préparer.

Ils venaient d'entrer dans le fjǫrðr[20] Tay. De fortes rafales de vents et la pluie les accompagnèrent. Einarr ne fut pas mécontent d'arriver, de pouvoir les mettre tous à l'abri. Il espéra que Daividh ait reçu le message que Iona lui avait fait parvenir. Se retournant il observa l'autre

---

20 Estuaire dans ce cas-ci.

knǫrr les suivre de près. Ils y seraient dans peu de temps, dans son túath : en sécurité, au chaud et au sec.

Au loin il vit le ponton et guida son navire pour s'en approcher. Se retournant à nouveau il constata qu'Agnarr suivait son mouvement. Deux hommes se trouvaient là les attendant. Einarr reconnut Daividh et Hákon.

Il ferma les yeux tout en lançant une prière aux dieux en remerciement. À leur approche d'autres hommes apparurent, attrapant les cordages pour les amarrer puis mettre des passerelles pour débarquer les navires. Ástríðr accourut suivie de près par Maîtresse Mairead et quelques servantes.

Einarr débarqua suivi par Thoralf, se dirigeant vers son ami Skotar.

— J'ai peine à croire que tu aies reçu le message d'Iona : pourtant ta présence le prouve.

— Ils sont arrivés en fin de matinée. J'ai fait aussi vite que j'ai pu. Ástríðr et Maîtresse Mairead ont tout mis en œuvre pour vous accueillir confortablement. Comment fut la traversée ?

— Calme heureusement mais certains enfants sont légèrement souffrants.

— Et les nourrissons ?

— Épargnés grâce aux bons soins d'Unni.

— Dieu soit loué mon ami, ainsi que tous les tiens. Aidons-les à descendre pour qu'ils puissent se mettre au chaud. Maîtresse Mairead a fait préparer de quoi tous vous sustenter et vous réchauffer.

Les hommes aidèrent à débarquer les femmes et les enfants, ainsi que leurs maigres biens qu'ils avaient emporté avec eux. À son grand étonnement, Einarr, constata que les gens du túath étaient très accueillants vis-à-vis des Norrœnir. Ils aidèrent les mères à s'installer confortablement avec les enfants, servirent la nourriture, des boissons avec des gestes de réconfort.

— Tu m'expliques ce changement ? demanda-t-il à son ami.

— La présence de ton frère. Il leur a fait ouvrir les yeux.

— À ce point ?

Daividh examina autour de lui : il ne vit que bienveillance des Skotars envers les Norrœnir.

— Oui et même plus : tous l'adorent ici. Ils vont être chagrinés par son départ. Ástríðr y a aussi contribué tu sais. Quoi qu'elle soit le plus souvent chez moi pour laisser de l'espace à Hákon.

— *Tous* ou uniquement les jeunes donzelles ?

— Non *tous* je te le jure. Les débuts ont étés difficiles mais cela s'est arrangé. Les enfants sont tous dingues de lui.

— Comment a-t-il fait ?

— En étant lui-même tout simplement. Il est impossible de faire autrement que l'aimer !

Einarr haussa les sourcils, un sourire en coin naquit sur son visage. Hákon avait toujours été quelqu'un amenant la bonne humeur là où il passait. Il lui sembla qu'il avait agi de même ici en Alba. Secouant la tête il se dirigea vers Maîtresse Mairead.

— Maîtresse Mairead je vous remercie pour cet accueil chaleureux.

— N'est-ce pas malheureux, Messire, de se revoir en de si pénibles circonstances ! Nous avons tout simplement essayé d'imaginer ce que nous aurions ressenti dans la même situation.

— Cela vous fait pas mal de personnes à installer pour une durée de temps inconnue. Avez-vous besoin d'aide ?

— Nous y arriverons, Messire. Laissons vos gens reprendre quelques forces. Nous avons prévu une chambre pour Messire Thoralf et son épouse, ainsi que pour les mères ayant des nourrissons. Elles auront un peu d'intimité.

— Je suis certain qu'elles vont apprécier, je vous remercie pour elles. Vous devez également savoir que toutes les femmes vont vouloir vous aider.

— Messire Hákon m'en a déjà parlé, je connais pratiquement toutes vos coutumes, Messire.

— J'espère qu'il n'a pas posé de désagréments ?

— Messire Hákon ? Certes non ! Nous serons peinés par son départ croyez-le. Votre frère est si charmant ! Veuillez m'excuser je vais veiller à ce que tout se déroule selon mes ordres.

Après un bref signe de tête la responsable de la maisonnée retourna à ses occupations.

— Son départ va-t-il briser des cœurs ?

— Pas de la façon que tu te l'imagines : ton frère n'a manqué de respect à aucune d'entre elles.

— J'espère que tu dis vrai, murmura Einarr.

Assis à la grande table Einarr observa tous ses gens installés dans la grande salle. L'accueil avait été chaleureux de la part de ses sujets ici en Alba.

Certaines servantes aidèrent les mères pour les bains des jeunes enfants. Moira, la guérisseuse, prêta main forte à Iona et Unni pour les malades.

Il se tourna vers Daividh plein de gratitude. Jamais il n'aurait imaginé voir cette scène : un respect mutuel entre Skotar et Norrœnir.

— Merci Daividh, pour ton aide. Cet accueil fait chaud au cœur.

Daividh hocha la tête en guise de réponse. Observant les gens de son ami son cœur se serra. Toutes ces femmes : des épouses qui allaient bientôt devoir affronter les départs des hommes aux loin, sans avoir la certitude de les retrouver, ainsi que leurs biens en Rygjafylki.

— J'ai réalisé la gravité de la situation en apercevant Unni parmi vous.

— Callum n'a pas voulu se joindre à nous, il désire rester en Rygjafylki. Il va remplacer Unni et Iona pour les soins.

— Callum n'est plus un Skotar depuis qu'il nous a quittés, il est devenu un Norrœnir. Il vous sera toujours fidèle. Il est heureux ainsi ! Je ne demande rien de plus : cet homme a vu assez d'atrocités pour le restant de sa vie. Je suppose que revenir ici ravive de mauvais souvenirs.

— Oui probablement.

Einarr soupira s'appuyant plus confortablement contre le dossier en fermant brièvement les yeux.

— On est soixante-dix à se joindre à vous, entendit-il Daividh dire.

Einarr se redressa d'un mouvement vif les yeux écarquillés.

— Tu peux répéter ?

— On est soixante-dix à vous accompagner en Rygjafylki. Tous volontaires !

— Tu n'es pas sérieux ?

— Je ne l'ai jamais été autant !

Einarr secoua la tête.

— Non, c'est de la folie ! Je ne peux accepter. Ce n'est pas votre combat.

— Pour moi c'est celui de mon meilleur ami, ainsi que celui d'un de mes vassaux. Tu n'es pas en mesure de refuser et tu le sais. Sans nous vous êtes perdus d'avance.

— Qu'est ce qui peut bien te faire croire cela ?

— Hákon m'a renseigné concernant Glúmr Tjodrekson ! Vous n'arriverez jamais à vaincre et tu en es conscient ! Sinon, pourquoi aurais-tu emmené toutes les femmes et enfants ici ?

— Pour les mettre en sécurité, comme Unni nous l'a ordonné.

— À d'autres tu veux bien ! Je sais encore compter : vous êtes quarante et eux au moins soixante-dix. Cela vous fait quasiment deux hommes du camp adverse contre un de vous.

Selon les dires de ton frère ils ne se battent pas à la loyale, sont sans pitié mais surtout d'une très grande cruauté. A-t-il tort ? Désires-tu réellement vous faire massacrer tous, même pire : voir les plus jeunes se faire vendre comme þrælar, ou de devenir ceux de Glúmr ?

— Tu dois bien te douter que non ! Ne crois pas que je sois ingrat, Daividh, j'apprécie ton offre, ainsi que le fait que tes hommes veuillent se joindre à nous. Mais nous n'avons pas la même façon de nous battre et cela tu le sais. Aurais-tu oublié ce qu'Alvaldr t'a enseigné ?

— Non. Ce que tu ne sais pas : Hákon depuis le début de son séjour ici, nous a entrainés *à votre façon* de vous battre. Chaque jour qu'il pleuve, vente ou neige.

Einarr porta son attention vers son jeune frère en grande conversation avec Alvbjǫrn. Les sourcils froncés il découvrit la transformation qui s'était opérée en lui.

— C'est un meneur d'hommes, ajouta Daividh, je peux te le garantir. Il s'est affirmé ici pendant ce séjour. Cela lui a fait le plus grand bien. Dans peu de temps il aura son knǫrr, je te le garantis.

— Je constate, répondit Einarr étonné par les paroles de son ami.

— Que tu le veuilles ou non, nous partons avec vous.

— Certains risquent de ne jamais revenir le réalises-tu ? Sont-ils prêts à mourir pour une cause qui n'est pas la leur, dans un pays qu'ils ne connaissent pas ?

— Ils le sont. Tout soldat sait qu'il peut mourir au combat.

— Si jamais il t'arrive malheur jamais je ne me le pardonnerai, dit-il en chuchotant.

— Lors de ma visite chez toi, Unni m'a prédit une longue vie. Je ne me fais donc aucun souci !

— Sérieux ? Tu as consulté les Nornes ?

— Ma foi, j'avais Unni a proximité je n'allais pas m'en priver !

— Quel bon Chrétien avons-nous là !

— J'ai vécu trois ár parmi vous je dois être un peu Norrœnir !

— Fais-moi plaisir Daividh, ne change jamais : tu es un des seuls qui arrive à m'étonner !

— C'est donc réglé ! Tu acceptes notre aide ?

— Ne m'as-tu pas dit que je n'avais pas le choix ?

— Disons que je te pose la question par politesse, uniquement.

Einarr s'esclaffa.

— Je te remercie, tu viens de changer nos espérances de vie. Nous étions bien conscients que nous n'allions pas vaincre malgré les paroles d'Unni.

— Peut-être n'avait-elle pas tout dévoilé ?

— Je commence à le croire en effet vu qu'elle nous a dit qu'ensuite nous devrions prêter main forte à Magnar.

— Il va aussi se faire attaquer ?

— Oui par Jóarr Tjodrekson.

— Combien de Tjodrekson y a-t-il ? Je te pose cette question pour avoir une idée du nombre de combats que nous devrons mener.

— Ils sont sept frères.

Daividh blêmit à cette réponse.

— Nous en combattrons que deux : Glúmr et Jóarr, continua-t-il son explication. Agnarr est parmi nous avec ses trois plus jeunes frères. Bendik est auprès du Jarl Thorolf.

— Tu me vois soulagé !

— Les deux que nous devons combattre sont cruels, très cruels et sanguinaires. Tes hommes le savent-ils ?

— Hákon leur a expliqué. Ils savent à quoi s'attendre.

— Bien. Je vais également demander à Agnarr de fournir tous les renseignements concernant ses frères, ainsi que de voir ce que tes hommes valent.

Einarr se perdit dans ses pensées, grâce à Daividh il pouvait envisager un avenir. Il reprit espoir de revoir sa famille, de les ramener chez eux, d'avoir d'autres enfants avec Iona. Il en était certain maintenant : il la reverrait. Silencieusement il maudit Unni de lui avoir caché la vérité, de lui avoir ôté tout espoir.

— Quand partons-nous ?

— Selon Unni dans deux jours à la marée du matin.

— Ce soir reposez-vous, nous préparerons notre départ demain.

— Bonjour, Mère.

Einarr se tenait à l'entrée des cuisines observant sa mère pétrir de la pâte. Il vit les épaules de Ástríðr se crisper avant de se tourner vers lui.

Faisant face à son fils elle se tortilla les doigts. Elle se doutait depuis leur arrivée que ce moment serait inévitable.

— N'en veux pas à Daividh : il n'était au courant de rien.

— Je l'ai compris assez vite, jamais il n'aurait fait une chose pareille ! Imagines-tu, au moins, ce que nous avons ressenti après avoir découvert ta disparition ?

Iona était dans tous ses états, et je ne te parle même pas du chagrin de Dagný !

— Dagný a de moins en moins besoin de moi ! Puis elle avait Iona auprès d'elle.

— Iona n'est pas sa mère ! Comment as-tu pu agir de la sorte ? Hákon est un adulte qui se débrouille bien mieux qu'on ne se l'imaginait. Dagný par contre a encore besoin de la présence de sa mère.

C'était très égoïste de ta part. Le fait que tu te caches dans cette cuisine depuis notre arrivée dans le donjon prouve bien que tu as de quoi te faire des reproches.

— Dagný n'a même pas voulu m'adresser la parole depuis que vous êtes ici ! Il m'est pénible de rester dans la grande salle et de la voir m'éviter.

— Cela t'étonne ? Elle a pleuré pendant des vika ! Ni Iona, ni Alvbjǫrn, ni moi n'arrivions à la consoler. Sa mère l'avait quittée ! Sans même une explication, ni même un au revoir ! Que devait-elle penser ?

— J'avoue avoir agi sur un coup de tête mais je savais qu'elle était entre de bonnes mains. Iona l'aime beaucoup.

— Un *coup de tête* oui on peut le dire ainsi. En attendant tu n'as pas le droit de lui en vouloir qu'elle ne te parle pas.

Jamais je n'aurais cru une chose pareille : tu as toujours été une excellente mère. Qu'est-ce qui t'a pris d'agir ainsi ?

— Hákon loin de nous, seul, sans sa famille ni aucun des nôtres. Dagný vous avait tous autour d'elle, je la savais très bien entourée.

— Personne ne remplace une mère, surtout pas à son âge où elle a encore tellement besoin de toi !

— Ce qui est fait est fait, je ne peux rien y changer.

— Tu as quelques vika pour tenter de reconquérir sa confiance. Mais je te jure : ne lui fais plus jamais une chose pareille !

— Est-ce une menace ?

— Non un avertissement ! susurra-t-il tout bas.

Einarr quitta la cuisine laissant sa mère méditer ses paroles. Il trouva Iona dans leur chambre s'occupant des jumeaux avec Dagný. Il s'assit sur le lit prenant le petit Ulric dans les bras.

— As-tu trouvé où dormir ? demanda-t-il à sa petite sœur.

— Líf m'a proposé de rester dans sa chambre après votre départ. Pour cette nuit Alvbjǫrn et Hákon me passent la leur.

— Sinon, Mère a une chambre, tenta-t-il.

Dagný lui lança un regard furieux et leva le nez dédaigneusement en reniflant bruyamment.

— Je préférerais encore les porcheries que de partager une chambre avec elle !

— Un jour il te faudra bien lui reparler tu ne crois pas ?

— Pas maintenant en tout cas.

Einarr arqua un sourcil.

— Quand ?

— Je vais la laisser souffrir un peu avant de lui reparler.

— Je ne te savais pas aussi hargneuse.

— Je ne l'étais pas avant ! Mais qu'elle comprenne à quel point elle m'a fait du mal.

— Promets moi de ne pas tenir rancœur trop longtemps cela ne te ressemble pas.

— Le temps nous le dira.

— Tu réalises que si un jour tu épouses un Norrœnir il partira pendant des mánaðr. Lui en voudras-tu aussi ?

— Il y a une différence entre partir à la bonne saison pour subvenir à sa famille et l'abandonner ! Tu devrais le comprendre non ?

Einarr soupira : sa sœur n'était pas prête à pardonner à Ástríðr. Ulric s'étant endormi, il le coucha délicatement dans son berceau.

— As-tu trouvé quelqu'un pour veiller sur eux pendant que nous descendons ? demanda-t-il à Iona.

— Une nièce de Maîtresse Mairead. Elle adore les enfants. Je l'ai rencontrée, ils seront bien.

Einarr hocha la tête puis fixa sa jeune sœur une dernière fois.

— Il va être temps de descendre, ajouta-t-il.

Tout au long du repas Dagný ignora sa mère. Elle était aimable avec tous mais Ástríðr n'était plus dans ses bonnes grâces. Le jeune homme comprit que sa sœur avait besoin de temps pour lui pardonner.

Elle avait toujours été quelqu'un d'enjoué, pleine de malice, mais là il ne la reconnaissait plus. Il sentit la main d'Iona sur son bras.

— Laisses-lui un peu de temps cela va lui passer. Elle a encore trop de colère en elle.

— Que les dieux puissent t'entendre, ma Douce. Cela me blesse de la voir ainsi.

Iona s'approcha de l'oreille de son époux :

— Si nous montions ? Je me demande s'il m'est possible d'occuper ton esprit à autre chose, chuchota-t-elle malicieusement.

— À quoi penses-tu exactement ? demanda Einarr.

— Accompagne-moi pour le découvrir, dit-elle en faisant un clin d'œil.

Agnarr continua à marcher entre les hommes s'entrainant aux armes.

— Hákon les a bien entrainés c'est un fait. Nous allons nous entrainer avec eux, chaque Skotar va se trouver face à l'un de nous.

— Pourquoi cela ? Daividh le fixa les sourcils froncés.

— Ils doivent apprendre à combattre un homme de grande taille ! Nous vous dépassons largement d'une tête ce qui change pas mal de choses.

Nous n'avons que deux jours ici. Espérons que nous en aurons chez nous pour les habituer à affronter des Norrœnir. Aidan et Coinneach sont les seuls approchant le plus notre taille : ils se rangeront de notre côté pour l'entrainement. Comment se fait-il qu'ils soient aussi grands ? Ce n'est pas commun pour des Skotars ?

— Le père d'Aidan était un Dani !

— Tu m'en diras tant ! s'exclama Agnarr étonné.

— Hegvaldr, son père, avait échoué après une tempête. La plupart de ses hommes avaient péri en mer, avec leur snekkja. Il n'est jamais reparti.

Il a fait la connaissance de Lili et l'a prise comme épouse. Aidan est le plus jeune de leur fils. Ils avaient une ferme, non loin d'ici. Le frère ainé de Aidan, Dùghall, est un de mes vassaux.

— Et les autres naufragés ?

— Certains sont repartis, d'autres sont restés travailler dans la ferme d'Hegvaldr qu'ils considéraient comme leur Jarl.

— Donc tu as un túath avec des descendent de Danis ?

— Oui c'est le cas.

— Pourquoi ne se sont-ils pas joints à nous ? N'ont-ils pas appris à se battre de notre façon ? demanda Einarr.

Daividh réfléchit aux paroles d'Einarr. Pourquoi n'y avait-il pas pensé par lui-même ?

— Combien de temps faut-il pour les joindre ? s'enquit Einarr.

— Deux ættir[21] à cheval en étant bon cavalier.

Einarr tourna la tête vers son frère et Coinneach en grande conversation.

— Coinneach en est-il un bon ?

— Un excellent.

— Envoyons-le avec Hákon. Crois-tu qu'il soit possible qu'ils se joignent à nous ?

— Si j'en donne l'ordre oui, je suis leur mormaor. L'aurais-tu oublié ?

— Ils sont des descendants d'un Dani : il n'est pas certain qu'ils nous aideraient.

---

21 Le jour ou la journée en tant que période de 24h, désignée par le terme solarhringr « anneau du soleil » en vieux norrois, était divisée en æt envieux norrois, plur. Ættir.

— Envoyons-les, nous verrons bien s'ils se joignent à nous.

En fin d'après-midi, Hákon et Coinneach accompagnés d'une dizaine d'hommes, dont le frère ainé d'Aidan, entrèrent dans le donjon. Dùghall toisa Einarr les yeux plissés.

— Je suis là avec mes hommes mais uniquement parce que mon mormaor me l'a demandé, pour ne pas dire *ordonné*. Donne-moi une seule raison pour qu'on vienne en aide à une bande de Norrœnir ?

Le silence se fit dans la grande salle. Toutes les têtes étaient tournées vers les deux hommes se tenant face-à-face.

— Pour éliminer une raclure. Cela te convient-il comme raison ?

— C'est *ta* raclure, pas la mienne !

— Quand Glúmr en aura terminé avec nous et qu'il survit, dis-toi bien qu'il sait où trouver nos femmes et nos enfants. Ton túath se situe avant le mien sur le fleuve.

Que diras-tu le jour où tu le verras débarquer avec dix snekkjas vous massacrant tous, prendre vos femmes et enfants pour les vendre ? Glúmr Tjodrekson est sans pitié.

Dùghall blêmit suite aux paroles d'Einarr.

— Une autre question Dùghall : à qui va ta loyauté ? ajouta Einarr. Aux Danis ou à Daividh ? Que feras-tu si un jour la grande armée des fils Járnsíða quitte Norþanhymbra pour monter plus au nord, vers ici ?

Te joindras-tu à ton mormaor, ou seras-tu loyal aux Danis ?

Einarr vit l'homme face à lui déglutir difficilement le visage très blême et suant à grosses gouttes.

— Ma loyauté va vers mon mormaor, n'en doute jamais *Norrœnir* !

— Tout comme la mienne, n'en doute pas non plus, *Dani* !

Les deux hommes continuaient à se toiser : Dùghall fut le premier à baisser les yeux.

— Mes hommes et moi vous accompagnerons.

— Bien ! Demain matin sur le terrain d'entrainement vous serez sous les ordres d'Agnarr, mon meilleur homme aux armes. Nous devons constater ce que vous valez, en plus de votre grande taille.

— On est d'excellents combattants ! s'insurgea Dùghall.

— Ce sera à lui d'en juger. Maintenant en tant que toísech de ce túath je t'invite à ma table. Tes hommes peuvent se joindre aux miens. Malgré le fait qu'ils ne soient *que des Norrœnir :* ils savent comment accueillir des invités.

Tout au long du repas, Dùghall constata la bonne entente entre son mormaor et le jeune Norrœnir. Une vieille amitié les liait ainsi qu'un profond respect, qui n'était pas dû aux épousailles avec la cousine de Daividh. Ces deux-là devaient se connaître de longue date !

Le lendemain, tous se trouvaient sur le terrain d'entrainement, où Agnarr évalua les derniers arrivés : les Danis. Satisfait de ce qu'il découvrit, il forma les équipes.

Les deux knǫrrer venaient de laisser l'estuaire derrière eux et voguaient en haute mer. Les adieux avaient été pénibles et douloureux. Ils avaient quitté leurs épouses en larmes, les enfants s'accrochant aux jambes de leurs pères.

Tous les avaient observés pendant qu'ils s'éloignaient. Elles se tenaient les unes contre les autres, se réconfortant mutuellement. Les hommes espéraient les retrouver tous bientôt. Daividh se tenait près d'Einarr au gouvernail.

Avec beaucoup de difficultés, et maintes palabres, ils avaient réussi à convaincre Thoralf de rester en Alba auprès de son épouse très proche de son enfantement. Agnarr en avait eu l'idée. Lui et Einarr avaient été présents lors des naissances de leurs premiers-nés. Il ne voulait pas en priver son cousin.

Comme pour l'aller les vents leur étaient favorables les faisant avancer à une belle vitesse. Einarr constata que les Skotars n'avaient aucune difficulté à se mêler avec ses hommes contrairement aux Danis présents à bord. Des générations d'animosité ne s'effaçaient pas aisément.

—Ne te fais pas trop de souci, ils finiront bien par se mêler à nous, lui dit Daividh les observant lui aussi.

—Puisses-tu dire vrai. Lors d'un combat comme celui que nous allons affronter nous devons pouvoir compter les uns sur les autres.

—Je lui parlerai une fois en Rygjafylki. Tu n'en croises pas lors de tes félagis ?

— Pas en Mer des Suðreyar[22], pas depuis que les îles sont sous dominance Norrœnir. Eux sont plutôt en Norþanhymbra, Ēastengla Rīċe[23] et en Francia[24].

— Il est vrai que cela leur fait pas mal de Norrœnir, ils doivent préférer éviter.

— Tant mieux pour nous. Nous avons déjà assez de soucis avec les snekkja Norrœnir. Si nous devions, en plus, y affronter des Danis, on ne ferait que se défendre et très peu de commerce.

Il remarqua Snorri s'affairer auprès des bâches en peaux repliées ayant abrité les femmes et les enfants. Plissant les yeux il constata que son ami était très soucieux et contrarié.

Faisant signe à Hákon pour que celui-ci prenne le gouvernail il continua à épier Snorri : il voulait connaître la raison de son mécontentement. Se frayant un chemin vers la proue il sentit la mauvaise humeur de son équipier.

— Un souci ? lui demanda Einarr.

— Tu ne vas jamais le croire.

— Dis toujours !

— Je te jure que je n'ai strictement rien à voir avec ce que je vais te dévoiler.

Einarr plissa les paupières : il n'avait jamais vu Snorri ainsi ! Son ami souleva la bâche. Einarr fit un pas en arrière de saisissement : devant lui se trouvait Svein, le frère d'Agnarr !

---

22 Mer Hébrides en vieux norrois.

23 Est-Angli en vieux norrois.

24 Francie.

— Que les dieux nous viennent en aide, Agnarr va être bigrement en colère ! dit-il avec effroi.

Snorri opina étant du même avis que lui. Comment annoncer à Agnarr que son jeune frère lui avait désobéi ? Les deux hommes se toisèrent puis tournèrent leur tête vers l'autre knǫrr où Agnarr se tenait au gouvernail. Einarr se passa les doigts dans les cheveux en soufflant puis se dirigea vers l'arrière du bateau.

— Un problème ? Tu me sembles soucieux, lui demanda Daividh.

— Il y a de quoi ! Svein s'est embarqué. Snorri vient de le trouver sous les bâches.

Daividh blêmit puis tourna la tête en direction du frère ainé du jeune clandestin.

— Son frère risque d'être en colère ?

— Oh oui, *très* en colère. On peut s'attendre à la même foudre que celle provoquée par Mjǫllnir !

Einarr se tourna vers l'autre knǫrr tentant d'attirer l'attention d'Agnarr. Après moult signaux celui-ci tourna la tête vers lui.

Einarr lui fit comprendre de porter son attention vers la proue, vers Snorri. Il vit le corps de son ami se raidir et devenir blême. Il fit signe à Alvbjǫrn de prendre le gouvernail.

— Svein ! hurla-t-il depuis la proue de son knǫrr : tu ne perds rien pour attendre. Tu vas faire connaissance de ma colère comme jamais avant !

Depuis sa place Snorri le vit fulminer.

— Pourquoi as-tu agis ainsi, Svein ? Ne comprends-tu pas que ton frère a besoin de vous savoir en sécurité ? Il me semblait que je te l'avais clairement expliqué ?

— Je suis un adulte, j'ai quinze ár : je peux décider par moi-même.

— C'est de Glúmr qu'on parle et non d'un entrainement. N'as-tu pas compris le danger dans lequel tu mets ton frère ?

— Si justement et je dois le protéger !

— A quinze ár ? Qui essaies-tu de convaincre ?

— Je tuerai Glúmr de mes mains, je te le jure. *Je le jure*

devant tous les dieux : *je le tuerai.* Jamais plus il ne sera une menace pour Agnarr !

Le jeune garçon avait un air farouche et déterminé. Mais ce qui effraya Snorri fut la haine qu'il décela.

Que les dieux lui viennent en aide !

Snorri réalisa que le jeune garçon était déterminé à être celui qui porterait le coup fatal à Glúmr, son frère.

— Tu ne réalises pas ce qu'est un fratricide. Tu ne te souviens pas par quels tourments est passé Agnarr après avoir tué Tjodrek, votre père ?

— Je ne suis pas Agnarr ! Je n'ai jamais considéré Glúmr comme un frère. Il a tout fait pour ! Je te le jure, il périra par ma main.

Snorri réalisa que le jeune garçon mettrait tout en œuvre pour être celui qui porterait le coup fatal à Glúmr Tjodrekson. Il se demanda ce que Svein avait subi entre les mains de son frère pour qu'il ait une telle haine au fond de lui. Il décida d'en parler à Agnarr dès que possible.

Que les dieux viennent en aide au jeune Svein ! se répéta-t-il silencieusement.

3

Dans le village en Rygjafylki

Ceux restés au village découvrirent avec étonnement les hommes débarquer des deux knǫrrer. Ils ne s'y étaient pas attendu à voir autant d'hommes d'armes se joindre à eux pour leur combat contre Glúmr Tjodrekson.

Einarr et Daividh furent les derniers à débarquer côte-à-côte tout en discutant. Un sourire illumina le visage du jeune Skotar à la vue de Callum. Le moine, aussi ébahi que les autres, s'avança vers les deux hommes observant autour de lui les hommes venant d'Alba.

— Daividh mais.... dit-il en écartant les bras, faisant ainsi comprendre son étonnement : ...que veux dire tout ceci ?

— Callum, croyais-tu réellement que j'allais abandonner Einarr quand l'heure est si grave ? Quel genre d'ami serais-je en agissant de la sorte ?

— Un bien piètre, j'en conviens. Mais tous ses hommes ?

— Tous volontaires.

— Tous ? Callum était de plus en plus étonné.

— Oui chacun d'entre eux. Ils se sont liés d'amitié avec le jeune Hákon. C'est au nom de celle-ci qu'ils sont ici. Les autres font partie d'un de mes túath : ce sont des descendant Danis.

— Des Danis ? Ici chez nous en Rygjafylki ? J'en suis le premier étonné. Votre aide est la bienvenue, et change la donne.

— C'est ce qu'il me semble aussi.

Se tournant vers Einarr, Daividh continua :

— Nous devons parler stratégie tu ne crois pas ? Organisons notre défense.

— Allons dans mon skáli, l'invita Einarr.

Tous les hommes s'y rendirent. Les âtres dégageaient une bonne chaleur : la pièce aurait dû être accueillante mais l'absence des femmes si fit ressentir. Tous s'installèrent sur les bancs autour des tables.

Einarr, Daividh, Hákon, Alvbjǫrn, Aidan, Coinneach et Agnarr prirent place à la grande table. Yngvi découvrit la place vide : celle de Thoralf en fronçant les sourcils.

— Pourquoi Thoralf n'est-il pas parmi vous ? demanda-t-il.

— Il est resté auprès de Auða : elle doit bientôt enfanter. Agnarr a proposé qu'il reste auprès d'elle pour la naissance de son premier enfant. Lui et moi, ainsi que nombreux d'entre vous, ont eu la chance d'être présents lors de la naissance de notre premier enfant. Nous ne voulions pas en priver Thoralf.

— C'est un excellent guerrier en moins le réalises-tu au moins ? continua le jeune homme.

— Nous le sommes tous Yngvi. Tu peux demander à ceux qui nous ont accompagnés en Alba : nous avons vu nos amis Skotars s'entrainer. Ils sont excellents !

— Oui mais ce sont *des Skotars* ! Ainsi que des Danis qui ne nous portent pas dans leurs cœurs !

Hákon se racla la gorge.

— Depuis votre départ je les ai entrainés selon notre façon de combattre. Ils sont très forts : chacun d'entre eux.

— Si tu le dis Hákon. Nous allons combattre des vermines sanguinaires. Le savent-ils ?

Einarr se pencha en avant et posa ses avant-bras sur la table.

— Ils le savent tous, ils ont accepté de se joindre à nous : chacun d'entre eux. Sois-en certain, Yngvi. Nous les avons vus s'entrainer, je peux certifier que les paroles de mon frère disent vrai. Ils se sont entrainés contre nous prouvant qu'ils savent très bien nous aider à nous défendre.

Yngvi fronça les sourcils tout en examinant les Skotars. Aidan, le bras droit de Daividh se pencha en avant :

— Je peux te certifier jeune homme que mes hommes savent se battre. Ainsi que les Danis, dont le toísech est mon frère ainé. Qu'ils savent également qu'ils peuvent ne pas en sortir vivant.

Malgré cela ils ont accepté de se joindre à vous ! J'aurais aimé un peu plus de respect de ta part, ainsi que de la gratitude. Peut-être que ton jeune âge explique ton comportement ?

Yngvi eut la décence de rougir ne s'attendant pas à ce qu'un Skotar, autre que Daividh, s'adresse à eux en norrœnir.

— Arrêtons de brasser de l'air nous n'avançons pas, dit Daividh. Nous devons parler stratégie. Nous devons nous organiser. Avant tout nous devons leur laisser croire que vous n'avez pas changé vos habitudes au cas où il enverrait des éclaireurs.

— C'est-ce que mon frère fera, intervint Agnarr.

— Il est impératif qu'ils constatent que les âtres de chaque maison brûlent, ainsi que celui de l'invité d'honneur de mes geôles.

— Tout ce que nous pouvons faire c'est de les attendre, se plaignait Halli.

— Mais c'est là que tu te trompes ! Maintenant que je suis parmi vous, on va les surprendre. Vois-tu : Callum avait une grande quantité d'ouvrages concernant les tactiques de guerre d'autres civilisations.

Je les ai tous lu, je vais vous faire profiter de mes connaissances. Un grand sourire de satisfaction illumina le visage du jeune Skotar. Malicieux il ajouta : nous allons piéger le village !

— Quoi ? s'insurgea Einarr.

— Oui : nous allons creuser des tranchées, y mettre des pieux en bois puis les recouvrir de branchages et de neige. Ils n'y verront que du feu. Nos meilleurs archers iront se cacher dans les bois et leurs tireront dessus. Ce sera la débâcle la plus totale !

— Cette tactique s'utilise contre des cavaliers, Daividh ! s'insurgea Agnarr, là ils seront très certainement à pied !

— Nous ferons des pieux plus fins et très pointus tout simplement.

— Comment quitterons-nous le village pour aller chasser ? Nos épouses étant absente, nous grillons du gibier, s'enquit Gauti.

— Nous laisserons quelques passages connus de nous seuls. Nous placerons également des éclaireurs nous prévenant de l'arrivée de Glúmr. Ainsi nos archers sauront *où* se cacher.

— Que fais-tu de ses éclaireurs s'ils nous voient creuser des tranchés ? demanda Yngvi.

— En avez-vous déjà vus s'approcher ?

— Non pas encore.

— Einarr si je me souviens bien : Unni a précisé que nous installerions notre défense ?

— C'est ce qu'elle nous a dit.

— Dans ce cas mettons-nous au travail dans les plus brefs délais. Une équipe creuse, une autre se charge des pieux en bois. Il serait bien de mettre Magnar au courant de notre stratégie et l'inviter à faire de même.

— Tu as lu cela sur des rouleaux de parchemins ?

— Oui, mon cher Oddvakr. Crois-tu qu'il y ait une chance que ton frère suive notre exemple ?

— Honnêtement ce n'est pas notre façon de faire, j'ai des doutes. Mais je peux toujours lui en parler.

Tous se tournèrent vers Einarr n'ayant pas pris la parole. Il se grattait la barbe les yeux dans le vide, réfléchissant aux paroles de son ami. Son plan semblait avoir du bon : il permettrait d'éliminer une grande partie des hommes de Glúmr.

Cette tactique était utilisée pour éliminer des cavaliers, jamais des hommes venant à pieds. Il est vrai que ce n'était en rien leur façon de combattre mais avaient-ils le choix ? Le plus important était de vaincre avec le moins de perte possible.

Si le prix à payer était d'utiliser une stratégie ne répondant pas à la mentalité Norrœnir il était prêt à s'y résoudre. Relevant la tête, il scruta Daividh.

— Tu es certain de cette stratégie ?

— Oui je le suis. Dommage que le sol soit enneigé, nous aurions pu, comme les Troyens assiégés par les Grecs, faire rouler des boules de feu vers eux depuis les hauteurs.

Agnarr fronça les sourcils :

— Expliques-nous cela.

— Depuis les hauteurs ils ont envoyé des boules de foin en feu vers les assiégeants sur la plage. Cela les a surpris, tu comprends bien. Bons nombres furent brûlés, voir tués.

Agnarr posa ses deux coudes sur la table :

— Nous pourrions les enduire de graisse, la neige ne les éteindra pas.

— Cela peut se faire.

— Les idées de Daividh me plaisent, Einarr ! ajouta Agnarr.

— Ce qui ne m'étonnes pas venant de toi ! ricanai ce dernier.

— Attends : c'est toi qui as trouvé la tactique de défense, en haute mer, contre les snekkjas ?

— C'est bien lui ! répondit Einarr à sa place.

— Très astucieuse cette tactique. Si je comprends bien le raisonnement d'Agnarr : vous avez des graisses qui brûlent malgré la neige.

— Oui vu que nos torches ne s'éteignent pas quand elles tombent sur le sol enneigé.

— C'est parfait. Nous avons de quoi nous occuper, ajouta Daividh se frottant les mains joyeusement. Il était dans son élément.

Einarr acquiesça :

— Formons les équipes se serait déjà un bon début. Faut-il envoyer quelqu'un à la chasse où avons-nous de quoi nourrir tout le monde ?

— Pas suffisamment pour tous, répondit Gauti.

— J'ai vais, se proposa Snorri.

— Prends Oddvakr avec toi, mieux vaut être sur nos gardes. On ne sait pas à quoi s'attendre avec Glúmr, ordonna Einarr ajoutant à l'intention de Gauti :

— Va prévenir Magnar de notre retour. Surtout expliques-lui ce que nous avons décidé.

Les trois hommes quittèrent le skáli.

— Einarr, tu réalises que ce n'est pas notre façon de faire ? intervint Alvbjǫrn.

— Je sais mais nos survies en dépendent. Nous avons tous envie de retrouver nos familles. Honnêtement : crois-tu que Glúmr va nous attaquer à la loyale, digne d'un Norrœnir ? Si tu crois cela tu te trompes.

— Je sais mais quand-même !

Olvin s'énerva :

— On voit bien que tu n'as ni épouse, ni enfant ! On s'en fout de la manière, on a envie de revoir nos familles. Tu peux au moins essayer de comprendre non ?

Tu n'as pas envie de revoir ta mère ? Ta jeune sœur ? Ton frère a envie de retrouver son épouse et ses deux fils. Comme nous tous ici !

Les hommes furent unanimes. Alvbjǫrn se passa les doigts dans les cheveux. Olvin n'en avait pas fini avec lui :

— Tu ne te souviens pas de Stjórnavágr ? Tu as bien vu quand on est allé à leur rescousse avec quelle traitrise Glúmr s'était attaqué à ton frère et ton grand-père ! Un combat est rarement loyal.

Tu ne le comprends pas c'est que tu es loin d'être un guerrier ! Si Daividh et ses hommes ne s'étaient pas joint à nous, nous n'avions même pas une seule chance de vaincre ! Nous devons faire ce qu'il nous dit ! Au moins maintenant nous pouvons espérer.

Alvbjǫrn se frotta le visage méditant les paroles d'Olvin, puis soupira :

— Que fait-on si on nous rapporte au Þing ?

— Tu peux répéter ? s'énerva Olvin. Au Þing ? Mais qui prend en considérations la parole de ces renégats, ou de Glúmr lui-même ?

Tu crois vraiment qu'on va nous condamner parce que nous avons défendu notre village, nos biens ? Ce sera à lui de nous payer un wergeld s'il survie ! M'est avis de tous les tuer, de ne laisser aucun survivant, ou nous n'aurons jamais la paix.

Tous donnèrent de la voix pour montrer leur accord aux paroles d'Olvin. Il fallait en terminer avec Glúmr une bonne fois pour tout.

— Un jour tu comprendras, ajouta Agnarr à l'intention d'Alvbjǫrn : quand tu auras ta propre famille. Ce jour-là tu feras tout ce qui est en ton pouvoir pour les protéger. Je suis d'avis de suivre Daividh pour ce combat.

Je connais mon frère : ce n'est qu'ainsi que nous le vaincrons. Il me semble que nous devrions commencer à nous préparer, il y a pas mal de choses à faire. Celui qui est contre les idées de Daividh, ma foi, il n'a pas sa place dans ce village.

— Veux-tu dire que je n'ai pas ma place parmi vous ? s'offusqua Alvbjǫrn.

— Ce n'est pas ce qu'il a dit ! Einarr ayant suivi toute cette conversation avec beaucoup d'attention, venait d'élever la voix.

Chose rare pour tous ceux qui le connaissaient :

— Plus de tergiversations, on se met au travail. Maintenant ! Former les équipes, faites tout ce que Daividh vous ordonne de faire. Je suis las des paroles qui n'ont aucun sens, pas lieu d'être prononcés. Nous avons à faire, on commence sans tarder. Einarr se tourna vers son frère : Toi, dans mon alcôve, maintenant !

Il se leva, suivi son jeune frère dans l'alcôve où il le foudroya du regard.

— Einarr, je…

— La ferme ! hurla-t-il. Je ne veux plus t'entendre jusqu'à nouvel ordre ! Tu vas faire exactement ce que

Daividh t'ordonne. Est-ce bien clair ? Tu es le seul à émettre une objection, tu me fais honte devant tous !

Ce que Daividh nous propose est notre seule chance de vaincre. Tous ces Skotars n'avaient aucunes obligations de nous venir en aide : pourtant ils sont là et prêt à mourir pour une cause qui n'est pas la leur.

Et toi, *mon propre frère*, ose émettre des objections ! Aurais-tu perdu la tête ? Qu'est-ce qui te prend en plus d'y mêler le Þing ? Réalises-tu qu'ils étaient à deux contre un seul de nous, que Daividh nous a rendu l'espoir de vaincre ? Je ne crois pas.

Du haut de tes vingt ár tu crois tout connaître, tout savoir, mais tu ne comprends strictement rien Alvbjǫrn ! Si on t'écoutait nous devrions tous mourir parce que tu veux combattre comme un Norrœnir. Désolé mais comme tous les autres j'ai envie de revoir mon épouse, l'aimer, lui faire d'autres enfants.

Jamais je ne te permettrai de détruire tout cela. Est-ce clair dans ta tête où dois-je te l'enfoncer à coups de poings ? Maintenant hors de ma vue et mets-toi au travail ! vociféra-t-il.

La tête baissée, Alvbjǫrn quitta l'alcôve de son frère. Einarr se passa les doigts dans les cheveux. Jamais il n'avait parlé de cette façon à son jeune frère mais celui-ci l'avait mis hors de lui.

Inspirant plusieurs fois pour se calmer, il ferma les yeux. Il avait surtout envie de casser quelque chose. Or tout dans cette alcôve lui faisait penser à Iona et aux jumeaux.

Jamais il ne pourrait casser quoi que ce soit se trouvant dans cette pièce. Dépité et malheureux il se laissa tomber sur un de ses coffres fixant le berceau de Alvaldr et Ulric.

Que faisaient-ils en ce moment dans son túath là-bas en Alba ? Se frottant les yeux il soupira à nouveau en baissant la tête.

C'est ainsi que Daividh le trouva quelques instants plus tard. Il rejoignit son ami en s'assit sur un autre coffre.

— Il est jeune et la tête pleine de beaux principes.

— Ce n'est pas ce qui va nous sauver, chuchota Einarr.

— Il comprendra un jour, j'en suis certain. Quand il aura lui-même une famille à défendre.

— Hákon est plus jeune, pas de famille, du moins la sienne, une bien à lui, pourtant il comprend.

— Je t'ai dit qu'il te ressemble tu t'en souviens ? Crois-moi l'éloignement lui a fait du bien, plus que tu ne peux te l'imaginer. Il n'avait plus son grand frère pour veiller sur lui, il a dû grandir.

— Peut-être. Le fait est qu'ils sont très différents.

Daividh observa son ami fixer le berceau vide, son cœur se serra.

— Petit conseil d'ami : peut-être devrais-tu dormir dans le skáli, ou dans une autre alcôve que celle-ci.

Einarr opina d'un signe de tête ne quittant pas des yeux le lit. Daividh se racla la gorge :

— Allons rejoindre nos hommes, nous avons pas mal de choses à faire. Tu ne crois pas ?

— Hm, oui tu as raison.

— Ils vont bien, ils sont à l'abri dans ton túath.

Einarr se frotta les yeux en soupirant, se leva et quitta l'alcôve suivi de Daividh. Ils avaient pas mal de choses à faire pour mettre en œuvre les tactiques du jeune Skotar.

Avec courage les hommes se mirent au travail. L'espoir était au beau fixe grâce à la présence de Daividh, ainsi que soixante-dix de ses hommes d'armes.

Daividh, Aidan, son frère et Coinneach étaient les seuls à parler Norrœnir mais les hommes d'Einarr parlaient la langue Celte parfaitement, dû à leurs commerces en terre d'Alba. L'entente était parfaite, tous travaillaient côte-à-côte comme des amis de longue date.

Le creusage des tranchées fut laborieux au départ à cause du sol gelé. Ensemble, avec détermination, ils y arrivèrent.

Des gardes furent mises en place sous la responsabilité de Snorri : non seulement leur meilleur pisteur, mais également celui qui avait la meilleure connaissance des environs. Une autre équipe s'occupait des pieux à mettre dans les tranchées. Un grand nombre de branches de sapin furent taillés, nécessaires pour recouvrir les tranchés.

Daividh et Agnarr s'occupaient activement à la confection des boules de foin et les enduisant de graisses. Le jeune Skotar était au summum de l'enchantement : il avait trouvé en ce jeune Norrœnir un aussi fervent admirateur que lui des tactiques anciennes. Ils ne leurs restait plus qu'à attendre.

Svein quant à lui, était sous bonne garde de Callum après avoir subi la foudre de son frère aine.

Au retour de Gauti, une partie des hommes se mirent en route vers le village du Jarl. Magnar, qui tout comme eux avait envie de vaincre, accepta les ruses mises au point par Daividh. Laissant des passages pour les hommes d'Einarr quand ils viendraient lui porter secours.

L'attente fut longue pour tous. La surveillance mise en place n'avait toujours pas aperçu d'éclaireurs envoyé par Glúmr.

Comme ordonné par Daividh : tous les âtres brulaient. Ils continuaient à faire croire que tous vivaient une vie paisible non conscients d'un danger imminent.

Hákon continua à travailler dans sa forge pendant qu'un des hommes de Daividh faisait de même dans celle d'Iver. Aux hommes d'armes Skotar il fut demandé de rester dans le grand skáli : leurs petites tailles comparées à celles des Norrœnir auraient trahi leur présence.

Au bout du cinquième jour Snorri revint avec ses éclaireurs. Des hommes de Glúmr, au nombre de trois, arrivaient côté nord du village, tandis qu'Olvin en avait aperçu trois autres approchant en marchant sur l'eau gelée du fjǫrðr.

Daividh réfléchissait tout en se tapotant les lèvres de son index, les yeux dans le vague :

— Nous devons rendre le village inaccessible côté fjǫrðr, c'est impératif.

— Comment comptes-tu faire une chose pareille ? demanda Einarr.

Daividh plissa les paupières en tournant la tête vers Agnarr :

— La graisse que nous avons utilisée sur les boules, pourrait-on l'étaler sur la glace du fjǫrðr aux abords du village ?

Se penchant en avant Agnarr réfléchit en fixant l'âtre.

— Pourquoi pas de l'huile ? Elle s'étalera plus facilement, elle est tout aussi inflammable. Peux-tu nous expliquer pour quelle raison il t'en faut ?

Un sourire sournois naquit sur le visage de Daividh :

— Nous l'enflammerons dès que nous aurons le signal qu'ils arrivent. La glace fondra ! Pour ne pas être dans leur ligne de mire nous lancerons des flèches enflammées.

— La couche est trop épaisse : l'huile ne brûlera pas assez longtemps, je le crains.

— Hum, oui, tu as raison. Peut-on fragiliser la glace d'une autre façon ?

— En y amenant un navire et y mettre le feu. Trop fastidieux sachant qu'ils approchent ! Le mieux est de mettre des archers. On peut toujours étaler l'huile, l'allumer à leur approche.

— Cela me semble une excellente idée, faisons ainsi. Ils auront difficile de pénétrer dans le village avec les flammes. Dans combien de temps estimes-tu leur attaque ?

— Connaissant Glúmr, tout aux plus deux jours.

— Dans ce cas nous devons tous nous préparer à une attaque imminente. Soyons sur nos gardes mes amis : ils ne feront pas de quartier.

Tous les hommes étaient en place. Snorri, les archers Norrœnir et Skotars sur les hauteurs, prêt à agir. Les autres se trouvaient dissimulés aux lieux stratégiques. Le plus grand nombre dans le village.

Dix hommes se trouvaient en hauteur auprès des boules enduites de graisses prêtes à être allumées dès l'arrivée de l'ennemi.

Tous étaient silencieux. Callum, accompagné du jeune Svein, attendait dans le grand skáli muni de ses potions, onguents, bandages en priant que tout se déroule bien pour ses amis. Svein ne décolérait pas, il voulait prendre part au combat.

Snorri capta un mouvement du coin de l'œil. Des hommes arrivaient silencieusement en direction du village. Leur attitude indiquait qu'ils étaient là pour combattre.

Signalant à ses archers l'approche de l'ennemi, il attendit. Tous se mirent en place pendant qu'il sifflait le signal que les hostilités étaient imminentes.

Comme prévu ils arrivèrent du côté nord. Fixant vers le fjǫrðr il aperçut des mouvements là aussi. Il chercha à capter l'attention Coinneach : il était l'archer qui devait allumer l'huile sur la glace.

Ainsi que celui devant envoyer le signal à Svein, le jeune frère de Thoralf, d'allumer les boules de foin. Le jeune Skotar avait légèrement ronchonné : il aurait préféré combattre à l'épée aux côtés d'Hákon.

Coinneach banda son arc prêt à tirer. Olvin alluma un feu avec quelques brindilles servant à allumer la flèche. Ils attendaient patiemment le signal de Snorri. La seule chose qu'ils entendaient était les coups de marteaux sur les enclumes faisant croire à l'ennemi qu'ils ne les attendaient pas.

Glúmr avança avec ses hommes. La surprise serait totale. Einarr était réellement l'imbécile qu'il s'imaginait. Il n'y avait pas de garde, ni éclaireur en vue.

Il entendait même les deux forgerons travailler sans relâche. Il allait *enfin* en finir avec cette fiente de troll[25] d'Einarr Leifrson ! Avec délectation il s'imagina tous les tourments qu'il lui infligerait.

Ensuite ce serait au tour de son cher frère Agnarr, ce mannfýla[26], pour lui aussi il allait prendre tout son temps à lui infliger d'innombrables supplices !

À cette pensée un sourire carnassier apparut sur son visage. Avançant lentement vers le village les hommes de Glúmr sortirent leurs armes s'apprêtant au combat.

Ils en étaient certains, ce serait bref et ils en sortiront victorieux. N'avaient-ils pas fait des offrandes aux dieux pour cela ?

Þórr était à leurs côtés ils n'en doutaient nullement. Après avoir tué tous les hommes du village ils allaient pouvoir s'amuser avec toutes les femmes et les fillettes avant leurs mises à mort.

Snorri leva le bras, les hommes arrivant par le fjǫrðr approchaient à hauteur de l'huile déversé sur la glace. Il était impératif de l'allumer au bon moment. Pas trop tôt, sinon les hommes reculeraient, prendraient un autre accès pour entrer dans leur village, ni trop tard.

Si tout se déroula selon les prédictions de Daividh ils seraient encerclés par l'huile ne leurs laissant aucune chance de les assaillir.

Le dernier homme de Glúmr franchit la limite entre l'huile et la glace du fjǫrðr. Snorri abaissa le bras donnant le signal à Coinneach.

Olvin alluma la flèche, le jeune Skotar leva son arc et la flèche partie, atterrissant exactement là où elle devait.

---

25 Insulte viking.

26 Trou du cul en vieux norrois.

Le feu prit à toute vitesse encerclant l'ennemi de toutes parts ne leur laissant aucune possibilité d'échapper.

Au même instant les hommes arrivèrent du côté nord du village. De là où ils se trouvaient, ils entendirent les cris. Mais ne voyaient rien de ce qui se passait aux abords du fjǫrðr. Croyant que leurs amis avaient commencé le combat ils se mirent à courir : droit vers les tranchés recouverts de branches et de neige. Les premiers tombèrent en s'empalant sur les pieux en bois. La confusion fut totale !

— Maintenant ! cria Snorri donnant l'ordre de tirer.

Les flèches fusèrent de toutes parts sur l'ennemi. Les assaillants, dont Glúmr, sautèrent au-dessus des tranchées, certains en marchèrent sur leurs compagnons empalés.

Pendant que les flèches continuaient à les atteindre, Svein donna l'ordre d'allumer les boules de foin. Les poussant à l'aide de lances ils les firent descendre vers le village, vers les hommes les attaquant. Daividh et Agnarr avaient vu juste : le feu ne s'éteignit pas. Roulant de plus en plus vite les boules atteignirent les attaquants, les empêchant de fuir.

Ils entendaient les cris des hommes prenant feu, ainsi que de ceux empalés sur les pieux agonisants. Glúmr était en rage : Iver l'avait trompé, lui avait menti. Lui et ses hommes étaient attendu. Il hurla le nom d'Agnarr rageusement : il voulait en finir avec son pleutre de frère. Il vit les villageois sortir ainsi que d'autres hommes plus petits mais l'allure tout aussi féroce, armés et prêts à combattre. Ses hommes dont il ne lui restait plus qu'une vingtaine se trouvaient en fâcheuse posture !

Apercevant son frère ainé il avança vers lui, lançant un cri de guerre : il allait en finir avec ce kúkalabbi une bonne fois pour toute. Agnarr se retourna et aperçut son frère avancer vers lui en rage, arme à la main. Il savait que Glúmr serait plus difficile à battre que son père[27].

Les deux frères se jaugèrent se tournant autour, ne se quittant pas des yeux. Agnarr ne laissa aucune émotion paraitre tandis que la rage écumait chez Glúmr. Ce dernier était le seul survivant des assaillants. Tous les hommes se mirent en cercle autour d'eux.

— Tu n'es qu'un mannfýla, un kúkalabbi, une vermine, mais surtout un sale traitre ! Je vais te tuer, Agnarr. Ensuite, je prendrai ta femelle, encore et encore, jusqu'à ce qu'elle me supplie de la tuer ! ragea Glúmr.

Agnarr ne répondit pas, continua à tourner autour de son frère s'apprêtant à l'offensive de son cadet. Celle-ci ne se fit pas attendre, avec un cri à glacer le sang, Glúmr se lança sur lui. Un combat acharné commença.

Cette fois-ci Agnarr ne retint pas ses coups. On entendait que les entrechoquements des armes ainsi que les cris d'effort des deux hommes. Agnarr savait que le combat serait long et difficile. Ils avaient eu tous les deux le même entrainement aux armes, ils avaient la même détermination de vaincre.

Soudain, une voix se fit entendre :

— Glúmr, si tu es un homme, retournes-toi !

Svein ! Au son de la voix de son jeune frère, Glúmr se retourna puis porta ses deux mains à son ventre, crachant du sang, incrédule. Svein venait de le poignarder enfonçant son couteau profondément des deux mains.

---

27 Voir Le Destin des Runes livre 2.

Glúmr recula de quelques pas plié en deux avant de s'effondrer au sol ne comprenant pas ce qu'il venait de se passer. Svein s'agenouilla à ses côtés, plein de haine :

— J'avais promis d'être celui qui te tuerais : les dieux me l'ont accordé. Va au Hel, Glúmr et pourris-y. Ta carcasse n'est même pas digne de nourrir Hugin et Munin[28].

D'un coup de pied il projeta l'épée de son frère, agonissant, au loin avant de reprendre son poignard. S'agenouillant il égorgea Glúmr et essuya la lame à la tunique de son frère. Se relevant après avoir craché sur le sol il se tourna vers Agnarr :

— Je te l'avais dit que je le tuerais ! Maintenant, je suis un homme !

Il se retourna et prit la direction de la grande maison, laissant son frère aine ébahi derrière lui.

Avançant vers Glúmr, Agnarr suivit Svein des yeux avant de baisser la tête vers le mourant. Son frère tenta de tendre la main vers son épée en donnant son dernier souffle.

Agnarr retenant le bras de son frère du pied, ne lui laissa pas l'opportunité de prendre sa lame. Après une dernière crispation de ses muscles, Glúmr mourut dans un dernier râle : sans arme à la main.

Tous étaient silencieux, il ne restait aucun ennemi en vie. Ils avaient vaincu grâce aux tactiques de Daividh, ainsi que l'aide des Skotars. La victoire par contre, avait

---

28 Les deux corbeaux de Odin dans la mythologie nordique.

un goût amer : un jeune garçon de quinze ár venait de trucider son frère, froidement !

Dans le skáli, Callum soignait les quelques blessés légers. Il était surtout tourmenté par le jeune Svein, revenu depuis quelques instants comme-ci de rien n'était. Comme-ci il n'avait pas tué un homme, son frère de surcroit.

Le jeune garçon était assis contre un pilier, taillant un bout de bois avec le poignard qu'il avait utilisé pour tuer Glúmr. Sa froideur laissa le moine perplexe et soucieux.

Agnarr entra dans le skáli, s'approcha de son jeune frère avant de s'accroupir devant lui.

— Que t'a-t-il fait pour que tu ais autant de haine en toi ? lui demanda-t-il.

Son jeune frère haussa les épaules sans même lever la tête.

— Parles-moi, demanda-t-il la voix adoucie.

— Pourquoi crois-tu qu'il ait fait quelque chose ?

— Ce que tu viens de faire était une vengeance. Tu avais un compte personnel à régler avec lui !

Svein haussa à nouveau les épaules :

— Cela ne regarde que moi.

— S'en est-il pris à toi d'une façon ou d'une autre ?

Svein leva les yeux vers ceux de son frère.

— Pas de la façon que tu crains : il ne m'a jamais touché. Si jamais il l'avait fait je lui aurais arraché les bourses et fait avaler jusqu'à ce qu'il étouffe !

— Qu'a-t-il fait ? insista Agnarr.

Des larmes commençaient à couler le long des joues du jeune garçon. S'essuyant le nez il ferma les yeux en secouant la tête comme pour chasser un mauvais rêve.

— Il a tué Ágáða uniquement parce qu'on s'aimait tous les deux. On voulait fuir pour venir te rejoindre et ensuite s'unir. Je ne sais pas comment il l'a appris. Une nuit il est entré dans mon alcôve en la tirant par les cheveux. Il l'a égorgée devant moi en ricanant.

Svein baissa la tête, continua en chuchotant :

— Je n'ai rien pu faire pour la sauver. J'ai juré sur les dieux en la tenant dans mes bras qu'un jour je le tuerais de la même façon : en l'égorgeant. J'ai tenu la promesse que je lui ai faite cette nuit-là.

Agnarr sentait toute la douleur de son frère comme-ci elle était la sienne. Il attira Svein vers lui, plaça son menton sur le sommet de la tête de son jeune frère :

— Tu aurais dû m'en parler.

— Qu'est-ce que cela aurait changé ? répondit-il avec hargne se débattant. Il n'était plus un enfant qui avait besoin des bras de son frère.

— Je t'aurais compris, gardé ici en t'autorisant ta vengeance. Tu y avais droit.

Svein releva la tête incrédule.

— Vraiment ?

Agnarr hocha la tête le visage grave.

— Tu m'aurais laissé le tuer ? s'enquit Svein.

— Oui, si besoin je t'aurais aidé. Tu sais que tu peux avoir confiance en moi. J'espérais que tu le savais ! Pourquoi n'as-tu rien dit ?

Svein secoua la tête ne connaissant pas la réponse lui-même.

— Vais-je un jour me sentir mieux ? demanda-il à voix très basse. Malgré qu'il soit mort par ma main cela ne retire pas la douleur.

— Il te faudra du temps ainsi que beaucoup de courage. Je suis là tu le sais.

— Je dois apprendre à vivre sans elle : c'est si dur. Je la vois tout le temps, j'entends sa voix chaque nuit.

— Je sais ce que tu ressens. C'est ce que j'ai vécu quand Père a tué notre mère.

— Finit on par oublier ?

Agnarr fit non de la tête.

— Jamais ? insista le jeune garçon.

— Avec le temps on apprend à se remémorer que les bons souvenirs.

Le jeune garçon s'essuya les larmes sur ses joues :

— Dis-moi que tu ne lui as pas rendu son épée pour mourir !

— Il ne va pas au Valhǫll[29] : les Valkyrjar[30] ne sont pas venues le chercher. Il ira au Niflhel[31].

Svein hocha la tête, satisfait de la réponse de son frère.

— Je vais aller aider Callum, ajouta-t-il en se levant.

Agnarr le retint du bras.

— Non tu viens avec moi rejoindre les autres. Nous avons des corps à enlever. Tout guerrier doit participer à cette tâche. Nous aurons également besoin de toi pour défendre le village de notre Jarl. Mais tu resteras avec Snorri et les autres archers, est-ce bien clair ! Á moins que tu ais des comptes à régler avec Jóarr ?

Svein fit non de la tête :

— Ne me demande pas de fournir une sépulture à Glúmr, je ne le ferai pas !

— Nous allons les placer sur un vieux knǫrr et le brûler sur la glace du fjǫrðr rien n'indiquera où ils sont.

— Rien ? Tu me le promets ?

— À part les poissons personne ne le saura. Allons-y, du travail nous attends avant de nous rendre auprès de Magnar.

Ils se relevaient tous les deux, quittèrent le skáli pour

---

29 Valhalla en vieux norrois.

30 Valkyries en vieux norrois.

31 Le plus bas des mondes de la mythologie nordique. C'est là que vont les défunts n'ayant pas droit aux honneurs.

aider les autres.

Après avoir relevé les corps, un vieux knǫrr fut amené en utilisant des rondins placés sous la coque et tiré par des chevaux. Ils y placèrent tous les cadavres après les avoir dépouillés de leurs armes, cottes de mailles et casques, pour ceux qui en avait[32]. Le knǫrr fut allumé par des flèches tirées depuis le ponton par quelques hommes.

Silencieux tous regardaient le vieux navire s'embraser puis se réduire en cendre. La fumée était noire, picotant leurs yeux, ce qui les rendit rouge. L'odeur de chair brûlant les prenait à la gorge, les emplissait de dégoût : le même que celui qu'ils avaient envers leurs victimes.

La chaleur du brasier fit fondre la glace sous la coque, assez pour l'emmener vers le fond avec les cadavres de leurs ennemis. Ils étaient débarrassés d'un de leur ennemi : Glúmr Tjodrekson ! Une des pires raclures de Rygjafylki, aux innombrables victimes suite aux raids par lui et ses hommes, ainsi qu'en terrorisant des villages entiers.

Sur le navire ils avaient également ajouté les pieux, les branches, tout ce qu'ils avaient utilisés pour la défense du village. Le bois était trop vert pour le brûler dans les habitations, ils auraient tous fini par suffoquer.

Les tranchées furent rebouchées difficilement. Ils ne devaient laisser aucune trace du combat, ne voulant pas s'en souvenir : oublier cet ennemi, honni par la société.

Une fois cette pénible tâche terminée ils devaient reprendre un peu de repos, avant de rejoindre leur Jarl. L'état de fatigue dans laquelle ils se trouvaient en ce moment les empêchait d'être efficaces à la défense du clan de Magnar.

---

[32] Seuls les plus nantis pouvaient se permettre un casque et surtout une cote de maille.

Le lendemain, ils commencèrent la journée en aiguisant leurs armes, les engraisser, réparant également leurs cottes de mailles là où cela était nécessaire. Vers la mi-journée ils étaient tous aptes à rejoindre, pour certains des membres de leurs familles, pour tous leurs amis, dans l'autre village.

4

Dans le túath d'Einarr, en Alba

Il se tenait là, assis contre le mur fixant sans relâche la porte vers la maison des bains. Iona en était sortie par deux fois en lui souriant pour aller nourrir ses fils. Son cœur battait la chamade. Auða se trouvait de l'autre côté de la porte avec Unni, Iona, Helga et Moira, pour enfanter.

Pas un seul bruit sortait de cette pièce. Il attendait depuis des heures sans bouger assis contre ce mur les bras croisés. Un bruit de froissement de tissus attira son attention. Tournant la tête il vit Maîtresse Mairead approcher en tenant un bol dans les mains. Arrivé à hauteur du futur père elle le lui tendit :

—Prenez ceci, messire Thoralf, cela vous occupera quelque peu.

—Je ne crois pas être capable d'avaler quoi que ce soit Maîtresse.

Maîtresse Mairead s'assit à ses côtés, dos contre le mur en repliant les jambes. D'une main elle s'afférait à bien les couvrir avec ses jupons. Cette tâche terminée, elle se tourna vers le jeune homme.

— Si vous ne mangez pas un peu je vous nourris comme un jeune enfant, messire Thoralf !

Stupéfait par ce qu'il venait d'entendre Thoralf étudia le visage de la femme assise à côté de lui. Elle avait un sourire doux et tendre, par contre son regard reflétait une grande détermination.

Il comprit à cet instant que Maîtresse Mairead était une femme de parole. Docilement il prit le bol et porta une première cuillerée à sa bouche avalant avec peine le potage. Tout au long de son repas elle ne le quitta pas des yeux les bras croisés, jusqu'à la dernière cuillerée. Thoralf lui tendit le bol qu'elle posa à côté d'elle satisfaite.

— Une servante viendra le prendre, expliqua-t-elle son geste.

Thoralf écarquilla les yeux :

— Vous comptez rester ici ?

— Vous avez tout compris ! Je vais vous tenir compagnie jusqu'à ce que vous reconnaissiez votre enfant. C'est bien ainsi n'est-ce pas que vous faites ? Vous reconnaissez votre enfant devant témoin.

— Qui vous l'a dit ?

— Messire Hákon. Il m'a énormément parlé. Nous avions de très longues conversations lui et moi. Vous tous, et votre pays, lui maquiez énormément vous savez. Je crois que cela l'aidait d'en parler.

— Je vois. Merci de l'avoir si bien entouré. Einarr apprécierait énormément j'en suis certain.

— Vous savez ce n'est pas difficile d'avoir de l'affection pour ce jeune homme : il est si charmant, plein de joie de vivre.

— Il a toujours été celui qui ramenait le sourire à Einarr jusqu'à l'arrivée d'Iona.

— Cela ne m'étonnes pas. Je n'avais pas reconnu notre toísech immédiatement : il avait pas mal grandi depuis la dernière fois que je l'avais vu chez notre ancien mormaor.

— Vous avez connu Einarr lors de son séjour chez Angus ?

— Connaître est un bien grand mot, je l'apercevais de temps à autre. Ma mère, mes sœurs et moi étions au service de Messire Angus.

— Lui en avez-vous parlé ?

— Non, je déteste remémorer de mauvais souvenirs aux personnes pour qui j'ai une grande estime.

— C'est tout en votre honneur. Vous dites que vous ne l'aviez pas reconnu immédiatement ?

— C'est la complicité avec notre mormaor qui me l'a fait comprendre, ainsi que son rire ! C'est à ce moment-là que j'ai reconnu le jeune garçon qui avait passé deux ans parmi nous. Ils ont toujours eu cette complicité.

— Daividh a l'habitude de dire qu'Einarr est le frère qu'il n'a jamais eu. Un lien très fort les lies.

— La vie n'a plus été pareille pour messire Daividh après le départ de notre toísech, ajouta Maîtresse Mairead tristement les yeux dans le vague. Angus était un homme très cruel vous savez, conclut-elle en murmurant.

— Je sais oui, Einarr m'en a souvent parlé, ainsi que Callum.

— Il s'est bien adapté chez vous ?

— Oui, très bien même. On le prend aisément pour l'un des nôtres. Nous avons tous beaucoup d'amitié envers lui.

— J'en suis très heureuse. Callum a toujours été un homme bien.

Thoralf observa chaleureusement cette femme, si amicale envers les siens, les ayant accueillis sans préjugés.

— Je ne vous ai pas remerciée pour votre façon de nous avoir accueilli ici, veuillez me pardonner pour cela.

Elle balaya ses mots d'un geste nonchalant de la main.

— Je me suis demandé quel accueil j'aurais aimé recevoir si c'était nous qui aurions dû fuir un tel danger.

— Vous auriez été reçue à bras ouverts je peux vous l'assurer.

— Messire Hákon m'a parlé de votre façon de donner protection aux personnes qui en ont besoin. Vous avez déjà accueilli des personnes dans votre village ?

— Mon épouse pour commencer. Nous l'avons trouvée errant dans les bois, Einarr et moi. Affamée, effrayée et totalement perdue après que son village ait été totalement décimé. Elle n'avait plus de famille.

Ensuite Agnarr et sa jeune épouse Líf. Il est venu trouver refuge chez nous. Nous l'avons accepté et aidé à construire sa demeure. Depuis il a pris ses trois jeunes frères : ils forment une belle famille.

Agnarr est mon cousin. Il est né dans la mauvaise famille, on pouvait comparer son père à Angus. C'est un de ses frères qui est la menace pour notre village, Glúmr est très sanguinaire.

— Je vois. Cela doit être atroce pour messire Agnarr.

— Oui, effectivement. Il avait même projeté de nous quitter mais Unni lui a ordonné de changer d'avis. Vous devez savoir : Unni ne demande jamais, elle ordonne. Tous autant que nous sommes nous n'osons pas lui désobéir.

— De farouches guerriers auraient peur d'une dame de grand âge ?

— Bien plus que vous ne pouvez-vous l'imaginer, bien plus.

— Votre épouse avait perdu toute sa famille me disiez-vous ?

— Oui : des renégats avaient attaqués son village de nuit, massacrant tout le monde, hommes, femmes et enfants. Elle avait réussi à se cacher. Ensuite elle a erré toute une lune dans les bois.

— Pauvre enfant. Quel soulagement que vous l'ayez trouvée et accueillie.

— Après qu'Unni et Iona s'étaient occupés d'elle, j'ai cru être frappé par Mjǫllnir, le marteau de Þórr.

— Est-ce l'un de vos dieux ?

— Il est un des fils d'Óðinn, il est muni d'un marteau : Mjǫllnir. Þórr est notre Dieu de la force, de la guerre, de la fertilité et du mariage.

— Vous avez eu le coup de foudre si je comprends bien ?

Thoralf sourit à ce souvenir : c'était bien ce qui c'était passé. Il porta à nouveau son attention à la maison des bains.

— Tout se passera bien, n'ayez crainte, messire Thoralf, le rassura-t-elle.

— Il n'y a pas un bruit c'est inquiétant. Vous ne croyez pas ?

— Non pas du tout. Une femme n'est pas l'autre vous savez. Voyez-vous : j'ai deux plus jeunes sœurs. L'ainée des deux criait autant qu'un goret qu'on tue. Au point que, soit je m'enfuyais pour ne plus l'entendre, soit je l'égorgeais avec ma dague.

Par tous les dieux, une Helga Skotar !!! pensa-t-il.

— Qu'avez-vous fait ?

— Je me suis enfuie. Je n'allais pas laisser un veuf avec un nourrisson !

— Et votre autre sœur ?

— Pas un cri, pas un son n'est sorti de sa bouche !

— Peut-être avait-elle peur de votre dague ?

— Non elle était ainsi. Vous verrez tout se passera bien ayez confiance.

— Merci de rester auprès de moi, j'apprécie votre compagnie.

— Moi de même ! Si Dieu m'avait permis d'avoir un fils, j'aurais aimé qu'il soit comme vous !

— Moi ?

Maîtresse Mairead lui sourit tendrement, en hochant la tête.

— Je ne suis pas un homme très patient, en plus je me mets vite en colère.

— Vous êtes bien plus. Vous êtes honnête, loyal, digne de confiance, serviable et juste.

— Merci, vos mots me touchent profondément.

— Puis-je vous posez une question très personnelle ?

— Je vous en prie.

— Vous ne faites donc pas des mariages arrangés chez vous ?

— Uniquement nos rois et nos Jarlar, ainsi que leurs enfants, ou ceux qui ont fait fortune, de riches fermiers par exemple, ayant des terres. Je ne suis que le fils d'un guerrier ne possédant pas grand-chose !

— Comme chez nous en somme !

— Oui.

— On n'est pas si différents. Nous sommes des hommes et des femmes avec les mêmes sentiments.

— C'est ce que nous sommes, oui.

— Messire Hákon m'a expliqué votre façon de reconnaitre un nouveau-né. Vous êtes seul ici. Me permettez-vous de rester malgré que je sois une femme ?

— Se serait pour moi un honneur.

— Merci, lui répondit-elle souriant tendrement.

Soudain, après de longues heures d'attentes, des pleurs d'un nouveau-né se firent entendre depuis la maison des bains. Thoralf se levant, passa nerveusement les doigts dans les cheveux.

Il allait bientôt faire la connaissance de son premier enfant. Il était impatient. Peu de temps après la porte s'ouvrit laissant passer Iona portant le nouveau-né dans ses bras. Selon la coutume elle le posa au sol devant Thoralf.

Il s'accroupi, ouvrit les pans de la couverture pour examiner son enfant. Souriant il l'aspergea d'eau, prit son enfant dans les plis de sa cape et se tournant vers les deux femmes.

— Je vous présente Aðísla, fille de Thoralf, fils de Reiðulfr, fils de Aðalráðr.

Fièrement il venait de présenter sa fille aux deux femmes présentes à ses côtés, l'admirant avec amour et tendresse.

— Elle est splendide, je suis certaine que sa beauté surpasse celle de toutes vos déesses ! s'émerveilla Maîtresse Mairead.

— Tout comme sa mère ! répondit-il fièrement.

Fixant la femme face à lui droit dans les yeux il se racla la gorge :

— Mon épouse et moi serions très honorés que vous vous considériez comme la grand-mère de notre fille, Maîtresse.

Les yeux écarquillés elle plaça une main sur son ventre tentant de retrouver sa respiration tout en luttant contre les larmes qui risquaient d'inonder ses yeux. La voix rendu rauque par l'émotion, elle demanda :

— Vraiment ?

— Oui, nous sommes tous deux orphelins, notre enfant n'a pas de grand-parent. Nous aimerions que vous acceptiez.

— C'est...c'est....c'est un grand honneur, Messire Thoralf ! bégaya-t-elle.

Les larmes coulaient tout au long des joues de Maîtresse Mairead. Elle prit une très longue inspiration :

— C'est avec fierté que j'accepte !

Souriant Thoralf lui tendit sa fille.

— Cela veut également dire que vous m'accepter dans votre vie. Je ne suis pas l'homme le plus facile à vivre, je préfère vous prévenir.

— Vous êtes loin d'être le pire des maux sur terre vous savez.

Maîtresse Mairead tout en larmes, prit la petite Aðísla dans les bras la berçant tout en chantonnant. Elle était au comble du bonheur : n'ayant jamais eu la joie de mettre au monde des enfants. Thoralf et Auða venaient de combler un vide.

Entre-temps en Rygjafylki

Ils étaient tous réunis dans le skáli de Magnar, leur Jarl. Le combat venait de se terminer. Einarr et ses hommes venaient à peine d'arriver quand Jóarr les attaqua. Tout comme pour le premier combat les ruses de Daividh avaient fourni les résultats espérés.

Ils n'eurent que peu de blessés, l'ennemi, quant à lui, fut totalement décimé, il n'y avait pas un seul survivant. La menace venant des deux fils de Tjodrek n'existait plus.

Les archers entrèrent dans le grand skáli revenant des hauteurs autour du village. Svein, le jeune frère d'Agnarr, ne quittait pas Snorri d'une semelle comme son frère le lui avait ordonné. Il avait pris part à son premier vrai combat, suivant les ordres de son ami et mentor.

— Il t'a expliqué son geste ? demanda Einarr observant également le jeune garçon.

Agnarr hocha la tête ses lèvres ayant un pli amer. Il ferma les yeux reposant la tête contre le pilier derrière lui.

— Il ne sera plus jamais comme avant, ajouta Daividh.

— Glúmr s'en était déjà chargé. Svein n'était plus le même garçon insouciant que je connaissais.

— Ce n'est pas à cause de l'enlèvement qu'il a changé ? s'enquit Einarr.

Agnarr fit non de la tête tout en épiant les faits et gestes de son jeune frère. Il se tourna vers son ami.

— Sans trahir sa confiance, je peux t'affirmer qu'il était celui qui avait le droit de le tuer. Bien plus que n'importe lequel d'entre nous. Il avait donné sa parole et il l'a tenue.

— Sa vengeance ne l'apaisera par pour autant ! Daividh avait également son attention fixée sur le jeune garçon.

— Il le sait, nous en avons parlé.

— Un fratricide n'est pas rien, soupira le jeune Skotar.

— Il ne considérait pas Glúmr comme étant son frère, je crois qu'il ne l'a jamais fait.

— Espérons que cela puisse l'aider, murmura Einarr.

Agnarr soupira : son frère ne se relèverait pas de sitôt de ce qu'il avait vécu, il en était certain :

— Le temps nous le dira.

— Quel âge a-t-il ? demanda Daividh.

— Quinze ár.

— Pour beaucoup il est adulte. Emmène-le pour votre prochain félagi, cela pourrait l'aider.

Agnarr tourna la tête vers le jeune Skotar un sourcil levé.

— Être entouré que d'hommes sans la surveillance de ton épouse pourrait l'aider. Il se sentirait mis en valeur. En même temps il sera auprès de toi, tu pourras l'épauler si nécessaire, ainsi que Snorri. Ils semblent bien s'entendre tous les deux.

— Il fait son apprentissage auprès de Snorri.

Daividh haussa les sourcils :

— Ah oui ?

— Snorri lui a découvert des aptitudes de pisteur.

— Snorri est un homme bon, j'ai toujours eu beaucoup d'estime pour lui. Bon, juste et très patient. Ton frère est entre de bonnes mains. Snorri a-t-il la confiance de Svein ?

— Oui, amplement.

— Parfait ! Suis mon conseil mon ami : emmène-le avec vous pour la saison. Il en a l'âge de toute façon. Il n'a que deux ans de moins que Bjǫrn.

Agnarr se tourna vers Einarr qui avait suivi la conversation avec beaucoup d'intérêt.

— Daividh n'a pas tort, nous avons commencé à naviguer à cet âge. Je sais que tu voulais que tes frères puissent s'habituer à une vie paisible, ainsi qu'à une famille où l'on se respecte.

Je crains que Svein ne le voie pas de cet œil. Il a prouvé qu'il a beaucoup de volonté, surtout une forte tête. Il va-t'en faire voir si tu le prives de ce que d'autres font au même âge ! J'avais l'impression qu'Éric était celui qui te ressemblait le plus, mais Svein a la même forte tête que toi.

— Laisse-le faire son apprentissage avec Snorri, intervint Daividh : ne l'envoi pas chez un autre Jarl. Il est vrai qu'il aurait appris énormément avec Alvaldr, ou même Thorolf, mais gardes le auprès de toi.

C'est ce qu'il y a de mieux. Il a toujours besoin de toi : tu es depuis qu'il est tout jeune son seul point d'ancrage. Apprends-lui le maniement des armes.

Laisse Snorri lui apprendre certaines choses, mais surtout gardes le auprès de toi. Il a besoin de sa famille après tout ce qu'il a vécu et vu dans votre ancien village.

Agnarr réfléchissait aux mots qu'il venait d'entendre de la part des deux hommes à ses côtés.

Ce n'était pas faux, Svein avait besoin du sentiment d'appartenance, à un cocon familial. Ce qu'il n'avait jamais connu avant. Il avait besoin de stabilité.

L'envoyer vers un Jarl pour son éducation pourrait lui sembler à un rejet. Un sentiment qu'il avait connu toute sa vie. Il devait s'avouer qu'il n'avait jamais eu l'envie d'éloigner ses jeunes frères pour leur apprentissage. Il voulait leurs transmettre lui-même son savoir.

— J'y avait déjà pensé de les garder et ne pas les envoyer chez un autre.

— Tu sais mieux qu'un autre ce qui est bon pour eux, répondit Einarr.

— Halfdan, par contre, je ne sais pas trop, philosopha Agnarr.

Daividh rit aux éclats.

— Je ne l'ai vu que deux jours en Alba. Tu sais à qui Halfdan et le jeune Hákon me font penser ?

— Dis-moi ?

— Einarr et moi, que nous étions chez Alvaldr pendant trois ár !

Tournant la tête vers Einarr :

— Tu te souviens ? Je me demande toujours comment il se fait que ton grand-père ne nous ait pas trucidés !

Aux mots de Daividh, Einarr partit dans un fou rire en se remémorant les frasques qu'ils avaient commis.

— Des beaux souvenirs, approuva-t-il.
— Les meilleurs de toute ma vie ! ajouta Daividh.

Agnarr incrédule, fixait Einarr. L'homme sérieux qu'il avait appris à connaitre aurait été un jour un enfant insouciant, espiègle et malicieux ?

— Expliques-moi cela !
— Un jour il m'a laissé dans un arbre. Je n'arrivais pas à en descendre : la branche du bas s'était cassée. Alvaldr a dû venir m'aider pendant que notre cher ami, ici présent, taillait la branche en question avec sa dague. En sifflotant figures-toi !
— Qu'as-tu fait ensuite ?
— J'ai eu la plus belle des revanches. Un jour, lors d'une baignade, je suis sorti de l'eau. Je l'ai abandonné en emportant ses vêtements. Saches qu'il était déjà *très* pudique. Einarr a dû revenir aussi nu que le jour de sa naissance, une fois la nuit tombée. J'ai fait une rencontre rapprochée avec son poing ce soir-là. Ce n'était que le début de nos frasques.

Einarr baissa la tête en la secouant au souvenir que Daividh venait d'évoquer. Elle était loin cette période d'insouciance.

— C'est vrai qu'on en a fait voir à Alvaldr ! confirma-t-il.

— Malgré cela il nous aime toujours autant !

Einarr tourna la tête vers son ami :

— Peut-être parce qu'il est tout aussi malicieux ?

— Tu as probablement raison ! Alvaldr n'est pas le dernier à faire une blague aux autres. Dis-moi, est-il toujours autant tricheur ?

— Même pire qu'avant !

— Tu ne t'es pas ennuyé lors de votre dernier félagi !

Einarr fit non de la tête se remémorant quelques frasques de son grand-père.

— Tu risques de ne pas me croire Agnarr, mais Einarr était bien plus malicieux qu'Alvaldr !

Agnarr observa son ami tentant de l'imaginer quand il était enfant. Son séjour en Alba avait détruit bien plus en lui qu'a premier abord. Les dernières années dans le village de son père avaient fait le reste.

— Tu te trompes Daividh, je peux aisément me l'imaginer, finit-il par répondre.

Daividh examina les traits du jeune homme. D'après ce qu'Einarr lui avait expliqué : ils avaient eu pratiquement le même parcourt de vie. Logique qu'ils se soient liés d'amitiés, ils se reconnaissaient en regardant l'autre.

Il comprit également que c'était ce qui l'avait si vite lié à Agnarr. Ils étaient pareils : même parcourt de vie, auprès d'un père fou dépourvu de toute moralité et sanguinaire.

Einarr brisa le silence en se levant, se raclant la gorge :

— Nous devrions aller les aider !

Les trois hommes se levèrent, il y avait pas mal de choses à faire, dans le village de Jarl Magnar.

Le retour vers leur village se fit silencieusement. Ils étaient épuisés après la remise en ordre chez Magnar. Retrouver leurs habitations vides de toutes présences les assombrit d'autant plus.

Leurs familles leur manquaient atrocement. Scrutant le ciel en direction de la mer le cœur d'Einarr se serra : de gros nuages menaçant se profilaient, une tempête arrivait à toute allure. Ils n'étaient pas près de reprendre la mer.

Suivant le conseil de Daividh il évita de pénétrer son alcôve, dormant dans le skáli. En fait, pratiquement tous les hommes y dormaient ne voulant pas voir leurs habitations vides, froides et silencieuses.

La seule habitude qu'ils avaient gardée était les entrainements malgré les fortes rafales de vents. Les hommes d'armes de Daividh se joignirent à eux prouvant leurs adresses enseignées par Hákon. Callum se joignait à eux lors des repas. Sa continuelle bonne humeur leur mettait du baume sur le cœur.

Agnarr senti la mauvaise humeur pointer le bout du nez, il en avait marre d'attendre la fin de cette tempête.

— Á croire que les dieux nous punissent, à ne pas pouvoir prendre la mer ! Quand allons-nous retrouver nos familles ?

— Sois patient mon garçon, cette tempête finira.

— Quand cela, Callum ?

— Avant de partir Unni m'a dit que vous prendriez la mer dix jours après le dernier combat. On n'en est au troisième.

Tous les hommes se tournèrent vers le moine, interloqués par ses mots.

— Dix jours ? l'interrogea Oddvakr.

— Oui mon garçon. C'est ce que les Runes ont fait savoir à Unni, avant qu'elle ne parte pour Alba.

— C'est maintenant que tu nous le dis ? Daividh était tout aussi surprit que les autres.

— Tu en n'avais pas parlé avant Daividh, aucun de vous d'ailleurs !

Daividh le fixait d'un air incrédule :

— Tu ne crois pas que nous aurions aimé le savoir ?

— Comment puis-je deviner ce que vous pensez ? Les tempêtes ne sont pas rares en cette période de l'ár.

Daividh se cacha les yeux d'une main tout en secouant la tête. Ce moine l'étonnera toujours.

— En attendant, continua Callum, peut-être devriez-vous tous remettre un peu d'ordre dans vos habitations. Vos épouses n'aimeraient pas les retrouver dans l'état où vous les avez mises.

Tous se zieutèrent stupéfait par les paroles du moine. Eux faire ce qui incombe les épouses ! Où était-il allé chercher une telle idée ?

— Regardez autour de vous. Je parie que la porcherie d'Oddvakr est plus propre. Ce qui est peu dire !

— Quoi ? Qu'est-ce qu'elle a ma porcherie ? s'insurgea Oddvakr.

— Mais rien mon garçon : c'est juste que tu possèdes la plus grande. Je suis certain qu'elle est plus propre que ce skáli ! Que diraient vos épouses trouvant leurs demeures ainsi ?

Les hommes examinèrent autour d'eux. Callum n'avait pas tort : le skáli était dans un état de négligence effroyable !

— Les deux seules habitations entretenues sont celles de Snorri et la mienne. Les autres n'en parlons même pas, continua-t-il son explication.

— Tu es rentré dans nos habitations ? s'insurgea Gauti.

— Oui sur ordre d'Unni. Jamais je ne l'aurais fait sinon. Comme vous je lui obéis ayant peur d'éventuels représailles !

Tous hochèrent la tête : ils venaient de pardonner au moine l'intrusion de leurs demeures. Oddvakr fronça les sourcils.

— Comment se fait-il que celle de Snorri soit en bon état ? Je suppose que Magnvor lui a fait comprendre qu'elle ne voulait pas nettoyer derrière lui, dès son retour.

Snorri baissa la tête en la secouant :

— Rien de tout cela, j'aime mon habitation propre et rangée. Les seules choses que ma sœur va trouver sont les lessives et le ravaudage. Elle aura le temps de les faire avant ses épousailles.

— Mettons-nous au travail cela nous aidera à passer le temps ! suggéra Agnarr.

En soupirant les hommes se lorgnèrent : jamais ils n'avaient fait ce qui incombait les femmes. Pouvaient-ils réellement s'abaisser à faire les tâches ménagères ? Où devaient-ils commencer ?

— Commençons par nettoyer les tables vous ne croyez pas ? s'hasarda le moine.

Ils devaient tous avouer : elles étaient dans un état pitoyable.

Ils leurs fallu quatre jours pour rendre leurs maisons à nouveau habitables et accueillantes. Leurs épouses seraient fières d'eux, du moins l'espéraient-ils.

Des dix jours prédits par les Nornes ils en avaient passés sept. Qu'allaient-ils faire pendant les trois jours restants ? La tempête soufflait toujours de fortes rafales, soulevant de hautes vagues. Il était impossible d'envisager de partir maintenant.

Soudain la porte s'ouvrit : Alvaldr se tenait dans l'ouverture scrutant chaque recoin de la pièce.

— Que les dieux soient remerciés, vous êtes en vie !

— Alvaldr mais que fais-tu ici ? s'étonna son petit-fils.

— Ne voyant pas Glúmr et ses hommes arriver je me suis douté que tu avais eu sa visite, mon garçon. Il avança vers Einarr tout en parlant.

Les yeux humides il le prit dans ses bras avant d'examiner scrupuleusement son visage.

— Vous allez bien ? Vous a-t-il attaqués ? Comment va Magnar ?

— Une question à la fois ! Nous allons tous bien, ainsi que les hommes de Daividh. Nous n'avons eu aucunes pertes !

Alvaldr prit le temps de découvrir les hommes présents dans la pièce en terminant par poser les yeux sur Daividh.

— Daividh ? Comment est-ce possible ? Tu es venu aider Einarr ?

— Oui, quand il est venu mettre les familles en sécurité en Alba, nous nous sommes joints à eux.

Fermant les yeux, Alvaldr remercia à nouveau les dieux. Combien d'offrandes devrait-il faire pour prouver sa gratitude ? Se laissant tomber lourdement sur un banc il tenta de se remettre de ses émotions. Tout au long du chemin il avait craint trouver un carnage dans le village de son petit-fils. Portant à nouveau son attention vers Einarr son air devint interrogateur :

— Et Glúmr ?

— Mort, ainsi que tous ses hommes. Pareil pour Jóarr : on est allé prêter main forte à notre Jarl.

Alvaldr inspira plusieurs fois profondément les yeux fermés.

— Nous voilà donc débarrassés de cette racaille ?

— Oui, pour de bon.

Le Jarl soupira d'aise. Cherchant Agnarr, il le trouva assis à la grande table, à sa place habituelle.

— Est-ce toi qui l'as tué ? enquit-il.

Agnarr fit non de la tête tout en pointant son jeune frère.

— Svein ? demanda Alvaldr stupéfait, examinant le jeune garçon. Il constata une lueur de fierté dans ses yeux.

— Je l'ai égorgé et envoyé au Niflheimr, là où est sa place !

— Je vois.

Alvaldr comprit que ce jeune garçon avait eu un compte à régler avec Glúmr, son frère. Il constata surtout qu'il avait pris quelques ár en peu de temps. Le jeune enfant n'était plus, il découvrait devant lui un jeune homme. Cela le peinait, il avait grandi bien vite, *trop vite* même !

— Vous allez tous bien ? Avez-vous eu des pertes ? continua le Jarl à questionner Einarr.

— Non on est tous là, juste quelques blessés légers.

— Je vais faire une offrande à Þórr en remerciement : il a guidé vos épées pour sortir victorieux de cette bataille ! Je suppose que vous allez rechercher vos familles, une fois cette tempête calmée ?

— Dans trois jours.

— Trois ?

— Unni a donné ses ordres par l'intermédiaire de Callum.

— Elle est en Alba ?

— Oui avec toutes les autres femmes, ainsi que les enfants.

— Je vois.

Soulagé, Alvaldr, fixait les hommes dans le skáli, il fut étonné de ne pas trouver Thoralf.

— Il manque quelqu'un dans cette pièce. Où est-il ?

— Si tu parles de Thoralf il est resté en Alba, répondit Einarr. Son premier-né devant naître, nous lui avons ordonné de rester et d'attendre calment la naissance. Ce qu'il a difficilement accepté.

Alvaldr eu grande peine à visualiser cette description.

— *Calmement* et *Thoralf* dans la même phrase, me semble incongru, à te dire vrai. C'est une chose que je n'arrive pas à concevoir.

Tous s'esclaffèrent en tentant d'imaginer la situation.

— Restes avec nous jusqu'à notre départ, ne retournes pas dans cette tempête.

— Je pars avec vous en Alba, de toute façon.

— Nous partons que peu d'hommes.

— Combien de knǫrrer ?

— Deux, avec cinq hommes par knǫrr.

— Auðkell m'accompagne, on sait vous relayer au gouvernail. La mer est agitée en cette période. Qui nous accompagne ?

— Alvbjǫrn, Bjǫrn, les deux Hákon, Agnarr, Oddvakr, Snorri, Halli et Olvin.

— Agnarr sur le deuxième knǫrr, je suppose ?

— Oui. Alvbjǫrn le seconde.

— Bien, je navigue avec toi et Auðkell avec Agnarr. Nous serons trois à nous relayer au gouvernail. Ce ne sont pas deux hommes en plus qui feront une grande différence. Tu ne crois pas ?

— Merci.

— Si tu savais : plus j'approchais du village, plus mon cœur se serrait.

— Je peux me l'imaginer. Vos familles sont-elles de retour ?

— Oui depuis quelques jours, ainsi que ceux de Thorolf.

Scrutant le visage de son petit-fils il lui attrapa la nuque d'une main ferme :

— J'ai vraiment craint t'avoir perdu mon, garçon. Ta perte aurait laissé un très grand vide dans mon cœur !

— N'y penses plus, je suis toujours là ! Tu n'es pas près de me perdre.

— Le promets-tu ?

— Oui.

— Bien ! Fêtons nos retrouvailles, mais surtout la présence de nos amis Skotars.

Einarr reconnaissait bien son grand-père à la suite de ces mots. Il en sourit, le premier vrai depuis quelques temps.

La nuit du neuvième au dixième jour la tempête tomba. Comme prédit par Unni : ils prirent la mer, voguant vers Alba. Ensuite, ils les ramèneraient chez eux, dans leur village, dans leurs demeures.

La traversée fut plus difficile que la première. De vents violents, derniers soubresauts de la tempête, les accompagnaient. La présence de deux hommes en plus n'était pas superflue.

Grand nombre des Skotars de Daividh écopaient inlassablement l'eaux, avec les Norrœnir à bord. Les vagues étaient hautes, les coques des deux knǫrrer assez basses. Moins que ceux des snekkjas mais assez pour qu'ils soient inondés d'eau de mer à chaque vague.

Ils n'étaient pas trop peu de trois pour se relayer au gouvernail ! La pluie incessante fouettait les visages des hommes.

Ces eaux étaient peu navigables en ce fin février. Par leurs faibles tirants d'eau, ainsi que la méthode de construction de leurs coques, les deux navires *épousaient* littéralement les vagues. Même de plier si les vagues étaient trop fortes.

Daividh, depuis tout jeunes, fut émerveillé par les prouesses des navires de ses amis Norrœnir : leurs lignes, leurs majestés. Ils avaient des bateaux aux proportions et aux propriétés poussées à l'extrême en leur ajoutant de grands mâts et de puissantes quilles. Oui, Daividh les admirait !

Ils étaient à mi-chemin selon l'estimation de Alvaldr quand la mer devint plus calme. Les vents forts s'étaient un peu affaiblis. Les hommes n'avaient pas eu un seul moment de répit, face aux forces de la nature : écopant, surveillant la voile, jusqu'à ce que le vent se couche.

Einarr et Daividh avaient tenus le gouvernail, à deux, durant toute la nuit. Ils attendaient que Alvaldr et Hákon les relayent, pour qu'ils puissent prendre un repos bien mérité.

Leurs oreilles bourdonnaient suite aux rafales de vents, leurs bras et cuisses étaient douloureux, à force de tenter de tenir le knǫrr dans le bon cap.

Dès le lever du soleil et dissipation des nuages lourd, menaçants et porteurs de pluies, Einarr dût constater qu'ils avaient légèrement dévié de leur route. Les deux knǫrrer n'étaient plus exactement sur la même, mais heureusement ils étaient toujours en vue l'un de l'autre.

Einarr les guida vers ses compagnons sur l'autre navire. Dès qu'ils seraient à nouveau ensemble, ils rectifieraient leur route : celle les menant vers leurs familles en Alba.

Jamais il n'avait eu autant souhaité de se faire relayer pour prendre un peu de repos. Il avait rarement croisé un tel vent lors des saisons des félagis.

— J'ai réellement hâte de pouvoir prendre un peu de repos je ne sens plus mes bras. Toi tu vas bien ? demanda-t-il à son ami Skotar.

Daividh se tourna vers lui le visage souriant, avec la même gaité qu'un enfant ayant reçu un présent.

— Je suis fourbu, mais si heureux. J'ai adoré tenir le gouvernail avec toi. Tentant de maitriser cette force, ce vent qui voulait à tout prix nous faire chavirer.

Einarr rit aux éclats : son ami l'étonnerait toujours, il en était certain. C'était ce qu'il appréciait énormément chez lui !

— Tu es pire qu'Alvaldr ! Il ne manquait plus que tu lances des insanités à Þórr, tout comme lui, le défiant de nous couler.

— Je l'imagine bien faire cela !

Après qu'Alvaldr et Hákon les ait remplacés au gouvernail ils prirent tous deux un repos bien mérité.

3

Túath d'Einarr en Alba

Il faisait nuit quand les hommes pénétrèrent dans le donjon. Seuls les gardes les avaient vus. Silencieusement les hommes, ainsi que les deux frères d'Einarr, s'installaient dans la grande salle pour un repos bien mérité. Celui-ci, ainsi qu'Agnarr montaient l'escalier vers leurs épouses.

Sans un seul bruit Einarr entra dans la chambre seigneuriale. La gorge nouée, un sourire aux lèvres, il contempla ses deux fils dormant, profondément. Il avait envie de leurs caresser les cheveux mais se retint craignant les réveiller.

Se tournant vers le grand lit, vers Iona, il l'admirait avec émerveillement. Même dans son sommeil, elle était la plus belle femme qu'il ait jamais vue. Avec tristesse il constata des traces de larmes sur ses joues.

S'asseyant sur le bord du lit, il tendit le doigt vers sa joue velouté la caressant. Ses lèvres prirent le relais, effaçant les traces de larmes. Iona bougea légèrement en gémissant son nom tout en dormant. Il fit de même sur son autre joue.

Son épouse bougea à nouveau tournant légèrement le visage vers les lèvres qui l'embrassaient, gémissant à nouveau le nom de son époux, ajoutant *je t'aime*, puis soupira profondément, tristement.

Le cœur du jeune homme se sera au ton de la voix d'Iona. Frottant son nez contre le sien, il répondit en chuchotant :

— Moi aussi, ma Douce, je t'aime.

Puis déposa un baiser sur les lèvres de l'endormie. Elle soupira d'aise, répondant à cette caresse. Subitement, elle se figea en ouvrant grands les yeux, effrayée en agrippant la peau la recouvrant, prête à pousser un hurlement. Incrédule elle scrutait le visage au-dessus du sien. Elle le fixa longuement tout en passant par plusieurs émotions.

Subitement, ses deux mains poignèrent les cheveux du jeune homme, pour attirer son visage vers le sien, l'embrassant avidement. Relevant la tête d'Einarr, elle le fixait les yeux embrumés en caressant ses joues.

— Tu es de retour, tu m'es revenu ! Tu vas bien ? Vous allez tous bien ? Tu n'as rien ? Ni blessure, ni brûlure, ni griffure ?

— Chut, ma Douce, nous allons tous bien !

Les doigts d'Iona s'affairaient sur le bord de la tunique de son époux.

— Peux-tu m'expliquer ce que tu fais ? demanda Einarr en riant.

— Je vérifies par moi-même que tu n'as rien. Je vais ausculter tout ton corps de mes propres yeux. Tu es bien capable de me cacher tes blessures !

Einarr prit les deux mains, de son épouse, dans les siennes.

— Á une seule condition, ma Douce, susurra-t-il.

Fronçant les sourcils elle tenta de lire l'expression de son époux. Son regard la brûlait littéralement.

— Laquelle ?

Approchant ses lèvres de celles d'Iona il chuchota :

— Que moi aussi je puisse vérifier tout ton corps, pour être certain que tu ailles bien.

Un sourire espiègle naquit sur les lèvres de son épouse, elle hocha la tête :

— Il se peut que j'aie l'un ou l'autre bleu qui nécessite un traitement particulier de ta part.

— Vraiment ? chuchota-t-il tout contre ses lèvres en descendant une main vers le bord de la chemise d'Iona.

Très lentement, il remontait celle-ci en lui bécotant les lèvres tendrement. Iona fondit sous cette caresse, se laissa retomber lentement sur le matelas en soupirant. Einarr lui caressa la jambe en fur et à mesure qu'il faisait remonter la chemise, approfondissant son baiser.

La jeune femme remontait les bords de sa tunique en même temps que la chemise de son époux. Se redressant il leva les bras pour qu'elle puisse l'en débarrasser. La chemise d'Iona suivi le même chemin que les vêtements d'Einarr : quelque part sur le sol, non loin du lit.

— Je te demanderais de retirer toi-même tes bottes : une partie de mon corps se rappelle, très douloureusement, à quel point c'est difficile[33] ! chuchota-t-elle tout contre les lèvres de son époux.

Un sourire en coin, il accéda à sa demande, puis s'allongea sur le lit à côté d'Iona. Les doigts fins de la jeune femme bataillaient avec les liens retenant ses braies. S'agenouillant sur le lit elle les lui retira, pour les lancer vers le tas de vêtements se trouvant déjà au sol. Elle l'avait, entièrement nu, devant elle pouvant vérifier qu'il ne portait aucunes nouvelles blessures.

La vue du corps de son époux l'émouvait toujours autant. Son cœur battait la chamade, et le bas du ventre demandait la délivrance.

Avant cela elle allait inspecter chaque parcelle de sa peau de la tête aux pieds. Ses lèvres se posèrent sur son front, descendant le long de sa joue, évitant les lèvres d'Einarr. Tournant le visage vers elle il tenta de les embrasser.

Coquinement, elle écarta son visage de sa bouche, posant les lèvres sous son oreille, descendant vers son épaule, suivant la longueur de son bras.

Des mains, elle prit celle d'Einarr, vérifiant chacun de ses doigts. Vint sa deuxième épaule, l'autre bras, ses autres doigts. Einarr suivait des yeux chaque mouvement de son épouse avec émerveillement.

Le dévisageant en souriant elle se remit à genoux à côté de lui :

— Ton torse maintenant.

---

33 Voir Le Destin des Runes livre 1.

Einarr arqua un sourcil, arborant un sourire en coin. Iona se pencha à dessus de lui posant les lèvres sur son torse, descendant de plus en plus bas.

La respiration du jeune homme devint de plus en plus haletant. Comme pour ses lèvres, elle évita une partie de son corps : celui qui quémandait le plus l'attention.

Jouette, elle le contourna, le frôlant que légèrement du bout des doigts. Einarr était au supplice. Tentant de lui agripper les cheveux pour la maintenir là, où son corps le demandait.

En riant elle réussit à éviter ses mains descendant les lèvres sur sa cuisses, suivi de son genou, descendant du long de sa jambe.

Elle prit son pied examinant les orteils. Einarr frémit. Lorsqu'elle sépara deux orteils, il se releva l'agrippant sous les aisselles pour l'allonger. Il lui prit les mains, y entrelaça ses doigts et les tint au-dessus de la tête d'Iona.

— Tu triches Einarr Leifrson : je n'ai pas vérifié tous tes orteils, ni ton autre jambe, ni ton dos. Serais-tu chatouilleux ?

— Tu m'as pris au dépourvu, ma Douce, sache que je ne suis pas chatouilleux !

La jeune femme eut un sourire coquin : elle savait très bien qu'il l'était, mais qu'il ne l'admettrait jamais.

— Laisse-moi terminer dans ce cas, chuchota-t-elle.

Einarr lui caressait le nez du sien le regard brillant de mille feux. Embrassant sa joue du bout des lèvres il traça une ligne vers son oreille.

— Après ! J'ai moi aussi besoin de découvrir que tu vas bien, murmura-t-il.

Sa voix à l'oreille d'Iona était rauque, donnant des frisons le long des vertèbres de son épouse. Ses lèvres prirent le lobe de l'oreille, descendirent le long du cou de la jeune femme. Tenant toujours ses deux mains, sa bouche descendit le long du sillon entre ses deux seins, en léchant la peau satinée.

Se mouvant vers son sein, il prit son mamelon en bouche qu'il suça. Iona se tortillait sous lui gémissant en relevant le buste. Lâchant les mains de la jeune femme il glissa les siennes le long des bras, descendant encore plus bas, vers sa taille.

Il les remonta vers ses seins, les caressants tout en continuant de sucer son mamelon. Abandonnant son sein, il fit subir le même supplice à l'autre.

Iona haletait, levant son bassin contre celui d'Einarr, contre sa virilité. Elle voulait plus : le sentir en elle, le sentir bouger. Sa bouche descendit de plus en plus bas la faisait gémir de plus belle.

— Je t'en prie Einarr, viens. Sa voix était haletante, suppliante.

Il remonta vers la bouche de son épouse, l'embrassant langoureusement. Relevant la tête, il la fixait longuement dans les yeux en lui caressant la joue du bout du doigt.

— Bientôt, ma Douce, je dois vérifier une partie avant.

Souriant il descendit les lèvres vers un endroit très secret. La tenant par les hanches, sa langue honora la partie la plus intime de sa bien-aimée.

La réaction d'Iona ne se fit pas attendre : respirant de plus en plus vite, elle prononça son nom en gémissant, encore et encore en secouant la tête.

Soudain ses muscles se crispèrent, suivi d'un râle profond tout en frémissant. Einarr la recouvrit de son corps, l'admirant revenir sur terre. Ouvrant les yeux elle le dévisagea avec émerveillement, tout en s'ouvrant à lui.

Attrapant sa nuque, elle amena la bouche de son époux sur la sienne, lui bécotant les lèvres. Lentement il entra en elle. Se reposant sur un de ses coudes, son autre main la caressait d'une lenteur, presque divine, tout en vrillant son regard au sien.

Il commença à bouger en elle, l'amenant lentement, *très lentement*, vers des hauteurs vertigineuses. Les doigts d'Iona lui caressaient le dos si délicatement qu'il en eut des frissons tout au long de son corps.

Se mouvant de plus en plus vite il sentit la délivrance arriver. Iona se crispa quelques instants avant lui. Pour la première fois depuis la naissance des jumeaux, il délivra sa semence en Iona.

Haletant dans les bras l'un de l'autre, ils retombèrent lentement sur terre. Tendrement il caressait le dos de son épouse du bout des doigts, pendant qu'elle faisait promener les siens sur son torse, sa tête reposant sur lui. Il se mit sur son flanc l'enlaçant puis l'embrassa, comme si sa vie en dépendait.

Relevant la tête, il se noya dans les prunelles pervenche d'Iona, qu'il avait craint ne plus jamais revoir. Soupirant de bonheur, il l'enlaça tendrement et s'endormit.

Émergeant lentement, Einarr prit conscience de ce qui l'entourait. Á tâtons sa main chercha le corps chaud, et doux, de son épouse. Au lieu de cela quelque chose d'humide se posa sur le bout de son nez.

— Aïe !

Subitement il retira sa tête : des pointes venaient de le mordre. Ouvrant les yeux il découvrit le sourire du petit Alvaldr, le dévisageant avec amusement.

Fronçant les sourcils il se demanda toujours ce qui était arrivé à son nez ! Il approcha du visage de son fils, examinant cette petite bouche, souriante.

Posant son index sur la lèvre inférieure, il l'abaissa. En écarquillant les yeux, il découvrit six pointes blanches. Des dents ! Son fils avait deux dents l'une à côté de l'autre : pointues, dangereuses et surtout douloureuses.

— Évite de lui donner ton doigt : il fait ses dents.

— Ainsi que le nez, crois-moi, ma Douce !

— Oh ! Il t'a mordu ? s'enquit-elle amusée.

— Oui et crois-moi, j'aurais préféré un réveil plus doux : mon épouse dans les bras. Au lieu de cela mon nez a été attaqué par traitrise !

Iona se pinça les lèvres s'efforçant de ne pas rire.

— Ulric ? En a-t-il également ? demanda-t-il.

— Deux, comme son frère.

Il posa les yeux sur son fils couché à côté de lui, attirant son attention. Einarr se recoucha en prenant son fils sur son torse. Le petit Alvaldr mit aussi tôt son pouce en bouche, somnolant. Doucement, il ferma les yeux.

— Quand il t'a vu il n'a pas voulu retourner dans son berceau. Il aime bien s'endormir de cette façon.

Einarr sourit, caressa de gestes lent le dos de son fils, puis posa ses lèvres sur le haut de la petite tête. Alvaldr, depuis sa naissance, aimait s'endormir sur le torse de son père.

Le jeune homme se sentait bien, et apaisé, auprès de sa famille. Là où se trouvaient son épouse et ses fils, il était chez lui. Ils étaient sa seule raison de vivre, son havre de paix.

— Tout s'est bien passé pendant notre absence ? Fergus a-t-il encore falsifié les registres ? l'interroge a-t-il.

— Il a essayé, croyant que j'étais une de ces femmes ne sachant ni lire ni écrire. Il a dû s'en remordre les doigts !

— J'imagine très bien sa réaction ! Hákon m'a expliqué que Fergus a tenté de lui dire qu'il ne maitrisait pas assez les mots n'étant que Norrœnir. Daividh était présent. Ils l'ont quelques peu secouer. Sinon, il y a-t-il eu d'autres soucis ?

— Non, Fergus est le seul à nous en fournir.

Le regard malicieux il fixait Iona.

— Donne-moi des nouvelles de Thoralf !

Iona s'esclaffa.

— C'est à peine s'il quitte sa chambre ! Il est en extase devant la petite Aðísla.

— Une fille ? *Thoralf a une fille* ! Pauvre de nous, il ne va parler que d'elle pendant toute la durée de notre félagi !

— Il a même fait savoir qu'il allait demander à Hákon de lui fabriquer toute une collection d'armes. Pour la protéger contre tous les *jeunes mâles en rut au sang bouillonnant.*

Soudain elle blêmit, les yeux écarquillés, elle fixa Einarr, puis le berceau et Einarr à nouveau.

— Par la Sainte Vierge ! dit-elle en se levant du lit.

Iona se précipita vers la porte qu'elle ouvrit avec grand fracas. Quittant la chambre en trompe, elle laissa son époux médusé dans leur lit.

Se ruant vers la chambre de Thoralf et Auða, elle ouvrit la porte, sans frapper, puis se précipita vers le jeune père. Thoralf se réveilla en sursaut prêt à saisir sa dague, quand un petit doigt de femme, apparu sous ses yeux.

— Un seul cheveu de mes fils tu m'entends ? Tu touches *un seul* de leurs cheveux, parce qu'ils sont dans les parages d'Aðísla, je t'arrache le cœur avec mes dents ! Est-ce bien clair pour toi ?

Fixant ce doigt qui dansait devant ses yeux, le jeune homme déglutit péniblement.

— J'ai dit : *est-ce bien clair pour toi.* Réponds !

Ne sachant pas émettre le moindre son, il fit oui de la tête.

— Bien ! Au moins, tu sais à quoi t'en tenir.

Iona quitta la chambre fermant la porte lourdement. À mi-chemin entre les deux chambres, elle se figea mettant les deux mains sur sa bouche. La jeune mère se précipita vers sa chambre, courut vers le lit où elle se recouvrit entièrement.

Einarr, ayant couché son fils dans le berceau, revint au lit. Observant la forme de son épouse, entièrement cachée, à côté de lui, les sourcils froncés. D'une main il souleva un pan de la peau.

— Tu m'expliques ? questionnait-il.

Iona se recouvrit le visage de ses deux mains.

— Jamais plus, je ne pourrai regarder Thoralf en face !

— Pourquoi cela ?

— J'ai trop honte !

— Que s'est-il passé ?

— Je suis entrée avec fracas dans sa chambre, et je l'ai menacé.

Einarr souleva les sourcils.

— Tu l'as menacé ? Par les dieux, pourquoi as-tu fait une pareille chose ?

— Je l'imaginait s'attaquant à nos fils, avec toutes ses armes. Einarr, j'ai tellement honte : je lui ai dit que je lui arracherais le cœur avec mes dents, s'il touchait qu'un seul de leurs cheveux ! En plus, il était dans son lit torse nu. Je suis en chemise, pieds nus, les cheveux défaits !

Einarr se mordit la lèvre pour ne pas rire, il s'imaginait bien la scène : Iona protégeant leurs fils.

Elle écarta légèrement les doigts, épiant la réaction d'Einarr.

— Et cela te fait rire ? Oh ! s'offusqua-t-elle.

Elle se redressa tambourinant le torse de son époux, des deux poings :

— Tu oses te gausser de moi !

Tendrement il lui prit les deux poignets, sans lui faire mal.

— Lâche-moi !

Elle se débattit comme une furie. La seule façon qu'Einarr connaissait pour la calmer, était de l'embrasser.

— Mmppfff..... mmppfff !

Iona finit par fondre sous l'assaut de son époux, en se laissant aller contre son oreiller. Relevant la tête il la fixa tendrement.

— Ce n'était pas de toi que je me gaussais, ma Douce. J'imaginais Thoralf te craignant le restant de sa vie : tremblant à chaque fois que tu l'approche. Tu es merveilleuse, une mère parfaite ! Pourquoi me gausserais-je de toi ? Pour ce qui est de ta mise je ne crois pas qu'il ait remarqué quoi que ce soit.

— Tu crois ?

— J'en suis certain, tu l'as pris par surprise, il n'a rien remarqué.

— J'espère que tu dis vrai, j'ai tellement honte, si tu savais !

— Tu ne devrais pas, tu es une mère qui protège ses enfants.

Tendrement il lui caressa la joue approchant son visage pour l'embrasser. Aucuns des deux ne pensait à Thoralf, ni à ce qui venait de se passer : ils se trouvaient dans d'autres cieux.

Einarr, Thoralf, Alvaldr et Agnarr étaient très inquiets, concernant Daividh. Celui-ci, penché au-dessus du berceau, débittait des mots incompréhensibles.

Depuis qu'ils étaient entrés dans la chambre, pour admirer la fille de leur ami, le jeune Skotar se comportait bizarrement. Penché au-dessus de la petite Aðísla, la tête pratiquement *dans* le berceau prononçait des mots qu'aucun d'eux ne comprenait.

— A-t-il reçu un coup sur la tête lors du combat ? demanda Thoralf.

Einarr se tourna vers son ami :

— Pas que je sache, il n'a pas été blessé.

— Il s'est pris un pilier en pleine tête ?

— Non.

— Il a bien dû recevoir un coup à un moment ou un autre ?

— Il me l'aurait dit.

— Tu crois ?

— Certain.

— Comment expliques-tu son comportement ?

Einarr haussa les épaules, ne sachant que répondre.

— Il est bizarre… continua le jeune père.

— Tu crois ?

— Regarde-le !

Einarr se gratta la barbe reportant son attention vers Daividh.

— C'est peut-être la façon Skotar de faire devant un nouveau-né ?

— Tu crois ?

Einarr secoua la tête, ne connaissant pas vraiment la réponse.

— Avoue que c'est bizarre, non ? continua Thoralf.

— Il ne fait rien de mal !

— C'est de ma fille qu'on parle-là, il va l'effrayer !

— Pourquoi ? Elle ne semble pas le voir, ni même l'entendre !

— Quand elle va se réveiller, ce qui ne tardera pas vu le bruit qu'il fait, elle va s'effrayer !

— Mais non, ne dis pas de bêtises ! répondit Einarr.

— Moi ? Des bêtises ? On voit bien que ce n'est pas au-dessus de tes enfants qu'il agit comme le dernier des imbéciles !

— Il aime les enfants, que veux-tu ! Tu devrais être fier qu'il soit en adoration devant ta fille !

— Il y a d'autres façons de témoigner son adoration figure-toi !

Einarr sourit intérieurement. N'était-ce pas Thoralf qui c'était moqué de lui, à la naissance de ses fils ? Son ami semblait pire que lui !

Agnarr, ayant entendu la conversation, rit de bon cœur. Thoralf allait avoir besoin de s'armer de beaucoup de patience, maintenant qu'il était père.

Probablement qu'un entrainement aux armes, aussi intensif que l'ár précédente serait nécessaire pour l'aider à canaliser ses émotions.

Daividh se redressa soupirant d'aise.

— Une vraie merveille ! Comment as-tu réussi un tel exploit ?

Tous riaient de bon cœur… sauf Thoralf.

— Que veux-tu dire, exactement ?

— Te regardant il est difficile de croire que tu ais réussi à engendrer une si belle petite !

— Comment cela *me regardant* ?

— Avoues, tu n'es pas très beau ! Heureusement qu'elle ressemble sa mère.

Einarr et Agnarr peinaient à garder leur sérieux.

— Tu te crois drôle ?

— Je suis on ne peut plus sérieux, et honnête !

Thoralf le fixait bouche bée.

— Ce qu'il ne faut pas entendre !

Daividh se pencha vers Alvaldr. Einarr se prépara au pire : en associant son grand-père à son délire, Daividh savait exactement ce qu'il faisait !

— Dis-moi Alvaldr : ai-je raison, ou pas ?

— Je suis entièrement du même avis, mon garçon.

— Quoi ? Parce que toi tu te crois beau ? s'offusqua Thoralf.

— Certainement que je le suis !

— Prouve-le ! ordonna Thoralf.

— Tout le monde est en extase devant les jumeaux !

— Cela ne prouve rien !

— Ils ressemblent leur père, qui me ressemble donc : je suis beau ! philosopha Alvaldr.

— C'est du n'importe quoi ! Ce n'est en rien une preuve.

— Mais si c'en est une. Tu ne veux simplement pas l'admettre, c'est tout !

— Mais qu'est-ce que vous avez tous, aujourd'hui ?

— Comment cela *tous* ? Je te signale que je n'ai pas prononcé un seul mot ! De qui parles-tu ? s'insurgea Agnarr.

— Iona ce matin, avant le lever du jour, et maintenant vous !

Daividh avança vers Thoralf les bras croisés sur son torse l'air menaçant.

— Fais attention à ce que tu vas dire, c'est de ma cousine que tu parles !

Daividh eut grande peine à se retenir de s'esclaffer : Einarr lui avait raconté la scène un peu avant.

— Ainsi que ma petite-fille, depuis qu'elle a épousé Einarr.

Les deux hommes se tenaient devant Thoralf, l'épiant les yeux plissés. Le jeune père se tourna vers son ami.

— Ne me regardes pas ainsi, c'est de mon épouse que tu parles. Je passe avant eux pour te foutre mon poing dans la figure !

— C'est elle qui m'a menacé de m'arracher le cœur avec les dents !

— Pourquoi aurait-elle fait une telle chose ? lui demanda Alvaldr.

— Je n'en sais strictement rien !

— C'est entièrement ta faute, Thoralf ! l'informa Einarr.

— Quoi ? Comment cela ? demanda un Thoralf *très énervé.*

— N'as-tu pas dit que tu demanderais des armes à Hákon pour, je précise, *protéger ta fille contre tous les jeunes mâles en rut au sang bouillonnant.* Elle a protégé ses fils, comme une mère se doit de le faire. Aurais-tu des objections ?

— Je n'ai jamais menacé tes fils !

— Un jour ils seront les *jeunes mâles en rut au sang bouillonnant*, comme nous l'avons tous été. Toi également ! L'aurais-tu oublié ? Entant que père je te comprends, mais comprends Iona : elle protège ses fils.

Thoralf se frotta le visage ne sachant plus quoi penser. Avait-il réellement effrayé Iona à ce point ?

— Excuses-moi auprès d'elle, tu sais que je l'apprécie énormément. Elle est comme une sœur pour moi !

Aucuns de ses amis présents ne réussirent à garder leurs sérieux, esclaffant tous les quatre.

— Vous n'êtes que des imbéciles. Tous les quatre ! Thoralf finit par se joindre à leur hilarité. Il était heureux de retrouver ses amis.

— Descendons, nous devons fêter la naissance de ta fille dignement, proposa Alvaldr.

Einarr plaça une main sur l'épaule de son ami, l'entrainant vers la grande salle pour fêter à la façon *Norrœnir* la nouvelle naissance. En descendant, Agnarr, le rejoignit sourire en coin, suivant des yeux son cousin.

— Rappel-moi de conseiller à Oddvakr de se munir de toutes les armes qu'il trouve ! dit-il à Einarr.

— Pourquoi ? Ses filles auraient-elles déjà des soucis avec de jeunes hommes bouillonnants ?

— Non pas elles, mais Gunnarr : toutes les filles le suivent partout, *mêmes les grandes*[34] !

---

[34] Voir « Le Destin des Runes » livre 2.

— D'où tiens-tu cette information ?
— De source sûre, crois-moi !

Ils entendaient Thoralf dans la grande salle s'amuser avec ses amis. Agnarr le pointa du menton.

— Que crois-tu que cela va donner sur le terrain d'entrainement ?

Einarr sourit à cette question : Thoralf avait que sa fille en tête. Il se pencha vers son ami.

— Si tu dois lui faire mordre la poussière comme l'ár dernier, je suis tout disposé à te prêter main forte. On ne sera pas trop de deux pour le remettre pieds sur terre !
— Tout aide est la bienvenue, crois-moi. Il est transformé depuis sa paternité. Étions-nous comme lui ?
— Nous ? Non ! Moins, enfin je crois. Thoralf va toujours à l'extrême.
— C'est bien de qui me semblait !

Les deux hommes observaient leur ami dans la grande salle, exubérant, tapant les épaules de ses amis. La naissance de la petite Aðísla fut fêtée pendant trois jours, façon Norrœnir.

— Unni, quand reprenons-nous la mer ? Que dises les Nornes ?

Einarr assis devant la seiðkona avait hâte de retourner vers leurs foyers, retrouver leurs vies.

— Dans deux jours, mon garçon.

Einarr se passa les doigts dans les cheveux.

Deux jours !

— Ce n'est pas si long voyons !

Il soupira : tout semblait toujours simple pour Unni !

— Que disent-elles d'autre ?
— Que veux-tu savoir exactement ?

Interloqué, il fixa la vieille femme face à lui.

— Elles n'ont rien dévoilés de plus ?
— Si fait : plein de choses.
— Concernant ? il observa la seiðkona avec appréhension.
— Un peu de tout, dois-je dire.
— Mais encore ?
— Il y a : concernant votre félagi, tes frères, ta mère. Que veux-tu savoir en premier ?
— Tu me le demandes ? C'est nouveau ! Dis-moi comme cela te vient.
— Ta mère ne revient pas avec nous.

— *Quoi* ?

— Elle a trouvé quelqu'un ici même, en Alba. Elle va rester avec lui et l'épouser.

Il en resta bouche bée n'ayant rien remarqué de la sorte.

— Qui ?

— Aidan. Tu savais que son père était un Dani ?

— Oui, ainsi qu'il est le frère du toísech Dùghall. Pas très commode, le bougre, dois-je dire : une vraie tête bornée de Dani !

— Aidan va te faire sa demande pour épouser Ástríðr.

— Pourquoi moi ? Alvaldr est ici !

— Elle est sous ta protection, donc il la fera à toi.

— Est-ce une bonne chose ?

— Oui, accepte sa demande.

— Comment Dagný va-t-elle le prendre ?

— Ta sœur ne reparle toujours pas à ta mère. Tout ce que cette petite veut c'est retourner chez nous.

Cette nouvelle attrista Einarr, il avait espéré que sa jeune sœur pardonne Ástríðr.

— Je vois.

Unni posa une main ridée sur celle du jeune homme.

— Ne t'inquiète pas pour Dagný, elle trouvera sa voie. Elle redeviendra la sœur que tu chéris, une fois de retour chez nous.

— Je l'espère, je n'aime pas la voir ainsi.

— Tout ira pour le mieux.

— Tu me promets qu'elle va retrouver sa joie ? Son espièglerie ?

— Oui tu vas retrouver celle que tu as toujours connue.

— Que disent-elles d'autre ?

— Alvbjǫrn va devenir un homme, il va mûrir pendant ce félagi.

— Ne serait-il pas temps ?

— Chaque chose en son temps. Les Nornes filent et nous suivons leurs desseins. Ils sont tracés à l'avance. Cela ne sert à rien de vouloir se précipiter.

— Hákon ?

— Il revient avec nous n'ait crainte. Il a grandi ici. Tu avais pris la bonne décision de le laisser. Maintenant il n'a qu'une hâte, retourner chez nous.

— C'est vrai qu'il a grandi, il est bien plus réfléchi. Ce qui m'attriste, c'est qui le soit devenu si vite.

— Il a dix-neuf ár ! Qu'espérais-tu ? A son âge tu étais déjà très adulte, prenant énormément de responsabilités sur tes épaules ! Beaucoup d'autres ont des épouses au même âge.

— Pas forcément de gaieté de cœur, mais par obligation. Ne crois-tu pas que j'aurais préféré quelques ár d'insouciances en plus ? Ne pensant qu'à nos félagis, à m'amuser avec mes meilleurs amis !

— Oui je ne dis pas. Il n'a pas eu le même parcourt que toi, ne compare pas. Tu as pris des responsabilités pour le Jarldom, parce que tu le voulais bien.

— Quelqu'un devait les prendre !

— Rókr ne les a jamais pris ! N'était-il pas l'aine jusqu'aux divulgations de Mildrun[35] ?

---

35 Voir « Le Destin des Runes » livre 1.

— C’est du passé, nous ne pouvons pas le changer. Que disent-elles concernant le félagi ?

— C’est là que tout se corse.

Il fronça les sourcils s’apprêtant au pire.

— Que disent-elles ?

Unni soupira avant de continuer :

— *Les trois disparaîtront, enlevés par la noirceur de l’homme s’enrichissant de l’or de la vie. Replongé dans son passé les souvenirs le tourmenteront, le plongeant dans l’abîme et la douleur. Pendant sa quête pour les retrouver, l’amour l’apaisera dès qu’il la reconnaîtra.*

Il se frotta les yeux puis posa sa main sur son menton.

— Elles sont toujours aussi claires ! Incroyable !

Unni lui sourit.

— Avec toi elles le sont généralement, je confirme.

— Heureusement, ce serait quoi sinon ? maugréa-t-il.

— Des énigmes !

— Tu es sérieuse Unni ? Les yeux écarquillés il fixait Unni incrédule suite à sa réponse.

— Mais oui. Pourquoi ne le serais-je pas ?

Un voile d’incompréhension passa devant les yeux du jeune homme.

— On peut se poser la question.

Einar se passa la main sur le visage, sentant son cœur s'emballer, et sa respiration se faire haletante, en se remémorant les paroles des Nornes.

Á la fin de la troisième journée en mer, les abords du fjǫrðr se profilaient devant eux. Ils seraient bientôt dans leurs foyers. Les femmes allaient retrouver leurs époux, les enfants leurs pères, les hommes leurs familles.

Tous à bord étaient en liesse. La traversé se passa sans encombre, la mer c'était calmée, avec de bons vents. Faisant moins froid qu'au départ, aucuns enfants ne tombèrent malade.

Un coup de corne annonça leur arrivée. Bientôt le village serait en vue de tous. Ils se tenaient sur les pointes des pieds, les cous relevés, tentant d'apercevoir leurs *foyers*. Un deuxième coup de corne retentit : le guetteur avait reconnu les deux knǫrrer.

Les hommes, restés au village, apparaissaient au ponton, impatients de revoir leurs familles. Les cordes d'amarrages furent lancées, attachés et les passerelles placées. Uns à uns ils débarquèrent retrouvant leurs époux, pères, frères.

Les enfants étaient en liesse, heureux de retrouver leur village. Très vite, ils retrouveraient leur insouciance, *leurs* vies de tous les jours, chez eux. Malgré leur pudeur innée, les hommes enlacèrent leurs épouses et leurs enfants.

Les épouses laissaient couler les larmes librement, abondamment, tout en tenant leurs époux fermement contre elles, ne les lâchant pas.

Les hommes à bord avaient laissé les épouses de leurs amis débarquer en premier, attendant que les émotions s'apaisent. Tous étaient heureux, ils avaient retrouvé leurs foyers, leur havre de paix.

Einarr se tenant aux côtés d'Iona, lui tenait la taille. Ils étaient de retour : sa demeure allait retrouver son cœur, en la personne de son épouse. Sans elle sa maison n'était que froideur.

Heureux, il lui sourit. Prenant Ulric à bras, il l'aida à débarquer. Ensemble, ils se dirigèrent vers la maison longue, au centre du village. Prenant une grande inspiration, il remercia les dieux, de lui permettre de vivre aux côtés de cette femme merveilleuse.

Une odeur alléchante les accueillit dans le grand skáli. Non seulement les hommes avaient préparé du slátur[36] en grande quantité, et qui embaumait la pièce ; mais également le préféré d'Einarr : le blóðmör[37].

Il y avait des bannock[38] préparés par Callum. Il adorait partager cette recette de pain avec ses amis Norrœnir. Ils avaient également préparé une assez grande quantité de légumes. Sur les tables se trouvaient des plats contenant des fruits qu'ils consommaient en assez grande quantité. Tous s'étaient réunis pour offrir un repas de bienvenue.

— On est tellement heureux de vous revoir tous, que nous avons décidé de préparer ce repas : pour vous souhaiter bon retour chez vous. On s'y est tous mis ! expliqua Callum.

---

36 Un aliment fabriqué à partir d'entrailles de mouton, ressemblant à du boudin.

37 Un slátur ressemblant à du boudin de sang.

38 Un pain plat écossais fait sans levain avec de la farine, du saindoux et de l'eau.

— C'est une attention très chaleureuse, merci à vous tous, nous apprécions énormément, répondit Einarr.

— J'espère que cela ne te dérange pas que nous mangions tous dans ton skáli ?

— À une seule condition.

— Laquelle ?

— As-tu emmené avec toi ton excellent fromage ?

— Et du mjǫðr ? ajouta Alvaldr.

— Il y a tout cela.

Alvaldr avança, en se frottant les mains.

— Dans ce cas, festoyons !

Dagný, la jeune sœur d'Einarr, lui prit Ulric des bras.

— Iona et moi allons les mettre au lit, ils sont épuisés.

Einarr caressa les têtes de ses deux fils, en guise de bonne nuit. Soupirant de bien-être il se dirigea vers sa place où l'attendait Alvaldr déjà attablé.

— C'est un accueil comme celui-ci qui me rend fier d'être un Norrœnir ! Nous festoyons comme nul autre.

— Je suis entièrement de ton avis, Alvaldr. Faisons honneur à ce repas, ainsi qu'à nos amis, c'est la meilleure façon de les remercier.

Alvaldr lui donna une tape dans le dos, comme de son habitude, quand il montrait son contentement.

Le banquet dura jusque tard dans la nuit. Tous retournèrent heureux chez eux, en chantant, riant, se racontant des blagues, les unes plus grivoises que d'autres.

Au fur et à mesure qu'ils retrouvaient leurs habitations, le silence s'installa, dans le village. Tout était comme il se devait, les familles réunies, heureuses de s'être retrouvées.

6

Rygjafylki, mi- Gói[39] 868

Thoralf mordit à nouveau la poussière. Haletant, il tenta de se redresser, avant de retomber sur son ventre.

— Nous devrions peut-être lui lancer un seau d'eau sur le crâne ? demanda Einarr.

— Je préfère le lancer dans le ruisseau. Qu'en dis-tu ? répondit Agnarr.

— L'idée me plaît.

Deux pieds apparurent dans le champ de vision de Thoralf. Levant la tête, il trouva Snorri accroupi devant lui.

— Besoin d'aide ? demanda ce dernier.

— Je veux bien merci, répondit le jeune homme au sol.

Snorri, en ricanant, le fixa droit dans les yeux :

---

[39] Période de mi-février à mi-mars.

— C’est aux deux autres que je proposais mon aide, pas à toi.

— Merci, ta compassion me va droit au cœur.

Thoralf se mit péniblement à quatre pattes avant de se laisser tomber sur les fesses.

— Bande de bougres d’ânes, vous avez décidés de me tuer !

Il laissa tomber sa tête sur ses bras qu’il avait posés sur ses genoux, tentant de retrouver sa respiration. Son cousin et son meilleur ami, avaient décidés de le malmener. Depuis trois jours, il mordait la poussière, par manque de concentration.

— Aðísla ne va pas disparaître le temps de l’entraînement, tu la retrouveras après, bien au chaud dans son berceau ! lui expliqua Einarr.

À leur retour au village ils avaient, à nouveau, fêté la naissance de la fille de Thoralf. La reprise des entraînements fut dure pour le jeune père.

Relevant la tête il se frotta les yeux, la respiration toujours haletante.

— Je sais qu’elle sera toujours là ! C’est que, depuis le décès de mon père, après celui de ma mère : avoir ma propre famille semblais un rêve si lointain, tu comprends.

Inaccessible malgré que Leifr nous avait adoptés, Svein et moi. Il n’était en rien un père, tu le sais mieux que moi. Maintenant, que j’en ai une, cela me semble incroyable. Je n’arrive toujours pas à y croire !

Einarr lui posa une main sur l'épaule :

— Tu mérites amplement ta famille, ainsi que l'amour de ton épouse. Ce qu'on te demande, c'est de revenir les deux pieds sur terre, de te concentrer. Dans quelques vika nous reprenons la mer, pour la saison. On doit tous être en mesure de compter l'un sur l'autre !

— Je sais tout cela. Aujourd'hui je ne saurais plus, vous m'avez bien trop malmené à vous deux !

Einarr et Agnarr se regardaient souriant.

— On arrête pour aujourd'hui ? demanda Einarr.

Son ami se gratta la barbe, en réfléchissant.

— Nous reprendrons demain. Aujourd'hui il peut arrêter. On va lui rafraichir les idées, qu'en penses-tu ?

Un grand sourire apparut sur le visage d'Einarr. Faisant signe à Snorri, les trois hommes se levèrent. Snorri et Einarr l'empoignèrent sous les aisselles pendant qu'Agnarr lui attrapait les chevilles. Les trois hommes portèrent leur ami se débattant, prirent la direction du ruisseau et l'y jetèrent. Se relevant Thoralf s'ébroua.

— Sǫnur tík[40], vous n'êtes qu'une bande de bjánar[41] !

Tous les hommes s'esclaffèrent en le regardant sortir de l'eau en insultant ses trois amis. Se trouvant derrière

---

40 Fils de ribaude en vieux norrois.

41 Crétins, idiots en vieux norrois.

Snorri, Thoralf le poussa dans l'eau, du pied sur les fesses. Un grand splash se fit entendre, suivit de celui d'Einarr ayant pris le même chemin que Snorri.

Agnarr fut le seul que Thoralf ne réussit pas à pousser à l'eau. Les deux hommes dans le ruisseau se zieutait.

— Nous l'auront à nouveau demain ! promit Snorri.

— Il ne perd rien pour attendre en tout cas ! répondit son ami.

Trempés ils sortirent de l'eau puis se dirigeant vers le terrain d'entrainement où ils avaient laissé leurs armes.

L'entraînement était terminé pour aujourd'hui.

— Si je comprends bien le début, elles disent : *Les trois disparaîtront, enlevés par la noirceur de l'homme, s'enrichissant de l'or de la vie.*

— C'est bien ce qu'elles ont dit.

Agnarr tentait de résoudre l'énigme des Nornes avec Einarr.

— Toujours aussi mystérieuses les trois fileuses ! Serait-ce possible que trois de nos hommes vont disparaitre d'une façon ou d'une autre ? demanda Agnarr.

— J'espère bien que non ! s'insurgea Einarr imaginant ce que cela impliquait. Nous partons par deux knǫrrer. À moins que, comme la saison dernière, on se trouve par moments à quatre. Je vois difficilement trois d'entre eux disparaître !

— Moi aussi, à vrai dire, à moins de couler.

— Elles ont fit *enlevés*. Á moins que ce soit Ràn[42] qui les enlèvent en les tirant vers le fond. Ce que je n'espère nullement. Pourquoi est-ce toujours si compliqué de les comprendre ? En plus Unni ose prétendre qu'elles sont claires dans leurs messages.

Agnarr eut un ricanement aux dernières paroles de son ami.

— Heureux de constater que je ne suis pas le seul à ne rien comprendre à ce qu'elles disent ! Essayons de comprendre partie par partie. *La noirceur de l'homme, s'enrichissant de l'or de la vie*. Probablement qu'il ne les tue pas, sinon comment peuvent-ils rapporter de l'or ?

— Il serait quoi selon toi ?

— Un vendeur de þrælar. Je ne vois qu'ainsi qu'il peut se faire de l'or.

— Combien de marchés connais-tu ?

— Heiðabýr[43], Bjǫrkǫ[44], Miklagarðr[45] et Dyflin[46] sont les quatre que je connais. Mais pour les þrælar, il y a pas mal de comptoirs en Suðreyjar[47].

— On y sera lors de nos félagis.

— Sauf quand nous partons, ou revenons, à ce moment-là nous pouvons penser à Heiðabýr.

---

42 Rán, ou Ran (surnommée *Rán la ravisseuse*), est dans la mythologie nordique, une déesse marine qui repêche les noyés avec un filet.

43 Hedeby.

44 Birka.

45 Constantinople.

46 Dublin.

47 Mer Hébrides.

— Elles n'ont malheureusement pas précisé où. Je l'ai déduit à cause de la suite : *Replongé dans son passé, les souvenirs le tourmenteront, le plongent dans l'abîme et la douleur, pendant sa quête pour les retrouver.*

Agnarr fixa Einarr, sans comprendre où il voulait en venir.

— Je ne vois pas l'un de nous s'aventurer chez les Danis. Du moins seul, expliqua-t-il.

Agnarr médita la réponse, les sourcils froncés.

— Tu as probablement raison. Il nous reste donc Suðreyjar. Quels comptoirs visitez-vous ?

— Presque tous, nous voguons en Mer d'Írland, mais nous n'allons que très rarement jusque Dyflin, on reste plus au nord de l'île.

— Je vois. Supposons que ce soit cela : prendre trois de nos hommes pour qu'ils soient vendus sur un marché de þrælar. Si ce sont des jeunes, ils iront très certainement à Miklagarðr à la cour.

— Pourquoi cela ?

— La cour de Miklagarðr a gardé les mêmes pratiques qu'aux temps des Romains : ils organisent des orgies. Ils ont besoin de þrælar et d'ambáttir[48] en assez grand nombre. Les hommes de chez nous sont assez bien prisés.

— Pardon ?

— Il semblerait qu'on est mieux bâtis et plus résistants.

— Comment sais-tu cela ?

---

48 Femmes esclaves en vieux norrois.

— Eyjólfr se vantait souvent de vendre des Danis, des Sviar[49], même des Norrœnir qu'il enlevait suite à des attaques, qui terminaient à Miklagarðr.

— Espérons ne pas devoir aller jusque-là !

— Non je ne crois pas, je penche pour les îles. Comment savoir quels trois hommes ? A-t-elle donné des renseignements ?

— Non, elle a seulement dit que les Nornes m'ont donné assez bien de renseignements vu qu'elles m'aiment bien !

Agnarr se frotta les yeux, puis reporta toute son attention vers Einarr en secouant la tête, incrédule.

— Heureux d'apprendre qu'elles t'aiment autant que moi ! fut la réponse du jeune homme.

Einarr leva les yeux au ciel :

— Elle a même ajouté que c'est très clair !

Agnarr ne put s'empêcher de ricaner aux paroles de son ami.

— Essayons la suite. Qui peut avoir un passé tourmenté et être un pisteur ? Je ne vous connais pas assez longtemps pour deviner qui cela peut désigner. Snorri ?

Einarr s'esclaffa !

---

49 Suédois en vieux norrois.

— Snorri ? Non, à part savoir quand il pourrait donner un coup de poing à Oddvakr, il est la personne la moins tourmenté que je connaisse.

— Un homme de ton grand-père ?

— Je ne connais pas très bien Egviðr, son meilleur pisteur.

— Dommage. Si j'allais trouver Unni ? Peut-être que les Nornes me donneraient un peu plus d'informations ?

— Tu peux toujours essayer, mais cela m'étonnerait !

— Il n'y a que deux possibilités : soit elles nous en disent plus, soit tout devient encore plus embrouillé.

— Je préfère ne pas l'être encore plus !

— Moi non plus, dois-je dire. Peut-être cela vaut-il le coup d'essayer ? Savoir à quel équipage appartienne les trois hommes qui vont disparaitre. Ce sont aussi bien des hommes de Alvaldr ! Tu comptes toujours voguer avec lui cette saison ?

— Il ne sait pas encore bien, soit avec nous, soit avec Thorolf. Ils sont amis depuis leur enfance.

— S'il décide de se joindre à Thorolf, nous ferons équipe avec Magnar ?

— Probablement. C'est un excellent négociant, ainsi qu'un très bon marin. Tu ne veux pas ton propre knǫrrer ?

— Pas dans l'immédiat, un jour peut-être. Je ne sais pas encore très bien. Puis, où trouver un équipage ? Tous les hommes ici au village, naviguent avec toi !

— Hum, je n'y avais pas pensé.

— Que fait-on en attendant ? Vais-je rendre une petite visite à ma grand-tante ?

Einarr scruta le visage d'Agnarr, tout en réfléchissant. Ce ne serait probablement pas une si mauvaise idée.

— On peut toujours essayer.

— J'y vais de ce pas avant que je ne change d'avis.

Les deux hommes rirent de bon cœur : il n'était pas aisé, ni pour l'un, ni pour l'autre, de résoudre les énigmes que les Nornes leur dévoilaient.

Unni observa Agnarr, assit en face d'elle. Elle avait soupçonné, depuis le début, que lui et Einarr se pencheraient ensemble pour résoudre l'énigme des Nornes.

— Ainsi, tu espères qu'elles en dévoilent un peu plus ?

— Qui sait ? Elles peuvent nous prendre en pitié, par amour pour nous. Tu nous le dis à chaque fois, qu'elles nous aiment bien !

— C'est vrai, sinon elles ne vous auraient jamais réunis, toi et Einarr !

— Tu veux bien essayer d'apprendre ce qu'elles ont à dire, Unni ?

Unni jeta un peu de poudre dans les flammes, avant de commencer à se balancer, en fredonnant des mots incompréhensibles pour le jeune homme.

Elle prit ses pierres gravées de Runes, et les lança en l'air. Comme figé, Agnarr, examina les pierres retombées sur le sol.

Il avait beau essayer, il n'y voyait rien d'autre qu'une écriture Fuþark, qui pour lui n'avait pas beaucoup de sens, vu l'ordre dans lequel elles se trouvaient.

— Je vois, dit Unni.

Son petit-neveu la fixa, curieux de la suite. La seiðkona ne dit rien de plus.

— Que vois-tu ? finit-il par demander.
— Beaucoup de choses.
— Mais encore ?

Elle leva la tête vers Agnarr, en souriant mystérieusement. Se penchant vers lui elle chuchota :

— As-tu réellement envie de connaître le message ?

Le jeune homme s'écarta, surpris des mots prononcés.

— Pourquoi serais-je ici sinon ? Que disent-elles ?

— *Leur jeunesse est leur perte, leur endurance est ce que l'homme au cœur noir recherche. De l'or ils valent, mais si « elle » les touche, perdus ils seront à tout jamais, marqués par le sceau de la perversité.*

Quatre ils seront pour les sauver. Un des trois aura un long chemin à faire pour se retrouver, mais l'enchainée l'aidera.

Les tourments cesseront, un ami l'y aidera et son cœur s'ouvrira à nouveau laissant le Náttleysi éternel y pénétrer. La « femme de feu » y veillera.

Agnarr devint blême, au fur et à mesure qu'Unni prononçait les prédictions des Nornes :

— Par Óðinn : ce sont trois hommes de l'équipage d'Einarr !

— Qu'est-ce qui te fais dire ça ?

— L'équipage de Alvaldr n'a pas de jeunes hommes. À moins que ce soit Magnar qui forme équipe avec nous.

— C'est probablement le cas. Alvaldr compte faire équipe avec son vieil ami.

Agnarr se frotta le visage, il en était certain : trois de leurs jeunes du clan allaient être enlevés.

— Je le crains, Unni, que les Nornes parlent de trois de nos jeunes.

Dans les yeux du jeune homme Unni vit toute l'angoisse du monde :

— Même si vous tentez de les protéger tous, ce qui doit arriver arrivera !

Il déglutit péniblement, Svein, son jeune frère ferait partie de l'équipage. Était-il en danger ? Ou les frères d'Einarr ? Yngvi ?

— À quoi penses-tu ? demanda la seiðkona.

— Nous aurons quelques jeunes à bord, dont Svein. Cela me vrille le cœur.

— Je sais que vous aurez tous envie de les protéger. À part en les attachant, vous ne savez pas continuellement les garder à l'œil !

— Il m'est de plus en plus clair qu'il veut les vendre à la cour de Miklagarðr, pour les orgies. C'est une pratique très courante chez eux. Par les dieux, j'espère que nous les sauverons avant qu'ils ne prennent la mer !

Sais-tu m'en dire plus ? Qui est cette femme, dont tu nous préviens ? Celle qui risque de les toucher ?

— Les Nornes ne disent rien de plus la concernant.

— Et des autres que disent-elles ?

— Deux vont venir ici pour se réfugier d'une part, mais surtout pour suivre leur destin, une autre viendra également.

— Dis-moi que nous allons les retrouver à temps ! Même si Svein n'est pas parmi les trois, je m'inquiète malgré tout. Ce sont *nos* jeunes !

— Si vous constatez leur disparition assez vite, alors oui, vous les retrouverez.

— Tu en sais plus sur le tourmenté ?

— Se seront des doutes, concernant son passé, qui vont le tourmenter, suite à des mots prononcés.

— Quels mots ?

— Pas venant de l'un de nous mais d'une personne que nous ne connaissons pas encore. Ne crains rien il va s'en sortir. Il doit passer par là pour laisser place à autre chose, à un autre avenir. On ne sait rien faire pour empêcher tout cela, même en y mettant toute notre volonté.

Unni vit le visage de son petit-neveu se voiler de tristesse. Le connaissant, elle s'en doutait bien que tout ceci était pénible pour lui. Elle mit sa vieille main ridée sur celle du jeune homme :

— Peut-être que c'est pour un mieux ?

— Se faire enlever avec la perspective de devenir un Þræll à la cour Miklagarðr, serait pour un mieux ? Sais-tu ce qu'ils y font avec eux ?

Ils y subissent les pires affronts, sont humiliés par des hommes et des femmes pires que des animaux en ruts !

Ils sont réduits aux pires bassesses, traités comme des animaux pour satisfaire la lubricité des hauts dignitaires de la cour.

— Ils n'arriveront jamais à Miklagarðr !

— Le promets-tu ?

— Oui. Je le sais parce que je vous connais tous : vous allez tout faire pour les retrouver.

— Il nous est réellement impossible de l'éviter ?

— Oui ! Vois-tu : après cet événement l'avenir que les Nornes ont filé pour certains se profilera.

— Comment cela ?

— L'avenir de chacun d'entre nous est filé mon garçon. Si tu changes une chose, ce qui doit suivre ne sait pas être. Les Nornes sont impitoyables quand on leurs désobéis : des innocents paient.

Demande à Einarr, lui et Iona ont faillis y laisser la vie, à cause de Leifr Sigurdrson.

— Je sais il m'en a parlé, soupira Agnarr.

— Ce n'est pas toi qui en souffriras, mais tes frères ou tes enfants ! Est-ce vraiment ce que tu souhaites pour eux ?

— Bien sûr que non ! Comment peux-tu croire une chose pareille ?

— Dans ce cas, tout ce qu'il vous reste à faire, est d'ouvrir l'œil, veiller sur les jeunes et agir dès qu'ils seront enlevés.

En étant prêt vous les retrouverez à temps. Ils ne subiront aucunes malveillances, à part l'enlèvement. Restez soudés et vigilants : tous.

— On les sauvera, je te le promets.

— Je sais parfaitement que vous le ferez. J'ai confiance en chacun d'entre vous !

Il baissa la tête en soupirant. Après avoir salué Unni il se leva pour aller rejoindre Einarr.

Il devait être impatient d'apprendre ce que les Nornes avaient dévoilé de plus. Ils allaient devoir agir en conséquence pour le bien de leurs jeunes, peu importe lesquels se feraient enlevés. Ils étaient un clan, une famille.

Il trouva son ami nettoyant les écuries avec Yngvi. À la vue des traits tirés d'Agnarr, Einarr blêmit.

— Tu en sais un peu plus ?

— On peut dire cela, oui.

— Rien de réjouissant, me semble-t-il !

— Pas vraiment. Accompagne-moi, qu'on puisse parler sans être entendu.

Einarr remit la fourche à sa place, s'excusa auprès d'Yngvi et suivit Agnarr.

— *Leur jeunesse est leur perte, leur endurance est, ce que l'homme au cœur noir, recherche. De l'or ils valent, mais si « elle » les touche, perdus ils seront à tout jamais, marqués par le sceau de la perversité.*

Quatre ils seront pour les sauver. Un des trois aura un long chemin à faire pour se retrouver, mais l'enchainée l'aidera.

Les tourments cesseront, un ami l'y aidera et son cœur s'ouvrira à nouveau, laissant le Náttleysi éternel y pénétrer. La « femme de feu » y veillera. C'est bien ce qu'elles ont dit ?

— Oui. Celui qui les fera prisonniers a l'intention de les vendre à la cour de Miklagarðr. Selon Unni nous les retrouverons avant qu'il ne soit trop tard.

— Elle en est certaine ?

— Oui, elle a bien insisté : à la condition que l'on remarque assez vite leur disparition.

— Tu ne sais toujours pas qui ?

Agnarr fit non de la tête. Einarr se leva, fit les cent pas dans le skáli de son ami, tout en se passant les doigts dans les cheveux.

— Si on les surveille tous ?

— Elle dit que c'est impossible, à moins de les attacher.

— Je dois t'avouer que je suis très tenté !

— Moi de même. Nous avons tous les deux de jeunes frères nous accompagnant.

Autre chose, c'est avec Magnar que nous ferons équipe, Alvaldr fera équipe avec Thorolf.

— Donc, les jeunes de notre Jarl sont aussi bien en danger ?

Agnarr acquiesça.

— Penses-tu que nous devons le mettre au courant ? continua Einarr.

— Je suis d'avis de le dire à tous, sauf aux jeunes. Ce sera la seule façon de remarquer leur absence.

— Tu as sans doute raison. Oui, c'est ce que nous devons faire. Sais-tu qui sera tourmenté ?

— Non, elle n'a pas donné de nom. Tu la connais aussi bien que moi, elle n'en donne jamais. Elle a dit :

après des mots prononcés par une personne, que nous ne connaissons pas encore, vont le faire douter. C'est ce qui le tourmentera.

— Je vois. Nous serons donc quatre à les retrouver ? Le pisteur ne part pas seule…

Einarr réfléchissait tout en parlant

…donc cela peut être n'importe qui, pas forcément le pisteur. Serait-ce Snorri ou celui de Magnar : Hervarðr ?

— Là non plus, je ne sais te répondre.

— Et celui qui sera le plus tourmenté des trois jeunes ?

— Ne sachant au départ pas lesquelles vont être enlevés, il est impossible de dire lequel aura besoin de faire un long chemin, ni qui est *l'enchainée*.

Ce que nous savons faire, est de mieux entrainer les jeunes qui vont nous accompagner. Nous allons devoir rester sur nos gardes, tout au long du félagi.

Elle a ajouté que nous ne devons rien empêcher, sinon les Nornes seront impitoyables en se vengeant sur nos enfants, suite à notre désobéissance.

Que l'avenir de plusieurs se file suite à cet enlèvement.

— Quel avenir ?

— Elle n'en a pas dit plus.

Einarr soupira, dès qu'il s'agissait des Nornes, il restait avec des questions, dont il ne trouvait, que rarement, les réponses à l'avance.

— Nous allons tous nous occuper d'eux. Tu as raison, nous allons mieux les entrainer.

— Je me charge d'Alvbjǫrn.

— Pourquoi ?

— Je sens toujours comme une petite querelle entre vous. Vous avez reparlé de ce qui c'était passé ?

Einarr se passa les doigts dans les cheveux.

— Non, depuis il m'évite.

— Je me charge de son entrainement.

— Merci.

— Seul ! Personne d'autre que moi se charge de lui.

— Pourquoi cela ?

— Il ne va pas exactement avoir le même entrainement que les autres. Je l'entrainerai, seul, sans personne d'autre présent, même pas toi. Je dirais même : *surtout pas toi* !

Einarr fronça les sourcils, inquiet.

— Que vas-tu lui faire ?

— Un excellent guerrier, mais avant je dois le ramener les deux pieds dans la réalité. Ne m'en veux pas s'il revient avec des blessures.

Einarr souleva les sourcils, les yeux écarquillés.

— À ce point-là.

— Oui !

— Je ne t'en voudrait pas. Ne t'ai-je pas mis aux commandes de nos entrainements ?

— Bien. Du moment que tu ne regrettes pas cette décision !

— Quand penses-tu parler aux autres ?

— Le plus vite possible, chez Snorri.

— Essayons de prévenir ceux qui peuvent entendre ce que nous avons à dire.

— Après l'un de nous doit se rendre chez Magnar, il a le droit d'apprendre ce qui nous attend !

— Nous irons ensemble, vu qu'on est ceux à qui les Nornes ont tout dévoilé.

— Tu as raison, faisons ainsi.

L'équipage, hormis les plus jeunes, se trouvait dans le skáli de Snorri. Tous inquiet de ce qu'Einarr et Agnarr avaient à dire.

Einarr leur expliqua :

— En Alba juste avant de revenir avec nos familles, Unni m'a informé des paroles des Nornes, concernant notre prochain félagi. Un message plus qu'inquiétant, dois-je dire, ajouta-t-il avant de divulguer la prédiction.

Puis Agnarr prit la parole :

— Ensuite, je suis allé la trouver à mon tour, tentant d'obtenir plus de renseignements. Ce qu'elles ont dit n'est pas très réjouissant, puis il les informa des explications fournies par les Nornes.

Tous les regardaient avec incompréhension : les Nornes étaient toujours aussi mystérieuses.

— Unni n'a pas donné plus de renseignements ? demanda Olvin ?

— On en a déduit que les trois jeunes qui vont se faire enlever, seront revendus comme þrælar à la cour de Miklagarðr. Ce qu'elle m'a confirmé.

Halli renifla bruyamment :

— Tu peux répéter ? À Miklagarðr ? Tu sais quel genre de þrælar ils ont besoin là ?

— Oui je le sais. Eyyolf y en a vendu pas mal : des Danis, des Sviar[50] et des Norrœnir !

— Trois de nos jeunes, c'est certain ? demanda Thoralf ayant son jeune frère parmi l'équipage.

— De notre village, ou de l'équipage de Magnar, elles ne donnent jamais de noms tu le sais bien. Tu n'es pas le seul à avoir un jeune frère nous accompagnant, Thoralf.

— Il nous suffit de les surveiller ! Cela ne doit pas être si compliqué ? suggéra Thoralf.

— C'est ce que j'ai dit à Unni, ce matin. Elle m'a répondu : qu'à moins de les attacher nous ne pourrons jamais constamment les surveiller.

— Dans ce cas attachons-les !

— Cela n'est pas possible, tu le sais aussi bien que moi, intervint Einarr.

— Parle pour toi, moi je n'ai aucun souci à attacher Svein toute la saison !

Oddvakr se frotta les yeux. Ce qu'il venait d'entendre le remplissait d'effroi.

— Je te comprends Thoralf, mais Einarr a raison. Il serait plus facile de les laisser ici que de les attacher. Fais

---

50 Des suédois en vieux norrois.

cela et ils se révolteront. Tu risques de te retrouver à l'eau, en haute mer ! Je suis très inquiet moi aussi : mes deux plus jeunes frères navigueront avec Magnar.

Plusieurs d'entre nous en ont qui nous accompagneront. Einarr deux comme moi, Agnarr un, Hákon un également, Olvin trois. La liste est longue : près du tiers de notre équipage. Même Yngvi fait partie des jeunes !

— Comment es-tu arrivé à la déduction que c'est pour être vendus à Miklagarðr ? demanda Snorri à Agnarr.

— *Les trois disparaîtront, enlevés par la noirceur de l'homme s'enrichissant de l'or de la vie.* Comment se faire de l'or avec un homme, si ce n'est qu'en le vendant comme Þræll ?

Les jeunes Norrœnir sont très prisés à la cour de Miklagarðr ! Avant que tu ne poses la question : oui je sais pour quelle raison ! Je dois avouer que j'en ai froid dans le dos.

— Serons-nous aptes à constamment les surveiller ? demanda Grettir. J'ai moi aussi un jeune frère, il fera pour la première fois équipe avec notre Jarl.

— Selon Unni, nous ne le pourrons pas, trois d'entre eux seront enlevés. Mais elle a certifié que nous les retrouverons à temps, avant qu'ils n'embarquent. Ce que nous ne savons pas : c'est si Snorri, ou Hervarðr qui va suivre les traces.

— Pourquoi Hervarðr ? demanda Snorri.

— N'est-il pas comme toi un pisteur ?

— Oui il l'est, mais…

— Snorri est meilleur que lui ! intervint Oddvakr. Si mes jeunes frères doivent se faire enlever, j'aurai confiance qu'en lui ! Soyons honnêtes : c'est lui qui a tout appris à Hervarðr, qui est loin d'être aussi bon !

Tournant la tête vers Snorri après ces mots, il vit le sourire de son ami. Ils avaient constamment envie de se taper dessus, mais leurs confiances l'un vers l'autre étaient inébranlables !

— Que doit-on faire ? Leurs dire ? Ne feraient-ils pas plus attention en restant dans les parages ? demanda Hákon.

— Ou bien ils défieront les Nornes, dans la fougue de leur jeune âge, prouvant qu'ils sont au-dessus des mises en garde, répondit Einarr.

— C'est un fait certain, approuva Oddvakr : il suffit qu'on le dise à mes frères pour qu'ils fassent tous pour prouver qu'ils peuvent se défendre.

— La bande d'imbéciles ! maugréa Hákon.

— Nous avons été pareils, Hákon. répondit Grettir. Tu n'étais pas le dernier à commettre des imprudences. Dois-je t'en rappeler quelques-unes ?

Tous approuvèrent les dires du jeune homme, même Hákon.

— Qu'allons-nous faire ? demanda Kvígbiǫrn, en fixant tour à tour Einarr et Ragnarr.

Einarr se racla la gorge.

— Nous allons les entrainer plus durement. Ils auront ainsi l'opportunité de mieux se défendre.

— Cela sera suffisant ? Vu qu'ils vont se faire enlever, c'est qu'ils n'auront pas la possibilité de se défendre ! remarqua Oddvakr.

Einarr et Agnarr se regardaient : ils n'avaient pas pensé à cela, quand ils avaient planifié d'entrainer intensivement les jeunes. Agnarr se passa les deux mains dans les cheveux.

Þórr, comment les aider ?

— Nous avons omis ce détail, avoua Einarr tout aussi secoué que son ami.

— Leur apprendre à se défaire de leurs liens seraient bien plus approprié ! ajouta Oddvakr.

— Sauf si ce sont des chaines ! remarqua Kvígbiǫrn.

Les hommes étaient tous perdus dans leurs mornes pensées, cherchant des solutions pour venir en aide aux jeunes, à les préparer à toute éventualité.

— Éviter qu'ils se fassent enlever serait la solution. Mais comment agir ? demanda Halli.

— Selon Unni nous n'en avons pas le droit : se serait désobéir aux Nornes. L'avenir de plusieurs d'entre nous serait filé suite à cet enlèvement. Nous n'avons pas le droit de l'empêcher si nous ne voulons pas subir leur colère.

Nous savons tous ce qu'il en coûte d'agir ainsi. Il suffit de se souvenir ce qu'elles ont fait subir à Einarr et Iona, et nul besoin de se remémorer la saga de Gudrun pour s'en rendre compte, expliqua Agnarr.

— Je crois sincèrement qu'il n'y a rien à faire. Les entrainer n'est pas inutiles, vu les autres dangers que nous risquons de rencontrer. Pour ce qui est de l'enlèvement, leur seul espoir est qu'on les retrouve avant qu'ils ne se fasse embarquer sur un navire en partance vers un marché d'esclave.

Le plus près de nos routes est Dyflin, mais il nous sera impossible d'agir là : il y aura trop de marchands de þrælar. Ils ont de véritables armées avec des hommes de main très habiles au combat. Il nous faudra agir avant.

Là où ils auront été capturés. Espérons que ce soit sur des terres que nous connaissons ! comme de son habitude, Thoralf planifiait :

—Oddvakr, ton aide sera plus que nécessaire pour analyser la situation quand elle se présentera. Tant que nous ne savons pas où cela se produira on sait difficilement mettre au point une stratégie.

Snorri sera certainement celui qui nous guidera en suivant les traces. J'ai une entière confiance en toi, Snorri, si quelqu'un sait les retrouver c'est bien toi !

En attendant nous pouvons demander à Unni de faire une offrande à Þórr car n'oublions pas : il méprise les lâches, maudit les voleurs et foudroie les traîtres.

Les hommes approuvèrent les dernières paroles, l'aide de Þórr serait plus que bienvenue.

—Je vais aller la trouver, lui demander de préparer un blótan[51]. Mettons Þórr de notre côté, qu'il protège nos jeunes. Il nous doit bien cela vu toutes les offrandes qu'on lui fait ! ajouta Agnarr.

Les hommes se quittaient, ils ne pouvaient rien faire d'autre que se fier à leur instinct et à Þórr.

---

51 Il s'agit du rituel des Asatru le plus commun.

— Un blótan à Þórr, dis-tu ? Cela me semble une excellente idée. Qui en a eu l'idée ? demanda Unni.

— Thoralf. Nous sommes arrivés à la conclusion que nous ne pouvons pas agir avant les événements, que nous ne savons rien empêcher.

Au moins demandons à Þórr l'aide nécessaire pour vaincre. Que nous soyons guidés par sa sagesse et surtout sa force, nous en aurons besoin !

— Très sage décision en effet. Je suis très fier de vous tous. Les Nornes vont également apprécier que vous ne mettiez pas leurs paroles en doutes.

— Si je comprends bien, tu accèdes à notre demande ?

— Oui, mon garçon. Il aura lieu Thórsdagr[52], son jour comme tu le sais.

— Dans quatre jours ? Nous y serons.

— Je n'attends pas moins de vous tous. Aux jeunes dites que c'est pour demander sa protection contre d'éventuelles attaques de snekkjas. Ils n'ont pas besoin de savoir la véritable raison.

Quatre jours plus tard tous se trouvaient au Vé[53] pour le blótan. Sur un autel Unni avait placé deux cornes : l'une pour boire, l'autre pour les libations, ainsi que des aiguilles de pin séchées à faire brûler.

---

52 Jeudi en vieux norrois, c'est également le jour de Thor.

53 Un espace consacré, symboliquement au-delà du temps et de l'espace, où les hommes et les Dieux peuvent interagir librement.

Ella portait au cou le marteau de Þórr en pendentif. Elle commença par une brève méditation pour se centrer et se relier à lui, à qui elle allait demander l'aide et protection.

Face à l'Est, Magnar le Jarl, sonna le cor pour annoncer le début du rite, puis Unni commença par tracer le marteau de Þórr au sol.

Elle ressenti l'énergie des dieux descendre au-dessus de sa tête. Ferma le poing droit le plaça dans cette lumière avant de le faire descendre sur le front en scandant :

— Óðinn !

Descendit le poing sur la poitrine :

— Baldr !

Puis sur l'épaule gauche :

— Frey !

En terminant par l'épaule droite :

— Þórr ! en prenant soin de visualiser le tracé en énergie flamboyante.

Elle alluma les aiguilles de pin. Puis invoqua les directions. Toujours face à l'Est, elle traça le signe de Mjǫllnir, brandit son pendentif les bras écartés et dit avec force vers les différentes directions :

— Vers Jǫtunheimr[54], Þórr je t'appelle ! Par ta puissance : que ce Vé soit consacré à l'Est ! Vers Múspellsheimr[55] Þórr je t'appelle !

Par ta puissance : que ce Vé soit consacré au Sud ! Vers Vanaheimr[56] Þórr je t'appelle ! Par ta puissance : que ce Vé soit consacré à l'Ouest !

Vers Niflheimr[57] Þórr je t'appelle ! Par ta puissance que ce Vé soit consacré au Nord ! Vers Álfheimr[58] et Ásgarðr[59], Þórr je t'appelle ! Par ta puissance que ce Vé soit consacré au-dessus !

Vers Svartalfheimr[60] et Helheimr[61] Þórr je t'appelle ! Par ta puissance que ce Vé soit consacré au-dessous ! Depuis Miðgarðr[62] Þórr je t'appelle ! Par ta puissance que ce Vé soit consacré en ce centre !

---

[54] Le nom au singulier du « royaume des géants » ou du « pays des géants ».

[55] Dans la mythologie nordique, le monde du feu, royaume du géant Surt.

[56] Vanaheim est le monde des dieux Vanes, loin d'Asgard. Mais les deux royaumes résident quand même dans l'Yggdrasil.

[57] Un monde glacial dans la mythologie nordique. Il est situé au nord, sous la troisième racine d'Yggdrasil.

[58] « Monde des Elfes », « pays des Elfes », un des neuf mondes et la demeure de Freyr.

[59] Le domaine des Ases, situé au centre du monde.

[60] Le domaine des Elfes noirs (svartálfar), également appelés Elfes sombres (dökkálfar), par opposition aux Elfes clairs résidant à Lightalfaheim.

[61] Hel, ou Helheim, est l'un des Neuf Mondes de la mythologie nordique. C'est un endroit froid et brumeux où vivent les morts.

[62] Un royaume et fait partie des neuf mondes, le seul visible par l'Homme, Midgard était également relié à Asgard,

Magnar sonna un coup de cor.

— Salut à vous Æsir[63] et Vinr[64] puissants protecteurs et amis de nos lignées ! Salut à vous bienveillants Ancêtres, puissants matrones et héros de nos peuples !

Salut à vous Gardiens de ces lieux, vous qui donnez vie et magie à cet endroit sacré ! En cet instant hors de l'espace et du temps vous êtes conviés à célébrer ce Blótan à nos côtés !

Elle remplit la corne de la boisson d'offrande et traça la rune d'Óðinn avec de l'huile de pin en déclamant :

— Salut à toi Óðinn ! Par ta puissance inspiratrice, que cette corne soit sanctifiée. Afin que tout liquide versé en son sein soit consacré et devienne apte au sacrifice.

Unni versa alors de l'offrande dans la corne, trinquant en scandant :

— Skoll !

Puis but une gorgée. Fit le tour des sept directions, lança le toast *Skoll !* en buvant une gorgée à chaque fois.

— Æsir et Vinr, chers ancêtres, gardiens de ces lieux : merci d'avoir répondu présents à notre appel. Soyez congédiés à présent et retournez en paix à vos royaumes

---

la maison des dieux, par le Bifröst, le pont arc-en-ciel, gardé par Heimdallr.

63 Les Ases en vieux norrois.

64 Les Vanes en vieux norrois.

respectifs. Merci à toi, Óðinn, Père des dieux, pour ta sagesse et ta magie !

Merci à toi, Þórr, ami des hommes : pour ta protection et ta bienveillance ! Alors que ce Blótan prend fin nous nous promettons de nous retrouver bientôt. Soyez bénis et bénissez-nous !

Pour terminer, elle traça le marteau de Þórr face à l'Est en vibrant Óðinn, Baldr, Frey et Þórr.

Magnar sonna un coup de cor pour annoncer la fin du rite. Unni laissa l'encens se consumer tranquillement. La corne de libation sera vidée le lendemain dans la nature.

Tous sentaient la puissance de ce blótan, ils étaient surtout soulagés ils en avaient la certitude : Þórr serait à leurs côtés pour vaincre et récupérer les jeunes enlevés. Il protégera leur félagi par sa simple présence. N'avaient-ils pas fait tous un grand nombre d'offrande depuis plusieurs années ? Þórr leur devait bien cela !

Confiant, ils retournèrent tous à leurs occupations, ils avaient maintes occupations. Les semis commençaient doucement ainsi que la pêche. Mais surtout les réparations à effectuer aux habitations ayant souffert de l'hiver.

Comme chaque année se fut Thoralf qui forma une équipe pour les réparations, examinant scrupuleusement chaque habitation, grange, remise, l'écurie, ainsi que le hangar à bateaux. Après ils devaient vérifier l'état du knǫrr. Celui-ci devait être en parfait état pour toute la bonne saison. Depuis plusieurs années il travaillait avec la même équipe.

Chaque matin tous s'entrainaient : les hommes, les femmes et les jeunes guerriers en herbe. Callum, fidèle à lui-même, continuait à entrainer les plus jeune à la fronde.

Les après-midis étaient consacrés au labourage des terres agricoles, où bientôt les semailles commençaient. Tous sans exception travaillaient à la survie de leur village. C'était pour les hommes l'unique façon de partir le cœur plus léger pendant les longs mois.

Les prédictions des Nornes restaient dans leurs pensées, les hantaient. Ils s'étaient tous promis de bien veiller sur les plus jeunes. Magnar, leur Jarl, avait été aussi ébranlé qu'eux, en apprenant ce qui allait se produire.

Tout comme eux, il avait expliqué la situation uniquement aux hommes plus âgés, laissant les plus jeunes dans l'ignorance, pour éviter que les fortes têtes puissent jouer avec la fatalité, ou se mettre en danger inutilement.

Le blótan n'avait pas éveillé la méfiance auprès des jeunes, croyant qu'il s'agissait de demander la protection pour le félagi : à cause du grand nombre de snekkjas qu'ils risquaient de croiser en Mer Suðreyar.

Pour parer aux éventuelles attaques des snekkjas, Agnarr les entraina à sa tactique, avec les autres membres de l'équipage. Voguant ensemble cette saison ils devaient agir comme un seul homme pour leur protection.

L'équinoxe était derrière eux depuis deux vika. Ils étaient en avril le moment pour labourer les potagers, où les femmes cultivaient les légumes.

D'autres partaient à la pêche : ils avaient un grand besoin de poissons séchés pour leur félagi, pour les jours où ils leurs étaient impossible de tirer leur knǫrr sur une plage.

Le travail en ce début de la bonne saison[65] avançait bien. Ils étaient très organisés comme tout Norrœnir. Dans un mois ils partiraient pour leur commerce et négoce.

Avec émerveillement, Einarr, avait un jour, trouvé ses fils assis dans leur berceau, gazouillant à tue-tête et riant

---

65 Une année comporte 2 saisons.

même aux éclats. Il pouvait passer des ættir à les écouter et les observer, surtout quand ils portaient leurs pieds en bouche.

Ils changeaient tellement les derniers temps. Avec un pincement de cœur, il se dit qu'il allait rater pas mal de choses les concernant. Ils allaient être très différents à son retour.

Chez Agnarr, le petit Einarr changeait également : il se mettait souvent sur le ventre en s'appuyant fièrement sur ses avant-bras.

Les deux pères étaient réellement émerveillés par les prouesses de leurs fils. En vrais pères de famille, ils donnaient des conseils à Thoralf, toujours aussi admiratif devant sa fille.

Heureusement ses deux amis avaient, après moult efforts, réussi à le remettre pieds sur terre lors des entrainements, ainsi qu'après un grand nombre de plongeons dans le ruisseau.

7

Rygjafylki, veille du départ du félagi

Les Jarlar Thorolf et Alvaldr étaient arrivés depuis dix jours. Tous avaient assidument assistés aux entrainements, sous la commande d'Agnarr.

Magnar, ainsi que ses hommes, venaient également y participer. Ensuite ils retourneraient dans leur village où il y avait encore tant à faire avant le grand départ.

La majorité des hommes se connaissaient de longue date et l'ambiance était très amicale. Le skáli d'Einarr fourmillait d'hommes chaque soir lors des repas. Les soirées étaient cordiales, joyeuses et bon enfant.

Un scalde, de passage, narrait les sagas des Jarlar Alvaldr et Thorolf au grand plaisir de tous. Les sagas d'Agnarr Tjodrekson ne manquaient pas non plus : les unes plus effrayantes que les autres. Son passé de pilleur et guerrier sanguinaire le suivrait probablement le restant de sa vie.

Les jeunes qui les accompagneraient pour la première fois étaient également présents lors des soirées, buvant les paroles du scalde tout en épiant Agnarr avec émerveillement. Avait-il réellement fait tous ce que les sagas prétendaient ? Peu en doutaient, le connaissant des entrainements.

Svein, le jeune frère d'Agnarr se plaçait souvent auprès de Snorri les soirées : vu que son frère ainé avait sa place à la grande table à gauche d'Einarr.

Thorolf l'observait avec respect : son ami Alvaldr venait de lui expliquer qu'il était celui ayant donné le coup fatal à Glúmr. Sentant l'attention du Jarl, Svein tourna la tête vers lui.

— Ainsi, jeune Svein Tjodrekson, commença Thorolf : je viens d'apprendre que l'on te doit gratitude, tu nous as délivrés de Glúmr ! Tu auras, dans peu de temps, ta saga j'en suis certain. Tu le mérite amplement ! Peut-être que celui, ici présent, pourrait te l'écrire ?

Le silence se fit dans le skáli, tous s'étaient tournés vers le jeune garçon.

— Mon nom n'est pas Tjodrekson, Jarl Thorolf, je ne veux pas être associé à cette racaille !

Agnarr tiqua en fronçant les sourcils. Où son frère voulait-il en venir ? Thorolf tourna la tête vers Agnarr, qui lui fit un signe de tête signifiant ne rien comprendre aux paroles de son jeune frère.

— Dans ce cas, comment devons-nous te nommer ? demanda le Jarl. Ne veux-tu pas porter le même nom que ton frère aîné et Bendik ? N'ont-ils pas prouvé, à eux deux, que ce nom n'est pas forcément honteux à porter ?

— Eux sont trop âgés maintenant, pour changer de nom. Vu les nombres de sagas concernant Agnarr : il ferait mieux de le garder !

— Explique nous cela, l'invita Thorolf.

— Les hommes des snekkjas, dès qu'ils le reconnaitront, feront demi-tour pour nous laisser voguer à notre guise. Sa réputation le précède !

— Vu comme cela ! répondit Thorolf en riant fixant Agnarr malicieusement. Quel nom veux-tu porter ? Agnarrson ?

— Il est un peu trop jeune pour être mon père, tu ne crois pas, Jarl Thorolf ?

Tous se mirent à rire, Agnarr et Bendik également. Bendik assit de l'autre côté de son jeune frère lui porta toute son attention :

— Quel nom veux-tu porter, Svein ? Si Agnarr est trop jeune pour que tu portes son nom, je le suis encore plus que lui !

Svein lorgnait ses frères chacun à leur tour. Soupirant profondément il fixa Agnarr droit dans les yeux.

— Je veux être connu entant que *fils de Damiana*[66], en honneur à ma mère !

Agnarr déglutit péniblement à cause de la boule qui c'était formé dans sa gorge. Un sentiment de fierté gonfla son cœur. Il sourit à son frère approuvant son choix d'un signe de tête. Svein leva le menton fièrement puis se tournant vers le Jarl Thorolf.

— C'est mon nom à partir d'aujourd'hui : *Svein Damianason* !

---

66 Damianason.

— Skoll, Svein Damianason, lança Kvígbiǫrn, levant son gobelet.

Tous répondirent *Skoll*, levant les leurs vers le jeune Svein. Agnarr et Bendik les avaient levés aussi vers leur jeune frère. Tout sourire Svein vit son frère ainé lui faire un clin d'œil, avec une immense fierté dans les yeux. Le cœur du jeune homme se gonfla de bonheur.

Einarr, à la droite d'Agnarr, se tourna vers lui :

— Il promet, ton jeune frère, crois-moi il ira loin !

— J'en suis certain, très loin même, entouré des bonnes personnes, répondit le jeune homme fièrement.

— Avec toi il l'est.

— Ainsi que de Snorri.

— Comment se passe son apprentissage ?

— À merveille. Snorri m'a dit qu'il deviendra excellent ! Il y met tout son cœur. Savais-tu qu'il m'aide dans mon atelier également ?

— Tu me l'apprends. Comment cela se passe ?

— Très bien. Au point que je lui ai permis de garder les dernières broches qu'il a faites pour les vendre ou échanger !

— Elles sont belles ?

— Il a le souci du détail : elles sont magnifiques. Je lui demanderai de te les montrer.

— Tout cela est réjouissant à entendre, le jeune Svein trouve sa voie, sa place parmi nous. Tu dois en être heureux ?

— Très ! Vu son âge et ce qu'il a vécu dernièrement je craignais qu'il soit marqué trop profondément. Nous parlons beaucoup depuis la bataille ici au village, quand nous sommes seul dans l'atelier. Il se libère *enfin*.

— Heureux de l'apprendre ! Deux orfèvres parmi nous est une bonne chose également.

— Entièrement du même avis que toi. Lors de nos escales, je lui ai promis de visiter les orfèvres et vendeurs sur place. Lui apprendre à reconnaitre ce qui vend, et ce qui est de mauvaise facture. Il y a pas mal d'imitations mal faites ! Je veux qu'il apprenne à faire la différence.

— Je vois ce que tu veux dire. J'ai la certitude qu'il va apprendre beaucoup, lors de son premier félagi. Tu sais, il est celui pour lequel j'ai le moins de crainte à se faire enlever.

Agnarr tourna la tête vers son ami l'invitant à continuer.

— Il suit Snorri comme son ombre, quand il n'est pas avec toi. Quand le vois-tu frayer avec les autres de son âge, en dehors des entrainements ? Ce n'est pas une critique : il est aussi solitaire et silencieux que Snorri.

— Cela n'est pas forcément une bonne chose. Il serait bien qu'il fasse les bêtises dues à son âge !

— Peut-être que cela se fera après le félagi après avoir observé les autres. Surtout concernant les jeunes filles ! ajouta Einarr en riant de bon cœur.

Le regard d'Agnarr se voila :

— Je ne t'ai jamais dit pourquoi il estimait être celui qui avait le droit de tuer Glúmr. Sans trahir sa confiance, je peux te dire qu'il lui faudra le temps, avant qu'il ne commence à regarder les jeunes filles.

Einarr comprit plus ou moins où voulait en venir son ami. Si jamais il devait un jour en apprendre plus, cela devrait venir de Svein. Tournant la tête vers le jeune garçon il constata qu'il avait toujours un voile de tristesse sur ses traits. Il espérait que cela changerait un jour, pas trop lointain.

— Líf risque de se sentir bien seule : deux de sa famille partant pour la saison. C'est la première fois pour elle, si je ne me trompe pas ?

— Son père ne partait pas avec le mien, ni avec d'autres. Je n'ai jamais compris pour quelle raison d'ailleurs. Probablement espionnait-il pour mon père, ou pour Glúmr. Elle aura à faire avec Halfdan et le petit Einarr !

Einarr rit de bon cœur à la mention du plus jeune frère de son ami, insatiable en frasques et autres bêtises.

— Halfdan va très certainement lui remplir les journées, au point qu'elle remerciera les dieux, quand il sera endormi.

Le reste de la soirée se déroula gaiement. Seuls les hommes, mariés du village étaient retournés dans leurs demeures, passants la dernière soirée et nuit en famille.

L'heure de départ arriva. Les premiers à partir, étaient les quatre knǫrrer de Thorolf, ainsi que les huit de Alvaldr. Les deux Jarlar faisant équipe cette saison étaient les derniers des douze à quitter le ponton. À la sortie du fjǫrðr ils attendraient Einarr et Magnar et vogueraient ensembles jusqu'à Suðreyar.

Á partir de là, ils se sépareraient, visitant des comptoirs différents. Alvaldr et Thorolf transportaient surtout de l'ivoire de morse prisé par des marchands autres que ceux qu'Einarr et Magnar visitaient.

Magnar et Einarr avaient ensemble la responsabilité de huit knǫrrer des différents villages du Jarldom sous la gouvernance de Magnar. Les deux hommes seraient les derniers à quitter le fjǫrðr rejoignant les deux Jarlar.

Les premiers étaient partis aux premières lueurs du jour sous les regards de tous leurs souhaitant une excellente saison, les mettant sous la protection des dieux.

Un grand nombre des épouses avait fait des offrandes aux dieux, pour la protection de tous.

Les jeunes enfants observaient, avec admiration, les knǫrrer voguer au loin, quittant le fjǫrðr, rêvant du moment où leur tour viendrait de se trouver à bord.

Découvrant eux aussi le vaste monde au loin, ainsi que les richesses et les combats qu'ils risquaient de rencontrer. Ils avaient sur eux leurs épées en bois, se prenant déjà pour des guerriers aguerris prêt à en découdre avec l'ennemi, prêt à protéger leurs compagnons et leurs biens.

Les deux derniers knǫrrer à quitter le village avançaient lentement vers le ponton, pour embarquer les réserves de nourriture, les armes, ainsi que tout ce qu'ils avaient à vendre, ou à échanger.

Les derniers adieux se firent sans effusion : les Norrœnir, très pudiques, ne montraient pas leurs sentiments en public. Les dernières recommandations furent données à ceux qui étaient, lors de la bonne saison, responsable de la défense du village.

Aux enfants fut fortement recommandés d'obéir à leurs mères, et d'aider à toutes les tâches. De ne pas oublier les entrainements, que ce soit à l'épée, ou à la fronde avec Callum.

Unni fit une dernière prière à Þórr : pour la protection du félagi de cette saison, de les ramener tous, sans exception, chez eux. Le moment, empli de sérénité, se termina avec un toast au Dieu du Tonnerre, puissant et juste.

L'équipage scrutait le village devenant de plus en plus petit, au fur et à mesure que le knǫrr s'éloignait vers l'entrée du fjǫrðr. Ils ne verraient pas leurs familles avant un long moment. Ils ne reviendraient que dans cinq mánaðr.

Tous étaient silencieux. Les départs avaient depuis toujours ce sentiment de déchirement, apportant des idées sombres et angoissantes. La crainte que le village se fasse attaquer, parce que vulnérable, sans la présence de tous les guerriers.

Qu'eux-mêmes puissent subir des tempêtes, ou des attaques. Les prédictions des Nornes ne les avaient pas quittés depuis qu'ils en avaient connaissances, les angoissaient, les prenant par les tripes, jusqu'à les empêcher de respirer, par moments.

Si tout se passait pour le mieux, ils pourraient tirer leurs knǫrrer sur la plage d'une des îles Orkneyinga, dans deux jours. Là ils comptaient dire aux deux Jarlar ce que les Nornes avaient prédit au sujet de ce félagi. Einarr espérait, ardemment, leurs présences au moment venu, pour les aider à retrouver leurs jeunes compagnons.

Il avait, deux jours avant leur départ, fait une offrande à Þórr, à Magni son fils, un dieu très puissant, ainsi qu'à Týr le Dieu du ciel, de la guerre juste, de la justice, de la victoire et de la stratégie. Ils auraient bien besoin de leurs aides à tous pour protéger les trois jeunes qui allaient être enlevés.

Soupirant il les observait l'un après l'autre espérant que les Nornes auraient pu se tromper. Sentant qu'on le fixait il tourna la tête. Il croisa le regard d'Agnarr, le trouvant aussi inquiet que lui.

— Tu te demandes, toi aussi, lesquels se feront enlever ?

Einarr hocha la tête. Son ami se frotta le visage :

— On se rend malade à se poser tant de questions. D'autant plus qu'on ne trouvera pas les réponses. Je les observe, tous un à un, depuis notre départ. Regarde-les, ils sont si insouciants, si joyeux de naviguer. Nous, on se morfond.

— Ils sont sous notre responsabilités. Mieux vaut qu'ils ne sachent rien. Tu étais également de cet avis, quand nous en avons discuté.

— Je le suis toujours ! J'ai peur pour chacun d'entre eux, pas uniquement pour Svein. Je sais, selon toi il ne court aucun risque d'être l'un des trois, ajouta-t-il en voyant que son ami voulait intervenir. Rien ne nous dit que tu puisses avoir raison.

Après un profond soupir il continua : Svein n'est pas le seul jeune, je les connais tous vu que je les entraine depuis plus d'un hiver ! J'en ai les entrailles qui se tordent.

— Tu n'es pas le seul. Ce n'est pas une consolation je le sais, on est tous dans le même état.

Agnarr se tourna vers la mer, fixant au loin, de rage il donna un coup de poing sur le bord de la coque.

— Unni est allée jusqu'à me dire à quel point elle est fière de notre obéissance aux Nornes ! ragea-t-il.

— Je sais par expérience ce que cela coute de leur désobéir, crois-moi. ! Ce que je t'ai expliqué : ce que nous avons vécu le dernier Skammdegi dans notre ancien village. Rien de tout cela ne serait arrivé, si mon père avait obéi. J'ai failli perdre Iona !

Agnarr étudia longuement les traits de son ami. Comme à chaque fois qu'il se remémorait la scène dans l'écurie, où Iona c'était fait attaquer, le même pli amer se dessina sur ses lèvres, et une immense tristesse voila ses yeux. Ayant vécu plus ou moins la même tragédie, il le comprenait bien, sachant ce qu'il ressentait.

— Excuses-moi de m'être emporté. Ne pas savoir me tourmente.

— Nous le sommes tous. Cela nous complique la tâche de trouver *le tourmenté* des Nornes !

Un sourire désabusé fut la réponse d'Agnarr :

— Peut-être est-il devenu le moins tourmenté de nous tous. Qui peut nous le dire ?

Se retournant il les étudia tous un à un en secouant la tête :

— Peine perdue : nous le sommes tous, tout autant !

— Thoralf n'a pas tort : cela ne sert à rien pour l'instant. Nous ne savons rien, ni qui, ni où, et encore moins comment. Tous ce que nous pouvons faire : est de veiller à ce qu'ils soient toujours parmi nous.

Tant qu'on est en mer il n'y a pas de danger. Ni sur les Orkneyinga, je crois. Nous n'y croisons que rarement d'autres navires.

— Vu le nombre d'îles, ce n'est pas étonnant ! As-tu une idée ?

— J'hésite, à vrai dire. Suðreyar, où Gaddgeðlar[67], se sont les lieux où nous voguons le plus, ainsi que le nord

---

67 Galloway en Écosse, en vieux norrois.

Írland. Ce n'est pas dans mon túath que cela se passera. Nous y allons avant de revenir chez nous. Daividh y sera également avec pas mal de ses hommes d'armes.

— Je crois bien que tu aies raison. C'est une fois dans ces eaux-là que nous devrons être le plus sur nos gardes.

Ils rejoignirent les deux knǫrrer, qui les attendaient, assez rapidement. Avec un pincement au cœur, Einarr, se dirigeait vers celui de son grand-père. Ils avaient navigué trois saisons ensemble.

Cette saison-ci Alvaldr lui laissait prendre son envol, seul sans lui et ses conseils, son soutien. Cela lui faisait bizarre, il était fier en même temps, car cela voulait dire que son grand-père avait toute confiance en ses capacités de navigateur, et de meneur d'hommes. Il ferait tout pour qu'il soit fier de lui.

Les Orkneyinga se profilaient devant eux. Soixante-sept îles, pratiquement toutes inhabitées. Uniquement sur seize d'entre-elles se trouvaient des Pictes[68], peuplade ancestrale d'Alba depuis la nuit des temps.

Ils préféraient éviter les îles habitées. Les knǫrrer furent échoués sur l'une des plus petites. N'ayant pas d'arbre, ces îles étaient dépourvues de gros gibier.

Ils avaient lancé des filets de pêche, pour leur repas du soir, que les knǫrrer tiraient derrière eux. Certains d'entre eux pêchaient moules et huitres aux longs des récifs pour cuisiner une bonne bouillie en plus des poissons pêchés et légumes séchés qu'ils avaient emmenés avec eux.

Les feux furent allumés et les repas mijotèrent pendant que les hommes discutaient entre eux.

Einarr se tenait à l'écart avec Alvaldr.

---

68 Les Pictes étaient une confédération de tribus vivant dans ce qui est devenu l'Écosse du Nord et de l'Est.

— Pourquoi ne m'as-tu rien dit avant notre départ ? Tu sais que j'aurais fait équipe avec toi, sachant cela !

— Je sais. Vous étiez si enchantés, toi et Thorolf, de naviguer ensemble. Je n'allais pas gâcher votre plaisir !

Il leva la main voyant que son grand-père voulait l'interrompre.

— Laisse-moi terminer je te prie, Alvaldr. De toute façon, nous allons nous croiser régulièrement. Ta présence n'aurait rien changé, ils se feront enlever, que tu sois là ou pas. Nous ne pouvons rien y changer.

Tout ce que je souhaite, c'est que vous ne soyez pas trop loin de nous, quand cela se produira. Que nous puissions agir, ensemble, pour les retrouver à temps, avant qu'ils ne soient embarqué vers un marché de þrælar. C'est tout ce que l'on vous demande à toi et Thorolf.

Alvaldr soucieux se leva, fit les cents pas sur la plage, en marmonnant, se passant régulièrement les doigts dans les cheveux :

— Tu dis qu'Unni a pratiqué un blótan ?

— Oui, nous avons demandé l'aide et la protection de Þórr.

— Et avant de partir, tu as fait des offrandes ?

— Oui, comme je te l'ai expliqué.

— Nous devons en parler avec Thorolf. Maintenant ! Espèce de bougre d'âne ! Tu aurais dû nous le dire : on se serait organisé de telle façon d'être constamment à quatre knǫrrer !

— Nous ne visitons pas les mêmes marchands ! Combien de temps cette saison aurait-elle pris, en visitant ceux que nous devons voir absolument ?

— On aurait trouvé, Einarr ! Il y a toujours une solution, à chaque problème.

— Comment comptes-tu résoudre celui-ci ? Explique de quelle façon éviter que nos jeunes se fassent enlever ? On ne désobéi pas aux Nornes, sans en payer les conséquences ! J'ai déjà donné, merci, je passe mon tour.

Alvaldr observa son petit-fils, se tenant droit devant lui les poings serrés. En soupirant il se passa les mains sur le visage. Reprenant place que le rocher qu'il avait quitté quelques minutes avant :

— C'est vrai tu as payé pour la désobéissance d'un autre ! Tu ne méritais pas ce qui est arrivé, et Iona encore moins.

— Iona était totalement innocente dans cette histoire et elle a failli y laisser la vie ! Tu ne me verras jamais désobéir aux Nornes. Elles prennent, s'attaquent à ce qu'on a de plus précieux. Iona et nos fils *sont* ce que j'ai de *plus précieux* ! Jamais je ne risquerai leurs vies ! C'est ce qu'elles font les fileuses : elles prennent ce qui t'est le plus cher au cœur, là où cela fait très mal.

— Je te comprends parfaitement. J'agirai comme toi, crois-le. Nous devons en parler nous quatre. Toi, Thorolf, Magnar et moi. Nous allons changer nos routes pour se quitter uniquement de très courts moments, quand nous visitons nos marchands.

Pour le reste, nous voguerons ensemble. Thorolf n'y verra pas d'objection.

Alvaldr leva la tête vers Einarr, toujours debout devant lui, les traits crispés et les poings serrés.

— Je persiste à dire que tu aurais dû nous en parler avant notre départ. Ne dis pas que cela n'aurait rien changé : nous aurions *déjà* modifier nos routes.

— Peut-être as-tu raison, seul l'avenir nous le dira. Faisons venir Thoralf, Agnarr et Oddvakr également.

— Comme tu le désire. Je vais les chercher. Reste ici et tente de te calmer un peu. Un esprit échauffé ne voit que rarement clairement tu sais. Crois-en mon expérience.

Il eut un sourire :

— Décidément, tu me ressemble bien trop, mon garçon. Bien plus que mes propres fils !

Alvaldr se leva, laissant Einarr se calmer : il avait leurs amis à quérir.

Thorolf écoutait avec effroi ce qu'Einarr expliquait. Au fur et à mesure que les paroles sortaient de la bouche du jeune homme il blêmissait de plus en plus, comprenant parfaitement pour quelle raison trois jeunes Norrœnir se feraient enlever.

À la fin des explications d'Einarr, il se secoua la tête : incrédule, angoissé et compatissant tout à la fois : que les dieux les protègent !

— Je vous promets qu'on fera tout pour vous aider à les trouver. Portant son attention tour à tour de Magnar à Einarr : Comment agirons-nous ? Vous avez déjà une idée ?

— Je crois que nous devons attendre que cela se produit, savoir où nous nous trouverons, répondit Thoralf.

Le Jarl scruta le visage du jeune homme pensivement.

— Je ne suis pas du même avis que toi, pas cette fois-ci.

— Pourquoi cela ?

— Ce sera une perte de temps. Vous savez où vous vous rendez, passez vos nuits quasiment toujours aux mêmes endroits depuis des années.

Je ne crois pas que cela arrivera en un lieu où vous trouvez vos marchands, ou un comptoir. Cela se passera probablement là où vous échouez vos knǫrrer pour la nuit.

— Qu'est-ce qui te fait dire cela ? demanda Thoralf.

— L'expérience ! Ce ne sont pas des gens qui se montrent au grand jour crois-moi. Ils agissent dans l'ombre, veillant à ce qu'il n'y a pas de danger avant d'agir. Ils enlèvent rapidement sans bruit, sans mouvement superflu, discrètement, puis partent.

— Partir où ? S'ils sont en mer nous pouvons les suivre. Leurs navires sont rarement plus rapides que les nôtres !

— Oui c'est un fait. Seulement voilà, il se peut aussi qu'ils soient éloignés de leurs navires. Souvent ils se séparent en petits groupes à la recherche de proies. Ils font des prisonniers, retournent vers leur navire, et partent quand tous sont de retour. Cela se voit de plus en plus.

Thoralf réfléchit à ce qu'il venait d'apprendre, en faisant des allées et venues, entre le bord de l'eau et les rochers où les autres se trouvaient, puis s'accroupit devant Oddvakr :

— Tu connais tous les lieux où nous nous échouons ! Nous avons besoin de cette connaissance pour planifier.

Oddvakr plissa les yeux :

— Où veux-tu en venir ?

— Ils vont certainement vers les comptoirs principaux en Suðreyjar. Nos trois jeunes seront probablement partis pour chasser ou pour se rendre dans un ruisseau pour se baigner.

— J'opterais pour le ruisseau, intervint Alvaldr.

— Pourquoi cela ? le questionna Thoralf.

— Pour la chasse ils seront armés et à l'affut de chaque bruit ou mouvement. Bien plus difficile à surprendre.

— C'est exact je n'y avais pas pensé. Remémore-toi tous les lieux Oddvakr ! Dès qu'ils seront enlevés, et grâce à ta mémoire, nous agirons. Snorri, en premier, nous indiquera la direction qu'ils prennent, ensuite il suivra leurs traces.

Il avance plus vite seul tu le sais. Nous voguerons vers la direction indiquée par Snorri. À intervalles réguliers, deux ou trois hommes descendront se dirigeant vers le lieu où tu leur diras d'aller pour tenter de les intercepter. Tôt ou tard nous les aurons en tenaille. Nous finirons même par trouver leur navire !

Le visage d'Oddvakr passa par plusieurs émotions tout en fixant Thoralf dans les yeux.

— Il n'a pas tort, c'est un excellent plan ! ajouta Thorolf.

Oddvakr mit ses coudes sur ses genoux, posant son menton sur ses mains jointes, le regard dans le vide. Le silence total se fit : tous savaient que c'étaient la position qu'il prenait, quand il se remémorait les lieux. Fermant les yeux il vit tous les endroits où ils s'échouaient pour les nuits. Les rouvrant il les fixait tour à tour.

— Uniquement les lieux où il y a un ruisseau à proximité ? J'arrive à sept endroits. Trois en Gaddgeðlar, quatre dans les îles.

— Très proche des comptoirs à þrælar, en plus ! ajouta Einarr.

— Garde les endroits bien tous en mémoire, Oddvakr. Le moment venu nous aurons besoin de tes connaissances. Décidons déjà qui descendra au fur et à mesure, aux lieux indiqués par Oddvakr.

— Je serai parmi les premiers, je n'abandonne pas Snorri !

Oddvakr était bien décidé : personne ne l'empêcherait de porter secours à son meilleur ami.

— J'irai avec Oddvakr.

— Comment ? Tu ne vas pas abandonner le knǫrr, Einarr ! J'irai à ta place.

— Non, tu resteras sur le navire avec Agnarr, j'accompagne Oddvakr.

— Pourquoi cela je te prie ?

— Parce que vous êtes les deux seuls à qui je confierais mon navire. Vous êtes les deux meilleurs pour le mener là où faut. Vous seuls après moi, connaissez les dangers dans ses eaux là, les marées, les rochers, les courants.

— Cela ne me dis pas pourquoi tu ne veux pas que je prenne ta place !

— Parce que je l'ai décidé ainsi, ce seront des jeunes sous *ma* responsabilité qui se feront enlever !

— Ou de la mienne, je partirai avec le deuxième groupe d'hommes qui débarqueront. C'est ainsi, Einarr et moi avons des responsabilités vis-à-vis de vous, et de vos familles, et nous devons les assumer ! ajouta Magnar.

— Et si ce ne sont pas des jeunes de ton navire, tu débarques ? s'étonna Thoralf.

— Oui, vu qu'ils sont de mon Jarldom, donc sous ma responsabilité. C'est ainsi, et tu n'y changeras rien, quoi que tu puisses dire !

— Ils ont raison : c'est ce qu'un Jarl doit faire, ainsi qu'Einarr vu que c'est son navire, plaida Thorolf. Maintenant nous devrions aller rejoindre les autres avant de trop tirer l'attention. Alvaldr et moi informerons, discrètement, nos hommes concernant le changement de route. Ils comprendront.

— Merci à vous deux, nous nous sentons moins démuni face à tout ceci.

Magnar était réellement heureux du soutien des deux Jarlar. Thorolf posa la main sur l'épaule de son neveu :

— Je suis du même avis qu'Alvaldr : vous auriez dû nous en parler avant le départ ! Pourquoi ne l'avez-vous pas fait ? Vous doutiez de nous ?

— Non ! Absolument pas ! Magnar se passa les doigts dans les cheveux. Nous étions trop ébranlés par les paroles des Nornes, cela nous secoue profondément.

— On le serait pour moins ! Bon, tentons maintenant d'expliquer à nos équipages respectifs ce qui vient d'être décidé. C'est plus facile pour Alvaldr et moi, vous deux s'est plus compliqué, vu que vos jeunes sont présents. Si besoin n'hésitez pas à demander notre aide.

Magnar et Einarr hochèrent la tête en guise de réponse. Ils retournèrent vers les autres, près des feux prendre leur repas.

Pendant plusieurs jours, les quatre knǫrrer naviguèrent ensemble vers Suðreyar. Ils avaient aperçu au loin, par deux fois, des snekkjas, voguant devant eux. La saison venait de commencer, ils seraient de plus en plus nombreux sur les routes de commerces des knǫrrer.

Tous espéraient que les ennemis se souviendraient de leur tactique, les laissant en paix pour poursuivre leur route. Magnar et Einarr devaient se rendre à Stjórnavágr[69], où ils avaient plusieurs marchands à visiter. La baie semblait plus calme que lors de la dernière visite d'Einarr et Alvaldr, la saison dernière lors qu'ils avaient croisé Glúmr. Sans l'aide du Jarl de l'île ils n'auraient pas survécu à l'attaque.

Agnarr au gouvernail manœuvra le knǫrr vers le ponton. Einarr et Thoralf se trouvèrent à ses côtés scrutant la ville approcher lentement. Il ne semblait pas avoir beaucoup de navires présents. Il n'y avait pas de snekkjas ce qui les soulageait énormément. Einarr se tourna vers le jeune Svein ensuite vers Agnarr.

— Il y a pas mal de vendeurs d'orfèvreries ici. Comptes-tu les visiter avec Svein ?

— Probablement. Avant je compte lui acheter ses outils. Tu m'as dit que c'est ici que tu as trouvé les miens.

— Oui, auprès de Saebjǫrn Vidkunnson. Si tu ne le trouve pas, son frère Knut en vend sur Skið[70]. Je t'y conduirai, il me connait depuis des ár. J'y accompagnais Alvaldr.

— A-t-il également du chlorite ?

— Pas en très grande quantité, tu auras plus de chance sur l'île de Skið.

---

69 Stornoway, sur l'île Lewis, dans les Hébrides extérieures, en vieux norrois.

70 Île de Skye en vieux norrois.

— Bien je vais suivre ton conseil. Il y a-t-il beaucoup de marchands, ou négociants en orfèvrerie ici ?

— Assez bien, pas les plus honnêtes mais vu que tu veux apprendre à ton frère à faire la différence, se serait un bon début.

— Oui il serait bien qu'il puisse constater par lui-même le travail mal fait. Je pourrais l'expliquer de plusieurs façons, mais tant qu'il ne le voit pas de ses propres yeux, il ne comprendra pas.

— Je suis entièrement du même avis. Allons-y, nous avons pas mal de choses à faire ici. Tu sais vendre une partie de vos broches ici, il y a un excellent marchand très honnête dans ses prix. Il pourrait même vous passer des commandes.

— Excellente idée.

Il se tourna vers son jeune frère impatient de débarquer.

— Je vais laisser Svein prendre les commandes, cela le motivera.

Einarr acquiesça, ce serait une bonne chose pour le jeune homme, cela le mettrait en valeur.

— De toute façon, tu es à ses côtés pour le guider et le conseiller. C'est une très sage décision, cela ne peut que lui faire du bien, et l'aider à s'affirmer. Il aura plus le sentiment de contribuer au bien du village. Il peut également se bâtir une excellente réputation, vu son travail. Tu avais raison : ses broches sont magnifiques, il peut en tirer un excellent prix !

— J'imagine aisément sa fierté, quand il recevra ses premières pièces. Les toutes première de sa vie, que je lui souhaite très longue !

— Que les dieux t'entendent : que sa vie soit longue et prospère.

Agnarr sourit. Jamais il n'avait senti, à ce point, ce sentiment d'appartenance comme il l'avait trouvé dans le village d'Einarr Leifrson. Il souhaitait la même chose pour ses trois plus jeunes frères.

Pour Svein un bel avenir se profilait et il ressentait comme une fierté paternelle à son égard. Oui, ses frères allaient devenir des hommes bons, il y veillerait personnellement.

Le marchand était en extase devant les broches du jeune Svein, qui le regardait d'un regard impassible, comme Agnarr lui avait conseillé.

Ne jamais montrer qu'il voulait les vendre à n'importe quelle condition. Faire comprendre qu'un autre avait donné un meilleur prix. Il jouait son rôle à la perfection.

Le prix proposé n'était pas au goût de Agnarr qui fit un signe discret à son frère. Svein avança la main vers les broches :

— Je les reprend : j'ai eu un meilleur prix chez un autre, je vais aller les lui vendre. J'étais venu te voir sur les conseils d'un ami, vantant ton honnêteté. Je vois qu'il s'est trompé à moins que tu n'aies changé.

Einarr aux côtés d'Agnarr leva les sourcils étonnés. Le jeune Svein agissait comme un marchand chevronné.

— Qui t'a envoyé ici ? demanda le marchand.

Svein montra Einarr du menton.

— Lui : Einarr Leifrson. Il m'a certifié que tu étais le marchand le plus honnête de l'île. Se trompe-t-il ?

Le marchand se tourna vers Einarr.

— Il est avec toi ?

— Il l'est. C'est sa première saison et je n'aimerais pas que l'on manque de respect pour son travail. Avoue Iòsaph[71] : c'est un travail parfait qu'il te propose ! Tu en retireras d'excellents bénéfices. Si tu le souhaite tu peux même lui passer des commandes pour la prochaine saison.

— En attendant veux-tu mes broches ? insista Svein.

— Laisses-moi les examiner de plus près.

Svein lui passa une des plus belles. Iòsaph la pris puis l'examina de son œil expert en la tournant de tous les côtés.

— Est-ce bien toi qui l'as faite ? Tu me semble très jeune ! s'étonna le marchand.

— Oui, c'est moi seul, répondit le jeune garçon, fièrement.

---

71 Joseph en gaélique écossais.

Iòsaph se tourna vers Agnarr qui fit oui de la tête. Il réexamina la broche : la finesse du travail l'étonna, venant d'un garçon si jeune.

— Je t'en offre un sou de douze de dénier chaque. Tu ne trouveras pas de meilleur prix.

Svein se tourna vers Agnarr qui approuva de la tête.

— À condition que tu me les prends toutes.

— Montre-les moi, et je te dirais si je les prends.

Svein ouvrit la bourse puis étala toutes les broches devant le marchand. Iòsaph les examina une à une d'un œil expert.

— Je te les prends toutes, c'est un excellent travail !

Un grand sourire illumina le visage du jeune Svein.

— Pourrais-tu m'en faire avec des pierres incrustées, comme celle-ci ?

Le marchand lui tendit une des broches de son échoppe. Svein étudia le bijou.

— Ainsi que d'autres de cette forme-ci ? en lui tenant une autre.

Le jeune Svein tourna les deux broches de tous les côtés les examinant de près. Il fronça les sourcils en étudiant la deuxième.

— Celui qui a fait celle-ci est un piètre orfèvre !

— Pardon ?

— Il y a des griffures : il n'a pas bien sculpté le chlorite cela saute aux yeux.

— Laisses voir ! ordonna Iòsaph.

Svein tendit la broche au marchand et tourna la tête vers son frère qui lui fit un clin d'œil.

— Tu as entièrement raison : elle ne vaut rien. C'est la broche que j'utilise, mon jeune garçon, pour connaitre la valeur de celui qui se dit orfèvre. Tu as un marché avec moi si cela te dit.

Sache que je ne veux que de l'excellente manufacture ! Je m'octroie le droit de refuser ton travail s'il ne satisfait pas mes attentes. Qu'en dis-tu ?

Agnarr lui fit signe de la tête.

— Tu me paies combien ?

— Le jour que j'arriverai à rouler un Norrœnir n'est pas encore arrivé me semble-t-il ! dit Iòsaph en riant. Je te propose un sou de douze de denier pour ceux en or, six deniers pour ceux en argent et trois pour ceux en bronze.

Agnarr fit oui de la tête.

— J'accepte ! Celles avec les pierres incrustées, j'en veux deux sous de douze de denier.

Iòsaph plissa les yeux.

— J'accepte jeune garçon. Quel est ton nom ?

— Svein Damianason ! dit-il fièrement.

— Jeune Svein Damianason, nous avons un accord. Je t'attends la saison prochaine avec impatience.

Satisfait, Svein arbora un grand sourire. Agnarr était heureux de voir son frère ainsi. Depuis qu'il l'avait retrouvé il ne l'avait plus vu aussi heureux.

— Tu sais que je suis là, si tu as besoin de conseils.

— Je sais : *tu as toujours été là*. Pourquoi cela changerait-il ?

— Pourquoi, on se le demande ! Je te laisse faire ta commande, seul, pour que tu aies la satisfaction du travail accompli. Je suis très fier de toi, très, tu peux me croire.

— Vraiment ?

— N'en doutes jamais !

— Il y a de quoi être fier : je ne connais pas beaucoup de jeunes de ton âge, ayant déjà passé un marché comme celui-ci, ou même un marché tout court. Je le suis également, ajouta Einarr.

Svein scruta les deux hommes. Son frère aine s'était toujours occupé de lui, l'avait toujours protégé. Qui maintenant accueillait dans son nouveau foyer, où il avait trouvé une vraie famille ; et Einarr qui les avait acceptés dans son village donnant à son frère la chance de vivre la vie dont il rêvait. En plus il était devenu le premier véritable ami d'Agnarr. Ayant de tels personnes autour de lui comme exemple, il ne pouvait que devenir un homme bien et juste. Il remercia les dieux d'avoir guidé Agnarr vers ce village pour y retrouver son cousin.

— Allons te procurer tes outils. Einarr va nous conduire auprès de Saebjǫrn Vidkunnson. Je te les laisse choisir.

Muni de ses outils, Svein commença à sculpter un morceau de chlorite. Après sa visite aux marchands, où Agnarr lui avait expliqué comment reconnaître un bon travail d'une mauvaise copie, plein d'idées fourmillaient dans sa tête. Il désirait absolument laisser sa marque, un objet que lui seul fabriquait.

Comme de son habitude il se tenait seul, à l'écart de tous. Agnarr l'observait depuis l'autre côté de flammes.

Les doigts de son jeune frère mouvaient délicatement son outil sur le chlorite, comme il le lui avait appris. À côté de lui il avait enfui dans le sable un creuset dans lequel il fit fondre un peu de bronze. La curiosité d'Agnarr l'emporta : il se leva et se dirigea vers son jeune frère.

Le moule d'une boucle de ceinture, très finement sculpté, prit forme sous les doigts de Svein. Inlassablement, le jeune manipulait son outil, en perfectionnant les détails de la gravure.

Comme Agnarr lui avait appris : la fente pour couler l'ardillon se trouvait à côté de la boucle. Ainsi le tout était coulé au même moment avec le même métal du même alliage.

Svein posa son moule bien à plat sur une pierre. Il creusa pour retrouver son creuset d'argile chamottée contenant le bronze qu'il avait entouré complètement de charbon de bois.

Muni de sa longue pince, il sortit le creuset, coula le bronze dans le moule remplissant les emplacements de la boucle et de l'ardillon. Il ne lui restait plus qu'à attendre que le bronze refroidisse.

Svein rangea ses outils, recouvrit les braises d'eau, puis de sable veillant à ce que personne ne puisse se brûler en mettant les pieds dessus. Au bout d'un moment il retourna le moule, il prit la boucle avec une pince la plongeant dans un récipient contenant de l'eau froide et posa la boucle sur une pierre. Ensuite, il sortit l'ardillon du moule.

Il introduit cette pièce à la place convenue. À l'aide d'une pince, Svein le serra pour qu'il fasse partie intégrante de la boucle de ceinture en terminant par plonger le tout dans l'eau froide. Muni d'un chiffon il la lustra en examinant les détails.

Satisfait du résultat il la tendit à son frère aîné. Agnarr la tourna dans tous les sens examinant chaque détail. Son frère avait sculpté de magnifiques motifs ornant la boucle. Celle-ci était d'une grande beauté. Fièrement il sourit à son jeune frère.

— Combien de bronze as-tu utilisé ? le questionna-t-il.

— Cinq pièces de celles que j'ai obtenues pour mes broches. Combien crois-tu que je puisse en tirer ?

— Facilement un sou de douze de denier. Plus que du double qu'elle te coute pour la faire. Elle est tout simplement magnifique, je suis très fier de toi. Je crois bien que je vais te l'acheter.

— Ne te sens pas obligé !

— Non, je la veux vraiment !

— Je ne vais pas demander à mon frère de me payer !

— En commerce il n'y a pas de famille. Si tu commences à *offrir* ton dur labeur, tu ne t'en sortiras jamais !

— Mais tu es mon frère, on vit sous ton toit, tu pourvois à tous nos besoins ! Tu crois réellement que je vais te demander que tu me paies cette boucle ?

— Tu ne demandes rien c'est moi qui ai décidé ainsi. Accepte ! C'est normal que tu sois payé pour ton travail. Je t'ai à l'œil depuis le début quand tu as commencé à sculpter ton chlorite.

Tu y as mis beaucoup de temps, tout ton savoir mais surtout tu y as mis toute ta passion à faire une très belle boucle ! Tu as l'œil pour la finesse : cette boucle est une pure merveille. Je la paie ou je ne la prends pas, à toi de voir.

Svein fronça les sourcils méditant les paroles de son frère. Cela le rebutait que son frère le paie. Il soupira : ils étaient tous deux aussi butés l'un que l'autre. Avec Agnarr, jamais il n'aurait le dernier mot.

— Faisons un marché, proposa Svein.

— Je t'écoute.

— Je te la vend à la fin de la saison, après que je l'ai montrée aux différents marchands, que toi et Einarr comptez me présenter.

Agnarr scruta les traits de son frère, y vit beaucoup de détermination.

— J'accepte ce marché !

Un sourire illumina le visage de Svein.

— Tu la trouves vraiment si belle ma boucle ?

Agnarr leva les yeux au ciel. Décidément Svein avait une longue route à faire, pour trouver sa confiance en lui.

— Oui. Si tu ne me crois pas demande aux autres ! Ils te diront tous qu'elle est magnifique.

— Parce que se sont nos amis !

— Non ce sont des commerçants, des négociants. Quand il est question de commerce il n'y a pas d'ami.

Svein avait difficile à croire son frère, il observait tous les hommes présents autour des feux. Pris la boucle des mains de son frère puis se leva pour se diriger vers le Jarl Thorolf.

Cet homme avait la réputation de dire que la vérité, que jamais il ne trompait un Norrœnir. S'asseyant à côté de lui, il lui tendit la pièce. Thorolf la prit, la tourna dans tous les sens, examinant chaque détail.

— Très bel ouvrage, jeune Svein. Où l'as-tu trouvé ?

— Crois-tu qu'un sou de douze de denier était trop payé ?

Le Jarl la réexamina :

— Certes non, tu n'as pas été volé ! On aurait pu te demander jusqu'à quinze deniers sans problème. C'est une très belle boucle.

— Quinze tu dis ?

— Très facilement, regarde les détails, la finesse. Ceci vaut son pesant d'or, ajouta-t-il en secouant la boucle sous les yeux du jeune garçon.

Alvaldr ayant écouté la conversation, tendit la main vers la boucle que Thorolf lui donna.

— Thorolf a raison, il aurait pu aller jusqu'à quinze deniers celui qui te l'a vendue. Où l'as-tu trouvé ?

— C'est moi qui l'ai faite. Je ne voulais pas croire mon frère quand il m'a dit qu'elle était belle.

— Belle ? Il a dit *belle* ? s'étonna Thorolf.

— Non, il a dit *magnifique*, répondit Svein en baissant la tête.

— Ton frère s'y connait : elle l'est. Je te l'achète quinze deniers.

Svein fixait Thorolf la bouche ouverte, les yeux écarquillés.

— Je l'ai déjà promise à Agnarr, il l'aura en fin de saison. Je compte la montrer dans les différents comptoirs que nous visiterons.

Thorolf fixa la boucle avec envie.

— Fais-en une pour moi, je la montrerai dans ceux que nous visitons, Alvaldr et moi. Qu'en penses-tu ?

— Tu ferais cela pour moi ?

— Surtout pour l'artisan en toi : cette boucle est vraiment très finement travaillée. Tu es doué ! Maintenant explique-moi pourquoi tu ne croyais pas ton frère.

— Parce qu'il est mon frère et qu'il me protège constamment, depuis que je suis né.

— Ton frère n'est pas un menteur. Si cette boucle n'était pas vendable, il t'aurait conseillé, expliqué ce que tu aurais dû changer. Tu peux me croire.

Svein hocha la tête, laissant les mots de sagesse, prononcé par le Jarl, faire son chemin.

— Demain tu auras ta boucle.

Le Jarl lui sourit en guise de réponse.

Fier de ce qu'il venait d'entendre il retourna vers sa place où son frère l'attendait.

— Qu'a-t-il dit ?

— Il m'en achète une quinze deniers. Je lui confectionnerai demain, si on est sur la terre ferme.

— On le sera. Je suis fier de toi. En attendant dois-je également te payer quinze deniers ?

— Non vu que tu me la laisses jusqu'à la fin de la saison. N'avons-nous pas passé un marché ?

Agnarr ébouriffa les cheveux de son frère, en guise de réponse :

— Repose-toi maintenant, tu le mérite bien.

Agnarr se leva, retournant à la place qu'il avait avant de rejoindre son frère.

— Un souci ? demanda Thoralf, une fois que son cousin fut installé.

— Non. Svein ne me croyait pas quand je lui ai dit que la boucle de ceinture qu'il vient de faire, vaut au moins un sou de douze de denier.

— Et ?

— Thorolf lui en a proposé quinze deniers !

Einarr, assit entre les deux hommes, rit de bon cœur.

— Il a vite compris qu'il peut faire entièrement confiance à Thorolf. Comment est cette boucle ?

— Magnifique ! Demande-lui de te la montrer, tu me diras ce que tu en penses.

— J'ai une entière confiance en toi, je ne doute pas de ton savoir en matière d'orfèvrerie.

— Merci cela fait du bien à entendre !

— Je lui demanderai de me la montrer. Un jour j'aurai besoin d'une boucle, c'est un fait certain.

Les hommes, des quatre équipages, s'installèrent pour la nuit, dont Svein les yeux pleins d'étoiles.

8

Pendant ce temps-là en Rygjafylki dans leur village.

— Comment cela vous ne voulez plus nous entrainer ?

Iona était hors d'elle. L'homme, qui se tenait devant elle, les bras croisés sur le torse, la lorgnait de haut. Quoique cela n'était pas très difficile, vu sa petite taille.

— Vous avez toutes bien mieux à faire que de vous entrainer aux armes ! Vous nous faites perdre notre temps.

— Perdre votre temps ? Comment osez-vous ! Nous avons toutes prouvé notre valeur la saison dernière lors d'une attaque. Sans nous le village aurait été pillé et nous serions tous morts !

Toutes les femmes présentes, approuvèrent les dires d'Iona, très bruyamment. Les quelques hommes restés au village, dont ceux de leur Jarl, s'entrainaient chaque matin. Les femmes depuis le départ du félagi s'entrainaient également. Or ce matin pour une raison qu'elles ne comprenaient pas, ce rustre ne voulait plus d'elles. Un des hommes de Magnar, les chassait du terrain d'entrainement, comme-ci elles étaient des insectes nuisibles.

— Écoutez, ne le prenez pas mal mais, c'est une perte de temps. Je ne sais pas à quoi Agnarr pensait, en vous initiant à l'épée, mais je suis d'avis que vous avez d'autres choses bien plus importantes à faire !

Iona renifla : elle allait le taper, s'il continuait à débiter des bêtises de ce genre.

— Moi je vous dis que nous allons *toutes* continuer à nous entrainer. Que cela vous plaise ou non, je n'en ai cure !

— Et qui va vous entrainer ?

— Je trouverai bien un guerrier, ici présent, qui le voudra bien !

— Vraiment ? Dites-moi lequel ? lui demanda-t-il en ricanant.

Iona se tourna, cherchant un des hommes présents, qui pourrait prendre leur défense. Il devait bien y en avoir un qui était là, la saison dernière ! Le plus jeune frère de Grettir fit un pas vers Iona.

— Elles nous ont réellement été d'une grande aide, par le passé. Laisse-les s'entrainer, ordonna Ámundr.

— Tu es sérieux ? Tu veux réellement les aider ? C'est une perte de temps. Celui que nous passons avec elles, est ce que nous avons de moins pour notre propre entrainement !

— Je ne vois pas en quoi ? Elles font exactement les mêmes exercices que nous. En quoi cela fait-il *une perte de temps pour nous* ?

— Parce que je vais devoir constamment les corriger, bougre d'âne !

Ámundr étudia les traits de Bjarnharðr, l'homme de Magnar, il n'était pas prêt à laisser les femmes s'entrainer. Il dut trouver une astuce pour qu'elles puissent rester et continuer l'entrainement.

— Si elle te bat au tir à l'arc, elles peuvent s'entrainer avec nous *et* tu leur donne le même que celui que nous, les hommes.

Ámundr venait de se souvenir que le tir à l'arc n'était pas le point fort de Bjarnharðr, or Iona y était imbattable !

Ce dernier rit de bon cœur : la femme qui devrait le battre n'était pas encore née. Iona se tourna vers le jeune homme et lui fit un clin d'œil tout en s'efforçant à ne pas rire aux éclats.

Se munissant de son arc elle attendit que Bjarnharðr choisisse la cible, et tire le premier. Sa flèche atteignit la cible mais loin du milieu.

— J'ai pris la cible la plus éloignée : que vous n'atteindrez jamais, j'en suis certain. Au moins de cette façon, je ne vous entendrai plus geindre !

Iona se plaça, arma son arc, banda et la flèche partit, se plaçant au milieu de la cible. Les femmes présentes jubilaient en remerciant Ámundr pour son ingénieuse suggestion.

Grâce à lui, elles allaient pourvoir continuer les entrainements, chaque matin. Le seul à ne pas se réjouir fut Bjarnharðr.

Se grattant la tête il contempla avec effroi la flèche d'Iona en plein milieu de la cible la plus éloignée. Se tournant vers le jeune homme, ayant suggéré le tir à l'arc, il le soupçonna d'être parfaitement au courant de la maitrise d'Iona, pour cette arme.

— Vous êtes probablement forte avec un arc. Mais que ferez-vous face-à-face avec un guerrier muni d'une épée ou d'une hache, petite comme vous êtes ?

— Nous avons tous nos atouts, moi autant que les autres. Je sais me mettre en hauteur avec d'autres excellentes archères ! Comment cela se fait-il que vous n'y pensiez même pas ?

Ce qu'il entendait, avait du sens malgré que cela vienne d'une femme.

— Qu'en est-il des autres femmes ?

— Bjarnharðr, depuis plus d'un Skammdegi, nous nous entrainons, sans relâche, avec nos hommes. Nous avons acquis une très bonne maitrise. Tout comme vous, nous avons nos armes de prédilection. Pourquoi ne voulez-vous pas le comprendre, ou l'admettre ?

Il se tourna vers le jeune homme, se tenant aux côtés d'Iona, l'interrogeant du regard.

— La saison dernière nous avons été attaqués par une quarantaine d'hommes. Sans elles, nous aurions été vaincus, elles ont fait la différence. Ainsi que les plus jeunes avec leurs frondes, entrainés par Callum.

Bjarnharðr les considéra, une à une, certaines armées d'une épée, d'autres de dagues. Dix d'entre elles l'étaient d'arcs et de flèches, dont Iona.

— Je veux bien essayer, mais si pour une raison ou une autre je ne suis pas satisfait, ou que vous nous ralentissez, dans notre entrainement, je vous renvoie toutes dans vos demeures. Est-ce bien compris ?

— Merci, Bjarnharðr, vous ne le regretterez pas ! jubilait Iona.

— J'espère bien ! Mettez-vous en place : *tous* !

Au grand étonnement du guerrier, à la fin de l'entrainement, il dût admettre que les femmes, présentes, se battaient aussi farouchement que les hommes, si pas plus.

Il n'avait pas mis plus de temps à expliquer les mouvements, ou à corriger les positions. Iona avait entrainé les femmes aux tirs à l'arc. Il devait avouer que là aussi, elles étaient très farouches, très assidues à progresser. Elles étaient plus fortes que lui, à cette discipline. D'où leur venait cette hargne ?

— D'où leur vient cette volonté, Ámundr ?

— La volonté de défendre, et protéger, leurs familles, leurs enfants, leurs biens. C'est ce qu'elles ont de plus précieux ! Elles le défendent bec et ongles. Agnarr nous a souvent dit qu'il ne les voudrait pas comme adversaires.

— Je suis plutôt du même avis que lui, il ne doit pas rester grand-chose de l'adversaire, qui aurait eu le malheur, de passer entre leurs mains ! Comment Agnarr a-t-il organisé la défense ?

— D'office les femmes grosses[72] étaient sur les hauteurs munies d'arcs. Dès l'arrivée de l'ennemi, elles ont tiré et cela nous a été d'une grande aide. En même temps, Callum, et les plus jeunes, munis de frondes, les attaquant du côté opposé. Ils n'ont jamais compris ce qu'il leur arrivait, attaqués de toutes parts, croyant le village sans défense.

— Ingénieux de la part d'Agnarr !

---

72 Terme médiéval pour une femme enceinte.

— Oui, il savait que nous n'étions pas nombreux, et qu'en cas d'attaque, nous n'aurions jamais pu vaincre ! Elles ont fait la différence.

Bjarnharðr opina, il comprit aisément qu'un ennemi ne pouvait être *que* surpris par une telle défense ! Qui s'attend à ce que des femmes et des enfants soient aussi farouches ?

— Elles continueront à s'entraîner, avec nous, chaque matin, passe leurs le message. Dis bien que je ne tolère aucun retard !

— Elles ne le sont jamais, Bjarnharðr, crois-moi, elles arrivent les premières sur le terrain.

Le guerrier suivit des yeux le jeune homme se dirigeant vers Iona, même pas étonné des derniers mots qu'il avait entendus. Secouant la tête, il se dirigea vers le ruisseau pour y retrouver les autres guerriers s'y rafraichissant.

Sur une plage du Gaddgeðlar, début Sólmánuður[73] *868*

Les quatre knǫrrer étaient échoués sur une plage. Tous avaient décidé de prendre un jour de relâche. Comme la

---

[73] Période de mi-juin à mi-juillet.

saison précédente, ils avaient organisé un tournoi de kubb[74]. Plusieurs hommes avaient emmené avec eux les bâtons, les rois et les kubbs.

D'autres, ne voulant pas participer à ce jeu, avaient commencé un tournoi de lutte. Alvaldr faisait partie de ceux-là. Jusque-là, tout se déroulait pour le mieux, ils arrivaient vers les lieux de négoces sans prendre de retard, que ce soit Magnar et Einarr, ou Thorolf et Alvaldr.

En dehors des comptoirs quand ils échouaient leurs navires, ils étaient les quatre knǫrrer réunis, veillant tous sur les plus jeunes sans trop montrer qu'ils les épiaient.

Thorolf avait pris sur lui la fonction d'arbitre pour les combats de lutte, ainsi que Auðkell, un des hommes de Alvaldr. Pas mal d'hommes avaient déjà été éliminés, certains d'entre eux étaient réellement trop forts.

Alvaldr, Einarr, Agnarr, Oddvakr, Thoralf et Magnar en faisaient partie. Ils étaient pratiquement imbattables, pour les jeunes des quatre équipages. Contrairement à l'année précédente il n'y avait pas eu de coups de poing perdu, ni insulte, ce qui les changeait.

Einarr se demanda si la menace pesant au-dessus de leurs têtes n'y était pas pour quelque chose. Dès qu'il en avait l'occasion il observait autour de lui cherchant les jeunes les accompagnants.

Son soulagement était immense quand il les voyait tous parmi les autres. Il savait que tôt ou tard l'inévitable arriverait, au point que ses entrailles se tordaient sans relâche.

Venant de terminer un combat contre Svein, le frère de Thoralf, il vit Agnarr du coin de l'œil, en alerte, scrutant la plage les yeux plissés. Angoissé, il se précipita vers lui, en priant qu'il se trompe, que le malheur n'était pas arrivé.

---

74 Voir Le Destin des Runes livre 2.

— Agnarr !

Son ami tourna la tête vers lui. Ce qu'il découvrit sur les traits de son ami, lui donna un coup de Mjǫllnir.

Non !!! Par les dieux, faites que ce ne soit pas cela !

L'expression d'Agnarr ne laissa aucun doute possible. Einarr déglutit péniblement, scrutant à son tour les hommes présents.

— Einarr, je ne sais comment ils ont pu partir, ni quand ! Je suis désolé…

Einarr ne trouva pas son frère Alvbjǫrn, il ne le vit nulle part, ni Bjǫrn. Qui était le troisième manquant ? Il avait beau chercher seule l'idée que son frère, et celui qu'il avait toujours considéré comme tel, avait été enlevés, l'obnubilait. Sa respiration se fit haletante, sa vue se troubla.

— Qui est le troisième ? demanda-t-il, les mots sortant difficilement de sa bouche.
— Jafnhárr, le plus jeune frère de notre Jarl.

Einarr ferma les yeux, peinant à ne pas hurler sa rage !

Les trois disparaîtront, enlevés par la noirceur de l'homme, s'enrichissant de l'or de la vie.

Agnarr secoua son ami.

— Je te le promets : nous allons les retrouver. Tous les trois sains et saufs. Nous devons prévenir les autres et nous organiser. Maintenant tu m'entends !

Il continua à secouer son ami :

— EINARR ! finit-il par hurler.

Sortant de sa torpeur il tourna la tête vers son ami montrant sa détresse. Inspirant profondément il tenta de retrouver ses esprits. Agnarr avait raison : ils devaient s'organiser, les retrouver, les ramener. Cela ne servait à rien de rester ainsi perdu sur cette plage.

— Je te le promet : nous les retrouverons tous les trois, avant que quoi que ce soit de mal ne leur arrive. Tu me crois, dis-moi que tu me crois ! Le secoua Agnarr.

Einarr hocha la tête en guise de réponse. Inspirant, il redressa le dos, releva la tête avant de fixer son ami :

— Oui je te crois. Nous les retrouverons, nous ferons tout pour cela. Merci Agnarr.

Un sourire triste fut la réponse en se remémorant les paroles des Nornes :

Leur jeunesse est leur perte, leur endurance est, ce que l'homme au cœur noir, recherche.

Ils devaient prévenir les autres, s'organiser. Il n'y avait pas de temps à perdre. Plus vite ils exécuteraient leur plan, plus vite ils les retrouveraient.

Alvaldr comprit immédiatement, à l'attitude de son petit-fils, que le malheur était arrivé. Abandonnant sa partie de lutte, il se dirigea vers Einarr, le cœur battant à tout rompre.

— Qui ? chuchota-t-il.

— Alvbjǫrn, Bjǫrn et Jafnhárr, le jeune frère de notre Jarl.

Alvaldr déglutit péniblement, ils étaient tous concernés. Son petit-fils était enlevé, ainsi que Jafnhárr, le neveu de son ami Thorolf, et également le jeune frère de Magnar.

Einarr avait toujours continué à considérer Bjǫrn comme son frère, veillant sur lui, à son éducation, son apprentissage, malgré qu'il ait appris que Bjǫrn n'était pas un fils de Leif Sigurdrson[75].

Que les dieux nous viennent en aide. Qu'ils viennent en aide aux trois jeunes hommes ! pria Alvaldr silencieusement.

— Je me rends au ruisseau avec Snorri, Thoralf et Oddvakr. Maintenant ! ordonna Agnarr. Vous deux, ordonna-t-il à Alvaldr et Einarr : prévenez les autres.

Pendant que nous nous y rendons, formez les équipes qui vont débarquer au fur et à mesure que nous nous dirigeons vers la direction indiquée par Snorri.

Agnarr se joignant à Snorri, fit signe à Thoralf et Oddvakr de les rejoindre.

Les quatre hommes se dirigèrent vers les ruisseaux, suivant les marques de pas laissés par les trois jeunes.

---

75 Voir « Le destin des Runes ~ livre 1 »

Selon Snorri, elles étaient très récentes, ils ne pouvaient être partis depuis très longtemps.

Arrivé sur place le jeune pisteur trouva des traces de plusieurs personnes de plus, six selon lui. Il en avait la certitude. Aucune trace de lutte n'était visible. Les trois jeunes avaient probablement été surpris, en sortant du ruisseau après leur baignade.

Au bord il trouva également des restes de pains de savon. Les trois hommes étaient venus se baigner pour éliminer la transpiration et le sable les recouvrant. Plus loin, il découvrit des linges en lin, qu'ils utilisent pour s'essuyer.

Faisant signe aux trois autres de ne plus bouger il étudia toutes les empreintes de pas, cherchant la direction prise. Lentement, accroupi, il les suivit vers le sud.

Certaines branches, des arbustes les plus bas, étaient cassées. Intrigué il scruta le sol plus en avant. Plusieurs branches, à distance égale, étaient brisées.

Se levant il continua son chemin dans cette direction, s'accroupissant régulièrement, pour examiner la végétation. Les trois autres hommes l'observaient, sans comprendre ce qu'il pouvait bien découvrir.

Revenant sur ses pas il s'accroupit, à nouveau, au bord de l'eau, étudiant de plus près les traces de pas.

— Ils étaient six et les ont pris par surprise, probablement quand ils se sont rhabillés. Il n'y a pas eu de lutte, deux hommes contre un, qui de plus n'étaient pas armé, c'est faisable. Ils vont dans cette direction : plein sud, pointa-t-il du doigt.

Un de nos jeunes piétine des branches, à distance régulière. Si personne ne remarque ce qu'il fait, il me sera bien plus facile de les suivre. Je vais continuer seul. Allez rejoindre les autres et ordonnez de partir au sud. Au fait, lesquels ont été enlevés ? s'enquit-il.

Agnarr se passa les doigts dans les cheveux, fixant Oddvakr, puis ferma les yeux un bref instant. Il détestait les mots qu'il devait prononcer.

— Alvbjǫrn, Bjǫrn et Jafnhárr, avoua-t-il.

Oddvakr retint son souffle, tout en devenant blême. Son frère était l'un d'eux ! Snorri avança vers son ami, mis une main sur son épaule :

— On les retrouvera je te le promets : ton frère, ainsi que les deux autres. Je ne prendrai pas de repos tant que je ne les ai pas retrouvés.

Déglutissant péniblement Oddvakr répondit d'un signe de tête. Inspirant profondément il se mit à l'écart faisant signe à Snorri :

— Tue-les. Envoi-les au Niflheimr ! C'est mon frère qu'ils ont osé enlever.

— Viens me retrouver, là où Thoralf te dira de te rendre : tu les y enverras toi-même, je t'y aiderai.

Oddvakr fit un signe de la tête. Tous, hormis Snorri retournèrent vers la plage. Sa mémoire des lieux les aiderait à s'organiser. Oui, il était bien décidé, il tuerait ceux qui avaient osés toucher son frère ! Que Þórr guide son bras et son arme !

De retour sur la plage Thoralf mis en place les actions qu'ils allaient entreprendre : où débarquer des hommes, et qui.

Les knǫrrer de Thorolf et Alvaldr partirent directement vers le sud, à la recherche du navire des marchands de þrælar ; pendant que ceux de Magnar et Einarr suivaient la côte débarquant des groupes de deux à trois hommes.

Les premiers à débarquer seraient Einarr et Oddvakr, les deuxièmes Magnar, Gauti, accompagnés de Svein Damianason comme pisteur. Il voulait être présent, pour aider à rejoindre son ami.

Les troisièmes seraient Hákon, le plus jeune frère d'Einarr, accompagné du pisteur de son grand-père, Egviðr et de son oncle Jórekr. En quatrième et dernier groupe serait débarqué Hervarðr, le pisteur de Magnar, accompagné par Bendik et Auðgrímr.

Les groupes devaient tous prendre la direction pour rejoindre le ruisseau, de là, bifurquer vers le nord s'ils ne trouvaient pas de traces de Snorri. Vers le sud dans le cas contraire.

Ensuite les deux knǫrrer se dirigeraient également vers le sud, rejoindre les deux autres, à la recherche du navire des marchands. Ce n'était qu'ainsi qu'ils retrouveraient leurs jeunes avant que ceux-ci n'atterrissent sur un marché de þrælar.

Sans attendre, tous embarquèrent, ils n'avaient pas de temps à perdre. Unni ne leur avait-elle pas dit : *s'ils ne perdaient pas de temps, ils les retrouveront sains et saufs tous les trois.*

Alvbjǫrn, Bjǫrn et Jafnhárr s'éclaboussaient comme des enfants. Après avoir perdu lors des combats de lutte, ils avaient décidé de venir se baigner dans le ruisseau, pour éliminer la transpiration et le sable qui recouvrait leur torse et leur dos.

Il faisait exceptionnellement chaud : ce plongeon leur fit le plus grand bien. Emportant des pains de savon avec eux, ils s'étaient lavés avant de jouer comme des enfants dans le ruisseau.

Sortant de l'eau ils s'essuyaient avec les tissus de lin qu'ils avaient emportés, s'habillèrent tout en continuant de s'esclaffer. Au moment où Jafnhárr voulu se baisser pour prendre son couteau et son épée il sentit la pointe d'une dague sur sa gorge.

— Un seul mouvement brusque et tu es un homme mort ! entendit-il en Gàidhlig[76].

Levant la tête il vit ses amis tenus en respect par deux hommes chacun. Au sol, de chaque côté de lui, apparurent deux paires de pieds. Se relevant lentement, il découvrit Alvbjǫrn tenu en otage.

— Je ne comprends rien de ce qu'il dit, mais je crois qu'il vaut mieux ne pas se débattre, dit-il à ses deux comparses.

Les mots d'Alvbjǫrn n'avaient aucun sens, tous les trois comprenaient et parlaient parfaitement le Gàidhlig. Soudainement tout devint clair pour Bjǫrn et Jafnhárr en écoutant la conversation des Skotars.

— Ils ne comprennent pas un traitre mot de ce qu'on leur dit, ricana un des assaillants.

---

[76] Terme utilisé pour le gaélique et langue parlé dans ces contrés au Moyen Âge.

— Ne leur fais surtout pas comprendre que toi tu connais leur langue, ainsi s'ils se parlent tu nous traduis ce qu'ils mijotent ! répondit celui qui semblait être le chef :

— Attachez-les et emmenons-les au navire. Ces trois-là vont nous rapporter une belle somme en pièces d'or je vous le dis ! continua-t-il hilare.

Les mains et pieds des trois Norrœnir furent enchainés. Les chaines entre leurs mains étaient très courtes, les empêchant d'étrangler leurs assaillants. Sans ménagement, ils furent poussés en avant, vers le sud en traversant le ruisseau.

Leur seul espoir était que les amis constataient leurs absences, et se mettraient à leur recherche. Le feraient-ils ? Rien ne laissait prévoir qu'ils seraient faits prisonniers par des marchands de þrælar.

Lançant une prière à Þórr, Alvbjǫrn lui demanda que les équipages constatent leur absence. De les guider dans la bonne direction pour pouvoir les retrouver et les délivrer.

Il espérait ardemment, qu'Einarr se lance à sa recherche, ainsi que son grand-père. Jamais auparavant n'avait-il eu autant besoin de son frère ainé.

Tout en avançant, il réussit à aplatir certaines branches des buissons les plus basses, indiquant la direction prise.

Pour faciliter la tâche de ceux qui se lanceraient à leur recherche. Il n'avait aucun doute : Snorri serait parmi eux, le meilleur pisteur, à son avis.

Ses frères ne le laisseraient pas tomber, ni Oddvakr cherchant Jafnhárr. Il y avait également Magnar et Gauti, les deux autres frères Sorrenson, sans oublier son propre grand-père : un des meilleurs guerriers de sa connaissance !

Bjǫrn constata qu'Alvbjǫrn n'arrivait plus à laisser des marques avec les branches des arbustes s'arrêta :

— Drekka[77] !

Le chef pilla net.

— Dubh, que dit-il ? questionna-t-il un de ses hommes.

— Vatn[78] ! Drekka !

— Il veut de l'eau, il a soif je crois. Si tu veux en obtenir un bon prix il vaut mieux qu'ils soient tous en bon état.

— Donnes-lui-en et dépêche-toi un peu, ordonna le meneur, on a encore un sacré bout de chemin avant d'arriver au navire. Je crains qu'il y ait tout un équipage à nos trousses !

Dubh prit sa gourde et l'amena aux lèvres de Bjǫrn.

— Par la Vierge Marie : ont-ils besoin d'être aussi grands ! maugréa-t-il arrivant difficilement à la hauteur de la bouche du jeune homme.

— Plus ils sont grands, et plus ils rapportent, imbécile !

— On se demanderait bien pour quelle raison !

— Il parait que tout est en proportion. C'est ce que disent ceux qui vendent des esclaves à Constantinople.

La cour en est friande : aussi bien les femmes que les hommes ! Ils valent leur pesant d'or, je te le promets.

Des hommes aussi bien fournis d'attributs, est exactement ce que ces byzantins recherchent. Tu vois desquels je veux parler, Dubh ? rit-il de bon cœur.

---

77 Boire en vieux norrois.

78 Eau en vieux norrois.

Jafnhárr lança un regard angoissé vers les deux autres. Ils venaient tous les trois de comprendre à quoi ils étaient destinés !

Le jeune homme pria les dieux en fermant les yeux : qu'ils puissent être délivrés à temps. Avant d'embarquer sur le navire de ces hommes !

Une fois en haute mer, il serait difficile pour les leurs, de trouver la direction à suivre. Il y avait, selon Agnarr, pas mal de comptoirs avec des marchés de þrælar dans les îles, ainsi qu'à Dyflin. Son cœur commença à battre fortement, la panique le submergea.

Inspirant profondément il devait se maitriser : ces hommes ne devaient pas apprendre qu'ils comprenaient le Gàidhlig. Petit à petit il se calma, son cœur ralentit et ne tapait plus ses côtes douloureusement. Ouvrant à nouveau les yeux, il vit que le dénommé Dubh avançait vers lui avec la gourde.

Il avait effectivement très soif. Buvant de longues gorgées, il espérait qu'Alvbjǫrn avait réussi à laisser une marque indiquant leur passage. Dubh lui retira la gourde bien trop vite à son gout.

— Drekka ! insista Bjǫrn..

— Que dit-il ? demanda le chef.

— Qu'il a soif ! Il vient de pratiquement vider la gourde, Padruig.

— Donne-lui de l'eau ! N'est-ce pas toi qui viens de dire qu'on devait leur en donner pour en avoir un bon prix ?

Dubh s'exécuta à contre-cœur : on voyait bien que ce n'était pas Padruig qui devait s'étirer pour leur amener la gourde à la bonne hauteur !

— Avançon maintenant avant que leurs comparses nous rattrapent. Trois de ces sauvages on arrive à les maitriser, mais tout un équipage non merci. D'autant plus qu'ils doivent être très en colère d'avoir perdu trois de leurs hommes.

Plus vite les gars. L'épouse du chef nous attend à l'endroit convenu. Nous ne devons pas être en retard.

— Pourquoi son épouse ?

— Parce qu'il est de l'autre côté du pays : un membre de sa famille a trouvé une place d'intendant dans un túath important. Il nous pourvoit en blé, laine et autres denrées !

— Tu sais ce qu'elle va faire de ces hommes, Padruig ! se répugna Dubh.

— Et alors ? En quoi cela te regarde ? Au moins de cette façon, ils savent ce qu'on va attendre d'eux à Constantinople. Ils auront eu un avant-goût !

Cela le faisait tellement rire qu'il en tenait son ventre. Se retournant vers les hommes, il continua :

— Pas vrai les gars ! Honnêtement : quel homme se plaindrait de tomber dans les mains de l'épouse du chef, hein ? As-tu vu les formes qu'elle se paie ? Vraiment Dubh, tu ne voudrais pas que ses deux esclaves te cajolent les attributs, sans relâche ?

Avec les doigts, la langue, les lèvres, pour ensuite te trouver dans les corps de ces trois femmes en les prenant puissamment comme l'épouse du chef l'exige ? Eux au moins vont passer un bon moment, nous on n'aura rien !

Mets-toi cela bien dans le crâne, on pourra peut-être regarder mais c'est tout. Même les petites esclaves on ne peut pas y toucher.

Tout en s'esclaffant les hommes reprirent leur marche vers le sud, là où ils devaient retrouver l'épouse de leur chef.

Le soleil commençait à baisser, à l'horizon, pendant que Snorri avançait sans relâche, suivant la piste vers le sud. Les traces n'avaient pas changé de direction.

Ils progressaient assez vite, malgré trois prisonniers. Il distinguait les traces des jeunes du navire, à la taille des empreintes laissées.

Ils étaient toujours tous les trois, avec six autres personnes de taille nettement plus petite. Probablement fortement armés vu la profondeur des marques laissées au sol.

Se figeant il entendit un bruit de pas et de branches dérangées par frôlement. Aussi souple et silencieux qu'un chat Norrœnir, il se cacha sous les branches les plus basses du buisson derrière lui.

Il se mit sur son ventre, épiant les arrivants de sous les branchages. Ils étaient au nombre de deux hommes, le premier tirant une femme attachée aux mains derrière lui. Snorri prit son couteau, sans excès de mouvement, respirant calmement.

Dès que celui fermant la marche passa devant lui, il bondit. Égorgeant l'homme en lui maintenant une main sur la bouche, évitant que le gargouillement soit entendu par son comparse. Reprenant le pommeau de son couteau bien en main, il fixa le premier continuant à avancer sans s'apercevoir du danger. Il lança son arme visant l'endroit où la lame toucherait le cœur.

Le deuxième homme s'écroula sans le moindre bruit. Avançant vers sa victime Snorri s'accroupit, reprit son couteau qu'il essuya à la tunique du cadavre, avant de le glisser à sa ceinture. Il retourna l'homme sans vie, étudiant le visage. Il lui était totalement inconnu.

Se tournant vers la première victime, il fit pareil avec la même constatation. Relevant la tête vers la femme pour la première fois depuis qu'il avait bondi hors de sa cachette, il scruta attentivement ses traits.

Elle était très belle, des traits d'une grande pureté et des cheveux ressemblant à du feu. Son visage, d'une blancheur de peau qu'il n'avait jamais vue auparavant, était parsemé de taches de son, dû à sa chevelure. Elle le fixait les yeux écarquillés remplis d'effroi en reculant lentement.

— Je ne vous veux aucun mal, je vais me lever et détacher vos liens, vous êtes libre !

La jeune femme plissa les yeux, tout en continuant de reculer. Elle fut arrêtée par un arbre : elle ne savait plus reculer pour fuir ce Finegall[79] !

Tremblante elle le vit s'approcher, lentement, vers elle les mains devant lui, paumes vers le haut.

— Je ne vous veux aucun mal, vous avez ma parole, je veux juste vous détachez vos liens.

Au grand désarroi de la jeune femme, il continuait à avancer.

— Arrêtez, ou je hurle !

---

79 Viking en gaélique. Fine gall *tribu des étrangers.*

Snorri s'arrêta en soupirant. Se croisa lentement les bras sur le torse attendant qu'elle puisse retrouver la raison, réaliser qu'il ne lui voulait aucun mal. Tout en scrutant très attentivement les expressions de la femme le craignant il lui expliqua :

— En hurlant vous risquez de faire venir les complices de ces deux-là, vous ne croyez pas ? demanda-t-il en montrant du menton les deux cadavres un peu plus loin.

Elle fronça les sourcils, l'épiant toujours très attentivement.

— D'...d'où....d'où...c...co...connaissez-vous...ma...ma langue ?

— On fait du commerce dans les îles et un peu plus au sud. Il vaut mieux connaître la langue, si on ne veut pas être roulés.

— De...de...depuis...qu...quand...les...les Fin...Fin... Fine gall... fo...font-ils...du...du...du commerce ?

— Depuis toujours !

— Vous...vous...vous me... prenez... po... pour... une...g...gour...gourde ?

— Non.

— Si fait !

— Je vous jure que non. Mes ancêtres ont toujours fait du commerce. Nous le faisons depuis bien plus longtemps que nous pillons ! On nous a attaqués en premier, et nous avons riposté, tout simplement. Personnellement je n'ai jamais pillé, ni participé à un raid.

La jeune femme le dévisageait incrédule. Un Fine gall qui ne pillait pas ? Son regard avait l'air franc, doux surtout. De tels yeux pouvaient-ils appartenir à quelqu'un de mauvais ?

Décidant qu'elle pouvait lui faire confiance, elle lui tendit ses mains attachées. La peau des bouts de ses doigts était rugueuse, probablement à cause du maniement de l'épée, comme celles qu'elle voyait dépasser au-dessus de ses épaules.

Il avait également un arc et un carquois rempli de flèches, un long couteau à sa ceinture et dans sa botte, elle vit une dague qui dépassait, en plus de celle à sa ceinture. N'était-il pas un peu trop armé pour un commerçant ?

Il était très grand : il la dépassait de plus d'une tête, et large, si large. Elle pourrait facilement se cacher, toute entière, derrière lui !

Portant son attention vers les mains du Fine gall elle vit ses doigts s'activer pour desserrer les liens. Ses gestes étaient doux et précis. Elle eut peine à croire que des mains, capables de telles douceurs, puissent utiliser des armes.

Les liens retirés elle frotta ses poignets douloureux à cause de la corde bien trop serrée.

— Vous êtes libre maintenant. Vous pouvez retourner chez vous. Est-ce loin d'ici ?

— Je ne peux pas retourner chez moi, c'est là qu'ils viendront me chercher en premier.

— Vous n'avez pas de famille pour vous protéger ?

Elle fit non de la tête, la baissant gênée.

— Vous êtes orpheline ?

— Non, dit-elle, si bas, que Snorri dû tendre l'oreille.

Le jeune homme fronça les sourcils, à cette réponse.

Pourquoi cette femme ne voulait-elle pas retourner auprès des siens ? Une famille ne vous protège-t-elle pas ?

— Comment cela *non* ?

— Ce sont mes parents qui m'ont offerte au chef de ces deux-là, il m'est impossible de retourner à mon village. Ils me ramèneront à lui aussitôt.

Snorri en demeura bouche bée.

— Écoutez je ne peux vous garder auprès de moi, j'ai des amis à retrouver, dit-il en soupirant.

Se passant les mains dans les cheveux il lui lançait un regard navré :

— Vous devez bien avoir un endroit où aller ?

Elle fit non de la tête toujours baissée. Quelques jurons que la jeune femme ne comprit pas, sortirent de la bouche de son sauveur.

— Comprenez : même si je le voulais, je ne *peux* pas vous garder auprès de moi. Vous allez me ralentir, et je dois absolument retrouver mes amis, avant qu'ils soient embarqués sur un navire vers un marché d'esclaves.

Réfléchissant à ce qu'elle venait d'entendre, elle releva la tête fixant son sauveur. Ce fut une énorme erreur : elle se noya dans les yeux, d'un bleu si clair et pur, de cet inconnu. Jamais elle n'en avait vu de si beaux, de si doux !

Les mots prononcés par le Fine gall, firent le chemin vers son cerveau, elle paniqua. Jamais elle ne serait en sécurité. Dès que les comparses des deux hommes trouveraient les cadavres, ils se mettraient à sa poursuite, sans relâche ! Elle finirait dans leur filet, puis emmenée de force vers leur chef.

Sa respiration devint saccadée, tremblant de la tête aux pieds, l'angoisse s'empara d'elle, était palpable. Snorri à quelques pieds de la jeune femme le sentit. Que devait-il faire ? Elle allait le ralentir !

Trouver Alvbjǫrn, Bjǫrn et Jafnhárr était sa priorité, rien ne devait se mettre entre sa quête et lui. Dans peu de temps il devait retrouver Einarr et Oddvakr. Se frottant le visage il examina la jeune femme de la tête aux pieds. Elle était si petite, elle allait le ralentir, c'était une certitude.

— Écoutez, je ne peux…

Avant qu'il ait pu terminer sa phrase, la jeune femme se jeta sur lui, en l'agrippant fermement à de sa tunique.

— Je vous en prie, Fine gall, emmenez-moi avec vous. Je ne vous ralentirai pas, je vous le promets. Je sais même me servir d'un arc, ou d'un couteau, débita-t-elle très rapidement.

Les larmes montèrent dans ses yeux. Je vous en prie, ne m'abandonnez pas. Sa voix sanglotante toucha Snorri profondément. Il lui prit les deux mains dans les siennes, immenses, et soupira à nouveau.

Pourquoi cela devait-il tomber sur moi ?

Snorri n'avait jamais supporté les pleurs, et les larmes, d'une femme, ce dont ses sœurs jouaient depuis toujours, pour obtenir gain de cause ! Maintenant cette étrangère jouait le même jeu.

— Si vous me ralentissez, je vous laisse derrière moi, est-ce clair ! Je dois absolument retrouver mes amis. D'autres vont me rejoindre à un lieu convenu. Je dois m'y rendre le plus vite possible.

La jeune femme hocha sa tête frénétiquement, en guise d'affirmation.

— Vous ne le regretterez pas, je vous le promets, Fine gall !

— Cessez de m'appeler *Fine gall*, mon nom est Snorri. Vous, comment vous appelez vous ?

— Niamh[80], Fine gall.

Portant son attention aux cheveux de la jeune femme, il sourit, devinant la raison de ce prénom. Cette chevelure était très *éclatante* !

— J'espère que je n'aurai pas à le regretter ! maugréa-t-il en levant les yeux au ciel et envoyant une prière à Þórr.

---

80 Prénom Gaélique signifiant *luminosité, éclat*. Se prononce Neeve.

9

— Que cherchez-vous ainsi, le nez au sol, Fine gall ?

Snorri soupira en fermant les yeux. Depuis qu'ils avaient commencé à avancer, elle n'avait pas cessé de parler et de poser des questions : l'une plus stupide et insensé que l'autre.

— Des traces, vu que nous suivons ceux qui ont enlevé mes amis.

Tournant la tête vers elle, il vit qu'elle s'était accroupie, elle aussi.

— Ne vous ai-je pas demandé de ne plus m'appeler *Fine gall* ?

Niamh haussa les épaules comme seule réponse. Il continua à avancer, accroupi, suivant les traces qu'il trouvait. Relevant la tête son attention se porta vers le sud, la direction indiquée par les empreintes de pas devant lui. Se relevant il prit cette direction également tout en gardant les yeux rivés sur les traces.

— Selon vous, pourquoi vont-ils vers le sud ? N'est-ce pas insensé ? Les marchés d'esclaves sont vers le nord-ouest, vers les îles Na h-Innse Gall[81] !

Snorri s'arrêta si brusquement, que Niamh fonça dans son dos se faisant mal au nez.

— Dites-moi, Fine gall, vous ne pouvez pas faire un peu attention ! dit-elle en se le frottant.

— Faites-vous toujours autant de bruit ? Vous n'avez jamais appris à être discrète ?

— De quoi parlez-vous ?

— Vous n'avez pas arrêté depuis que nous avons repris la route : on entend que vous ! Connaissez-vous le mot *discret* ? Je vous repose la question !

— Je ne vois pas pourquoi le fait de parler, puisse déranger qui que ce soit !

— Vraiment ? Vous voulez réellement qu'ils nous entendent arriver ?

— Vous n'aimez pas les femmes vous, n'est-ce pas ?

— Je ne vois aucun rapport !

— Vraiment ? Un homme serait avec vous, vous ne feriez pas une telle remarque !

— Effectivement je n'aurais rien dit vu que je l'aurais assommé !

— Comme-ci vous n'avez jamais tapé une femme !

— Non jamais. Qu'est-ce qui vous permet de dire une chose pareille ?

— Le fait que vous êtes un Fine gall ! Je parie qu'en temps normal vous les frappez et que vous les prenez de force ! Combien d'entre elles avez-vous engrossées ?

---

81 îles Hébrides en gaélique écossais.

Parce que, honnêtement, qui voudrait coucher, ou pire, porter un enfant d'une brute comme vous : pilleur, massacreur et violeur !

La respiration de Snorri se fit haletante, bruyante, la colère montait en lui. Serrant les poings, il dut se maitriser pour ne pas étrangler cette harpie à la langue venimeuse. Avançant lentement, et menaçant, vers la jeune femme, il se pencha vers elle.

— Jamais je n'ai pris une femme de force, jamais, vous m'entendez.

— Que vous dites ! Ce qui ne prouve rien !

— Dites-moi : l'homme à qui vous parents vous ont *offerte*, que comptait-il vous faire ?

La jeune femme recula, tout en devenant aussi blanche qu'un cadavre. Snorri venait de toucher là, où cela faisait mal ! Niamh dégluti plusieurs fois.

— Chaque année, les gens du village lui offre une jeune pucelle, pour qu'il les protège contre des attaques, et pour ne pas payer de tribut, ne pas devoir donner la plus grande partie des récoltes.

Ce fut au tour de Snorri de blêmir :

— Ils offrent leurs filles ? C'est-ce que vous essayez de me dire ?

Niamh acquiesça.

— Pour quelle raison a-t-il besoin de jeunes vierges ? Votre Dieu ne demande pas d'offrande humaine !

— Pour son usage personnel en premier, ensuite il les vend.

— Les parents sachant cela, offrent leurs filles ? demanda-t-il incrédule.

Des larmes commencèrent à couler, le long des joues de la jeune femme en faisant oui de la tête.

— Par les dieux ! Et c'est de nous que vous dites être des brutes, pilleurs, massacreurs et violeurs ? Que croyez-vous qu'il comptait faire, une fois qu'il vous aurait eue en sa possession ? Vous regarder dans le blanc des yeux ? Quel âge avez-vous Niamh ?

— J'ai quinze ans, dit-elle en chuchotant. Mes parents ne m'auraient jamais offerte, si ma grand-mère avait encore été en vie. C'est elle qui m'a élevée : mes parents ne voulaient pas de fille.

— Ils ne voulaient pas de vous parce que vous êtes *une fille* ? Avez-vous des frères, d'autres sœurs ?

— Que des frères, j'étais la seule fille. Du moins, je crois.

Snorri fit quelques pas en arrière, estomaqué par ce qu'il venait d'entendre.

— Comment est-ce possible de faire cela à son propre enfant ?

— Ne me dites pas que vous les Fine gall acceptez vos filles ! J'ai ouï-dire que vous vous débarrassez d'elles en pleine forêt[82], en proie des loups !

---

82 Si le père ne le reconnaît pas, l'enfant est confié à un tiers pour être exposé dans un lieu le plus souvent isolé. Un tel abandon revenait le plus souvent à un infanticide.

— Certains le font, mais très peu, ce n'est pas une règle générale. Seuls les enfants sans espérance de vie sont abandonnés !

— C'est cruel et barbare !

— Je ne prétends pas le contraire !

— Mais vous le feriez n'est-ce pas ? Vous pourriez abandonner la chair de votre chair !

— Non !

— Que vous dites ! Vous êtes tout aussi capable que les autres d'abandonner un enfant que vous qualifiez *sans espérance de vie* uniquement parce que c'est une fille ! hurla-t-elle.

Snorri fulmina.

— Je vous ai dit que non, jamais je ne ferai une telle chose. Jamais je ne pourrais abandonner un nouveau-né en forêt.

— Moi je parie que oui. Vous êtes un de ces hommes à prendre une épouse, rien que pour l'engrosser, chaque année pour qu'elle vous donne une ribambelle d'enfants, des garçons de préférence, abandonnant celles nées filles ! D'ailleurs je me demande quelle femme voudrait de vous comme époux !

— Taisez-vous !

— Pourquoi ? La vérité vous dérange ? Avouez : quelle femme voudrait de vous ? Voudrait portez votre enfant ?

Vif comme l'éclair, la main de Snorri se serra autour de la gorge de la jeune femme, la poussant contre l'arbre se trouvant derrière elle. Ses yeux lançaient des éclairs, la bouche n'étaient plus qu'une fine ligne aux lèvres blêmes, il la tenait fortement. Jamais Niamh n'avait vu une telle colère chez un homme.

— Je vous ai dit de vous taire ou je vous abandonne ici, en proie des comparses de ceux qui vous avaient emmenés. Est-ce assez clair pour vous ?

Vous ne me connaissez pas, mais vous n'arrêtez pas de me juger, de me critiquer. Que savez-vous de moi ? Rien ! N'oubliez pas que je vous ai sauvée et que rien ne m'oblige à vous garder auprès de moi.

La voix de Snorri était basse, menaçante. Lentement il la lâcha, puis se retourna continuant son chemin, sans même vérifier si la jeune femme le suivait.

Après avoir indiqué à Thoralf où il devait débarquer les autres, et à ceux-ci quelle direction prendre, Oddvakr quitta la plage, accompagné par Einarr.

Ils furent les deux premiers à tenter de rejoindre Snorri, ou de prendre les hommes ayant enlevé les trois jeunes, à revers.

Selon ses estimations ils seraient près du ruisseau très vite, espérant y trouver des indices du passage de Snorri.

Aux abords du cours d'eau il trouva des preuves du passage de ceux qu'ils poursuivaient, mais au grand désarroi d'Oddvakr, aucune du passage de son meilleur ami. Soupirant il leva la tête vers Einarr.

— Ils continuent vers le sud, comme nous nous en doutions. Mais je ne vois rien indiquant le passage de Snorri.

S'accroupissant à côté de son ami, Einarr examina à son tour les empreintes laissées au sol.

— Ils sont toujours le même nombre, me semble-t-il.

— Oui ce l'est. Ils n'ont pas été rejoint par d'autres. Nos trois jeunes sont toujours en leur compagnie. J'espère que les prochains qui débarqueront les auraient devancés, pour que nous puissions les prendre en tenaille.

— Espérons-le ! Ces traces ne sont pas là depuis bien longtemps. Ils ont dû passer il y a peu. Il me semble qu'ils se sont arrêtés.

— Oui, ici et là, probablement ont-ils bu, et rempli leurs gourdes. Mais où est Snorri ? Il aurait déjà dû être là.

— Il sait qu'il devait nous attendre ici, c'est ce que nous avions convenu. Il ne doit pas être bien loin d'ici.

— Par quoi peut-il bien avoir été retardé ?

— Je ne sais pas, j'espère qu'il n'est pas tombé sur un autre danger.

— Que les dieux puissent t'entendre. Si danger il avait croisé, il se serait caché le temps que celui-ci s'éloigne. C'est la seule chose qui aurait pu le retarder. L'attendons-nous ?

Einarr réfléchit à la question tout en scrutant la direction d'où venaient les empreintes de pas.

— Oui installons-nous, normalement, il ne devrait plus tarder.

Les deux hommes s'installèrent, au bord du ruisseau, sans toutefois allumer un feu. Il signalerait leur présence, pas seulement à leur ami, mais à toute la racaille se trouvant dans les parages.

N'étant que deux mieux valait être sur leurs gardes. Oddvakr sortit de la viande séchée, ainsi que quelques galettes d'orge qu'il partagea avec Einarr. Tout en mangeant, il scruta les alentours, surtout la direction d'où son meilleur ami devait arriver.

Depuis qu'il l'avait lâchée, pour reprendre sa route, Niamh n'osait plus prononcer un seul mot, ni un simple son. Le suivant difficilement elle se demandait ce qui avait bien pu le mettre dans une telle colère.

Elle n'avait dit que la vérité concernant les Fine gall ! Alors pourquoi cela l'avait-il à ce point troublé ?

Subitement il s'arrêta et tendit l'oreille vers sa gauche. Aussi vite que l'éclair il se retourna, la pris par la main la faisant tomber. Se cachant avec elle sous un énorme buisson, il lui mit la main sur sa bouche, et la recouvrit pratiquement de tout son corps. Au moment où elle s'apprêtait à le mordre, elle entendit un bruit.

— Elle ne doit pas être bien loin ! dit une voix d'homme en gaélique. Cherchez partout, le chef nous tue, si nous revenons sans elle.

Comprenant que c'était d'elle que les hommes parlaient, elle se recroquevilla, tout contre Snorri, tremblant comme une feuille.

— Elle est probablement retourné vers son village ! dit son comparse.

— Ney[83], elle sait très bien qu'ils la rendraient au chef immédiatement. Ils le craignent tous !

Les deux hommes rirent de bon cœur.

Snorri senti quelque chose d'humide sur sa main. Tournant la tête vers la jeune femme, il vit des larmes couler le long de ses joues.

Retirant sa main, il continua à l'observer. Son expression n'avait toujours pas retrouvé sa chaleur habituelle, il était démuni de toute émotion, les lèvres en un pli amer.

Les deux hommes avaient disparu en continuant leur chemin vers l'est. Snorri se releva, sans vérifier si la jeune femme suivait son exemple, et reprit sa route sans un regard en arrière.

Niamh se releva péniblement, sécha ses larmes sur ses joues tout en marchant tentant de le rattraper. Elle le vit disparaître plus loin, bifurquant vers le sud, après les arbres, droit devant elle.

— Fine gall ! hurla-t-elle. Snorri ! se rappelant son nom elle cria de toutes ses forces.

Ne le voyant pas revenir elle recommença à l'appeler en sanglotant, se laissant tomber désespérée. Le visage dans ses bras étouffant le bruit de ses sanglots. Ses épaules secouaient au rythme de ceux-ci, inlassablement elle prononçait le nom de son sauveur Fine gall : Snorri.

Snorri ferma les yeux en s'arrêtant, les pleurs le hantaient profondément.

---

83 Non

Maudites femmes ! Qu'ont-elles toutes à pleurer ainsi ?

Soupirant il passa les doigts dans ses cheveux.

Maudite femme ! se répéta-t-il mentalement.

Il avait déjà pris du retard à cause d'elle, Einarr et Oddvakr devaient très certainement l'attendre. Soupirant à nouveau il fit demi-tour, reprenant le chemin en sens inverse : retournant d'où il venait. Elle allait ameuter tous les renégats à sa recherche !

Il la trouva à même le sol, recroquevillée, sanglotant. Il se baissa pour la soulever et l'emmena avec lui, sans un mot, ni un regard vers la jeune femme. Les bras de Niamh encerclèrent son cou, sa tête posée sur son épaule, tout en sanglotant. Elle se serra tout contre lui cherchant sa protection, sa chaleur.

Arrivés près du ruisseau, il la posa sur une pierre plate. Accroupi au bord de l'eau, il sortit un bout de linge en lin qu'il trempa et revint vers Niamh. Il se mit à sa hauteur lui soulevant son menton.

Snorri commença à effacer les traces sur ses joues et lui tendit le bout de lin, avant de chercher un objet dans la bourse à sa ceinture. Le jeune homme en retira un pain de savon et lui donna.

— Lavez-vous si vous voulez que je vous emmène avec moi !

S'apprêtant à riposter elle referma la bouche, réalisant que lui sentait moins qu'elle. Elle déglutit avec peine et accepta le savon avant de se diriger vers la berge.

— Auriez-vous un deuxième morceau de lin pour pouvoir m'essuyer ?

— Ôtez vos vêtements et baignez-vous. Vous vous essuierez avec votre chemise, ordonna-t-il d'une voix glaciale.

— Vous pourriez au moins vous retournez vous ne croyez pas ?

— Un sauvage, une brute et violeur comme moi ? Non ceux-là ne se retournent pas : ils regardent et finissent par répondre à leurs instincts lubriques.

Á votre place j'obéirais sinon je me verrai dans l'obligation de vous déshabiller et de vous laver moi-même, entre autres choses, cela va de soi !

Le regard du jeune homme n'avait toujours pas retrouvé la lueur qu'elle y avait vue au moment de leur rencontre. Les doigts tremblants, elle commença par ouvrir les liens de sa cotte en rougissant fortement.

Snorri se détourna, la laissant seul au bord de l'eau. S'installant plus loin, sur un rocher plat, attendant qu'elle termine sa baignade. Soulagée elle se déshabilla rapidement, plongea dans l'eau glacé et se lava le plus rapidement possible.

Assis sur le rocher Snorri prit sa dague et commença à tailler un bout de bois qu'il venait de ramasser. Ses pensées le ramenaient trois ár en arrière, lors de son retour du félagi.

Vers un moment bien précis, ou sa belle-sœur Gilla, l'attendait en se tordant les mains nerveusement,. Sanglotante elle lui avait expliqué que Hannelise, son épouse, n'était plus.

Une fièvre l'avait emportée, ainsi que leur enfant à naitre. Qu'elle aurait pu survivre, si elle ne portait pas un enfant. L'enfant que *lui* avait planté dans son ventre.

Les paroles que Niamh avaient prononcées raviva cette douleur atroce qu'il avait ressentie, en apprenant que son épouse n'était plus. Ils s'étaient aimés depuis leur enfance.

Ils avaient eu de grands rêves, de belles espérances. Il n'en restait plus rien : qu'un vide atroce qu'il avait réussi à mettre de côté, pour ne pas s'anéantir par le chagrin.

Son épouse était-elle morte par sa lubricité ? Aurait-il dû attendre avant de lui faire un enfant ? Ils le voulaient tous les deux, mais lui n'aurait-il pas été préférable qu'ils attendent ?

C'était à cause de l'enfant qu'elle n'était plus, qu'il l'avait perdue à tout jamais. Ce jour-là il avait *tout* perdu, jusqu'à la raison, pendant de longs mánaðr. Sans Oddvakr il ne serait jamais redevenu lui-même.

Un bruit de pas derrière lui attira son attention. Se retournant, il découvrit Niamh s'avançant vers lui, lui tendant le pain de savon et le linge.

Sous son bras elle avait sa chemise roulée en boule. Il fixait la main tendue vers lui :

— Gardez les : vous en avez plus besoin que moi ! dit-il en se détournant de la jeune femme : nous avons du chemin à faire, vous feriez mieux de vous hâter, si vous ne voulez pas que les autres vous retrouvent. Je vous préviens : je ne vous attends pas, je ne me retournerai plus, quoi qu'il puisse vous arriver.

Niamh hocha la tête. Elle se muni de courage :

— Si je vous ai blessé de quelque façon, je m'en excuse. Je le suis, sincèrement, je n'avais aucune raison de m'en prendre à vous. Vous m'avez sauvée, et j'ai dit des mots que je n'aurais pas dû. Malheureusement, je ne sais pas les retirer.

Relevant la tête vers le visage du jeune homme elle constata que son regard était toujours aussi vide et le pli amer toujours sur ses lèvres.

— Me pardonnez-vous ? demanda-t-elle tout bas.

Il se tenait devant elle les bras croisés :

— Je crois que cela est impossible pour l'instant. Un jour, peut-être, mais rien n'est certain.

— Je vois. Niamh baissa la tête, blessé par ce refus qu'elle avait probablement mérité.

Si seulement elle savait quels mots, prononcés par elle, l'avaient à ce point blessé.

— Si seulement… se hasarda-t-elle.

— Si seulement *quoi* ? Votre opinion nous concernant est toute faite ! La prochaine fois, je vous conseille de réfléchir à deux fois, avant de les prononcer, surtout à la personne qui vous sauve. Avançons, mes amis m'attendent.

Sans un regard de plus vers elle, il se tourna et poursuivit son chemin, cherchant sans relâche des indices au sol. Il avançait sans se soucier de la jeune femme, ne vérifiant pas si elle le suivait, ou non.

Seul comptait sa mission : retrouver Einarr et Oddvakr, puis délivrer les trois jeunes, avant qu'il ne soit trop tard. Il avait déjà assez perdu de temps, à cause de cette Niamh !

Magnar, Gauti et Svein venaient de débarquer des deux knǫrrer. Ils se dirigeaient vers le ruisseau comme Oddvakr leur avait dit. Á partir de là, Svein était celui devant les guider en cherchant des indices.

Avançant lentement il se figea : il entendait des voix plus loin, parlant le Gàidhlig. Faisant signe aux deux autres, il se cacha sous de larges feuilles des arbustes, ils attendirent silencieusement.

Svein à plat, découvrit la présence d'une jeune fille, plus loin s'apprêtant à se relever inconsciente du danger. Lentement il rampa jusqu'à sa hauteur et plaça une main sur la bouche de l'inconnue, et lui fit signe de se taire d'un doigt sur sa bouche.

Indiquant à la jeune fille le groupe avançant vers eux. Á la vue des quatre hommes elle se mit à trembler de tout son corps. Les deux jeunes se couchèrent sous les feuilles se rendant invisibles.

Lentement le jeune garçon retira sa main et la prit contre lui en la protégeant de son corps. La respiration de la jeune fille se calma aussitôt, se sentant en sécurité dans le bras du jeune Norrœnir. Ils entendirent les voix approcher, ainsi que des pas, très près de leur cachette.

— Chut ! Ne bougez plus, dit-il d'une voix presqu'inaudible, en serrant la jeune inconnue fortement contre lui.

Les bruits de pas s'éloignèrent aussi vite qu'ils étaient apparus. Retenant toujours son souffle, Svein attendit, les sens en alertes, comme Snorri lui avait enseigné.

Lentement il souleva la tête, examinant de tous les côtés sans être vu. Il siffla le signal que le danger était écarté. Les trois hommes sortirent de sous les arbustes.

Lentement, la jeune fille quitta également la cachette, restant sur ses genoux à la vue des trois hommes. Elle les observait sans peur, contrairement à ce que les trois hommes craignaient. Le Jarl avança vers elle, et s'accroupit :

— Qui es-tu ? lui demanda-t-il en Gàidhlig.

La jeune fille le fixa, sans émettre le moindre son.

— On ne te veux aucun mal, n'aie crainte petite, tenta-t-il à nouveau en gaélique.

— Je ne vous comprends pas. N'êtes-vous pas des Danis ?

Stupéfait de l'entendre parler norrœnt[84], Magnar écarquilla les yeux.

— Tu es une Dani ?

Elle secoua frénétiquement la tête.

— Je viens de Agðir[85].
— Comment es-tu arrivée ici ?
— Nous avons été attaqués par des hommes venant de Ránríki[86], j'ai été vendue à Heiðabýr et on m'a amenée ici. Emmenez-moi avec vous, je ne veux pas rester dans ce pays ! supplia-t-elle.

---

84 Le norrois, langue, en vieux norrois.

85 Le Royaume de Agder en vieux norrois.

86 Royaume de Ranrike en vieux norrois.

Il se passa les doigts dans les cheveux. Se tournant vers Gauti, il l'interrogea des yeux. Se frottant le menton, son frère porta son attention sur la jeune fille, se tourna vers Svein, ensuite vers son frère en haussant les épaules.

— Elle est une des nôtres, on ne peut pas la laisser ici elle va se faire reprendre.

— Gauti…

— Non Magnar, tu me demandais mon avis et je te l'ai donné. Arrête de constamment me reprendre, à chaque fois que je te le donne. Par Þórr je ne suis plus un enfant. J'ai vingt-cinq ár, j'ai une épouse et quatre enfants !

Cette petite, nous n'avons pas le droit de l'abandonner, de la laisser ici, où elle sera une ambát, ou pire, vendue pour être envoyé à Miklagarðr. Là où notre frère sera vendu également. Nous l'emmenons avec nous que cela te plaise, ou non !

— Tu veux bien te taire un instant, bougre d'âne ! Je voulais te dire que j'étais du même avis que toi, mais non *toi* tu me fais une longue tirade, avant même que je termine ma phrase !

— Tu es du même avis que moi ? C'est bien la première fois !

— Vous devriez peut-être arrêter de vous chamailler, vous allez attirer l'attention de ceux qui viennent de passer. Attendez d'être de retour pour continuer cette charmante discussion familiale ! intervint Svein.

Les deux hommes se tournaient vers le jeune pisteur.

— C'est fou ce qu'il me fait penser à Snorri en ce moment ! murmura Magnar.

— Oui surtout quand un taiseux nous sort une longue tirade, comme celle-ci ! ajouta Gauti sur le même ton.

— Peut-être parce que, comme lui, j'évite de parler pour ne rien dire !

Gauti tourna la tête vers son frère ainé :

— Tu crois que c'est de nous qu'il vient de parler ?

— Je le crains. En même temps, il n'a pas totalement tort, nous perdons du temps à rester ici à nous chamaillant comme des enfants.

— Hum, tu n'as pas entièrement tort sur ce coup-là. Svein, nous te suivons, mène-nous là où Oddvakr nous a dit de nous rendre. Petite, comment te nomme-tu ? ajouta le Jarl à l'attention de la jeune fille.

— Kára Bjermóðrdóttir.

— Bien, Kára, nous devons retrouver des amis à la recherche de trois des nôtres fait prisonniers. Ils risquent d'être vendus comme þrælar, eux aussi. Peut-être les mêmes ravisseurs que les tiens ?

— Je sais qu'ils recherchent des hommes et des femmes pour nous vendre. Ils sont dix groupes éparpillés un peu partout.

— Sais-tu combien ils sont en tout ? Sur le navire ?

— Je dirais une trentaine. Et vous, vous êtes combien ?

Un grand sourire illumina le visage du Jarl.

— Pas moins de quatre knǫrrer avec des hommes armés jusqu'aux dents, très décidés d'en finir avec cette vermine !

Les yeux de la jeune Kára brillaient de plaisir, ses ravisseurs allaient payer pour leurs méfaits.

— C'est Váli[87] qui a répondu à mes prières !

— Allons-y, je crois que Svein a trouvé quelque chose.

Magnar, Gauti et la jeune Kára se levèrent.

— Reste entre mon frère et moi, personne ne pourra te faire de mal, ordonna le Jarl à la jeune fille.

Svein trouva pas mal d'empreintes le long du ruisseau, qu'il suivi scrupuleusement. Les deux hommes et la jeune fille veillaient à rester derrière lui, évitant de piétiner d'éventuels marques, insignifiantes pour eux, mais importantes pour le jeune pisteur.

— Que penses-tu, Svein ?

— Ce ne sont pas eux, mais des autres. Aucun de nôtres en tout cas, les empreintes sont trop petites. Elles vont toutes vers le sud. Ne trouvant pas celles de nos hommes, c'est que nous devons partir vers le nord, les rejoindre et prendre les ravisseurs en tenaille.

Magnar porta son regard vers le ciel, tentant d'évaluer combien d'heures de jour il leur restait.

— Crois-tu qu'on les retrouvera avant la tombée de la nuit ?

— Selon l'estimation d'Oddvakr, oui, à condition de ne pas trop souvent tomber sur des membres de l'équipage des racailles.

---

87 Fils d'Óðinn et de Rindr, dieu de la Vengeance.

— Mettons nous en route. Il est heureux d'apprendre que nous les avons devancés. Au moins nous pouvons encore les sauver avant qu'ils ne se fassent embarquer.

Svein se remit debout suivant le cours d'eau vers le nord, veillant aux traces qu'il trouvait au sol. Subitement, il s'arrêta en fronçant les sourcils. Quittant le bord du ruisseau il fit signe aux autres de ne pas bouger. Le nez vers le sol, il avança vers l'ouest, suivant des traces.

Il revint sur ses pas, suivant les mêmes traces mais vers une autre direction, dirigée au Nord, comme eux. Soucieux il se baissa les examinant de plus près.

— Un souci ? demanda Magnar.

— On n'est pas les seuls à tenter de les rejoindre. D'autres, venant de là (il indiqua l'ouest) se dirigent également vers le nord. Là-bas (il indiqua à nouveau l'ouest), on arrive dans une kriki[88], il y a un skúta[89].

— Est-il gardé ?

— Un seul homme, endormi. Ces empreintes sont bizarres, on dirait celles de pas de femmes. Trois, pas plus.

— Des femmes ? s'étonna Magnar.

Svein fit oui.

— Pas un seul homme pour les accompagner ?

Svein fit non.

---

88 Crique en vieux norrois. Le mot anglais creek est issu de la même racine.

89 Cotre, bateau de petite taille.

— Qu'est-ce qui te fait dire que ce sont des femmes ?
— La taille et la forme des semelles, la profondeur des pas laissés.

Magnar se tourna vers son frère tout aussi perdu et perplexe que lui.

— Tu y comprends quelque chose toi ? lui demanda-t-il.

Gauti secoua la tête se grattant les cheveux :

— Non.

Magnar se frotta les yeux en soufflant.

— Que font trois femmes ici ? Où vont-elles et pourquoi ? Au milieu de nulle part entouré de dangers ! Á ne plus rien y comprendre.
— Qu'avaient dit les Nornes déjà ? *De l'or ils valent, mais si « elle » les touche, perdus ils seront à tout jamais, marqués par le sceau de la perversité,* lui dit son frère.

Le visage de Magnar devint cireux et sa respiration haletante.

— Par les dieux ! s'offusqua-t-il.
— Quoi ?
— Tu n'as donc pas compris ?
— Que veux-tu que je comprenne : les Nornes parlent toujours mystérieusement ! répondit Gauti.
— Nous devons nous dépêcher avant qu'il soit trop tard !

— Pourrais-tu au moins expliquer ce qui t'effraye à ce point ?

— Elles vont les initier aux pratiques de la cour de Miklagarðr, bougre d'âne !

— Quoi ? Mais qu'est-ce qui te fait penser une chose pareille ?

— *Si « elle » les touche, perdus ils seront à tout jamais, marqués par le sceau de la perversité.* Il n'y a pas plus pervers que la cour de Miklagarðr !

Gauti blêmi à son tour.

— Puisses-tu avoir tort cette fois-ci !

— Je crains que non. Se tournant vers Kára il ajouta :

— J'espère que tu marches vite petite, nous n'avons pas de temps à perdre.

Snorri avança sans relâche, ni s'arrêter, que pour étudier les marques au sol. Se dirigeant vers le sud, où il devait retrouver Einarr et Oddvakr à tout prix. Il tint parole : il ne se retourna pas une seule fois, il marchait droit devant lui, ne se souciant pas si Niamh le suivi, ou pas.

Il savait qu'elle était là : sa respiration faisait assez de bruit pour éveiller toute la forêt. Elle était tombée quelques fois, jurant en gaélique à chaque fois, se relevait et courait après lui pour le rattraper. Il n'en avait cure, ne l'aida pas.

Pendant tout le chemin, qu'il effectua dans le silence le plus complet, ses pensées étaient constamment vers le passé, vers Hannelise. Le peu de temps qu'ils avaient vécu entant qu'époux, qu'ils s'étaient aimés d'un amour passionnel. Elle était tout ce qu'un homme rêvait, belle, aimante, joviale, toujours souriante, elle était tout ce dont *lui* avait toujours rêvé.

Par son égoïsme à vouloir un enfant, il l'avait précipitée vers la mort, le néant. Laissant un vide immense dans son cœur, et dans sa vie. Sans la présence d'Oddvakr il serait devenu fou !

Helga, la meilleure amie de Hannelise, ne lui avait jamais fait de reproche, ne l'avait accusé de rien. Il se les faisait lui-même pour tous les autres.

Snorri avait réussi à reprendre le cours de sa vie, difficilement, retrouvant une paix intérieure. En quelques mots Niamh avait réduit tout cela à néant, le replongeant dans les limbes.

Disait-elle vrai ? Avait-il forcée son épouse ? Avait-il, comme un animal en rut, planté sa semence dans le ventre de sa femme, sans même se demander si elle le voulait réellement ?

Son père avait arrangé cette union, avec celui d'Hannelise. Il l'aimait depuis pas mal de temps de loin, n'osant rien dire à personne de ses sentiments, même pas à Oddvakr.

Il avait été le plus heureux des hommes, quand son père lui avait expliqué qu'il envisageait la demander comme épouse pour lui, son unique fils.

Hannelise avait semblé heureuse elle aussi. Ils se connaissaient depuis toujours, avaient grandi ensembles. Jusqu'à aujourd'hui il avait toujours pensé qu'elle aussi l'aimait d'un amour sincère.

S'était-il leurré ? Ne l'avait-elle jamais aimé comme une femme aime un homme ? Il marcha vite, espérant quitter les méandres dans lesquels il se trouvait.

Examinant la position du soleil, il constata que celui-ci avança trop vite à son goût, vers l'ouest. On arrivait en fin d'après-midi et il avait hâte de retrouver ses amis. De délivrer leurs compagnons infortunés, se trouvant dans les serres des vendeurs de þrælar. Ils devaient les retrouver, avant la tombée de la nuit !

Einarr, ayant l'ouïe très fine, leva la tête, tout en faisant signe à Oddvakr de ne pas faire de bruit. Il entendait des pas arriver vers eux. Cela devait être Snorri, mais il décelait ceux de deux personnes.

Lentement, il tira son épée de sa gaine, imité aussitôt par Oddvakr. Se levant il se tint aux aguets, prêt à toute éventualité. Les deux hommes se cachèrent derrière d'immenses pierres attendant, scrutant la direction d'où venait le bruit de frôlement de feuilles.

Celui-ci devint plus distinct, s'approchant. Levant son épée prêt à se défendre, Einarr retint son souffle, plissa les yeux pour mieux scruter l'endroit d'où les personnes devaient arriver. Puis plus rien ! Plus un bruit ne vint vers eux.

Se tournant vers Oddvakr, il le questionna des yeux. Oddvakr lui répondit par un haussement d'épaules. Sur ses gardes il attendit, tendu, les doigts crispés sur le pommeau de son épée.

Le cri d'un garrot à œil d'or brisa le silence ! Soulagés, les deux hommes baissèrent leurs épées : Snorri venait de leur donner le signal de sa présence. Rengainant leurs lames, souriant, ils attendirent leur ami.

Snorri était soulagé : il venait de retrouver Einarr et Oddvakr. Malgré son retard, ils étaient toujours là, où ils devaient se retrouver. Les deux hommes l'observèrent avancer vers eux les paupières plissées.

Jamais il n'arrivait en retard. Einarr l'observa plus attentivement, tentant de lire sur son visage, et attendant des réponses. Fixant son regard au-dessus de l'épaule de Snorri, il vit une femme avancer, se dirigeant vers eux.

— Qui est-ce ? demanda Oddvakr.

— C'est une longue histoire mais nous n'avons pas le temps, nous devons avancer, répondit Snorri.

Einarr le retint d'une main sur son épaule.

— Que t'arrive-t-il ?

— De quoi parles-tu ?

— Tu n'es pas le Snorri qui nous a quittés, plus tôt dans la journée. Je te repose la question, *que t'arrive-t-il* ?

— Pas le temps, Einarr, nous devons progresser.

— Et elle, elle va nous suivre ? demanda Oddvakr la pointant du menton.

— Je n'en sais rien, et honnêtement je ne m'en soucie guère !

— Explique-nous au moins d'où elle vient ? insista Oddvakr.

— Son village offre chaque année une pucelle, en retour ils ont protection en ne doivent pas payer de tribus. C'était son tour semble-t-il.

Ébahi par ce qu'il venait d'entendre, Oddvakr considéra la jeune femme bouche ouverte.

— Les parents offrent leurs filles ?

— Ne dis rien Oddvakr, sinon elle va te dire ce qu'elle pense de nous et de *nos coutumes barbares* ! La gratitude n'est pas son point fort.

Je l'ai libérée des sbires de l'homme l'ayant reçu en guise de présent, mais le barbare lubrique c'est moi. Selon elle nous avons l'habitude de prendre de force les femmes, même nos épouses.

Oddvakr renifla, lançant une œillade noire vers la jeune femme. Plissant les yeux, il se tourna vers son ami :

— Pourquoi ne l'as-tu pas laissée derrière toi ?
— C'est elle qui me suit, elle n'a nulle part où aller.
— Elle n'a pas de parents ?
— Se sont eux justement qui l'ont *offerte* !
— Savaient-ils ce qu'il adviendrait d'elle ?
— Oh oui, Oddvakr !
— Et nous, toi, moi, les autres, nous sommes les barbares lubriques ?

Snorri répondit d'un hochement de tête.

— Par Frigg, jamais je n'offrirais mes filles à un tel homme ! s'offusqua Oddvakr.

Snorri eut un rire amer, désabusé :

— Selon elle, nous abandonnons nos filles, dès la naissance en forêt, en proie pour les loups !

Oddvakr, devenu blême, lança un regard meurtrier vers la jeune femme. Lui, abandonner ses deux filles ? Jamais il n'aurait fait une telle chose !

— Si c'est ce qu'elle pense de nous, on peut se demander pour quelle raison elle te suit !

Snorri haussa les épaules :

— Reprenons la marche, veux-tu.

— Attends ! Einarr mit une main sur l'épaule de Snorri.

— Attendre quoi ? À cause de moi, nous avons perdu du temps !

— Mange quelque chose avant, tu es parti sans nourriture.

— Oui, croyant que je vous aurai rejoint depuis un bon bout de temps !

— Assieds-toi et mange, Snorri, et calme toi aussi. C'est un ordre !

Soupirant Snorri s'assit et prit le morceau de viande séchée qu'Einarr lui tendait.

— Comment comptes-tu procéder, une fois que nous les aurons retrouvés ? demanda Snorri tout en mâchant son bout de viande.

— Tout dépend d'où nous les retrouverons. Si possible nous les éliminerons avec nos arcs, ainsi qu'en lançant nos haches.

Oddvakr et moi nous en avons une excellente maitrise. Toi tu es meilleur archer que nous, tu es capable de tirer deux flèches en très peu de temps.

— Je peux vous aider, je suis une excellente archère ! Il me faut juste un arc de la bonne taille, entendirent-ils une voix.

Les trois hommes se retournèrent vivement vers la jeune femme. Einarr la fixa les yeux plissés.

— D'où connais-tu notre langue ?

— Je la connais depuis toute petite, ma grand-mère me l'a apprise.

— Comment cela se fait-il ? D'où la connaissait-elle ?

— Elle avait un amant, il venait de Rygjafylki. Elle s'était donnée à lui pour que lui et ses hommes ne pillent pas notre village.

— Comment se nommait-il ?

— Sigurð Rangrson. Il revenait chaque ár demander son dû ! Mais je crois qu'ils ont fini par s'aimer. Elle avait hâte qu'il revienne et lui restait toujours de plus en plus longtemps.

Puis il a cessé de venir, on a appris qu'il était décédé lors d'un rassemblement. Ma grand-mère n'a plus jamais été la même, après son décès.

Einarr devint blême : son grand-père avait eu comme maîtresse la grand-mère de la jeune femme devant lui. Ses deux amis en arrivèrent à la même déduction. Voyant l'expression des trois hommes, elle se posa pas mal de questions.

— Le connaissiez-vous ?

— On peut le dire ainsi, oui, répondit Oddvakr, sans donner plus de précisions.

— Ont-ils eut des enfants ? s'enquit Einarr.

— Deux fils, mais ils ont été emmenés dès l'âge de six ans.

— Par qui ? demanda Einarr le cœur serré.

— Le fils de Sigurð.

— Lequel ? Il en avait plusieurs.

— Tjörvi.

Le plus jeune frère de mon père !

Les deux enfants qu'il avait adoptés étaient donc ses demi-frères ! Vígbjóðr et Randr n'étaient pas ses cousins, mais ses oncles !

Il méditait ce qu'il venait d'entendre. Selon sa conscience, il devait venir en aide à cette jeune femme, à cause des dommages causé à sa grand-mère, par son grand-père.

— Est-ce Sigurð qui vous a appris le tir à l'arc ?

Niamh fit oui de la tête.

— Faisons lui un arc, des flèches nous en avons en suffisance, ordonna Einarr.

Snorri renifla de colère :

— Tu peux répéter ?

— Si tu ne veux pas je le ferai moi-même !

— C'est une perte de temps les autres nous attendent, je vous ai déjà assez ralentis.

— On lui fabrique un arc, que tu le veuille ou non, Snorri, son aide nous sera précieuse !

— Dois-je te rappeler que deux de tes frères sont sur le point de se faire vendre comme þrælar, Einarr ?

Furieux Snorri se leva, et reprit la marche vers le sud. Ses deux amis se fixaient sans comprendre. Jamais ils n'avaient vu, ni entendu, Snorri ainsi. Oddvakr examina la jeune femme bizarrement, l'étudiant de la tête aux pieds, d'un air menaçant.

Après un dernier regard vers la femme, il prit la même direction que Snorri. Niamh se demandait à quel point elle l'avait blessé, et pourquoi cela l'avait changé autant.

Se tournant vers Einarr, debout à côté d'elle, elle inspira profondément.

— Je lui ai dit des paroles blessantes, je le sais, je me suis excusée auprès de lui. Seulement, il ne les a pas acceptées.

Einarr étudia la physionomie de la jeune femme. Petite, flamboyante, directe. Elle devrait bien s'entendre avec Iona.

— Vous avez le droit de connaître la vérité : Sigurð était mon grand-père, le père de mon père.

— Mais Snorri m'a dit que vous faites du commerce et du négoce !

— Il ne vous a pas menti, c'est ce que nous faisons. Il n'en était pas de même pour mon grand-père, ni pour mon père, dans un premier temps.

— Comment cela ?

— C'est mon autre grand-père qui a fait de mon père un négociant, c'était une clause pour pouvoir épouser ma mère.

— Je vois. Que sont devenus mes oncles ?

— Ils ont été élevés par Tjörvi, comme étant ses fils. Ils ont pris des épouses et ont des enfants. Eux aussi faisaient du négoce, mais pas dans les mêmes eaux que nous. Il y a deux ár ils sont partis en Ísland, avec leurs familles.

Niamh hocha la tête.

— Allons-y nous devons les rejoindre, ajouta Einarr.

— Snorri a dit que deux de vos frères sont parmi les prisonniers, si j'ai bien compris ?

— Oui, Alvbjǫrn et Bjǫrn, ainsi que le plus jeune frère d'Oddvakr : Jafnhárr. Nous devons les délivrer. D'autres hommes de notre félagi ont débarqué plus au sud, espérant qu'on puisse les prendre en tenaille. Deux de nos knǫrrer voguent directement vers le sud, cherchant leur navire, c'est là qu'ils nous attendront.

— Comment savoir où ils se trouvent ?

— Mon knǫrr et celui de notre Jarl nous attendent là où ils auront débarqué les derniers hommes. Plusieurs se joindront à nous pour poursuivre les complices de ceux qui ont enlevé mes frères.

— Est-ce si important pour vous ? Même en retrouvant vos frères, vous allez les poursuivre ?

— Oui, sinon nous n'aurons jamais la paix lors de ce félagi ! Nous avons pas mal de jeunes parmi nous, dont c'est leur première fois en mer. Nous voulons qu'ils puissent être en sécurité. Ne comprenez-vous pas cela ?

— Oui, selon votre point de vue. Qu'en est-il de l'arc que vous vouliez me confectionner ?

— Je vous passerai le mien, je suis plus habile à la hache. Mon épouse arrive à très bien manier mon arc, elle est un peu plus petite que vous.

— Je croyais les femmes de chez vous plus grande ?

— Iona est Skotar, pas de Rygjafylki. Elle est la cousine d'un de mes meilleurs amis.

— Je vois : une union arrangée !

— Vous n'y êtes absolument pas !

— Que voulez-vous dire ? Que vous vous aimiez et que c'est pour cela que vous vous êtes unis ?

— C'est bien cela.

Elle le fixa bouche bée ? C'était-elle trompé à ce point-là concernant les Fine gall ?

— Vous avez des enfants ?

— Deux fils : Alvaldr et Ulric, des jumeaux.

— Ils naissent souvent trop tôt, en étant très faibles. Vous les avez gardés ?

— Ils ne sont pas nés trop tôt, tous deux étaient très robustes. Honnêtement, dans le cas contraire, jamais je n'aurais pu faire une chose pareille à mon épouse !

Elle est la húsfreyja[90] de ma demeure, celle qui gère le tout, prend les décisions importantes. Jamais je ne lui aurais fait un tel affront !

— Pourtant j'ai ouï-dire que vous abandonnez vos enfants, ceux qui sont faibles, ou les filles en général !

Einarr arrêta d'avancer et se frottant les yeux.

— Je ne nie pas que cela arrive, mais elle n'est pas suivie par tous, systématiquement, ne faites pas une généralité ! C'est une pratique quand on a la certitude que le nouveau-né n'a *aucune* chance de survie.

Il est vrai aussi que certains abandonnent les nourrissons nés d'un adultère. Oddvakr a deux filles : il est prêt à tuer n'importe qui, qui ferait du mal aux petites.

Mon meilleur ami vient de devenir père d'une petite Aðísla, il en est fou ! Il veut déjà s'armer pour quand, plus tard, les jeunes hommes lui tourneront autour. Au point que mon épouse l'a menacé de lui arracher le cœur de ses dents si jamais il touchait un seul cheveu d'un de nos fils.

— Vous êtes sérieux ?

---

90 Maîtresse de maison, avec les hommes qui partaient en expéditions guerrières ou commerciales, la gestion quotidienne de la maisonnée ou de la ferme devenait l'apanage de l'épouse du propriétaire.

Il hocha la tête, un sourire aux lèvres, en se remémorant la scène.

— Très, et connaissant Iona, elle en est tout à fait capable, malgré qu'elle considère Thoralf comme un frère.

Tous les quatre continuèrent à avancer en silence vers le sud, suivant les directives de Snorri. Il n'avait toujours pas desserré les dents au grand dam d'Oddvakr, qui ne reconnaissait plus son ami. Soucieu il l'épia, cherchant le moindre signe de ce qui avait bien pu lui arriver.

10

Magnar, Gauti, Svein et la jeune Kára remontaient toujours vers le nord, suivant les traces laissées par les trois femmes. Il était évident qu'elles se rendaient vers le même endroit qu'eux, vers leurs compagnons.

La jeune fille suivait leur cadence sans peine, habitée par le même désir de vengeance. La même envie d'en terminer avec cette racaille.

Soudain, Svein s'arrêta, faisant signe aux autres de faire de même. Le front plissé il étudia le sol, touchant certaines empreintes des doigts, scrutant vers toutes les directions. Avançant lentement, les yeux allant de droite à gauche.

Il fit demi-tour, revenant sur ses pas, s'accroupit à nouveau et toucha les empreintes. Il leva la tête vers les arbres, les yeux plissés, réfléchissant.

— Un souci ? demanda le Jarl.

Le jeune homme acquiesça de la tête, se relevant, son attention toujours fixée sur les arbres. Sous les regards médusés de ses compagnons, il grimpa dans l'un des plus grands.

Les trois le virent disparaître vers la cime de l'arbre, sans bruit, très souplement. Fronçant les sourcils, Gauti se tourna vers son frère :

— Que lui prend-il ?

Magnar haussa les épaules en guise de réponse, relevant les yeux vers l'endroit, où Svein avait disparu. Aussi silencieusement qu'il était monté, il redescendit de l'arbre, se frotta les mains, puis retourna vers le lieu où il avait vu les empreintes qui le tracassaient. Magnar s'accroupit à ses côtés.

— Peux-tu nous dire ce qui te tracasse ?

— Elles ont bifurqués.

— Comment cela *bifurqués* ?

— Changé de direction.

— C'est bien ce que j'avais compris, merci ! Mais *pourquoi* ?

Décidément, plus il côtoyait Svein, plus il lui trouvait des ressemblances avec Snorri, concernant ses réponses *laconiques* ! Le maître déteignait dangereusement sur l'élève.

— De là-haut, j'ai vu comme une clairière, c'est là qu'elles se dirigent toutes les trois.

— Probablement le lieu de rendez-vous avec ceux qui ont enlevé nos hommes !

Svein fixa le Jarl sans prononcer un traitre mot.

Par les dieux, même son regard me fait penser à Snorri !

— Dirige-nous vers cette clairière ! Est-elle loin d'ici ?

— Pas très, non, nous y arriverons avant la tombée de la nuit.

— Dans ce cas, hâtons-nous, il faut les retrouver avant qu'elles ne touchent nos hommes ! Après il sera trop tard pour l'un d'entre eux.

Ils se remirent en route, prenant la direction vers la clairière, progressant difficilement à cause de la végétation. Svein pilla sur place.

— Cachez-vous : des hommes arrivent, avertit-il les autres.

Tous se jetèrent sous des grandes feuilles, se roulant le plus loin possible, à plat ventre et en retenant leur souffle. Magnar protégeant la jeune Kára de son propre corps, ses bras recouvrant la tête de la jeune fille.

Kára tremblait, elle entendit un des hommes frôler de très près leur cachette. Plus elle tremblait, plus le Jarl la tenait serrée contre lui, la protégeant.

Après un long moment, le calme revint, le danger s'était éloigné. Osant reprendre son souffle, Kára inspira bruyamment. Les bras de Magnar se retirèrent, laissant la jeune fille se relever.

— Par les dieux, nous n'avancerons jamais avec toute cette racaille fourmillant dans les parages ! s'exclama Gauti en se passant une main sur le visage.

— Sans Svein, nous aurions grossi les rangs de þrælar à vendre, lui répondit son frère. Ils étaient bien plus nombreux que nous.

Pendant que les deux hommes parlaient, Svein étudia les empreintes laissées par la racaille.

— Ils n'étaient que quatre.

— Autant de bruit pour quatre hommes ? Par les couilles de Hǫðr[91], on aurait dit toute l'armée des fils Járnsíða ! s'exclama Gauti.

— Avançons, il n'y a rarement qu'une seule vague[92] ! ordonna le Jarl.

— Oui, c'est aussi paisible qu'une balade dans le Norðvegr[93], marmonna Gauti.

Snorri s'arrêta net en scrutant, très attentivement, le sol. Quelque chose le tracassait. Accroupi il continua à avancer, le nez vers les empreintes.

— Que se passe-t-il ? lui demanda Oddvakr en chuchotant.

— Ce n'est pas logique : ils ont bifurqué vers cette direction ! expliqua Snorri, le doigt indiquant l'ouest,

— Cela sent le vent du Wends[94] !

— Je ne te le fais pas dire. Pourquoi ont-ils changé, subitement ?

— Crois-tu qu'ils savent qu'on est à leurs trousses ?

— Je ne vois pas bien comment ? Ils nous devancent largement, depuis le début !

---

91 Expression Nordique plutôt négative qualifiant surtout une situation désagréable. *Hǫðr* se prononce *Heudr*.

92 Vieux proverbe Nordique : il y a rarement qu'un seul danger.

93 Quelque chose de très difficile, dangereux et pas du tout tranquille.

94 Expression Viking : sentir que quelque chose de louche se prépare.

— À moins qu'on se soit bigrement rapprochés.

Snorri tourna la tête vers son ami, méditant les paroles qu'il venait d'entendre.

— Possible, on avance plus vite qu'eux. J'ai la nette impression que nos trois amis les ralentissent.

Snorri étudia le paysage attentivement. Son attention se porta sur un groupe d'arbres, très hauts, ayant des branches assez basses.

— Je vais grimper dans un de ces arbres, peut-être découvrirai-je la raison de ce changement de direction.

Le jeune homme se leva, fit ce qu'il venait d'expliquer. Oddvakr le vit disparaître vers la cime.

— Que fait-il ? lui demanda Einarr venant de le rejoindre.
— Il se demande pourquoi ils ont bifurqué vers l'ouest.

Einarr fronça le front.

— Vers l'ouest ? Cela n'a aucun sens, selon moi !
— Ni selon Snorri, expliqua Oddvakr.

Tous attendirent qu'il descende de l'arbre. Revenant vers ses amis il avait l'air soucieux.

— Les as-tu vus ? demanda Oddvakr.

— Oui, ils sont dans une clairière ! Elle est tout près, juste derrière ce groupe d'arbres.

— Tu veux dire que nous les avons rattrapés ?

— Oui.

— Sont-ils tous les trois ? le questionna Einarr.

— Oui je les ai vus, ils sont enchainés aux poignets et aux chevilles. Ils sont assis sur le sol. Six hommes les tiennent prisonniers, ils semblent attendre.

— Tu n'en as vu que six ?

Snorri opina.

— Que peuvent-ils bien attendre ? se demanda Einarr.

Snorri haussa les épaules, ne connaissant pas la réponse.

— Pouvons nous rester à couvert, tout en étant à une bonne distance pour les maitriser ? continua-t-il son interrogatoire.

— Oui facilement, c'est une clairière, il est aisé d'approcher sans faire de bruit, ni être vu.

— Dans ce cas, allons-y, ordonna Einarr.

— Que fais-tu d'elle ? demanda Snorri pointant Niamh du menton.

— Elle va prendre mon arc, moi je prendrai ma hache.

— Tu vas lui donner ton arc ! Serais-tu devenu fou ?

— Je ne vois pas pour quelle raison ?

— Te tirer dans le dos, par exemple, vu l'opinion qu'elle a de nous.

— Elle m'a dit s'être excusée, est-ce vrai ?

— Oui, et ?

— Cela devrait te suffire.

Un ricanement de la part de Snorri fut la réponse.

Einarr tendit son arc, ainsi que son carquois, à la jeune femme.

— Ils ne sont pas loin, suivez-nous en faisant le moins de bruit possible. Il serait même mieux de ne pas en faire du tout, précisa-t-il. Je vous fais confiance Niamh, faites que je n'aie pas à le regretter.

— Vous avez ma parole.

— Bien, allons-y.

Ils avançaient prudemment et très silencieusement vers le groupe d'arbres, devant eux.

— Alvbjǫrn, selon toi qu'attendons-nous ? demanda Jafnhárr inquiet.

— Je n'en ai aucune idée !

— Cela sent le vent du Wends, si tu veux mon avis.

Alvbjǫrn hocha la tête, tout en épiant le moindre mouvement de leurs ravisseurs.

— Ils semblent attendre quelque chose !

— Ou quelqu'un ! ajouta Bjǫrn.

Subitement, trois de leurs ravisseurs se dirigèrent vers eux les agrippèrent violemment pour les remettre debout. Tous rigolaient.

— J'en connais une qui va s'en donner à cœur joie ! dit Padruig.

Tous s'esclaffèrent de plus belle. Les trois jeunes Norrœnir virent trois femmes apparaître dans la clairière. L'une d'elle, habillée richement, portait sur le visage un sourire lubrique, le regard étincelant en les découvrant. Les trois jeunes en eurent froid dans le dos.

S'approchant d'eux, elle se tapait les lèvres de son index.

— Ainsi les voilà ! Ils vont rapporter gros, à eux seuls ils rempliront amplement nos caisses de pièces d'or. Où comptes-tu les vendre, Padruig ?

— Je crois qu'ils feront effet à Constantinople, dame Iseabail.

Un sourire en coin apparut sur les lèvres de la femme.

— Je crois que tu as raison. Donc, je vais devoir les initier ! Ils ont des demandes bien précises, et nous souhaitons les satisfaire, n'est-ce pas ?

— Certainement, dame Iseabail.

Tous les hommes riaient grassement.

— Bien ! Commençons dans ce cas, mettez la tente là, près des arbres. Avec lequel vais-je commencer ? susurra-t-elle.

Elle s'avança vers les trois jeunes Norrœnir, les examinant lubriquement, de la tête aux pieds, laissant le regard plus longtemps au niveau de leur entre-jambe.

Ils étaient jeunes et superbement bâtis, exactement comme elle les aimait. Elle allait prendre le temps avec chacun d'entre eux séparément, et pourquoi pas, également avec les trois, ensemble.

Cela se faisait à Constantinople, et pas uniquement par les femmes. Elle s'arrêta devant Alvbjǫrn, fixant les lacets de ses braies. La forme qu'elle y vit la fit soulever un sourcil un sourire sournois aux lèvres.

— Je vais commencer par celui-ci. Toi ! Elle se tourna vers l'une des deux femmes l'accompagnant : tu me l'apprêtes et tu me l'amènes. Plus vite que cela !

Une jeune femme, effacée, avança vers le jeune homme la tête baissée, pendant que dame Iseabail se dirigea lentement en balançant les hanches, vers la tente.

Alvbjǫrn serra les dents, pendant que la jeune femme avançait vers lui. Venant de comprendre ce qui allait se produire, le jeune homme fut rempli de dégoût. Déglutissant péniblement, il observa la jeune s'approchant, gardant la tête baissée.

Dame Iseabail se retourna, pointant le doigt vers son autre servante.

— Toi : tu me prépares un des deux autres, il se peut que pendant l'initiation du premier, j'en prenne un deuxième en même temps ! J'ai une grande faim aujourd'hui, cela me démange d'avoir un beau mâle, là je vais en avoir trois !

Pendant que dame Iseabail se dirigeait vers la tente, la jeune servante mit ses mains sur les lacets des braies du jeune homme, la tête toujours baissée.

— Tu me touches et tu es une femme morte, souffla-t-il entre ses dents, en Gàidhlig.

La jeune femme releva la tête.

— Cela ne change rien je le suis déjà.

— Que veux-tu dire ?

— Les esclaves de dame Iseabail ne vivent jamais longtemps, il suffit d'un accès de colère de sa part, et notre dernier souffle est arrivé.

— Tu es une esclave ?

Honteuse elle baissa la tête en affirmant.

— Il n'est pas dans mon pouvoir de lui désobéir, même si cela me répugne de te faire subir ceci. Crois-moi : si je pouvais agir autrement je le ferais.

Déglutissant elle releva la tête, les yeux humides elle scrutait Alvbjǫrn :

— Je … je .. vais devoir …. devoir entrer ma …. ma … ma main d… d… dans tes braies. Désolée, je suis tell .. tell …. tellement … dé … dé … désolée. Fermer fortement les yeux n'empêchait pas les larmes de couler, le long des joues de la jeune esclave.

— Comment te nommes-tu ? lui demanda-t-il d'une voix adoucie.

— Yseult.

— D'où viens-tu, Yseult ?

Elle posa le front sur le torse du jeune homme en reniflant :

— De Francie. Je déteste faire subir cela aux hommes qu'ils font prisonniers, mais si je n'obéis pas je me ferai fouetter.

— Yseult de Francie : dès que j'en aurai l'occasion je te libère des chaines de dame Iseabail. Je te donne ma parole, je te rendrai ta liberté à condition que tu ne me touches pas.

— Comment ? Tu es enchainé ?

Il approcha sa bouche de l'oreille de la jeune femme :

— As-tu confiance en moi ?

Relevant la tête elle le contempla à travers ses larmes.

— Pourquoi un Normand[95] se soucierait-il de moi ?

— Parce que toi tu te soucies de moi. Ai-je tort ?

La jeune femme rougit.

— Hé vous deux, ce n'est pas un peu fini ? Hâte-toi, Yseult, avant que ta maîtresse ne te fouette à nouveau ! À croire que tu en demandes ! Tu aimes le fouet, Ys …

Il ne put terminer sa phrase, il tomba en avant une hache dans le dos. Aussi vite que l'éclair Alvbjǫrn leva les bras, les passa autour de la jeune femme qu'il tint serrée contre lui.

— Surtout, reste tout contre moi, tu ne crains rien.

---

95 Le terme Normand est lui-même un emprunt au vieux norrois nordmaðr, qui signifie : *homme du Nord.*

— Que se passe-t-il ? demandé-t-elle en paniquant.

— Je viens de reconnaître la hache de mon frère, dans le dos de Padruig ! Il est là avec ses hommes, pour nous libérer.

Yseult se cramponna à Alvbjǫrn cherchant sa protection, serrant ses bras autour de lui. Il la tenait fortement contre son torse, pendant que les hommes autour de lui tombaient comme des mouches, tués par des flèches, ainsi qu'une autre hache.

Sortant de leurs cachettes, ils entrèrent dans la clairière reprenant flèches et haches. Alvbjǫrn tenait toujours la jeune Yseult, tremblante contre lui.

— Tu en as mis du temps ! salua-t-il son frère.

Einarr, souriant avança vers son frère :

— Je ne voulais pas te déranger, tu semblais occupé. Retirons ces chaines. Tu sais lequel de ces mécréants en a la clé ?

— Celui qui a goûté ta hache, juste là. Il pointa Padruig du menton.

Einarr récupéra sa hache, qu'il essuya à la tunique du cadavre, avant de le retourner du pied. Se baissant il chercha la clé dans la bourse suspendue à la ceinture.

— Dans la tente, il y a une femme, il semble qu'elle soit l'épouse du chef.

Einarr leva la tête qu'il tourna vers l'abri en toile :

— Si elle n'y est plus, elle ne doit être bien loin. Tu comptes en faire ton ambàt ? se tournant vers les hommes il cria :

— Oddvakr, va vérifier s'il y a une femme derrière cette tente. Si elle n'y est plus, retrouve-la.

Un sourire sournois se dessina sur le visage d'Alvbjǫrn.

— J'ai une bien meilleure idée en tête !

— Comme quoi ?

— Tu le sauras quand le moment sera venu.

— A toi de voir, c'est ta captive après tout.

Venant de trouver les clés, il se releva, les examinant d'un air mystérieux :

— Tout compte fait, cela me plait assez bien de t'avoir enchainé à mes côtés.

— Mon poing dans ta gueule, cela te plait tout autant ? lui demanda son frère.

Einarr rit de bon cœur.

— Heureux de te retrouver !

— Jamais autant que moi, je peux te l'assurer. Délivre-nous maintenant Einarr, on en a assez de ces chaines.

Einarr chercha parmi toutes les clés celle qui pourrait bien délivrer les trois hommes de leurs chaines. Pendant qu'il s'affairait, son frère lui tendit les bras.

— Pourrais-tu te retourner ? Mon frère ne trouve pas la clé. Peut-être sais-tu laquelle ouvre nos chaines ? dit-il à la jeune femme se trouvant toujours contre lui.

— Oui, c'est une assez petite comparée aux autres.

Yseult se retourna tendant les mains vers le trousseau. Soudain ses mains furent libres, Yseult venait de le libérer des chaines à ses poignets. Se baissant, elle fit de même avec celles à ses chevilles.

— Yseult …

Il redressa la jeune femme.

— Oui ? s'enquit-elle.

— Merci ! Viens partons d'ici. Je t'emmène avec nous et veillerai à ce que tu arrives là, où tu veux aller !

Un faible sourire se dessina sur le visage d'Yseult.

— Merci, tu es vraiment un homme bon.

Il se pencha vers l'oreille de la jeune femme :

— Surtout ne le dis à personne, ce n'est pas très bon pour ma réputation de *farouche guerrier Norrœnir*.

Yseult rit aux éclats. Alvbjǫrn était subjugué par le son cristallin de son rire, ainsi que le changement de physionomie de sa jeune protégée.

Oddvakr avait retrouvé dame Iseabail, la trainant derrière lui en la tenant par le coude. Elle se frétillait dans tous les sens, tentant de se libérer en vociférant des insanités.

— Le vocabulaire de cette femme est étonnant. En peu de temps j'ai appris toutes les insultes en Gàidhlig ! Cela pourrait peut-être me servir un jour, qui sait ? rit-il. Que fait-on de cette donzelle ?

Einarr pointa son frère du menton.

— À lui de décider, elle est sa prisonnière.
— Je viens vous ramener celle-ci !

Tous se retournèrent au son de la voix de Niamh.

— Elle tentait de s'enfuir pour retrouver les autres plus nombreux.

Elle poussa l'autre servante dans le cercle formé par les hommes.

— Est-ce une ambát, elle aussi ? demanda Einarr.
— Non elle c'est une servante, la préférée de dame Iseabail. Elle est de mon village et a été offerte il y a deux ár. Il semblerait qu'elle n'ait pas terminé sur un marché de þrælar ! On se demanderait bien pour quelle raison ? ajouta Niamh.
— Parce qu'elle obéit en tout, fait toutes les perversités que nos maîtres demandent. Elle n'a aucune limite, expliqua Yseult.
— Quel est son nom ? demanda Einarr.
— Ailis.
— Que comptes-tu faire d'elles, Alvbjǫrn ?

— Crois-tu qu'on en obtiendrait un bon prix ?

— Tout dépend où tu veux les vendre ?

— Vu qu'elles *initient* les esclaves devant aller à la cour de Miklagarðr, elles ne doivent plus rien apprendre ! Elles ont plus de valeur, tu ne crois pas ?

Les paroles des Nornes firent surface dans les pensées d'Einarr :

De l'or ils valent, mais si « elle » les touche, perdus ils seront à tout jamais, marqués par le sceau de la perversité.

Il venait de comprendre de qui les Nornes parlaient, en disant *elle.* Se grattant la barbe tout en observant les femmes il réfléchit. Devait-il laisser son frère les vendre pour la cour de Miklagarðr ? En même temps, c'était ce qu'elle avait prévu pour ses équipiers.

— À toi de voir. Demande conseil à Agnarr, pour le prix.

Alvbjǫrn avança vers les deux femmes, leurs mit les chaines aux poignets, ainsi qu'aux chevilles.

— Je vous conseille de ne pas nous retarder, sinon on vous traine par les chaines !

Il tendit la clé à Oddvakr.

— Si tu la perds, ce ne sera pas grave !

Einarr ricana :

— Oddvakr ne perd *jamais* rien !

Soudain tous se turent, ils venaient d'entendre un sifflement.

Snorri devint blême en fixant Niamh tenant un arc. Elle venait de tirer une flèche, frôlant son oreille de peu.

Un bruit sourd se fit entendre derrière lui, se retournant il découvrit un homme s'écrouler, touché au cœur.

Alertes, tous prirent leurs épées, aux aguets. Étaient-ils attaqués par d'autres hommes, du même équipage de la racaille qu'ils avaient décimé ?

— En vois-tu d'autres ? demanda Einarr à Niamh.

— Non, il semblait seul.

Ils entendirent des bruits de pas s'éloignant de la clairière.

— On ferait mieux de déguerpir d'ici, avant qu'ils ne reviennent avec des renforts ! s'exclama Oddvakr.

Einarr acquiesça :

— Rejoignons Magnar, il doit être un peu plus au sud.

Soudain le sifflement imitant un garrot à œil d'or résonna. Soulagés ils rengainèrent leurs épées. Magnar venait de les rejoindre, avec Gauti et Svein.

Le Jarl scruta autour de lui, les mains sur les hanches, vit des cadavres, deux femmes enchainées, une autre se tenant pratiquement contre Alvbjǫrn tremblante de peur, ainsi qu'une quatrième, tenant l'arc d'Einarr. La scène le laissa perplexe.

— Peut-on m'expliquer ?

— On est arrivés à temps, nous avons délivré nos trois hommes, répondit Oddvakr à son frère.

— Comment m'expliques-tu les deux femmes enchainées ?

Einarr se râcla la gorge :

— Tu te souviens de : *De l'or ils valent, mais si « elle » les touche, perdu ils seront à tout jamais, marqué par le sceau de la perversité.*

— Oui, et ?

— C'est elle ! il pointa dame Iseabail.

— Bien ! Les chaines comment les expliques-tu ?

Alvbjǫrn toussota.

— Je vais les vendre pour la cour de Miklagarðr. Vu qu'elles *initiaient* les þrælar aux pratiques perpétrées là-bas, elles doivent valoir de l'or.

Magnar blêmit en s'imaginant ce que ces donzelles avaient failli faire subir aux trois jeunes hommes, dont son plus jeune frère. Se tournant vers Niamh il la pointa du menton :

— Et elle, qui est-ce ? N'est-ce pas ton arc qu'elle tient, Einarr.

— Oui, c'est le mien.

— Ce qui ne m'explique pas qui elle est !

— C’est moi qui l’ai trouvée, intervint Snorri.

— Trouvé comme : *tombé d’un arbre tel un fruit mûr* ?

— Pas exactement, elle était prisonnière de la même bande de racaille que ceux que tu vois là.

— Je vois. Et dis-moi, Alvbjǫrn, qui est ta petite protégée ?

— Avant de répondre à ta question, permets-moi de t’en poser une. Qui est *ta* petite protégée ?

Ce fut le tour de Magnar de se racler la gorge :

— Nous l’avons trouvée fuyant les mêmes, elle vient d’Agðir. Elle a été enlevée et vendue comme ambát. Bon, si tu me répondais maintenant, Alvbjǫrn ?

— Elle était une ambát de cette femme ! il montra dame Iseabail du doigt.

Einarr tiqua aux paroles, prononcées par son frère, il se remémora les paroles des Nornes : *Un des trois aura un long chemin à faire pour se retrouver, mais « l’enchainée » l’aidera. Certes, Yseult ne porte pas de chaînes mais elle est une ambát.*

Se grattant la tête, le Jarl réfléchit.

— Nous voilà cinq de plus, en comptant les prisonnières. Toutes à protéger pendant que nous retournons vers nos knǫrrer. Il y a un souci malgré tout.

— De quoi parles-tu ? lui demanda Einarr.

— Les Nornes ! Elles ont parlé que de deux femmes, *l’enchainée* et *la femme de feu* !

— Quoi : les Nornes ? demanda Alvbjǫrn.

— Elles avaient prédit votre enlèvement.

Tout en fixant son Jarl, Alvbjǫrn reçu un coup de Mjǫllnir.

— Vous saviez ?

— Nous ne savions pas qui, ni où ! répondit Einarr.

— Mais cela ne vous a pas empêchés de nous prévenir ! Peut-on en connaître la raison ?

— Je vais te répondre, jeune homme, commença le Jarl. Parce que vous êtes jeunes, et qu'à cause de cela, vous auriez tout tenté pour prouver que les Nornes avaient tort.

Que vous pouviez déjouer ce qu'elles avaient filé. Voilà pourquoi nous n'avons rien dit ! Si on a été aussi rapides pour vous retrouver c'est parce que nous avions déjà organisé tout pour vous retrouver, grâce à la mémoire des lieux d'Oddvakr.

On vous a tenus à l'œil depuis notre départ, et le blótan était pour demander la protection et l'aide de Þórr ! Maintenant allons-y, nous avons perdu assez de temps dans cette clairière ! Nous devons rejoindre Hákon, Egviðr, Jórekr, Hervarðr, Bendik et Auðgrímr. Ils sont plus au sud.

— Attends, vous êtes tous partis à notre recherche ? lui demanda son jeune frère.

— Que crois-tu, bougre d'âne : qu'on allait vous laisser tomber ? Ne pas vous libérer ? Avançons maintenant et arrête de dire des bêtises.

— Nous n'y arriverons certainement pas avant la tombée de la nuit ! intervint Snorri.

— Avançons jusqu'à la tombée de la nuit, nous n'avons pas de temps à perdre, l'endroit grouille de racaille !

Ils se mirent en marche. Snorri retint Niamh par le bras :

— Merci.

— Pour quelle raison ?

— Tu m'as sauvé en tirant cette flèche. J'avoue que j'ai cru que tu avais mal réussi ton coup, que tu voulais me tuer.

— Peut-être était-ce le cas Snorri, qui sait ?

Le voyant blêmir elle regretta ses paroles :

— Pourquoi fais-tu ressortir toute cette méchanceté en moi ? Bien sûr que non, je ne te visais pas ! Tu m'as sauvée, j'ai fait de même. Que veux-tu y ajouter ? Je me suis excusée, c'est toi qui ne l'acceptes pas. Je le répète, si j'ai pu te blesser, te faire mal, je le regrette amèrement. Que veux-tu que je dise de plus ?

— Rien, Niamh, tu n'as rien à ajouter !

Niamh soupira en voyant Snorri s'éloigner à grands pas. Il ne semblait pas décolérer.

Ils s'étaient installés pour la nuit au bord du ruisseau, sans toutefois allumer un feu, ne voulant pas attirer les hommes rôdant dans les parages. Les nuits étaient assez clémentes, mais surtout sèches, chose inhabituelle dans la région connue pour ses longues périodes de pluie.

Les hommes s'étaient séparés en deux groupes pour pouvoir se baigner, se sentant sales et poussiéreux, après la longue marche qu'ils avaient effectuée.

Snorri n'avait pas quitté sa mauvaise humeur, ce qui tracassa Oddvakr et Einarr. L'observant, ils se demandèrent, tous les deux, ce qui avait bien pu se passer, entre lui et Niamh.

— Il ne veut pas m'en parler, se lamenta Oddvakr.

— C'est de Snorri dont tu parles, pas d'un autre de nos amis. Tu es celui qui le connaît le mieux. Il finira bien par parler.

— Je l'espère vivement, je n'aime pas le voir ainsi ! Regarde-le, il ne dit même pas un mot à Svein, ne lui a même pas demandé comment il s'en est sorti en tant que pisteur ! Avoue que c'est étrange !

Einarr hocha la tête, tout en observant Snorri, assis auprès de Svein, taillant un bout de bois, inlassablement, de gestes lents et réguliers, perdu dans les nimbes.

Avait-il déjà vu son ami se comporter ainsi ? Creusant sa mémoire, il revit toutes les ár à ses côtés, cherchant un moment où il aurait pu agir de la même façon.

— Hannelise, finit-il par murmurer.

— Quoi Hannelise ? s'enquit Oddvakr ne comprenant pas où Einarr voulait en venir.

— Il était ainsi à notre retour, après qu'il ait appris qu'elle nous avait quitté.

— Cela fait trois ár ! Qu'est-ce qui a bien pu le replonger vers ce moment-là ?

Ne connaissant pas la réponse Einarr secoua la tête, en haussant les épaules.

— Cela doit être à cause de cette maudite femme ! Si jamais elle lui a fait du mal, je lui ferai regretter d'être venue au monde, maugréa Oddvakr.

— Qui te dit que c'est à cause d'elle ?

— Il ne la supporte pas, or Snorri est la personne qui donne toujours une chance à tous. Tu as bien vu comment il en parle, non ? Sa réaction quand tu as dit que tu lui donnais ton arc ? N'est-ce pas suffisant pour toi ? Que t'a-t-elle dit ?

— Qu'elle a probablement dit des mots blessants, elle s'est excusée mais qu'il ne les a pas acceptées.

— Elle se serait excusée ?

— C'est ce qu'elle m'a dit.

— T'a-t-elle dit ce qu'elle a pu lui dire ?

Einarr fit non de la tête.

— Où est-elle, en ce moment, je ne la vois pas ?

— Elles se baignent, toutes les trois. Magnar surveille les parages. Oddvakr dis-moi : tu te souviens des prédictions des Nornes ? Elles m'ont dit : *Replongé dans son passé, les souvenirs le tourmenteront, le plongent dans l'abime et la douleur, pendant sa quête pour les retrouver. L'amour l'apaisera, dès qu'il « la » reconnaîtra.* À Agnarr elles ont dévoilé : *Les tourments cesseront, un ami l'y aidera et son cœur s'ouvrira à nouveau, laissant l'été éternel y pénétrer. La femme de feu y veillera.*

— Où veux-tu en venir ?

— L'ami c'est toi. Pour ce qui est du reste… à quoi te fait penser la chevelure de Niamh ?

— Tu crois qu'elle est *la femme de feu* ?

— Tu en vois une autre qui t'y fait penser ?

Oddvakr se gratta la tête, méditant les paroles des Nornes. À sa connaissance, elles ne s'étaient jamais trompées.

— Par Freyr, tu pourrais bien avoir raison.

— Hum, je crois bien. Donc, pour en revenir à notre ami Snorri, tu vas devoir l'aider. Je te fais confiance : tu es celui qui le connais le mieux.

Snorri s'était éloigné, il ne supportait plus les œillades qu'Oddvakr lui lançait, depuis qu'il l'avait rejoint. Seul dans ses pensées il taillait son bout de bois, assis sur une large pierre au bord de l'eau. Ses souvenirs l'amenaient, inlassablement, vers Hannelise.

Cela le perturbait, il n'y avait plus pensé depuis si longtemps. Du moins pas de cette façon. Le craquement d'une branche attira son attention. Décidément il lui était impossible de trouver la solitude !

Probablement une des femmes, vu la légèreté du pas. Serrant les dents il vit Niamh s'approcher.

— Retourne auprès des autres, je veux être seul, et si j'avais besoin de compagnie, ce n'est certainement pas toi que j'aurais envie de voir !

Rageusement, il se leva, comptant retourner auprès des autres.

— Pas besoin de me le dire, je l'avais compris. Je ne viens pas pour toi, je cherche des herbes.

— Te voilà guérisseuse, soudainement ?

— Pas si soudain que cela. Ma grand-mère était une vate[96], elle m'a enseigné les plantes. Mais je ne suis pas devin, je n'ai pas ce don.

Chez vous ma grand-mère aurait été une seiðkona, ou une völva. C'est ainsi que vous les appelez, je crois, c'est ce que Sigurdr disait d'elle.

— Pour quelle raison cueilles-tu des herbes, il n'y a personne de malade ou de blessé !

— Pour le combat à venir, il risque d'y en avoir.

Snorri, vif comme l'éclair, tendit son bras attrapant la gorge de Niamh, approchant son visage du sien.

— Je ne crois pas un seul mot qui sort de ta bouche venimeuse, Niamh !

La jeune femme déglutit, sans arrêter de fixer Snorri droit dans les yeux.

— Que fera-tu si un de tes amis nécessite des soins ? Vas-tu lui dire que tu m'as interdit de cueillir des simples ? Que tu ne veux pas que je les soigne ?

Lâchant la jeune femme, il recula :

— Quelle plante cherches-tu ?

— Il me faut de la marigold[97], du gaillet odorant, petite centaurée et reine-des-prés.

---

96 Le vate est un devin, il s'occupe plus particulièrement du culte, de la divination et de la médecine. Les femmes participent à cette fonction de prophétie.

97 Souci. Plante médicinale aux multiples vertus.

— Pourquoi autant ?

— Je n'ai pas d'écorce de saule séché sur moi au cas où je devrais faire tomber la fièvre. Excuse-moi, je n'ai pas trop le temps de continuer cette charmante discussion, j'ai ces plantes à trouver.

Snorri soupira : elle n'aurait pu inventer une telle histoire.

— Je vais t'aider à les trouver.

— Non ne te sens pas obligé, si tu n'as pas envie.

— Je suis désolé de t'avoir pris pour une menteuse Niamh, je te présente mes excuses.

— Elles sont acceptées. Tu vois ce n'est pas très compliqué ! Encore désolée de t'avoir dérangé.

Elle passa devant Snorri le laissant planté là et continua sa recherche des plantes. Le jeune homme se frotta les yeux, reprit place sur la pierre, se replongeant dans ses pensées.

Maudite femme ! pensa-t-il.

— Snorri ! Snorri, réveille-toi ! Une voix insistante le tira des brumes où il se trouvait, ainsi qu'une main déterminée lui secouant l'épaule.

— Snorri !

— Hum. Le jeune homme tourna le dos à cette voix, mais la main secouait son épaule encore plus fort.

— Snorri !!! Mais tu veux bien te réveiller ! J'ai besoin de ton aide ! la voix chuchotait, mais était assez forte pour qu'il l'entende et qu'elle le sorte de son sommeil, qu'il avait eu si difficile à trouver. Par les cornes de Némed[98], vas-tu te réveiller !

Niamh ! Maudite femme ! Les cornes de qui ??

Soudain, une main agrippa la gorge de la jeune femme, la serrant. Snorri se redressa en la foudroyant des yeux, approchant son visage dangereusement de celui de la jeune femme.

— Pourquoi ? Dis-moi *pourquoi* tu ne cesses de me tourmenter ? demanda-t-il d'une voix menaçante.

Les doigts de Niamh se placèrent autour du poignet de Snorri, le serrant de plus en plus. Avec effroi, il vit ses doigts lâcher la gorge de la jeune femme, et fut incapable de les bouger : ils étaient crispés. Pris de panique par ce qu'elle arrivait à faire, il retira son bras.

— Cela ne se peut ! Que viens-tu de me faire ? Et tu prétends ne pas être une Vate !

— Je ne le suis pas ! J'ai dû apprendre, dès mon plus jeune âge, à me défendre, voilà tout !

— Que veux-tu ? Tu ne peux donc pas me laisser ?

— J'ai besoin de ton aide, l'implora-t-elle.

— Pourquoi moi ? Regarde autour de toi, il y a d'autres hommes ! Cesses de me tourmenter. Retourne te coucher et oublie-moi tu veux.

---

98 Dieu Celtique : le *dieu-cerf* est le seigneur du second peuple conquérant l'Irlande.

— C'est Yseult, elle se consume, expliqua Niamh.

Se passant une main sur son visage Snorri soupira :

— C'est toi la guérisseuse !

— Les herbes que je lui ai données ne sont pas aussi efficaces que l'écorce de saule, il faut la baigner, sinon elle risque de mourir. Je t'en prie aide-moi !

— *La quoi* ? Tu es folle : elle va devenir aussi froide que les glaces éternelles dans mon pays et elle va… Snorri fronça les sourcils, au fur et à mesure qu'il prononçait les mots.

Niamh lui sourit innocemment : il venait de comprendre, par lui-même, pourquoi elle voulait baigner Yseult.

— Pourquoi moi ? soupira-t-il.

— Einarr est le seul qui daigne me parler gentiment mais il vient de prendre son tour de garde.

La fixant dans les yeux, Snorri y découvrit de la douleur.

— J'ai confiance en toi, ajouta-t-elle en chuchotant encore plus bas. Je sais, tu ne m'apprécies pas beaucoup, mais il faut absolument baigner Yseult, or je ne sais pas la porter tu comprends ?

— C'est bon je vais t'aider. Où fait-il l'emmener ?

— Au ruisseau, dans le petit bassin où on s'est baignés.

Snorri se leva à contrecœur, elle ne le laisserait pas en paix, tant qu'il n'aurait pas porté la jeune femme là où elle voulait. Soulevant Yseult il comprit l'inquiétude de Niamh, elle était en feu.

— Couche-la ici, je vais lui retirer sa robe, avant d'entrer dans l'eau.

— Quoi ? Snorri était choqué par les paroles de la jeune femme. Comprenait-elle ce qu'il allait devoir supporter ? Tu es sérieuse ? Je ne peux pas rester si elle ne porte que sa chemise !

— Snorri, quand tu la sortiras de l'eau elle doit avoir un vêtement sec, si on ne veut pas qu'elle attrape la mort.

— Réalises-tu au moins ce que tu me demandes ?

— Oui je le sais : je te demande de m'aider à la sauver ! Pose-là je te prie, et aide-moi.

— Quoi ? À la déshabiller ? Je vais aller chercher Kára, elle t'aidera.

— Imbécile, *qui* va la porter dans l'eau et la garder dans les bras ? Kára est encore plus menue que moi. Laisse de côté ta pudeur, et aide-moi à la sauver !

Rageant Snorri aida la jeune femme à déshabiller Yseult, la souleva et entra dans l'eau. À sa grande stupeur, il vit Niamh retirer sa robe également, avant de pénétrer dans l'eau.

— Par les dieux peux-tu m'expliquer ce que tu fais ?

— Je viens t'aider, dit-elle innocemment.

— Ce n'est pas de cela que je te parle ! Pourquoi as-tu retiré ta robe ? C'est inconvenant !

Ne savait-elle donc pas l'effet qu'avait sur lui la chemise trempée qu'elle portait ? Fermant les yeux tout en serrant les dents, il tenta de retrouver son calme.

Ouvrant les yeux il constata qu'elle le fixait, incompréhensive. Par tous les dieux elle n'en avait même pas conscience !

— Que doit-on faire maintenant ?

— Tu lui tiens le corps bien immergé, moi je lui rafraîchis le visage.

— Combien de temps ?

— Jusqu'à ce qu'elle commence à grelotter. À ce moment-là, je dois la rhabiller le plus vite possible, avec ton aide.

Snorri pinça les yeux. Inlassablement Niamh frottait, à l'aide d'un bout de tissu en lin, le visage et le cou de la jeune fille inconsciente, en grelotant de froid au point que ses lèvres deviennent bleues.

— Niamh, tu vas tomber malade, sors de l'eau et habille-toi !

— Non, je reste auprès d'elle. Comment veux-tu, en la tenant dans les bras, lui rafraichir le visage ?

— Tu es la femme la plus bornée de ma connaissance !

— On me l'a déjà dit.

— Pourquoi ne suis-je pas étonné ! marmonna-t-il entre ses dents.

Un sourire éblouissant lui répondit.

— On peut sortir : ses lèvres sont bleues, je crois que la fièvre a baissé.

Posant la jeune malade dans l'herbe Niamh s'affaira à lui retirer la chemise trempée.

— Aide-moi je te prie, sa chemise est difficile à retirer.

— Que dois-je faire ?

— Aider à retirer les bras hors des manches, après à passer la chemise au-dessus de sa tête.

À contre-cœur, il aida la jeune femme, tout en évitant de lorgner la chemise que Niamh portait, révélant des courbes qu'il n'avait nullement envie de voir.

Après avoir rhabillé Yseult de sa robe sèche, Niamh se leva tirant le bord de sa chemise vers le haut.

— Arrête !

— Arrêter quoi ?

— Laisse-moi prendre Yseult et la ramener sur sa couche, avant que tu ne retires ta chemise !

— Non, je vais t'aider à l'installer confortablement.

— Niamh, peux-tu, pour une fois, faire ce que je te demande ! s'énerva le jeune homme aux supplices.

Il constata qu'elle n'avait absolument pas conscience de la raison de sa demande. Se passant les doigts dans ses cheveux en soupirant :

— On est pudiques, tu dois le savoir non, vu le nombre de fois que tu en as rencontrés en étant chez ta grand-mère ! En plus : je suis un homme, tu es une femme et on est seuls. Ce qui ne se fait pas ! Et tu comptes te mettre toute nue devant moi ? À quoi penses-tu ?

— Oh désolée ! Tu as entièrement raison.

Secouant la tête il souleva la jeune malade, l'emmenant vers le campement.

Le reste de la nuit l'esprit de Snorri ne vit que des images affriolantes.

Au lever du jour tous s'étaient mis en marche vers le sud. Ils devaient retrouver Hákon, Egviðr et Jórekr en premier qui montaient vers le nord, tentant de les rejoindre.

Ensemble, ils continueraient tous vers Hervarðr, Bendik et Auðgrímr, ensuite vers leur knǫrrer. Ils marchèrent en silence, Snorri et Svein ouvrant la marche veillant aux empreintes aux sols, les marques que la végétation pouvait porter.

Alvbjǫrn portait la jeune Yseult, pas assez rétablie pour effectuer cette marche forcée. La fièvre l'avait quittée après son bain, et les autres soins de Niamh.

Einarr marchait à ses côtés. Oddvakr suivait son ami de près, toujours aussi inquiet du changement qui s'était produit chez lui. Il ne reconnaissait plus Snorri. Svein lui lançait des regards obliques, se demandant d'où pouvait venir ce changement d'humeur, ses accès de colère, jamais il ne l'avait vu ainsi.

Vers la moitié de la matinée ils avaient rejoint Hákon devançant ses deux compagnons, anxieux concernant son frère Alvbjǫrn.

La côte était en vue. Les hommes qu'ils recherchaient étaient sur la plage devant eux, détendus, non conscients d'être observés par une quarantaine de Fine galls.

Quand ils eurent rejoint les knǫrrer, Magnar décida qu'une moitié des hommes continueraient à pied vers la côte, pendant que les deux navires voguaient vers Alvald et Thorolf, prenant ainsi l'ennemi en tenaille.

Ils devaient les décimer tous, ne laisser aucun survivant pour la tranquillité de leur félagi, la sécurité de leurs jeunes, nombreux parmi eux.

D'où ils se trouvaient, Snorri tira une flèche enflammée, vers l'ouest, prévenant les knǫrrer qu'ils étaient tous en place, les attendant pour attaquer.

— Nos meilleurs archers allez grimper dans les arbres, vous serez d'une grande utilité. Snorri tu les accompagnes, je ne te veux pas sur la plage ! ordonna le Jarl.

— Pourquoi cela ? Je veux y être !

— C'est un ordre !

Furieux, le jeune homme avança d'un pas vers son Jarl, les poings serrés.

— Donne-moi une seule bonne raison, pour me reléguer à l'arrière, au lieu de me battre sur la plage !

Magnar se croisa les bras sur le torse, la tête haute.

— Nous avons tous remarqué que tu n'es plus toi-même. Tu représentes un danger pour nous tous. Tu vas m'obéir et grimper dans un de ces arbres, sinon c'est bien simple : tu restes ici, à l'arrière, attendant qu'on vienne te rechercher.

La respiration de Snorri se fit haletante, il écumait de rage.

— Je suis parfaitement capable de me battre !

— Non tu ne l'es pas, la preuve, le Snorri que je connais n'aurait jamais contredit mes ordres. Tant que tu n'es plus toi-même, que tu n'as pas recouvré le bon sens, tu ne te battras pas parmi nous.

— Et elle ? il pointa Niamh du doigt, comment se fait-il qu'elle ait un arc ? Qu'elle soit avec nous, commence à m'expliquer cela ! Les trois autres sont restées à bord du knǫrr !

— C'est mon arc et tu le sais très bien, répondit Einarr à la place du Jarl. Elle fait partie des archers. Toute aide est nécessaire.

— Que je comprenne bien : moi je suis puni et elle, elle peut faire partie des archers. Cette femme-là, qui de plus est !

— Que veux-tu dire avec *cette* femme-là ? Ne t'a-t-elle pas sauvé la vie ? demanda Magnar.

— Là n'est pas le problème. Je ne veux pas, en plus d'être relégué à l'arrière, devoir veiller sur sa sécurité. J'ai donné, merci.

— Je ne sais pas ce qu'il y a eu entre vous deux… Magnar leva la main, voyant Snorri prêt à intervenir.

— …vous le résoudrez plus tard !

— Il n'y a rien à résoudre : son opinion est toute faite !

— Je n'avais pas terminé, Snorri. Que tu le résolves, ou non, n'est pas *mon* problème. Elle fera partie des archers, j'en ai décidé ainsi et tu n'as pas à t'opposer. Est-ce clair ?

— Ai-je le choix ?

— Non !

Rageusement, Snorri se détourna de son Jarl, en prenant son arc et son carquois. En marmonnant des jurons bien placés, il se dirigea vers les arbres où les archers allaient devoir se cacher.

— Que s'est-il passé entre vous deux pour qu'il ait changé à ce point ? demanda le Jarl se tournant vers Niamh.

— Moi aussi j'aimerais bien le savoir ! ajouta Oddvakr, les bras croisés, l'observant les yeux plissés.

— J'ai prononcé des paroles ayant dépassé mes pensées. Je lui ai présenté des excuses, mais il ne les a pas acceptées.

— Quels mots, *exactement* ? insista Oddvakr.

— Je ne sais plus. Je venais d'être emmenée après que mes parents m'aient *offerte,* en connaissance de cause, à un homme pour qui la vie des autres n'a aucune valeur. J'étais terrifiée par ce qu'il allait advenir de moi. Je me suis excusée auprès de lui. Que dois-je faire de plus ? Dites-le-moi !

Oddvakr baissa la tête, ne sachant pas répondre à cette question. Il la retint par le bras au moment où elle passait à côté de lui :

— Snorri est mon meilleur ami, je ne l'ai plus vu ainsi depuis trois ár, après que Hannelise nous ait quitté.

— Hannelise ?

— C'était son épouse, elle attendait leur premier enfant. J'ai même craint qu'il ne s'en remette jamais. Il l'aimait beaucoup, depuis de nombreux ár. Il n'a aimé qu'elle.

— Quitté ? Vous voulez dire partie ?

Oddvakr fit non de la tête. Niamh, se remémora les mots qu'elle lui avait lancés au visage, blêmit se souvenant de ce qu'elle avait dit concernant une épouse. Fermant les yeux, elle déglutit bruyamment.

— Vous vous souvenez de ce que vous lui avez dit. Ai-je tort ? s'enquit Oddvakr.

Elle fit non de la tête.

— Que lui avez-vous dit pour qu'il soit dans cet état ? insista-t-il.

— C'est entre lui et moi, j'en parlerai qu'à lui. Je dois y aller et prendre ma place avec les autres archers.

Oddvakr la lâcha à contre-cœur. Il avait compris que le changement venait du souvenir d'Hannelise.

— Que t'a-t-elle dit ? Einarr s'était approché de son ami.

— Beaucoup de chose, en même temps rien du tout.

— Sais-tu un peu plus ? Pouvons-nous l'aider ?

— C'est en rapport avec Hannelise, tu avais raison.

Einarr plissa les yeux observant Snorri s'éloigner :

— Et ?

— C'est tout ce que j'en ai déduit, je n'en sais pas plus.

Tout en fixant Snorri s'éloigner Einarr se remémora les paroles des Nornes :

Replongé dans son passé, les souvenirs le tourmenteront, le plongent dans l'abime et la douleur, pendant sa quête pour les retrouver.

— Dis-moi : les Nornes ont bien dit que ses tourments cesseront ? lui demanda Oddvakr.

— Oui, elles l'ont dit à Agnarr : *Les tourments cesseront, un ami l'y aidera et son cœur s'ouvrira à nouveau, laissant l'été éternel y pénétrer. La femme de feu y veillera.*

— Espérons qu'ils cesseront vite Einarr, espérons-le.

Einarr acquiesça pour seul réponse.

II

Il ne décolérait pas : non seulement il était relégué en tant qu'archer, voilà qu'il voyait descendre Niamh d'un arbre, les jupes retroussées, les bords retenus dans sa ceinture. Ses jambes, nues de surcroit, étaient en vue de tous les hommes autour d'elle ! S'approchant d'un pas vif, il la prit par le bras, la retournant vers lui.

— Pourrais-tu me dire ce qui te prends de te montrer ainsi, devant tous les hommes ?

Ébahie elle fixait Snorri se tenant devant elle, les poings sur les hanches et fulminant.

— Où veux-tu en venir, de quoi parles-tu ?

— Tu es entourée d'hommes qui ont pris la mer il y a des vika sans avoir vu de femmes et toi tu montres tes jambes *nues* ! Tu cherches quoi exactement ?

— Oh mais excuse-moi, quand ils sont venus me prendre le jour du paiement je n'ai pas eu le temps d'enfiler mes braies ! J'essayerais de faire mieux la prochaine fois.

Quoique cela n'aurait pas changé grand-chose : tu aurais encore trouvé à redire malgré que ce soit très courant chez vous que les femmes en portent[99].

---

[99] La civilisation nordique, du moyen âge, acceptait que les femmes portent des braies.

Comme tous dans mon village : ils avaient *toujours* quelque chose à redire. Des larmes jaillirent soudainement lui voilant la vue : Je ne suis pas qu'une jument, j'en ai assez qu'on me prenne pour telle. Quoi que je fasse, ce que je puisse porter, il y avait toujours ces œillades, des mots derrière mon dos.

Quand je mettais une robe c'était ma poitrine que tous n'arrêtaient pas de reluquer. Les braies c'était le pire, les réflexions salaces que j'entendais, comme : *elle a de quoi empoigner pour se faire chevaucher*.

Heureusement qu'ils avaient tous peur de ma grand-mère sinon je ne sais pas ce que j'aurais subi. Elle était la seule à me protéger, après que Sigurdr ne vienne plus, ainsi que mes paroles venimeuses.

Et toi tu viens, tu commences à me crier dessus, parce que je ne porte pas de bas ! Quand va-t-on *enfin* s'apercevoir que …que ….que, elle hoquetait tellement qu'elle n'arrivait plus à parler.

Se retournant elle n'avait qu'une seule envie : se cacher, se vider de ses larmes, ne plus penser. Ne plus penser à *lui*. Il lui empoigna les bras l'empêchant de fuir, la tournant face à lui.

— Que ce soit clair, Niamh : chez moi, dans mon pays, les jeunes femmes, dès qu'elles sont en âge de se marier, ne montrent plus leurs jambes nues. On est très pudique ! Je te promets : je n'avais pas d'autres pensées que ta réputation.

Tête baissée elle hoqueta.

Relevant le menton de la jeune femme, il scruta attentivement le visage levé vers lui. Les larmes coulaient abondamment sur ses joues tout en gardant les yeux clos. Il la prit contre son torse, la berçant.

— Arrête de pleurer : je suis totalement désarmé en face d'une femme en larmes.

Les paroles de Snorri eurent pour seul effet que Niamh lui entoura le torse de ses bras, sanglotant de plus belle. La soulevant il la prit dans ses bras pour l'emporter à l'abri des regards des autres veillant à son amour propre : elle détestera que d'autres la voient ainsi.

Il s'assit contre un arbre, la gardant dans ses bras, la berçant. Les larmes finirent par s'estomper, la laissant hoquetant légèrement.

— Merci, murmura-t-elle.

— Pourquoi me remercies-tu ?

— D'être resté et à t'occuper de moi. C'est la première fois depuis que ma grand-mère n'est plus là, chuchota-t-elle.

Il la serra un peu plus fort contre lui.

— Que s'est-il passé après son trépas ? Tu veux m'en parler ?

— J'ai dû quitter le village où elle habitait, pour retourner chez mes parents.

— Ceux qui ne voulaient pas de filles ?

— Je n'ai que ceux-là !

— Après, que s'est-il passé ?

— Ils ont tenu un conseil décidant que je serais celle qui devait être *offerte*. Ils ont ajouté : *vu les attributs qu'elle a, il y en a certainement pour deux, voire trois ans à ne plus avoir à payer.*

J'ai été obligée de me tenir, en chemise, devant tous les hommes du village. J'étais morte de honte, me sentant comme du bétail.

Elle entendit Snorri retenir son souffle.

— Niamh ?

— Oui ?

— Dis-moi qu'aucun de ses hommes t'a... t'a... tu vois ce que je veux dire, qu'aucun ne t'a touchée de façon euh.

— Non aucun, sachant que l'offrande doit être intacte et pure. De toute façon je n'aurais rien pu faire ?

— Chez moi les hommes sont pendus pour le viol d'une femme.

Se redressant elle le fixa droit dans les yeux.

— Je ne suis pas une femme libre : mes parents sont des serfs, ils appartiennent au seigneur et maître du túath. Fille de serfs, j'en suis une moi-même.

Jamais je ne serai libre. Tu sais, j'aimerais tellement qu'on me regarde autrement que ce qu'ils ont fait jusque maintenant. De trouver un époux qui m'aime pour moi, pour qui je suis. Mais je n'ai pas le droit d'avoir ce rêve, tôt ou tard ils me retrouveront et là…

— Chut, n'y pense plus. On va trouver une solution, la consola-t-il en la berçant.

— Snorri, puis-je te poser une question ? demanda-t-elle au bout d'un moment.

— Que veux-tu savoir ?

— Je crois avoir compris à quel point je t'ai blessé, continua-t-elle les yeux baissés. Tu veux bien me parler de Hannelise ?

Suffoquant, il la scruta d'un air méfiant :

— D'où connais-tu son nom ?

— Oddvakr. Ne te fâche pas contre lui : il voulait savoir ce que j'avais bien pu te dire pour que tu aies changé à ce point !

— Ce n'est pas vraiment ce que toi tu m'as dit, mais ce sont les mots de la sœur de Hannelise qui sont revenus me tourmenter. Je connaissais Hannelise depuis toujours, on a pratiquement grandi ensemble.

Helga, une de mes sœurs, était sa meilleure amie. Nos pères ont arrangé notre union et je dois dire que j'étais très heureux. J'ai toujours aimée Hannelise, et elle allait devenir mon épouse. J'ai toujours pensé qu'elle m'aimait aussi. Le plus grand souhait était qu'elle porte mon enfant, et…

Son regard se fit lointain :

— Et j'ai tout fait pour que cela se produise, croyant que c'était ce qu'elle désirait aussi. Je savais qu'elle portait notre enfant, quand on est parti pour notre félagi. Au retour, elle n'était plus, elle nous avait quitté, emportée par une fièvre.

Sa sœur m'a dit que si elle n'avait pas été grosse, elle aurait survécu. Mais vu qu'elle avait été une épouse dévouée, elle a tout fait pour qu'elle en porte un, pour me combler. Tu vois : à cause de moi elle n'est plus. Je dois vivre avec cela, je n'y avais plus pensé depuis pas mal d'ár.

Niamh l'avait écouté attentivement, le front plissé :

— Qu'en a dit la guérisseuse ?

— Je ne lui en ai pas parlé. Unni fait peur parfois, elle est également notre seiðkona. Pourquoi ?

— Depuis les ár que j'aidais ma grand-mère, j'ai rarement vu une femme mourir d'une maladie parce qu'elle portait un enfant. Au lieu de cela, elle le perdait.

Ma grand-mère disait toujours que le corps d'une femme ne pouvait pas s'occuper de sa propre guérison, en plus du fruit qu'elle portait en elle. Ce qui fait qu'elles les perdaient, pour pouvoir guérir. Tu peux me dire quelle fièvre elle a eue ? Quelqu'un d'autre t'en a parlé ?

— Non, je n'ai plus rien voulu entendre. Helga, ma sœur, elle était la meilleure amie d'Hannelise, c'est elle qui l'a trouvé. Elle m'a dit certaines choses, mais j'étais trop anéantis pour vraiment comprendre ce qu'elle expliquait. J'étais devenu fou de chagrin et de remords. Sans Oddvakr, je crois bien que j'aurais sombré.

— Qu'a-t-elle dit *exactement* ?

Snorri ferma les yeux, se replongeant dans ses souvenirs :

— Que Hannelise avait des difficultés à respirer, des crampes dans les membres, des maux de tête, en sueurs et fiévreuse. Elle était très agitée avec des hallucinations. Je ne me souviens plus de tout.

— Cela me semble un empoisonnement.

— Un *empoisonnement* ?

— Mangeait-elle souvent des champignons ?

— Oui, elle les cueillait souvent. Mais elle les connaissait bien !

— Si c'était un empoisonnement, qu'elle porte, ou non, votre enfant, rien n'y aurait changé : elle n'aurait pas survécu.

— Tu veux dire que…

— Que tu n'es pas responsable du trépas de ton épouse, finit-elle la phrase de Snorri.

— Comment en être certain ?

— Demander à ta sœur, une fois de retour chez vous. Tu sais c'est probablement ce qui s'est passé.

— Puisses-tu dire vrai, Niamh.

Il lui offrit un faible sourire.

— Tu ne m'as toujours pas pardonné mes paroles blessantes, Snorri. Je m'en veux terriblement si tu savais. Tu es une des personnes les plus honnêtes que je connaisse, tu m'as sauvée et tout ce que j'ai fait, c'est te replonger dans les méandres de ton passé. Je m'en veux vraiment.

— C'est moi que je ne pardonnais pas, ce n'est pas à toi que j'en voulais. Tu sais je ne vais pas devoir attendre de parler à Helga. Ma sœur est l'épouse d'Oddvakr : elle lui raconte tout, c'est une vraie pie.

— Nous devrions peut-être y aller dans ce cas. Plus vite tu lui parles, plus vite tu obtiendras tes réponses.

Il opina. Tous deux se mirent debout marchant lentement vers la plage.

— Pourquoi ne viendrais-tu pas en Rygjafylki : tu y serais une femme libre. Penses-y.

— Qu'y ferais-je ? Vous avez déjà deux guérisseuses !

— Ne me dis pas que c'est la seule chose que tu saches faire ?

— Non ! Je fais toutes les choses que l'on demande d'une femme.

— Dans ce cas qu'est-ce qui t'en empêche ?

— Je me vois difficilement habiter seule, cela ne se fait pas.

— Tu peux habiter dans la grande maison en attendant que tu te trouves un époux qui te convienne !

— À qui appartient-elle ?

— À Einarr.

— Snorri, il a une épouse ! Que crois-tu qu'elle en penserait ?

— Ils ont déjà accueilli par le passé des personnes ayant besoin d'aide.

— Des femmes ?

Il fit oui de la tête, pensant à Auða.

— C'est tentant. Je vais y réfléchir. Plus rien ne me retient ici.

Les hommes réunis sur la plage fêtaient leur victoire. Il ne restait aucun survivant, parmi la racaille qui avait enlevé les trois de leur équipage.

Oddvakr ne cessait de scruter tous les hommes présents cherchant Snorri. Svein, tout aussi inquiet que lui, allait de groupe en groupe, tout aussi troublé par l'absence de son ami. Une main lui agrippa son coude.

— Que cherches-tu ? lui demanda son frère.

— Pas *quoi* mais *qui*. Je ne trouve pas Snorri. Depuis qu'on est tous descendus des arbres, je ne l'ai plus vu.

— Il va revenir.

— Il n'est plus le Snorri qu'on connait, je me fais du souci pour lui. Regarde, même Oddvakr le cherche.

Agnarr se tourna vers Einarr.

— Peut-être devrais-tu lui dire ?

— Me dire quoi ? s'enquit Svein.

— J'ai vu Snorri emmener Niamh à l'écart, l'informa Einarr.

— On se demanderait bien pourquoi : il ne la supporte pas ! s'insurgea le jeune garçon.

— Tout ce que je sais c'est que je les ai vus se parler, ensuite elle s'est retrouvée sanglotante contre lui.

— Et ?

— Snorri l'a probablement portée à l'écart, jusqu'à ce qu'elle se calme.

— Pour quelle raison pourrait-elle bien pleurer : c'est elle qui lui a fait du mal !

— Aucun de nous ne sait ce qu'ils se sont dit, avant qu'on ne les retrouve. Pour ce qu'elle m'en a dit, elle se serait excusée, ce que Snorri a confirmé.

En plus, il ne supporte pas très bien les larmes d'une femme. Ils vont revenir j'en suis certain. Ils ont certainement des choses à se dire.

— Puisses-tu dire vrai !

— Bien plus vite que tu ne le crois, ajouta Agnarr pointant une direction.

Svein se retourna et découvrit Snorri revenir vers la plage avec Niamh. Il lui semblait qu'ils se parlaient sans animosité.

— Je ne l'ai jamais vu aussi calme à côté de cette femme ! observa Svein.

Ils se séparèrent : Niamh se dirigeant vers Yseult et Kára, Snorri vers Oddvakr. Voyant son ami, celui-ci soupira de soulagement.

— Où étais-tu passé, je te cherche depuis la fin du combat ?

— Oddvakr, j'ai à te parler, où personne ne nous entend. Maintenant !

Passant en trombe devant son ami, Oddvakr n'eut d'autre choix que de le suivre :

— Que se passe-t-il ?

— Dis-moi tout ce que Helga t'a raconté concernant le trépas d'Hannelise !

— Quoi ? Snorri, je ne sais pas si…

— Dis-le moi *maintenant* ! l'interrompe-t-il.

Oddvakr se passa les doigts dans les cheveux :

— Asseyons-nous.

Les deux hommes prirent place sur les rochers, sur la plage.

— Helga a toujours soupçonné Gilla d'avoir empoisonné sa sœur. Hannelise avait cueilli des champignons, et tu sais aussi bien que moi qu'elle s'y connaissait très bien !

Elle a mangé deux jours de suite un ragoût avec sa récolte. Le troisième jour au matin, Helga ne la voyant pas les rejoindre pour les lessives, elle est donc partie pour lui rappeler quel jour c'était.

Elle a trouvé Hannelise mourante, couchée sur le sol. Helga a fait quérir Unni immédiatement, mais il était trop tard, elle n'a rien pu faire pour la sauver.

Unni a immédiatement vérifié le chaudron : il contenait quelques morceaux de champignons mortels. Helga, depuis ce jour-là avait la certitude que Gilla voulait empoisonner Hannelise : elle lui avait rendu visite le jour de la cueillette.

Après en avoir parlé à Unni, celle-ci pensait la même chose, mais elles n'avaient aucune preuve. Comme tu sais, Gilla est morte en couche. Helga a toujours dit que ce sont les dieux qui l'ont punie, pour son acte envers Hannelise.

— Pourquoi aurait-elle fait une chose pareille ? C'était sa sœur !

Snorri se leva faisant quelques pas, vers les vagues léchant la plage, en se passant quelques fois les doigts dans les cheveux. Oddvakr le rejoignit, posant une main sur son épaule.

— Gilla te voulait pour elle, uniquement parce qu'elle était l'ainée des deux. Elle estimait être en droit d'avoir des épousailles la première. Pourquoi m'as-tu demandé ce qu'Helga m'a expliqué du trépas de Hannelise ?

— Gilla m'avait dit que Hannelise avait eu une fièvre et qu'elle aurait survécu si je ne m'étais pas borné à *l'engrosser* aussi vite, murmura Snorri.

Tout ce temps j'ai cru que c'était à cause de l'enfant qu'elle était décédée, que c'était ma faute, vu que j'en voulais un. Elle a ajouté que c'était uniquement par *devoir d'épouse* que Hannelise prétendait être heureuse de l'attendre.

Je suis arrivé à me demander si je ne m'étais pas leurré en prétendant qu'elle m'aimait, comme moi je l'aimais, murmura-t-il.

— Je sais par Helga qu'elle t'aimait tout autant. Elle était très heureuse d'être grosse, elle le désirait plus que tout, tu peux me croire. Elle t'aimait autant que toi tu l'aimais et bien avant vos fiançailles !

Soupirant Oddvakr se passa la main sur le visage :

— Pourquoi y penses-tu, si subitement ?

— Juste une réflexion que Niamh avait faite, cela a réveillé des souvenirs. Ensuite tous les doutes sont revenus, je ne savais plus quoi penser.

— Que t'a-t-elle dit ?

— Rien de bien grave, menti Snorri, se retournant vers Oddvakr, il lui fit un faible sourire. Ce qui importe c'est-ce qu'elle m'a dit après le combat.

— C'est-à-dire ?

— Elle est guérisseuse et à sa connaissance, si Hannelise avait eu une fièvre, comme le prétendait Gilla, elle aurait perdu l'enfant, pour que son corps puisse guérir.

— Je suppose qu'elle sait de quoi elle parle ! Snorri, ne crois-tu pas qu'il est temps que tu avances ? Hannelise n'aurait jamais accepté que tu restes seul. Elle était la joie de vivre, souriant constamment. Elle ne voudrait pas te voir ainsi. Cela fait trois ár maintenant.

— Cela m'était impossible, avec cette culpabilité !

— Comment te sens-tu maintenant ?

— Délivré d'un poids.

— Cela veut-il dire que tu vas retrouver l'envie de me foutre ton poing dans ma belle gueule ?

— *Belle* ? Cela reste à voir : tu n'as jamais eu *une belle gueule*, tu es l'un des plus laids que je connaisse !

L'hilarité d'Oddvakr fut contagieuse.

— Allons boire à notre victoire. Je t'attendais pour te montrer ce qu'est un homme, vu que toi tu ne sais pas boire autant que moi !

— Bougre d'âne, je vais te montrer !

Les deux hommes rejoignirent leurs amis, en liesse, sur la plage.

— Ainsi tu me dis qu'ils ont parlé d'un túath de l'autre côté du pays, où leur chef se pourvoit en blé, laine et autres denrées ?

— Oui et j'ai trouvé cela étrange : c'est ce qui se fait voler le plus dans le tien. À moins qu'ils soient dans plusieurs túatha[100] ! L'intendant serait apparenté à ce renégat.

— Tu en sais plus, le concernant ?

— Il est le fils cadet d'un toísech. Il semblerait qu'il ne sait rien de ses agissements, ni de ceux de son épouse.

Einarr tapa du poing sur la coque de son knǫrr. Si son frère avait raison : le chef de cette racaille se trouvait, en ce moment, dans son túath !

---

100 Pluriel de túath.

— Je ne comprends pas qu'ils aient parlé ainsi devant vous trois ?

— On a fait ceux qui ne comprenaient pas le Gàidhlig.

Einarr tourna la tête vers son frère.

— C'était astucieux. Nous devons nous y rendre au plus vite.

— Et la saison ?

— Elle est terminée, le peu qu'il nous reste à vendre, ou échanger, on peut le passer à Alvaldr. Ils nous rejoindront là-bas. Demain nous partons de l'autre côté du pays.

— Tant que tu me laisses vendre les deux ambáttir, cela me convient.

Se tournant vers Thoralf et Agnarr, il constata chez eux la même détermination que la sienne : en terminer avec cette vermine.

— Alvbjǫrn dis-moi : que comptes-tu faire de ces trois femmes ? cria Kabbi un des équipiers de leur Jarl.

Tous avaient fêté la victoire sur la plage, la bière avait coulé à flot, pour les uns plus que pour les autres. Ils étaient d'humeur, non seulement joyeuse, mais également chambardeuse, ne présageait rien de bon.

— Ne les touche pas, elles m'appartiennent !

— Dis-moi pourquoi tu les garderais toutes les trois ? On est en mer depuis si longtemps, on peut bien s'offrir un petit plaisir, non ?

Une grande partie de hommes approuvèrent les paroles de Kabbi.

— Je t'ai dit que tu ne les touche pas ! répondit Alvbjǫrn d'une voix calme mais menaçante, les poings serrés.

— De toute façon tu vas les vendre, autant en profiter avant et leur donner un petit avant-goût, non ? Qu'en dites-vous les amis ? hurla-t-il aux autres :

— Ne pensez-vous pas qu'on devrait en profiter avant qu'elles ne partent pour Miklagarðr ?

Certains hommes du knǫrr de Magnar, avançaient dangereusement vers les femmes présentes sur la plage. Agnarr rejoignit Alvbjǫrn, se tenant à ses côtés les bras croisés.

— Il me semble qu'il a ordonné qu'on ne les touche pas ! dit-il d'une voix calme mais emplie de sous-entendus.

Kabbi avança dangereusement vers Agnarr.

— De toute façon *Tjodrekson,* tu n'es pas l'un des nôtres, tu n'es qu'une racaille, un pirate de la pire espèce !

Agnarr souleva un sourcil.

— N'est-ce pas tes fesses que j'ai sauvées de justesse lorsque Jóarr a attaqué votre clan ? Ce jour-là tu étais bien heureux de croiser la *racaille Tjodrekson* !

Peut-être aurais-je dû le laisser te massacrer ? Qu'en penses-tu ? Ces trois femmes sont les prisonnières d'Alvbjǫrn, de Bjǫrn et de Jafnhárr : personne ne les touche. Est-ce clair pour toi ou dois-je t'aider à te l'enfoncer dans ton crâne ?

Einarr avança également se mettant à côté d'Agnarr.

— Déguerpis, Kabbi ! ordonna-t-il.

— Dois-je réellement accepter les ordres venant d'un homme ayant trahi son propre père et tué son frère, Einarr Leifson ?

— Il me semble que tu as bu plus que de raison, tu devrais aller cuver à bord du knǫrr, avant que tout ceci ne dégénère !

Kabbi approcha son visage de celui d'Einarr, menaçant :

— Je n'ai pas d'ordre à recevoir de toi, *assassin*.

Un hurlement de femme se fit entendre. Les amis de Kabbi avaient empoigné Iseabail et Ailis. Le cri venait de Yseult se faisant trainer brutalement par les cheveux, pendant que Niamh se débattait armée d'une dague contre un molosse voulant l'emmener de force.

— Commençons par leurs retirer ces beaux vêtements : elles porteront les robes de bure[101] d'ambáttir ! Mais avant, prenons notre plaisir, jubila un comparse de Kabbi.

— Coupons leurs les cheveux ! ordonna un deuxième.

— Qui a emporté des colliers de þrælar ? demanda un troisième.

---

[101] Étoffe de laine grossière, rugueuse, ordinairement de couleur brune.

Les hommes s'étant joints à Kabbi hurlaient, s'en donnaient à cœur joie, tout en tenant à leur merci les quatre femmes. Les premiers bruits de déchirements de tissus se firent entendre, accompagnés des cris des femmes.

Agnarr tira son couteau puis tordit un des bras de Kabbi tout en posant la lame contre sa gorge. Le tout d'une telle rapidité qu'il fut impossible à l'assailli de réagir.

— Tu leur dis de libérer les femmes maintenant, ou ton sang giclera sur cette plage ! le menaça-t-il d'une voix sifflante.

— Lâchez-les !

— Ils ne t'entendent pas. Si tu veux rester en vie il va te falloir faire mieux que cela ! chuchota Agnarr tout contre l'oreille de Kabbi.

— LÂCHEZ-LES ! hurla-t-il.

Les hommes d'Einarr, alarmés par les cris, entourèrent les hommes attaquant les quatre femmes, épées en main. Ces cris n'avaient pas uniquement attiré l'équipage, mais également les trois Jarlar. Magnar se dirigea poussant les hommes, vers le groupe tenant Kabbi.

— Que se passe-t-il ici ? tonna-t-il.

— Tes hommes s'en sont pris aux prisonnières, ainsi qu'à Niamh ! Ils ont été menés par Kabbi, qu'Agnarr tient en respect, répondit Einarr.

Le Jarl fulmina :

— Je t'avais prévenu Kabbi : une seule manœuvre de ta part pour semer le désordre et je t'éjectais de ce félagi !

Se tournant vers les suiveurs de Kabbi il les foudroya tous du regard :

— Lâchez ces femmes et rengainez vos armes. MAINTENANT ! Quittez cette plage, vous allez passer la nuit sur le knǫrr. Ne croyez pas me leurrer, je vais faire placer des gardes.

Se tournant à nouveau vers Kabbi il siffla :

— Quant à toi, bjáni[102], tu vas rester enchainé au mat, jusqu'à notre retour dans notre village. Je te bannis : tu n'as plus ta place dans mon Jarldom !

— Ne l'attache pas à celui de ton knǫrr, je vais le prendre sur le mien. Sa présence ne fera qu'attiser la colère de tes hommes, il va les monter contre toi ! conseilla Thorolf.

Agnarr lâcha la prise, poussant Kabbi vers un des hommes de Thorolf. Magnar se passa les doigts dans les cheveux.

— Il a été un homme de Rókr[103], j'ai hésité à le prendre dans mon équipage, mais il a une épouse et des enfants à nourrir.

— Ce n'est pas à toi de t'excuser, Magnar. Tentons d'oublier ce qui vient de se passer pour le bon déroulement de ce félagi, répondit Einarr.

— Tu as raison.

---

102 Crétin en vieux norrois.

103 Voir « Le Destin des Runes » livre 1.

Alvbjǫrn approcha de l'homme tenant Yseult, épée à la main.

— Le Jarl a ordonné de les lâcher Afkarr, retire tes mains de cette femme et déguerpis ! ordonna-t-il d'une voix menaçante.

L'homme recula les mains écartées.

— Ce n'est qu'une ambát après tout, pas besoin d'en faire une affaire personnelle.

— Elle ne t'appartient pas ! Maintenant obéis à notre Jarl.

Le visage mauvais, Afkarr se dirigea vers le knǫrr de Magnar. Lentement, reculant vers Yseult, Alvbjǫrn baissa son épée, veillant à ce que personne n'approche de la jeune femme.

Se retournant vers elle, il eut un mouvement de recul, les yeux écarquillés d'effroi. Ce qu'il vit le mit en rage. La jeune femme se tenait recroquevillée, nue, contre la coque du navire d'Einarr. Ses vêtements étaient éparpillés en lambeaux tout autour d'elle.

Il ne voyait que son dos, ce qui fut assez pour l'emplir de colère. La peau était lacérée de coups de fouets ! Des marques anciennes et des plus récentes qui avaient étés soignées il y a peu.

Avançant lentement vers elle, il constata qu'elle tremblait, pas uniquement de peur. Les mouvements saccadés de ses épaules divulguaient des sanglots.

S'étant dirigé vers elle lentement en retirant sa cape, il s'agenouilla à ses côtés. Délicatement il posa son vêtement sur le dos d'Yseult, habité par la crainte de la faire souffrir : plusieurs blessures étaient à vifs.

— Qui t'a fait cela ?

La jeune fille se recroquevilla d'autant plus, en serrant la cape contre elle.

— N'aie crainte, tu peux me le dire.

Lentement elle tourna le visage vers lui. Ses joues étaient inondées de larmes :

— Dame Iseabail et Dubhghall, son époux.
— Pourquoi ?
— Je n'étais pas assez prompte à obéir.
— Obéir en quoi ?
— Ce que je devais te faire. Je devais toucher leurs … leurs .. (elle se racla la gorge) tu vois, les … des hommes (elle baissa la tête les joues en feu) et les maintenir en …. en … (soupirant) tu vois ce que je veux dire. Sa voix n'était plus qu'un murmure.
— Tu ne les initiais pas ?

Yseult secoua fortement la tête, en signe de négation.

— De vous trois, qui le faisait ?
— Dame Iseabail et Ailis.
— Uniquement elles ?
— Ailis est la seule en qui ils ont confiance : elle fait tout ce qu'ils ordonnent.
— Et Dubhghall ? Pourquoi te fouettait-il ?
— Pour la même raison.
— Tu veux dire qu'il savait ce que faisait son épouse ? demanda le jeune homme incrédule.

— Non il ne le sait pas, elle agit ainsi uniquement quand il est absent. Quand il est là c'est Ailis qui s'en chargeait.

Alvbjǫrn se tourna vers les deux prisonnières, habité de mépris. Elles étaient revêtues des robes en drap de bure : vêtement des þrælar, munies du collier en fer cadenassé.

Il avait donné l'ordre, suivant le conseil d'Agnarr, de ne pas leurs couper les cheveux. À Miklagarðr elles auraient plus de valeur possédant une longue chevelure.

Entendant un bruit de pas il se releva en se mettant de telle façon, que l'arrivant ne vit pas Yseult. Einarr s'arrêta à quelques pas de lui tenant un bout de tissu en main.

— Ordonne-lui de se vêtir de ceci.

Alvbjǫrn reconnu le vêtement de þrælar :

— Non. Yseult n'est plus une ambát ! Je lui ai donné ma parole juste avant que tu viennes nous délivrer.

Einarr examina les traits de son frère.

— Peut-on savoir pourquoi une telle promesse ?

— Si elle ne me touchait, pas comme Iseabail le lui avait ordonné, je lui rendais sa liberté et l'emmènerais là où elle me le demanderait. Mon intention est de tenir ma parole, que cela te plaise ou non !

— Je vois. Où veut-elle que tu l'emmènes ?

— Nous n'en avons pas encore parlé.

— Puisque tu as donné ta parole je la respecte : elle n'est plus considérée comme ambát. Elle est une femme libre dès à présent.

Alvbjǫrn hocha la tête en remerciement.

— Snorri ! Niamh tentait d'attirer l'attention du jeune homme, se tenant proche d'elle.

Se retournant, il la fixa les sourcils froncés. Elle semblait se tenir devant quelque chose, ou quelqu'un. Niamh lui fit signe de la main d'approcher.

— Que se passe-t-il ? demanda-t-il.

— Peux-tu essayer de me trouver une chemise et une tunique, ainsi que des braies ? Pas trop grand si possible !

— Tu ne vas tout de même pas te déshabiller pour changer de vêtements, ici sur la plage ? s'offusqua-t-il.

— Non ! Écoute : il vaut mieux que je ne bouge pas, j'ai absolument besoin de ces vêtements. Snorri, je t'en prie ! le supplia-t-elle.

—Explique-toi !

Niamh se bougea légèrement. Avec effroi Snorri vit Yseult recroquevillée tentant de se protéger de la vue de tous.

— Ils ont réussi à lui arracher ses vêtements, ils sont en lambeaux ! Aide-nous je t'en prie.

— Qu'attends-tu de moi ?

— Un des jeunes qui c'était fait enlever, Alv quelque chose.

— Alvbjǫrn.

— Oui c'est cela. Il m'a demandé de rester auprès d'elle le temps qu'il s'arrange avec votre Jarl. Il prend Yseult sous sa protection. En attendant elle n'a que sa cape pour se couvrir. Il lui faut absolument des vêtements !

— Je vais voir ce que je peux trouver.

— Merci !

Après un hochement de tête Snorri s'éloigna. Tout en réfléchissant, il se dirigea vers Agnarr :

— Où est Svein ?

Agnarr tourna la tête à la recherche après son frère sur la plage.

— Je ne le vois pas. As-tu besoin de lui ?

Snorri lui fit signe de la main d'approcher son visage.

— Ces bjáni ont réussi à mettre en lambeaux les vêtements de la jeune Yseult. Niamh est auprès d'elle, en ce moment, tentant de la soustraire de la vue de tous. Ton frère est le plus petit de nous, quoi que plus grand qu'elle. Aurait-il des vêtements à prêter ?

— Laquelle est Yseult ?

— La petite ambát d'Iseabail.

— Que se passe-t-il ? Qui cherches-tu ? demanda Einarr, angoissé.

— Svein. N'aie crainte c'est pour qu'il nous passe des vêtements.

Einarr releva les sourcils :

— Sois plus clair !

— Ces bjáni ont mis en lambeaux les vêtements de la petite de Francie. Snorri cherche Svein pour lui demander des vêtements pour qu'elle puisse s'habiller.

— Il lui faudrait une chemise, une tunique et des braies, ajouta Snorri.

— Je l'ai vu monter sur le knǫrr il n'y a pas longtemps. Je crois qu'il est allé chercher ses outils. N'est-ce pas à Alvbjǫrn de s'en occuper ? Elle est sous sa protection.

— Il est avec Magnar.

Agnarr partit à la recherche de son frère, laissant Snorri et Einarr sur la plage.

— Comment as-tu découvert ce qui est arrivé à la petite ?

— Niamh l'aidait à se cacher contre la coque près de la proue. Elle n'a que la cape de ton frère en attendant.

Se tournant vers la proue il vit Niamh cachant, tant bien que mal, la jeune fille en détresse. Yseult était blottie tout contre elle, protégée par la cape d'Alvbjǫrn et les bras de la jeune femme. D'où il se trouvait il constata que ses épaules se secouaient, le visage caché dans le cou de sa protectrice.

— A-t-elle subi d'autres dommages ?

— Pas que je sache. Peux-tu me dire ce qu'ils leur a pris ?

— Kabbi faisait partie de l'équipage de Rókr. Il a probablement voulu une petite vengeance ne sachant plus participer à des raids, ni piller.

— Serons-nous un jour débarrassés de cette vermine ?

— Espérons qu'il soit le dernier.

— Que les dieux puissent t'entendre !

Agnarr, une boule de vêtements sous le bras, les rejoignit.

— Voici ce que ton amie a demandé, Svein les offre.

— Ce n'est pas *mon amie* ! s'offusqua Snorri se retournant pour se diriger vers les deux femmes.

— Un peu susceptible, non ? demanda Agnarr, un rire dans la voix.

— Hum, je crois bien que tu viens de toucher là où c'est sensible !

— Étions nous comme lui ? Dis-moi que non, se serait trop honteux, plaisanta Agnarr.

— Toi je suis certain que non, connaissant votre histoire à toi et Líf.

— Et toi ?

— Paraît que je l'étais assez bien dès qu'il s'agissait d'Iona.

— Ma foi tu t'étais compliqué la vie à dire vrai. À en croire Thoralf !

— On peut le dire ainsi.

Les deux hommes observaient Snorri et Niamh tout en parlant.

— Je veux bien parier qu'il la prendra comme épouse avant la célébration de Yól.

Einarr rit de bon cœur ajoutant :

— Je prends le pari : ils seront unis avant la fin de la saison !

— Tu es sérieux ?

— Très !

— Pari tenu.

— Que peux-tu me dire du marchand de þrælar que tu comptes présenter à mon frère ?

— Il est celui qui paye le mieux, comme je l'ai déjà dit. Mais il faut vérifier la bourse qu'il donne : souvent il recouvre des pièces en bronze, ou argent, de quelques pièces d'or. Il est rusé comme tous les siens, essayant de nous rouler.

— Nous ?

— Il n'aime pas trop les Norrœnir.

— Une raison ?

— Il nous confond avec les Sviar, qui causent beaucoup de tort à son marché de þrælar à Miklagarðr. Pour lui on est tous pareils, Dani, Sviar et Norrœnir. Ainsi qu'à cause de Björn Járnsíða, qui fait pas mal de dégâts avec Hástæinn, là où il navigue pour se rendre à Miklagarðr.

— Il fait malgré tout cela commerce avec nous ?

— Si la transaction en vaut le coup, oui. Il est commerçant avant tout. C'est ce qui l'enrichit, comme beaucoup d'autres. À ce qui se dit, il a la cote en Miklagarðr, il règne sur le marché tel un roi. Il nous déteste, et en même temps, il aime notre marchandise. Il est plein de contradictions, constamment. Mieux vaut veiller à tes arrières, en sa présence : il vient avec assez bien d'hommes de main, tous très bien entrainés.

— Que dois-je savoir d'autre le concernant ?

— Il ne touche jamais aucune de ses *marchandises* parce qu'elles sont impures, en plus d'être impropres pour ses mains.

— Il n'achète pas de pucelles ? Il serait bien le premier !

— *Impures* à cause de sa religion !

Einarr leva les yeux au ciel, ne comprenant toutes ces préjugés religieux.

— Nous n'irons qu'avec une dizaine d'hommes sur la plage. S'il nous voit trop nombreux, il ne se montrera pas. Or c'est lui qui offrira le meilleur prix à nos trois jeunes. Les autres se cacheront. Si c'est ce qu'ils veulent toujours ?

— Ils sont bien décidés.

— Que compte faire ton frère de la petite Franque ?

— Il en a fait une femme libre, une promesse qui lui a faite.

— Elle n'est plus une *enchainée* ?

— Je me suis dit la même chose. Tu penses toi aussi aux prédictions des Nornes ?

Agnarr fit oui de la tête.

— Mon frère serait celui qui a un long chemin à faire, soupira Einarr.

— Il y a pire comme situation, ajouta Agnarr tapant son ami sur l'épaule.

Voyant l'air incrédule de son ami il ajouta :

— Je peux t'envoyer Halfdan !

Einarr s'esclaffa :

— Non, je ne vais pas te priver de ton frère.

Les deux hommes rejoignirent leurs amis : les hommes de leur équipage autour d'un feu.

— Cela te convient-il ? Snorri tendit les vêtements à Niamh.

— Merci, c'est de toute façon mieux qu'une cape non ?

— J'ai demandé à Oddvakr de vous monter un abri sur le pont. Elle peut aller se changer là, hors de vue de tous. Venez nous retrouver auprès du feu, vous y mangerez avec nous, vous serez sous notre protection au cas où.

— Merci, dès que Yseult est habillée on vous rejoint.

Snorri se détourné après un hochement de tête laissant les deux femmes monter à bord.

12

Au sud de l'Île de Mǫn[104] mi-Heyannir[105] 868

— Tu es certain qu'il va se montrer ?

Depuis la veille ils attendaient un marchand de þrælar de la connaissance d'Agnarr. Il avait promis à Alvbjǫrn qu'il les lui achèterait à un excellent prix.

Ils n'étaient venus que peu nombreux avec le knǫrr de son frère, ils étaient cinq sur la plage, dix autres étaient cachés dans les dunes au cas où. Les autres les attendaient plus au nord de l'île avec Magnar.

— Oui, il ne cherche que des þrælar pour la cour de Miklagarðr, surtout des femmes.

— Pourquoi être venu avec si peu d'hommes, dans ce cas ?

— Alvbjǫrn, surtout des femmes ne veut pas dire *que*. Méfie-toi de lui : c'est un pirate.

— C'est *lui* que tu fais venir ?

— Il paie le meilleur prix si la marchandise en vaut la peine. Regarde je crois qu'il arrive. Petit conseil : ne lui tourne jamais le dos !

---

104 Île de Man en vieux norrois.

105 Période de mi-juillet à mi-août.

Un homme, richement habillé, venait vers eux accompagné d'une dizaine d'hommes d'armes.

— Agnarr Tjodrekson ! Dis-moi : depuis combien de temps ne nous sommes pas vu ?

— Depuis deux saisons.

— Tu aurais de la marchandise, m'a-t-on dit ?

— Pas moi, lui. Il pointa Alvbjǫrn du doigt. C'est un excellent ami, n'essaie pas de le rouler.

— Peut-on voir la marchandise ?

Alvbjǫrn fit signe d'amener les deux femmes. L'homme avança vers elles, les examinant de la tête aux pieds.

— Déjà esclaves, à voir les robes en bure. Heureusement tu n'as pas coupé leurs cheveux, elles valent moins quand ils sont courts. Ils adorent les longues chevelures, à Miklagarðr !

Il tapa deux fois dans les mains. Un colosse, torse nu, avança vers les deux femmes. Il ouvrit la bouche d'Iseabail en examina l'intérieur puis fit oui.

— Belle dentition, dit le marchand à Alvbjǫrn. Examinons le reste.

— Le reste ? demanda Alvbjǫrn.

— Est-ce la première fois que tu vends des esclaves ?

Le jeune homme fit oui de la tête.

— Ils ont des goûts spéciaux, à Miklagarðr, surtout à la cour, toutes ne conviennent pas.

Soudain le colosse déchira l'avant de la robe d'Iseabail, puis la lui enleva. La femme tenta de se détourner la vue de l'homme. Lui attrapant les deux bras, il les écarta de son corps, laissant sa nudité à la vue de tous.

Faisant signe à deux de ses hommes, ceux-ci vinrent lui tenir les bras, un homme de chaque côté. Il examina de ses mains la fermeté des seins de la femme, les palpant longuement, les pinçant, descendant les mains palpant son ventre.

— Écartez-lui les cuisses : je dois vérifier qu'elle est facilement pénétrable, dit-il d'une voix aiguë.

Alvbjǫrn fronça les sourcils : il n'avait jamais entendu un homme avec une telle voix. Agnarr se pencha vers lui.

— C'est un eunuque, chuchota-t-il.

Le jeune Norrœnir écarquilla les yeux. Il en avait entendu parler mais n'en avait jamais rencontré.

— Ont-ils tous cette voix ?

Agnarr fit oui de la tête :

— Il lui manque quelques petites choses qui font qu'il parle ainsi.

Inconsciemment Alvbjǫrn se serra les cuisses fortement l'une contre l'autre.

Les deux hommes tenant Iseabail écartèrent chacun une cuisse de la femme.

— Non, non, non !!!! Lâchez-moi, non, pitié ne faites pas cela ! pleura Iseabail.

Alvbjǫrn, devenu écarlate par les agissements de cet eunuque, baissa les yeux au sol quand celui-ci introduisit deux doigts dans le sexe de la femme, les enfonçant profondément. Il tourna la tête vers son patron, fit oui avant de se laver les mains.

— Elle semble parfaite, maintenant l'autre.

D'un claquement des doigts les deux hommes menaient la femme vers d'autres hommes l'attendant, des sourires lubriques aux visages.

— Que vont-ils faire ? demanda Alvbjǫrn.

— Ils vont la préparer : nous avons un long chemin à faire. Ils vont un peu s'amuser, pendant que je fais vérifier la deuxième et que nous parlons affaire.

— Doivent-ils faire cela ici ?

— Certainement mon jeune ami. Comment pourrais-je savoir si elle convient ? Ne veux-tu pas en tirer le meilleur prix. Vérifions la deuxième. Elle me semble plus jeune.

— Oui elle a dix-sept ans.

— Si elle est facilement pénétrable, humide à souhait, selon les critères de Miklagarðr, ce que j'espère, elle vaut son pesant d'or, plus elles sont jeunes, plus elles sont appréciées à la cour. Certains de leurs généraux ont des goûts très spéciaux.

L'Eunuque commença le même examen avec Ailis.

Comme pour Iseabail, il lui déchira l'avant de sa robe qu'il lui retira, pendant que deux hommes lui tenaient les bras écartés. Il recommença la même inspection.

— Elle semble bien plus étroite que la première, on va devoir vérifier cela de plus près, n'est-ce pas ma jolie. Avoue que tu aimerais bien ! dit-il de sa voix fluette puis claqua des mains.

— Einarr, que vont-ils lui faire ?

Ce fut Agnarr qui lui répondit.

— Ce qui se fait par ces marchands de þrælar, Alvbjǫrn ! Ce *qu'elles* allaient te faire subir à toi et tes deux amis. Ce qu'elles subiront à Miklagarðr. Et encore : ce qui va leur arriver ici n'est encore rien, comparé à ce qui les attends là-bas. Si tu es à ce point sensible, personne ne t'oblige à rester. Mais dans ce cas, il risque de partir sans te donner ton or.

Les deux hommes emmenèrent Iseabail et Ailis à l'écart où d'autres hommes avaient monté une tente.

Les hurlements, et les plaintes des deux femmes, arrivèrent jusqu'à leurs oreilles. Des cris stridents de douleur furent suivis par des pleurs et lamentations. Les deux femmes implorèrent pitié.

Alvbjǫrn ferma les paupières en déglutissant péniblement.

— Que font-ils ? demanda-t-il au marchand.

— Nous leur perçons les mamelons, selon les exigences de la cour de Miklagarðr, ensuite nous y passons des anneaux qui seront reliés ensemble avec une chaîne, l'informa-t-il. Les anneaux sont assez larges, pour que la chaîne puisse être tirée, selon la volonté de celui qui jouira de ce corps. Sans ce petit détail, nous restons avec la marchandise sur les bras.

Alvbjǫrn n'osa imaginer ce que cet homme décrivait le plus naturellement possible.

L'eunuque revint vers eux et chuchota à l'oreille de son patron.

— La marchandise répond parfaitement aux attentes. Ceci pour les deux : des pièces d'or mon ami.

Un autre des hommes tendit deux bourses à Alvbjǫrn.

Alvbjǫrn tendit la main pour les prendre, mais fut arrêté par Agnarr :

— Laisse-moi vérifier les pièces, ce ne serait pas la première fois qu'il paie avec des pièces en bronze recouvertes de quelques pièces d'or.

— Sachant que tu serais présent, Tjodrekson, je n'ai pas osé, n'ayant pas envie de mourir aujourd'hui.

Agnarr vérifia néanmoins les pièces. Satisfait de ce qu'il découvrit il les tendit à Alvbjǫrn.

— Ce fut un plaisir de faire affaire avec vous, j'espère que nous nous recroiserons un jour. Que les vents soient cléments.

D'un nouveau claquement de doigts il donna l'ordre de partir.

— Emmenez les sur le navire, elles ont d'autres choses à apprendre. Dites aux hommes qu'il y en a pour chacun d'entre eux, ils vont tous passer des moments avec elles !

Les hommes quittèrent la plage, emmenant les deux femmes, se débattant, avec eux. Iseabail vociféra tout au long, les insultant, les menaçant. Elle était l'épouse d'un fils de toísech : il allait certainement venir à sa recherche, se venger.

Alvbjǫrn contemplait les bourses contenant les pièces d'or avec dégoût. Ce qu'il venait de voir le rebutait, au plus haut point.

— Ne me dis pas que tu as fait de pareilles choses, dans le passé ? demanda-t-il à Agnarr.

— Non je ne vendais, ni achetais des þrælar. Cela me rebute autant que toi. Mais tu devais voir ceci pour que tu comprennes jusqu'où certains sont capables d'aller.

Je crois bien que c'est ce que Yseult a vécu au début qu'elle était avec Iseabail je le crains. C'est ce qui allait arriver à Niamh et Kára. Le pire de tout : elles n'ont pas demandé à ce que cela leur arrive.

Alvbjǫrn était retranché dans ses pensées, revivant encore et encore la scène dont il avait été témoin. Réalisant à quoi il avait échappé de justesse, ainsi que Bjǫrn et Jafnhárr.

Le jeune homme ferma fortement les yeux remerciant les dieux d'avoir un frère comme Einarr, se souciant de lui. Ainsi que de faire partie de son équipage ou tous veillaient les uns sur les autres, soudés, se charriant certes, mais bon enfant.

Même les incessantes chamailleries entre Snorri et Oddvakr lui semblaient tout à coup indispensables. En peu de temps il venait de grandir, de mûrir surtout. Se tournant vers son frère il lui sourit.

— Je suis fier de t'avoir comme frère aîné, heureux surtout.

Lui souriant en retour, Einarr lui attrapa la nuque amenant son front contre le sien.

— Et moi de ceux que j'ai. Je vais te dire une chose : pour rien au monde je n'en voudrais d'autres.

— Tu risques de changer d'avis, d'ici quelques vika.

— Non, aucune chance mon frère, *aucune* ! Je les ai et je les garde, personne ne peut me les prendre.

Entretemps, au nord de de l'Île de Mǫn

— À quoi penses-tu ? Tu observes les trois jeunes femmes depuis un bon moment maintenant ! Aurais-tu toujours un souci avec Niamh ? Oddvakr observait depuis le matin les faits et gestes de Snorri. Subsisterait-il un souci entre eux deux ?

— Remarques-tu comment elles se comportent ? le questionna Snorri.

Oddvakr avait beau les étudier attentivement, il ne trouvait rien d'anormal :

— Que dois-je voir ?

— Elles se tiennent hors de vue de tout ce qui est étranger à nous. Regarde : elles sont assises contre la partie où la coque est la plus haute.

— Maintenant que tu le dis. Elles se tiennent là depuis que nous avons accosté !

Snorri s'écarta d'Oddvakr : il voulait connaître la raison de ce comportement. Après s'être dirigé vers les trois femmes il s'accroupit devant Niamh. Relevant la tête, elle lui sourit, mais dans ses yeux il découvrit de l'angoisse. Il sentit la peur des trois femmes.

— Que se passe-il, Niamh ? Vous êtes en sécurité ici avec nous. J'espérais que tu le savais.

La jeune femme lui fit signe d'approcher un peu plus et de s'assoir à côté d'elle. Le front plissé il s'installa en s'adossant également contre la coque du navire.

— Ils n'avaient pas qu'un seul navire, les autres peuvent aussi bien être ici. Nous ne voulons pas être vues, tu comprends. Sur la plage il n'y avait qu'une partie de l'équipage, le navire n'y était pas.

Snorri ferma les yeux en soupirant : là où les oreilles du loup sont, les dents ne sont pas loin. Il réfléchit à ce qu'ils pouvaient faire pour les débusquer, si jamais certains d'entre eux se trouvaient ici sur l'île.

— Il y a un moyen de les trouver : tu m'accompagnes.

Levant la main, il indiqua à Niamh ne pas avoir terminé :

— Je vais te trouver d'autres vêtements, à notre façon de se vêtir. Kára est l'une des nôtre, elle te coiffera et te recouvrira les cheveux. Nous cacherons ta belle chevelure Niamh, elle est trop reconnaissable.

Vient-il te dire que j'ai une belle chevelure ?

— Me trouver des vêtements ?
— Oui je t'en trouverai. Même si je dois retourner toute l'île.

Niamh posa une main sur le bras de Snorri, le retenant.

— En parlant de vêtements…
— Continue.
— Nous en avons toutes les trois besoin, nous n'avons que ceux que nous portons. Tu comprends cela devient un peu pénible.

Niamh avait toujours sa main posée sur le bras de Snorri. Il la recouvrit de la sienne la serrant légèrement.

— Je vais emmener Oddvakr avec moi, nous vous trouverons des vêtements.

Réfléchissant le front plissé, il fixait la jeune femme :

— Tu sais coudre ?
— Quelle question ! Je suis une femme, forcément que je sais coudre depuis le plus jeune âge.
— Dis-moi ce qu'il te faut, en plus des étoffes, pour que vous puissiez vous en faire d'autres.
— Autant prendre ce qu'il faut en descendant avec toi, non ?

L'idée sembla alléchante à Snorri.

— Oui faisons ainsi. Je vais rejoindre Oddvakr. On revient le plus vite possible.

Pendant que Snorri et Oddvakr étaient partis à la recherche de vêtements pour les trois femmes, certains des hommes de l'équipage montaient un abri en peaux de phoques.

Sous les regards incrédules des trois femmes, ils y placèrent un grand baquet qu'ils avaient trouvé chez un habitant de leur connaissance, pouvant contenir une grande quantité d'eau, ainsi qu'une personne.

Magnar avança vers Niamh et s'accroupit pour se mettre à sa hauteur.

— Dès que Snorri et Oddvakr sont de retour, vous pourrez vous baigner et vous changer. Niamh tu seras la première, vu que tu descendras du navire, accompagnant Snorri. Lui souriant, il continua :

— Merci de nous avoir prévenus pour les autres navires. Il est toujours bon de connaître le danger qui nous entoure. Nous pouvons nous y préparer. Tu as notre gratitude, de chacun d'entre nous !

Après un bref signe de tête il se releva, retournant donner ses ordres à ses hommes.

— Tu as bien fait Niamh, je ne veux plus jamais retomber entre leurs mains ! Crois-tu qu'ils accepteraient de m'emmener dans leur pays ? demanda la jeune Yseult.

— Tu ne veux pas retourner auprès des tiens ? Niamh fut surprise par les mots de la jeune femme.

Un soupir lui répondit. Fronçant les sourcils Niamh étudia le visage de Yseult.

— Je crains que tu puisses me croire folle, mais non je n'en ai nullement envie.

— Il y a-t-il une raison particulière ?

Yseult baissa la tête en rougissant jusque derrière les oreilles. Niamh lui souleva le visage, souriant gentiment à la jeune fille.

— Serait-ce Alvbjǫrn qui te fait prendre cette décision ?

Rougissant encore plus Yseult acquiesça.

— Crois-tu qu'il puisse en avoir envie lui aussi ?

— Seul le temps peut te le dire. Comment se comporte-t-il avec toi ?

— Il est très protecteur. Mais je crains qu'il puisse se détourner de moi, dès qu'il comprendra.

— Pourquoi ferait-il une chose pareille ? Tu es jolie, tendre, tu sais comment une femme doit tenir une maison.

— Tu n'as donc pas compris à quoi je servais entre les mains d'Iseabail ? Je suis comme souillée ! Quel homme voudrait de moi ? Je veux dire, autre que comme esclave ou ribaude.

Retourner chez moi signifie que ma famille m'enfermera dans un couvent, pour faire pénitence de mes pêchés, malgré que je n'y puisse rien. Quel homme voudrait de moi comme épouse ?

Des larmes silencieuses coulaient le long des joues de la jeune Yseult. Tendrement Niamh l'entoura de ses bras, l'attirant contre elle pour la consoler.

— Le temps te le dira. Peut-être qu'il arrivera à mettre cela de côté, et de voir en toi qui tu es réellement. Ce n'était pas ton choix, il le sait.

— J'espère que Dieu puisse t'entendre. M'exhausserait-il, Alvbjǫrn est un païen ?

— Peut-être qu'il le fera, en scrutant dans le cœur d'Alvbjǫrn.

— Vraiment, tu ne pouvais pas emmener un autre que moi pour acheter des vêtements de femmes ? Qu'a-t-il pu te passer par la tête ? ronchonna Oddvakr.

— L'envie de passer du temps avec un ami ? Non laisse tomber, qui pourrait croire une chose pareille ! J'ai besoin de tes connaissances.

Se redressant fièrement Oddvakr gonfla son torse.

— Mes connaissances ? Oui, c'est une excellente raison.

Fronçant le front il s'arrêta brusquement :

— Desquelles parles-tu exactement ?

— Tu connais pas mal de ribaudes, non ? Tu en visites régulièrement. L'une d'elle pourrait nous aider à trouver des vêtements à la bonne taille, pour nos invitées.

Oddvakr s'approcha de Snorri :

— D'où te vient l'idée que je connais des ribaudes ? demanda-t-il en chuchotant.

— Nous savons tous que tu leur rends visite, et pour quelle raison.

— Je ne vois pas de quoi tu parles ! renifla Oddvakr.

— Nous le savons depuis des ár et aucun de nous n'en parle à Helga. Tu n'es pas le seul à agir ainsi.

— Ce n'est pas exactement pour cette raison que je les visite.

Snorri haussa un sourcil, attendant la suite.

— Tu me promets de ne rien dire à personne ! chuchota son ami.

— Oui.

— En fait elles m'expliquent comment euh, tu vois, comment… il se passa nerveusement les doigts dans les cheveux :

— En fait, tu vois, elles me disent, euh…

— Elles te disent…

— Elles m'expliquent, euh…

— J'attends et je te signale, nous n'avons pas toute la journée.

— Comment continuer à surprendre mon épouse, voilà, c'est dit.

— C'est tout ?

— Comment *c'est tout* ? Que veux-tu dire ?

— Tu n'en as jamais touché une seule ?

— Pour que Helga me tue ? Elle sait manier une dague, je te signale ! Soit, je me retrouve avec une partie du corps en moins, soit sa dague dans le cœur ! Attends : vous croyez tous que je visite les ribaudes pour autre chose ?

— Forcément. Dès qu'on accoste, tu viens les trouver ! Que devait-on croire selon toi ?

— Vu ainsi. Cela me donne une sacrée réputation, non ?

Enchanté par cette conversation, Oddvakr continua sa route un large sourire au visage, laissant un Snorri interloqué derrière lui.

— Suis-moi : je sais exactement laquelle peut nous aider.

Hochant la tête, Snorri suivit son ami.

— Oddvakr quel plaisir de te voir ! Entre. Dis-moi tout : comment va Helga ? A-t-elle aimé ce que je t'ai expliqué la fois dernière ? Je suis quasi certaine qu'elle a été comblée. Allez, explique-moi tout !

— Hum, Sorcha, je te présente Snorri, mon meilleur ami, ainsi que mon beau-frère.

— Voilà donc le *fameux Snorri*. J'ai tellement entendu parler de toi, que j'ai l'impression de te connaître depuis aussi longtemps qu'Oddvakr !

Se tournant vers Oddvakr, elle approcha sa bouche de son oreille :

— A-t-il également besoin de conseils ?

Se grattant la tête légèrement gêné, Oddvakr se racla la gorge. Tournant la tête vers Snorri, celui-ci le l'observait un sourcil relevé.

— Pas que je sache. Nous avons besoin de ton aide pour tout autre chose. J'ai une totale confiance en toi Sorcha, ce que je vais te dire doit absolument rester entre nous.

— Mais bien sûr.

— Voilà : nous avons sauvé trois jeunes donzelles, des filles très bien vois-tu, des mains d'un marchand de þrælar.

— Les pauvres. Heureusement elles ont croisé ta route.

— Oui effectivement ! répondit Oddvakr fièrement.

Un raclement de gorge se fit entendre, venant de Snorri.

— Je n'étais pas seul, on était plusieurs, dont Snorri !

Tournant à nouveau vers son ami, Oddvakr le vit sourire largement.

— Comment puis-je aider ?

— Voilà, les pauvres n'ont que les vêtements qu'elles portent sur elles, et connaissant tes goûts si raffinés, j'ai pensé que tu pouvais nous aider à leur trouver des vêtements. Elles ont pratiquement la même taille que toi, tu vois.

Sorcha avait écouté Oddvakr avec émerveillement, surtout depuis qu'il avait mentionné son bon goût.

— Forcément que je vais t'aider, mon Oddvakr, tu es si charmant. Que ne ferais-je pas pour toi ! Que vous faut-il comme vêtements ?

— Robes, smokkr, fibules, chemises, bas, répondit Snorri à la place d'Oddvakr.

— Style nordique, je vois. Je sais vous trouver cela. Pour quand vous les faut-il ?

— Maintenant, du moins le plus rapidement possible.

— Ma taille, dis-tu Oddvakr ?

— Exactement, Sorcha, aussi parfaite que toi !

Snorri haussa les deux sourcils.

Sorcha se dirigea vers ses coffres faisant signe aux deux hommes de la suivre. Elle commença à sortir un grand nombre des vêtements qu'elle étala sur sa couche.

— Non, non, non, oui, ah oui, non, non, dit-elle au fur et à mesure qu'elle sortait les vêtements des coffres.

Snorri soupira profondément, se demandant combien de temps tout ceci allait prendre. Soudain, il fut attiré par une robe et un smokkr de deux tons verts différents.

Il se les imaginaient bien portés par Niamh. S'approchant de la pile où ils se trouvaient, celle des *non*, il prit la robe en main. Elle était d'une laine des plus fines qu'il ait jamais touchée.

— Combien pour celle-ci ?

Sorcha se tourna vers lui :

— C'est ma plus belle robe !

— Ton prix est le mien.

— Deux sous de douze de denier !

— Ajoute un voile de la même couleur et je paie le prix que tu demandes.

— Est-ce pour une femme en particulier ?

— Elle a des cheveux couleur de feu, je crois que cette couleur lui irait très bien.

— Une rousse ? Oui, elles portent très bien le vert, c'est celle qui leur va le mieux. J'ai le voile parfait.

Sorcha se pencha vers un autre coffre, où elle trouva exactement ce qu'elle cherchait. Se frayant un passage entre toutes les robes éparpillées partout, elle se tint devant Snorri lui donnant les vêtements et le voile. S'approchant un peu plus elle lui souffla :

— Si tu l'aimes, comme je le pense, dis-le-lui. Nous les femmes, nous aimons l'entendre. Mais uniquement si c'est la vérité.

Snorri prit les vêtements et paya Sorcha.

— Que nous proposes-tu d'autre ?

L'observant la tête légèrement penchée, elle lui sourit avant de retourner vers la pile de vêtements.

— Voici quelques vêtements. Pour un premier temps cela devrait aller.

— Combien nous en demandes-tu, Sorcha ? s'enquit Oddvakr.

— Deux sous de douze de denier pour le tout.

— Parfait. Merci, tu es la meilleure !

— Je vous ai mis également trois capes, elles en auront besoin. Je vous emballe le tout dans une d'elles.

Niamh se sentait bien, flânant dans les rues non loin du port, entre les différentes échoppes. Les senteurs de plusieurs épices lui chatouillaient les narines. Marchant près de Snorri il la menait dans différents endroits du comptoir, où ils étaient arrivés le matin même.

Après un bon bain elle avait revêtu la plus belle tenue qu'elle ait jamais porté. Coiffée par les doigts agiles de Kára elle se sentait comme une femme neuve, et belle !

Discrètement elle épiait les passants, les gens présents à la recherche de certains hommes représentant une menace : ceux de Dubhghall, l'époux d'Iseabail. Soudain elle se figea puis se retourna vivement vers l'échoppe devant laquelle elle et Snorri se trouvaient. Sentant la peur de la jeune femme il s'approcha d'elle :

— As-tu vu quelqu'un ?

Inspirant profondément elle fit oui de la tête.

— Parle uniquement en norrœnt, fais celle qui ne comprend pas le Gàidhlig. Où l'as-tu vu ?

— Ils sont deux à ta droite. Ils n'arrêtent pas de me regarder. Ils m'ont reconnue, j'en suis certaine.

— Ne panique pas. Tout va bien se passer. Regarde les étoffes devant toi.

Niamh fit oui nerveusement. S'approchant de l'étal elle prit un des tissus entre les doigts, l'examinant.

— Ma belle dame, je vois que vous avez du goût ! dit le marchand espérant vendre le plus possible.

La jeune femme releva le visage vers Snorri.

— Que dit-il ? Je ne comprendrais jamais cette langue : elle est bien trop compliquée !

— Je parle couramment la vôtre, belle dame. Vous ne trouverez nulle part ailleurs de plus belles étoffes que chez moi. Regardez-moi ceci : de la soie véritable, ou cette laine. À moins que vous ne cherchiez autre chose ?

— De la laine, la plus fine, un bleu profond qui deviendra une belle cape pour mon époux. J'aurais également besoin de quoi lui faire de somptueuses tuniques.

Il est si bon avec moi, voyez-vous, m'emmenant avec lui pour les noces de ma sœur, ici dans l'île. Il aurait pu me laisser au pays, mais non, il a immédiatement pris la décision que je devais faire partie du voyage.

J'aurais également besoin d'étoffes pour lui faires des braies, des chemises, vous voyez. Ah et des galons, des rubans, des fils, des aiguilles. Vous en avez j'espère ?

Le marchand l'écouta bouche bée, jamais il n'avait entendu une femme s'exprimant avec un tel débit !

— Je dois effectivement avoir tout cela, ma belle dame.

— N'oublie pas des étoffes pour toi, ma tendre épouse ! ajouta Snorri comprenant les agissements de

Niamh. En parlant norrœnir aussi aisément, jamais on ne la prendrait pour une Skotar !

— Vous voyez comme il est bon avec moi ! J'en connais qui ont moins de chance, je vous l'assure.

Du coin de l'œil Snorri vit les deux hommes les épier, les paupières plissées. Se doutaient-ils de l'identité de Niamh ? Ses cheveux, si reconnaissables, étaient pratiquement totalement recouverts par le voile.

Haussant les épaules l'un d'eux se tourna vers l'autre en faisant non de la tête. Au grand soulagement de Snorri, ils s'éloignèrent de l'échoppe, poursuivant leur chemin.

— Avez-vous décidé de ce que vous prenez ? demanda le marchand.

Snorri se tourna vers Niamh souriant :

— Tout ce que mon épouse vous a demandé !

— Je … Snorri … je … mais … mais voyons, tu .. tu … tu es sérieux ?

— À condition que tu te prennes les plus belles étoffes, ma chère épouse !

— Quoi ? Snorri ! Non, je .. Mais non voyons, je …

— Prends ce qui te plaît, j'insiste.

Avec émerveillement elle le fixait. Snorri avait la même expression, que le jour où elle l'avait rencontré, au moment où il l'avait délivrée. Cette douceur était réapparue.

— Je t'en prie, accepte, insista-t-il.

Ne sachant pas prononcer quoi que ce soit elle hocha la tête. Scrutant autour de lui il épiait tous les passants.

— En as-tu aperçu d'autres ? chuchota-t-il.

— Oui, malheureusement. Il me semble que tout un équipage se trouve ici.

— Leur navire devrait être ici aussi, dans ce cas.

— Je connais les hommes, mais pas les vaisseaux.

— Ne t'inquiète pas pour cela : reconnaître les hommes nous aide beaucoup. Nous les éviterons le plus possible. Heureusement que les deux prisonnières ne sont plus avec nous.

— Ils risquent de reconnaître Yseult et Kára. Quand partons-nous d'ici ?

— Dès que le knǫrr d'Einarr nous rejoint. Ensuite nous allons vers son túath. Il est bien probable que nous y trouverons Dubhghall.

— Comment cela ? s'étonna la jeune femme.

— Alvbjǫrn a entendu les hommes parler : il se rend auprès d'un de ses parents, intendant dans un túath de l'autre côté d'Alba pour y prendre des céréales et d'autres choses. Depuis que Fergus, l'intendant, y est, c'est exactement ce qui disparait des réserves.

— Einarr a un túath, ici en Alba ?

— Depuis qu'il a épousé Iona, oui.

— Pourtant ce n'est pas un mariage arrangé ?

— Cela ne l'est pas, mais elle en était la seule héritière. Einarr en est devenu le toísech. Iona ne veut pas revenir vivre ici, ils ont donc décidé d'y mettre un intendant, jusqu'à ce que leur deuxième fils soit en âge d'en prendre possession.

— Pourquoi ne veut-elle pas revenir ?

— Elle veut être acceptée pour qui elle est, et non pour un titre ou son fief.

— Comme je la comprends : être accepté pour qui on est. Ce n'est qu'avec vous que j'ai ce sentiment.

— Niamh, tu es quelqu'un de bien, crois-moi.

— Merci.

Fronçant les sourcils elle le scrutait tout en réfléchissant.

— Snorri, je peux te parler de quelque chose qui me tient à cœur ?

— Je t'écoute.

— Yseult ne veut pas retourner en Francie, elle veut rester auprès de vous. Crois-tu que cela soit possible ?

— N'a-t-elle pas des parents qui seraient heureux de la retrouver ?

— Ils sont Chrétiens !

— Et ? Des parents restent des parents, non ?

— Pour eux elle n'est plus pucelle, même si elle n'a jamais .. tu vois, elle n'a … jamais … Mais ils la mettront dans un couvent. Aucun mari ne voudrait d'elle, du moins un parti convenable.

— Pardon ?

— Cela semble t'étonner ?

— Elle n'a pas demandé ce qui lui est arrivé. Pourquoi la mettre dans un couvent ?

— Pour faire acte de pénitence suite à la vie dépravée qu'elle a menée.

Voyant qu'il ne la comprenait pas, elle continua :

— Elle a touché des hommes. Pour ses parents, c'est comme-ci elle avait eu des rapports charnels avec des hommes, en dehors des liens du mariage. Yseult doit faire pénitence, jamais elle ne trouvera un époux.

— Yseult a été forcée ! Ne peuvent-ils pas comprendre ?

Niamh fit non de la tête.

— Je ne vous comprendrais jamais, vous les Chrétiens !

— Je ne le suis pas.

— Pardon ?

— Je suis fidèle à nos anciennes divinités celtes. Même si mes parents m'ont baptisée, c'est ma grand-mère qui m'a élevée. Comme tu le sais elle était une Vate. Mais vous auriez fait quoi à la place des parents d'Yseult ?

— Elle aurait été accueillie à bras ouverts, nous aurions fêté pendant plusieurs jours son retour. Les responsables de ce qui lui est arrivé seraient pendus. Une mort très déshonorante chez nous. Je vais en parler avec Einarr.

— Tu m'informeras de la décision qu'il prendra ?

— Oui je le ferai. Je crois qu'il ne dira pas non.

Tout en parlant, ils étaient arrivés au knǫrr de Magnar. Le Jarl les attendait.

— Niamh a vu plusieurs hommes qu'elle a reconnus. Elle ne sait pas quel navire ils ont.

— Toi les as-tu vus ? Pourrais-tu les reconnaître ?

— Deux d'entre eux, facilement.

— Bien, restons sur nos gardes en espérant qu'Einarr nous rejoigne assez rapidement.

— Où devons-nous retrouver Alvaldr et Thorolf ?

— C’est eux qui viennent nous rejoindre aux túath d’Einarr. Tentons de rester discrets.

— Je ne suis pas mécontent de retrouver les autres ! Thoralf venait de rejoindre Einarr à la barre.

— Moi non plus. Dès que nous arrivons, nous embarquons le reste de notre équipage et nous partons.

— J’espère que les vents nous seront favorables jusqu’à ton túath. Crois-tu que la personne que tu as contactée est digne de confiance, pour transmettre ton message à Daividh ?

Einarr hocha la tête.

— Nous arrivons ! Tu vois le knǫrr de Magnar ?

Thoralf pointa du doigt le navire de leur Jarl.

— Donne un coup de corne, qu’il sache qu’on approche, ordonna Einarr.

Au lieu de les attendre au quai le knǫrr de Magnar s’en éloignait, faisant signe à celui d’Einarr de venir se positionner contre le sien. Il obéit à l’ordre de son Jarl, étonné de cette manœuvre malgré qu’il n’eût nulle envie de rester dans les parages.

— Que se passe-t-il ? Agnarr venait de les rejoindre tout aussi étonné par cette demande.

— Nous allons vite l’apprendre, répondit Thoralf.

Dès que le knǫrr d'Einarr fut assez proche, les hommes lancèrent des cordes, les amarrant l'un à l'autre. Oddvakr, le plus proche, sauta d'un navire à l'autre avant de se retourner vers celui qu'il venait de quitter.

Au grand étonnement d'Einarr il observait les hommes de son Jarl se mettre de façon à former un mur.

— De plus en plus mystérieux, murmura-il.

— Je ne te le fais pas dire, répondit Thoralf, tout aussi étonné.

Curieux, Einarr se dirigea vers Oddvakr, venant d'être rejoint par Snorri et Svein :

— L'un de vous m'explique ?

— Après, aide-nous tu veux bien, lui répondit Snorri sans même le regarder.

Ses hommes à bord de celui du Jarl, soulevèrent les trois femmes une à une, les aidant à passer d'un navire à l'autre, vers les bras de Snorri, Svein et Oddvakr.

Suivies ensuite de plusieurs paquets, entourés de peaux de phoques. À la fin se furent les hommes de son équipage qui les rejoignirent.

Le Jarl se tenant contre la coque se tourna vers Einarr :

— Il y a un équipage de Dubhghall ici : Niamh les a reconnus, depuis elle n'est plus descendue du knǫrr. Elles se sont tenues cachées toutes les trois. C'est la seule façon de les faire passer sur ton navire, sans que d'autre puissent les voir.

— Qui est Dubhghall ? demanda Einarr ne saisissant pas la totalité du récit de son Jarl.

— Le chef de cette racaille qui avait enlevé nos frères. Ils sont probablement à la recherche des trois jeunes femmes.

— Et tu trouves ceci *discret* ?

— Nous agissons souvent de cette façon, ils le savent. Nous ne l'avons jamais fait, mais d'autres Norrœnir, oui ! Quittons le plus vite possible. Elles ne sont pas en sécurité, tant qu'on est à proximité de cette île. Donne-nous le temps de hisser la voile.

—Bien, on vous attend. Thoralf, mène-nous quelque peu vers tribord, sans trop t'éloigner de Magnar !

Pendant que le knǫrr du Jarl manœuvrait, les hommes venant de monter à bord attachèrent ce qu'ils avaient transféré de l'autre navire.

— De quoi s'agit-il ? demanda Einarr montrant les paquets.

— Elles n'avaient rien à se mettre, se sont quelques vêtements et des tissus, répondit Oddvakr.

À la vue du nombre Einarr fronça les sourcils.

— *Quelques* ?

— Il y a pour faire le tout, tu vois.

— Pas exactement non. Te poserais-je la question sinon ?

— Elles ont besoin de tout : chemises, robes, smokkr. Sois honnête : elles n'ont pas assez avec une seule robe ! Iona n'en a-t-elle qu'une seule ? Parce que Helga non !

— Ne me dis pas que c'est *toi* qui as fait les achats ?

— Non, moi il y aurait eu bien plus !

Einarr écarquillait les yeux.

Plus ?

— C’est Snorri et Niamh, pendant qu’ils tentaient de découvrir combien d’hommes de Dubhghall se trouvaient ici.

Snorri acheter des tissus pour les trois jeunes femmes ? Depuis quand s’y connait-il ?

Tournant la tête vers Snorri, il étudia son visage :

— Toi ? Achter des étoffes ?

Oddvakr s’esclaffa !

— Qu’est-ce qu’il y a de si drôle ? demanda Snorri.
— Il est vrai qu’il suffit de te regarder, expliqua Oddvakr.
— Ce qui veut dire ? Snorri se tenait devant son ami, les bras croisés.

Einarr suivi la scène, un sourcil relevé.

Tiens donc nous avons retrouvé notre Snorri !

— Ce qui veut dire que tu t’habilles toujours de couleurs sombres et ternes.
— La prochaine fois que je dois grimper dans un arbre pour protéger tes fesses, cher Oddvakr, je vais peut-être porter du jaune *bien visible de loin* faisant de toi la cible idéale. Qu’en penses-tu ?

Oddvakr cessa de rire, retrouvant son sérieux.

— C'est que tu serais bien capable de tenir parole.

Snorri lui donna deux petites tapes sur la joue.

— Bien vu !

Agnarr ayant rejoint Einarr, rit doucement :

— Je dois avouer que cela fait très plaisir à voir !
— À qui le dis-tu, cela m'a manqué dois-je t'avouer !
— Pas uniquement à toi. Je crois bien que cela nous a manqué à tous.

13

Túath d'Einarr Leifrson, Alba début Tvímánuður[106] *868*

La traversée depuis l'île de Mǫn avait été des plus paisible. Ils n'avaient guère croisé de snekkja, encore moins d'autres knǫrrer vu la période. La plupart se trouvaient encore plus au sud des îles, ou en Írland.

Ils y seraient également s'il n'y avait pas cette suspicion que Dubhghall soit en ce moment dans son túath. Le dérobant des réserves, destinées à la survie de ses gens. Il était du devoir d'Einarr de veiller sur eux. À l'approche de l'embarcadère, il trouva un autre navire accosté.

— Je crains que mon frère ait vu juste malheureusement.

Agnarr à côté de lui observait également le navire :

— Ils ne s'attendent pas à te voir. Quand devait-on arriver ?

— Dans deux vika.

— Ce qui les laissait amplement le temps de se servir. Que comptes-tu faire ?

— Les garder ici, jusqu'à l'arrivée de Daividh. Dès que nous accosterons, une partie de nos hommes monteront la garde devant ce navire : ils ne pourront ni

---

106 Période de mi-août à mi-septembre.

monter à bord, ni décharger quoi que ce soit. Ils resteront dans le donjon en tant *qu'invités du toísech.*

Nous les surveillerons, ainsi que Fergus. Rien ne doit nous échapper. Toi et Thoralf vous vous occuperez de vérifier les réserves, Daividh et moi nous allons étudier très minutieusement les livres de comptes. Mais avant nous allons rencontrer Dubhghall.

Le recevoir dans la grande salle, nous tous au complet. Je vais te demander de faire quelque chose que tu n'aimeras peut-être pas.

— Que veux-tu que je fasse ?

Einarr se tourna vers son ami, posant une main sur son épaule.

— *Le* Tjodrekson qui a fait ta réputation, celui au regard froid et cruel. Selon ce que je sais, à lui seul, il éloignait pas mal de tes ennemis. Si cela te déplait trop je comprendrai.

Agnarr s'esclaffa :

— Venant de toi cela m'étonne, à vrai dire, je ne te savais pas aussi fourbe, Einarr. J'accepte volontiers. L'idée me plait assez bien !

— Allons donner nos ordres aux hommes.

Avant de se retourner, il vit des hommes un peu plus loin du quai. Agnarr suivit son regard :

— N'est-ce pas ton intendant ?

— Oui, et je crois bien que l'autre est Dubhghall. Notre présence n'a pas l'air de les enchanter. Donne l'ordre à quelques hommes de se poster devant son navire : il ne doit quitter en aucun cas.

Après une tape sur l'épaule d'Einarr, Agnarr rejoignit les hommes donnant l'ordre à quatre d'entre eux de se poster devant le navire de Dubhghall, interdisant celui-ci de monter à bord et de disparaître.

— Snorri ! Snorri !

Niamh fit signe au jeune homme de s'approcher. Découvrant les trois jeunes femmes blotties contre la coque : Yseult tremblante dans les bras de Kára, il avança vers elles soucieux :

— Que se passe-t-il ? Pourquoi vous cacher ainsi ? Vous ne craignez rien ici.

— C'est Dubhghall qui se tient là-bas. Il nous connait, Yseult et moi. Il ne doit pas nous voir, je t'en prie ! l'implora la jeune femme tremblante.

— Restez-là, toutes les trois, nous allons trouver une solution. Niamh je te donne ma parole : jamais plus il ne vous fera du mal.

Se relevant il se dirigea vers Einarr, s'apprêtant à descendre du knǫrr.

— Attends, il faut que je te parle !

— Un souci ?

— Un énorme ! Cet homme, c'est Dubhghall.

— En as-tu la certitude ?

— Regarde nos jeunes protégées ! Se cacheraient-elles ainsi selon toi ? Elles sont terrifiées ! Nous devons les faire descendre, elles ne sont pas en sécurité, mais elles ne doivent pas être vues !

Tout en réfléchissant Einarr observa les trois jeunes femmes : leur peur se sentait, même de là où il se tenait.

— Il y a un moyen, suis-moi, ainsi qu'Oddvakr. Tu ne dis rien, ne faites aucun commentaire. Dès que possible, nous allons dans la pièce des livres de comptes. Là, je vous expliquerai comment les amener au donjon, sans être vues.

Snorri hocha la tête en guise de réponse.

— Messire Einarr, nous .. nous ne … ne vous .. attendiez p... pas… de si … de si …. de sitôt ! Nous .. nous .. n'a … n'avons… n'avons… rien… pré… préparé… pour… pour… votre ve... venue, bégaya Fergus.

— Dois-je annoncer ma venue dans mon propre túath, Fergus ? Einarr se tenait droit, les bras croisés, devant Fergus, le scrutant de haut.

— Oui… non… je... je… veux… veux… dire… n... non.

— Auriez-vous un souci ? Vous me semblez nerveux.

— Non… non… tout… tout... va… va… po… pour …. le …. mieux !

Agnarr s'avança, se plaçant à côté d'Einarr :

— Peut-être craint-il que nous utilisions sa tête pour un jeu de kubb[107] ? L'idée me plait assez bien dois-je t'avouer : elle a exactement la taille qu'il faut !

— Un… un... j… j .. jeu… de... de… kubb ?

Agnarr lui fit un sourire carnassier, les yeux cruels et froids :

— C'est notre jeu préféré, on prend votre tête comme ceci (il fit un claquement de doigts) ensuite on se lance dans une partie de kubb. Se penchant vers l'homme il ajouta : Vous êtes en vie quand on vous la retire sinon ce ne serait pas amusant. En fait c'est même la meilleure partie du jeu. On lance souvent des paris sur la durée de votre agonie.

Fergus déglutit bruyamment en devenant blême. Après un dernier sourire, cruel, Agnarr se redressa :

— Si tu le permets, Einarr, je vais aller former les équipes. Tu te joins à nous ?

— Pas cette fois-ci : j'ai un invité me semble-t-il. Vous nous présentez ? Einarr fixa Dubhghall.

— Je... je… c'est… il... il est… m… m... mon cousin Du… Du... Dubhghall.

— D'où venez-vous Dubhghall, cousin de Fergus ?

— Je viens de Gall-Ghaidhealaibh[108], et vous, vous êtes ?

— Einarr Leifrson : toísech de ce túath.

---

107 Le jeu de Kubb et un jeu scandinave utilisant des bâtons, nullement une balle. Ce jeu est détaillé dans « Le Destin des Runes » livre 2.

108 Galloway en Écosse en gaélique écossais.

— Vous m'en direz tant : un Fine gall toísech ! Comment pourrais-je croire une chose pareille ?

— Demandez à ce cher Fergus, à condition qu'il puisse prononcer plus de deux mots l'un après l'autre. Sinon vous pouvez demander à mes gens. Puis-je vous considérer comme mon invité *Dubhghall, cousin de Fergus* ?

— Je dois décliner votre invitation, mes hommes et moi étions sur le point de quitter.

— J'en doute, observez votre navire : mes hommes y montent la garde. Personne n'en descend ou ne monte à bord, votre vaisseau ne quittera pas ce ponton avant que je ne l'autorise.

— Pour quelle raison sommes-nous vos prisonniers ?

— Vous êtes mes invités, pas mes prisonniers. Nous avons un sens bien particulier de l'hospitalité. Bjǫrn, ajouta Einarr se tournant vers un jeune homme, accompagne notre invité dans la grande salle et veille à ce qu'il y reste. Qu'on lui serve de quoi se sustenter.

Le frère d'Einarr se rendit accompagné d'un Dubhghall récalcitrant vers l'intérieur du donjon.

Einarr toisa un Fergus nerveux devant lui, fuyant son regard inquisiteur et se raclant la gorge plusieurs fois :

— Je vais retourner à mes livres messire, j'ai des notes à transcrire.

— Je ne crois pas. Messire Daividh va nous rejoindre dans quelques jours. D'ici là, vous n'y mettrez plus les pieds, ne toucherez plus un seul des livres. Ce, jusqu'à ce que nous en décidions autrement.

— C'est que je dois mettre les livres à jour, Messire !

— Ce n'est pas utile : Agnarr et Thoralf veillent à ce que l'inventaire soit fait partout dans ce túath. Après, nous ferons celui du navire de votre cousin.

— Son navire ? Je ne vois pas pour quelle raison, Messire.

— Dans ce cas, pourquoi transpirez-vous comme un bœuf ? Si comme vous le prétendez, vous n'avez rien à vous reprocher pourquoi évitez-vous mon regard ?

— Puis-je au moins reprendre des affaires personnelles dans la pièce ?

Einarr fit non de la tête.

— Ce sont des affaires dont j'ai besoin, Messire.

— Dites-moi ce dont vous avez besoin, un de mes hommes ira les quérir à votre place.

Les sourcils froncés Fergus dansa d'un pied à l'autre.

— Je ne sais pas dire ainsi, Messire, je dois les voir.

— Vraiment ?

— Oui, Messire.

— Vous n'y entrez pas Fergus : un homme montera la garde, veillant à ce que vous m'obéissiez. Si j'y trouve des effets n'ayant pas leur place, je vous les ferai rendre.

— Je (il se racla la gorge) je vois. Que dois-je faire en attendant ?

Un sourire apparu sur le visage d'Einarr :

— Priez pour votre salut, et que l'on ne découvre rien d'autre qu'un travail honnête. Vous avez également l'interdiction d'approcher votre cousin, ses hommes, ou son navire. Me suis-je bien fait comprendre ?

— Oui, Messire.

— Bien, tenez-vous-y Fergus. Sinon Agnarr s'occupera personnellement de votre tête. Je dois vous avouer que c'est son passe-temps préféré : un bon jeu de kubb !

Fergus déglutit difficilement, se passant un doigt dans son encolure.

— Vous pouvez disposer, Fergus.

— Certes, Messire.

Reculant, dans un premier temps, Fergus s'éloigna d'Einarr, tout en sueur. Hákon se trouvant à côté de son frère, avait suivi cette conversation gardant, à grande peine son sérieux.

— Peux-tu m'expliquer ?

— Son cousin : ce Dubhghall de Gall-Ghaidhealaibh, c'est l'homme que nous recherchons.

— Tu en es certain ?

Einarr fit oui de la tête suivant des yeux un Fergus très anxieux. Des cris résonnèrent, attirant l'attention du jeune homme vers sa gauche, là où Hákon se trouvait.

— Hákon ! un jeune enfant cria à la ronde : Hákon est de retour !

Des cris de joie d'enfants se firent entendre de toutes les directions. Tous arrivaient heureux, sautant autour de son jeune frère. Hákon, tout aussi heureux qu'eux, s'accroupit. Les enfants se jetèrent tous sur lui, le faisant tomber à la renverse, sur le dos. Il était littéralement assailli par une armée d'enfants.

— Nous avons vaincu le dragon des mers, on est les vainqueurs ! clamaient tous les enfants en effectuant une danse autour du jeune homme.

Toujours couché sur le sol, celui-ci ouvrit un œil trouvant le regard de son frère posé sur lui.

— Tu fais quoi exactement ? lui demanda Einarr.

Hákon posa son index sur ses lèvres.

— Chut, je suis le dragon des mers terrassé, je ne sais plus parler : je suis mort ! répondit son jeune frère en chuchotant.

Einarr retint avec grand-peine son hilarité. N'avait-il pas, à ses pieds la preuve que tous aimaient Hákon dans ce túath. Agile, Hákon se relava en criant :

— Rhaaggg, courez le dragon va vous attrapez !

Les enfants partirent en riant poursuivis par Hákon : *le dragon des mers*.

— On se posait des questions concernant Thoralf en extase devant sa fille ! Je crains le jour où Hákon va devenir père, observa Oddvakr.

Riant Einarr suivit des yeux son frère, heureux de poursuivre les enfants.

— Moi pas, il fera un excellent père. Regarde-les : ils sont tous heureux de son retour. On ne leurre pas le cœur d'un enfant.

—Depuis combien de temps ne l'avons-nous plus vu aussi heureux ?

— Bien trop longtemps, approuva Einarr. Qu'il puisse profiter encore quelque temps de cette insouciance, c'est tout ce que je lui souhaite.

Soupirant en considérant son frère avec envie, il se passa les doigts dans les cheveux. Il avait des obligations, au lieu de s'intéresser aux jeux d'Hákon.

—Entrons, nous avons pas mal de choses à régler. En premier amener nos jeunes protégées dans le donjon à l'abri des regards.

— Tu penses aux passages secrets[109] ? lui demanda Oddvakr.

— Aurais-tu une autre solution ?

Oddvakr secoua la tête.

—Allons dans la pièce de l'intendant, nous y serons à l'abri d'oreilles indiscrètes. Nous allons mettre Maîtresse Mairead dans la confidence.

Einarr et ses hommes se dirigèrent vers le donjon, où les hommes de Magnar, ainsi que le Jarl lui-même, les

---

109 Voir « Le Destin des Runes » livre 1.

attendaient déjà. Il y trouva Thoralf en grande conversation avec Maîtresse Mairead. Le voyant entrer, la femme se dirigea vers lui.

— C'est une joie de vous revoir, Messire.

— Merci Maîtresse Mairead, c'est une joie d'être ici, aussi bien accueillis. Nous avons grandement besoin de vous, pourriez-vous vous joindre à nous dans la pièce de l'intendant.

— Certainement, Messire.

Maîtresse Mairead, Einarr, Snorri et Oddvakr se rendirent dans la pièce.

— Maitresse Mairead, ..

— Je vous en prie, messire, appelez-moi Mairead quand nous ne sommes pas en public.

— Bien si c'est votre souhait. Mairead nous avons besoin de votre aide, ainsi que votre discrétion. C'est très important que cela ne vienne pas aux oreilles de Fergus, et encore moins à celles de son cousin.

— Son cousin ? C'est ce qu'il vous a dit ?

— Oui effectivement.

— Fergus est le plus jeune fils du toísech Cormac en Gall-Ghaidhealaibh.

— Pourquoi ne se fait-il pas connaître en tant que tel ?

— Parce qu'il a déjà volé sous son vrai nom, celui que Messire Daividh connait.

— Comment l'avez-vous découvert ?

— Il y a quelques jours seulement, j'ai surpris une de leurs conversations. Depuis que Fergus est ici, Dubhghall vient chaque mois. Après son départ il nous manque des denrées dans nos réserves. J'ai commencé à noter les dates des visites. Vous pourrez les comparer avec celles dans les livres d'inventaires.

— Je vois. Très astucieux. Dès l'arrivé de Messire Daividh je vous les demanderai.

— Vous aviez besoin de moi, disiez-vous ?

— Oui. Nous avons avec nous trois jeunes femmes que nous avons sauvées dernièrement.

— De qui ?

— De Dubhghall, qui comptaient les vendre comme esclaves, sauf une qui était une esclave à son service.

Mairead recouvrit sa bouche de sa main, camouflant, l'espéra-t-elle, un hoquet de dégoût.

— Comment peut-on faire cela, Messire ? Je ne comprends pas les hommes agissant de cette façon.

— Moi non, plus dois-je vous avouer.

— Que puis-je faire, Messire ?

— Gardez ceci pour vous, Mairead : personne d'autre ne doit le savoir. Nous allons les faire entrer par des passages secrets !

— Pardon ?

— Il y en a plusieurs. Pouvez-vous nous dire dans quelles chambres nous pouvons les emmener ?

— Il y a la vôtre de prise, ainsi que celle que je viens de prévoir pour le Jarl Magnar. Je comptais en donner une à vos frères. C'est que nous n'en avons pas beaucoup.

— Mes frères peuvent s'en passer, Mairead.

— Même messire Hákon ?

— Le dragon des mers vient d'être terrassé par de vaillants guerriers, protégeant ce túath, Mairead, je crois qu'il peut se passer d'une chambre.

— Les enfants l'ont déjà enlevé ? demanda-t-elle en souriant. Ils sont tous fous de lui. Il joue avec eux, chaque fois qu'ils en demandent.

Einarr acquiesça.

— Dans ce cas oui, il me reste trois chambres, conclut Mairead.

— Où se situent-elles ?

— L'une d'elle est à côté de la vôtre. Les autres se trouvent de l'autre côté du couloir.

— Celle à côté de la mienne est bien l'ancienne chambre de mon épouse ?

— C'est exactement cela Messire.

— Nous allons les faire entrer par cette chambre. Pourriez-vous les y attendre et conduire deux d'entre elles vers leurs chambres de l'autre côté du couloir ?

— Oui, sans problème.

— Veillez à y être seule, Mairead.

— Certainement, Messire. Mais avez-vous pensé à tout ?

— Que voulez-vous dire ?

— Ne doivent-elles pas se nourrir ? Monter des plateaux attirerait l'attention.

Soupirant, il se frotta les yeux, il n'y avait pas pensé :

— Nous aviserons. En premier nous devons les amener ici, à l'intérieur, sans que Dubhghall ne les voit, ni Fergus.

— Il va falloir faire monter leurs affaires Einarr, intervint Snorri.

— Pourquoi cela ?

— Oddvakr m'a expliqué où se trouve l'entrée du passage secret. Depuis le navire nous devrons y aller à la nage. Elles vont devoir se sécher et s'habiller au plus vite.

— Messire, si je puis me permettre, puisque tous les hommes de Dubhghall sont surveillés par les vôtres, doivent-elles réellement entrer aussi secrètement ?

— Nous ne connaissons pas tous les hommes de Dubhghall, ni s'il en a ici sur place.

— Je peux répondre pour nos gens, Messire, et il m'est facile de vous indiquer ceux de Dubhghall : leur arrogance est reconnaissable par tous.

— Vous pouvez cela ?

— Certes, Messire.

— Hákon va faire le tour avec vous jusqu'à ce que vous les ayez tous reconnus. Il y aura quelques hommes avec vous les amenant à l'intérieur du donjon. Je ne crois pas qu'ils oseraient entreprendre quoi que ce soit, pas en notre présence. Snorri qu'en penses-tu ?

— Cela m'étonnerait également : on est plus nombreux qu'eux et mieux armés.

— On va les désarmer de toute façon, ils laisseront toutes leurs armes à l'extérieur.

Un à un les hommes de Dubhghall furent amenés à l'intérieur du donjon, désarmés et mécontents. Einarr était assis à la grande table, Thoralf à sa droite, Agnarr la gauche arborant son visage froid et cruel comme son ami le lui avait demandé, scrutant chaque homme entrant de la tête aux pieds, tout en mangeant des raisons. Dubhghall fonça vers eux furieux, fulminant.

— Pour qui vous prenez-vous, barbare ? De quel droit désarmez-vous mes hommes ?

Agnarr tourna lentement la tête vers l'homme, debout en face d'Einarr.

—Ai-je bien entendu ? Ce vendeur de þrælar, vient-il de te traiter de barbare ? demanda-t-il à Einarr en norrœnir avant de prendre un raisin en bouche.

— C'est bien ce qu'il m'a semblé entendre.

Einarr se gratta la barbe tout en examinant les expressions sur le visage du Skotar.

— Crois-tu qu'il comprenne le norrœnt ? demanda-t-il à son ami.

— Peut-être. Je le découvrirai assez vite.

— Fais comme bon te semble.

— Pourriez-vous me répondre, s'insurgea Dubhghall. Votre mormaor entendra parler de ceci.

— Asseyez-vous ! ordonna Einarr.

Sa voix ne s'était pas élevée mais le ton menaçant était bien présent. Le Skotar n'eut d'autre choix que de se laisser tomber sur un siège.

— Que les choses soient claires. Je débarque dans mon túath et j'y trouve une quarantaine d'hommes armés, malmenant mes gens, se servant dans nos réserves. Je n'ai fait que ce qui est mon droit absolu. La dernière fois que cela a eu lieu ici, mon épouse a failli y laisser la vie.

Un homme, qui comme vous, se croyait permis d'agir comme si ce túath lui appartenait. Concernant mon mormaor : un message lui a déjà été envoyé, nous l'attendons patiemment.

— Vous ne pouvez pas prouver que je vous vole quoi que ce soit !

— Un innocent n'aurait certainement pas répondu comme il vient de le faire, dit Thoralf, également en norrœnt.

— Je suis du même avis que toi. As-tu remarqué quelque chose Agnarr ?

— Pas encore de réaction. Agnarr continua à fixer l'homme face à lui.

— Pourquoi votre homme me fixe-t-il de cette façon ?

— C'est sa façon habituelle ! Vous ne l'aimez pas ?

— On dirait qu'il a envie de me tuer !

Einarr se pencha vers l'avant, tournant la tête vers Agnarr :

— Non, pas du tout, là c'est son regard *très gentil*, vous n'avez rien à craindre, du moins pas encore.

— *Pas encore* ? pipa le Skotar.

— Que venez-vous faire ici chaque mois ?

— Qui prétend une telle chose ?

— Mes gens me connaissent : ils ont confiance en moi, et moi en eux. S'ils me disent que vous venez chaque mois, je les crois. Pourquoi me mentiraient-ils ?

— Les serfs mentent tous, c'est connu. Vous n'êtes pas d'ici, vous ne pouvez pas savoir ce dont ils sont capables. Ils ne comprennent que le fouet !

— Les vilains également ?

— Quels vilains ?

— Ceux de mon túath ! N'est-ce pas de cela que nous parlons ? Pourquoi venez-vous ici chaque mois ?

— Est-ce interdit de venir saluer son cousin ?

— Votre *cousin* ? Vraiment ?

— Que voulez-vous insinuer ?

— Fergus n'est-il pas le plus jeune fils du toísech Cormac en Gall-Ghaidhealaibh ? Votre père également ! Je crains que mon mormaor ne soit pas très enchanté, qu'il ait omis de lui mentionner ce détail.

Fergus est connu pour vols, n'est-il pas ? Du moins sous son vrai nom.

Dubhghall sua de très grosses gouttes, sa respiration se fit haletante. Il n'était pas homme à avoir peur, mais le dénommé Agnarr était l'homme le plus effrayant qu'il ait jamais rencontré.

Épiant le Skotar, Einarr vit son angoisse vis-à-vis d'Agnarr.

— Tu lui fais peur, je n'ai jamais vu autant de frayeur chez un homme.

— J'en suis quasiment certain il comprend tout ce qu'on se dit, ainsi que ses hommes. On n'est pas marchand de þrælar sans connaître d'autres langues.

— Comment le découvrir ?

— Peut-être en lui parlant d'une certaine, très jeune, servante de dix-sept ár, à son service il y a encore quelques jours. Tu sais, celle qui a pris du bon temps avec celui qui lui cajolait le gosier, mais qui a surtout joui grâce à celui qui s'occupait de sa féminité.

Ensuite, avec deux autres hommes juste après. Sans parler de ceux qui ont suivi ensuite, la labourant sans relâche, la faisant jouir comme jamais avant ce jour-là.

Tout en parlant en norrœnt, Agnarr étudiait les changements d'expressions de Dubhghall, sa respiration devint très haletante.

— Comment se nommait-elle déjà ? Ailis ? La belle et jeune Ailis aimant les hommes, surtout ce qu'ils lui font de toutes les façons, continua-t-il.

— Taisez-vous barbare ! Vous dites n'importe quoi, jamais Ailis ne ferait une chose pareille. Elle est à notre service, elle accompagne mon épouse comme dame de compagnie.

— C'est ainsi que vous nommez ce qu'elle fait ? Elle est surtout votre ribaude !

— Ailis n'en est pas une !

— Elle en avait tout l'air, la dernière fois que je l'ai vue, ricana Agnarr.

Furieux Dubhghall se leva, faisant tomber le siège sur lequel il était assis quelques instants auparavant, fulminant les poings serrés. Agnarr se leva à son tour, se penchant vers lui en plaçant ses deux mains sur la table.

— Elle hurlait de plaisir en se faisant labourer par les hommes du marchand de þrælar : le plus grand fournisseur à la cour de Miklagarðr. Vous devez certainement le connaître, ainsi que sa réputation.

Probablement n'avait-elle jamais connu un vrai homme avant eux, bien bâti, ayant ce qu'il faut pour qu'une femme puisse jouir. Parait que la plupart des Skotars n'ont pas grand-chose dans leurs braies.

—Vous mentez : jamais Ailis n'aurait quitter le service de mon épouse.

—Vous ai-je dis que Ailis et Iseabail n'étaient pas ensemble ? Non, je ne crois pas.

— Qu'avez-vous fait à mon épouse ?

— Moi ? Rien, je ne l'ai même pas touchée, cela aurait déshonorée mon épouse, de toucher une puterelle comme Iseabail.

— Mon épouse n'est pas une ribaude !

— Juste, elle est une *initiatrice* pour les þrælar que vous désirez vendre à Miklagarðr.

— Elle n'en a jamais vu un seul partant pour cette destination ! Elle n'est même pas au courant.

— Einarr, je crains que je vienne de dévoiler le secret le mieux gardé de tout Gall-Ghaidhealaibh ! Ce brave marchand de þrælar, et voleur de ton túath, ne savait pas que son épouse initiait les hommes en partance pour Miklagarðr, avec la complicité de Padruig, son propre homme de confiance.

— Jamais elle ne ferait une chose pareille ! Où est-elle, qu'avez-vous fait de mon épouse ?

— Moi ? Rien, je vous l'ai déjà dit.

— Comment pouvez-vous me dire toutes ces choses, si vous prétendez n'avoir rien fait ?

— *Ne rien faire* ne veux pas dire ne pas avoir été présent ! Je suis même celui qui avait fait contacter le vendeur de þrælar, celui qui vend directement à la cour de Miklagarðr. Il est leur plus grand fournisseur.

Iseabail va apprendre ce qu'est réellement une ambát, ce qu'ils exigent de ceux en servitude. Votre épouse ne connaissait rien à leurs coutumes, leurs orgies. Elle était très loin du compte.

Ce qu'elle voulait réellement était de se faire prendre par de vrais hommes ! Maintenant, vous allez vous assoir bien sagement sur ce siège. Votre châtiment viendra dès que le mormaor d'Einarr sera là, et qu'ils vérifieront les livres de comptes. Je crois que c'est la pendaison pour le vol dans ce pays.

Vous ne pouvez pas vous enfuir, nos hommes vous surveillent, ainsi que votre navire. Les vôtres sont désarmés, ils ne peuvent pas vous porter secours. Personnellement, je vous aurais bien vendu également, les þrælar ne servent pas uniquement aux femmes à Miklagarðr, du moins pour ceux qui sont bien fournis.

Les autres, ma foi, ne font pas très long feu, ils servent surtout à soulager certains besoins lubriques des généraux aux pratiques peu communes. Toi et tes hommes auriez dû tous les satisfaire, obéir à leur moindre demande, leur envie du moment, quelle qu'elle soit.

Les þrælar n'y font jamais long feu, ils meurent dans d'atroces conditions, très douloureusement, sans aucune considération. Jamais comme un être humain.

J'ai déjà vu des corps venant de la cour, à moitié calcinés, mordus profondément à plusieurs endroits, émasculés et j'en passe. Aussi bien des þrælar que des ambáttir.

Priez votre Dieu pour que votre épouse, et Ailis, meurent rapidement. Quoique pour cette dernière j'ai peu d'espoir, ils vont largement en profiter et la tenir en vie le plus longtemps possible. Son jeune corps va servir les meilleurs généraux !

— Mais qui êtes-vous ? demanda le Skotar blême.

— Agnarr Tjodrekson.

Dubhghall recula, le teint devenu cireux.

— Agnarr *le Sanguinaire* ! chuchota-t-il.

— Cela fait longtemps que l'on ne m'a plus donné ce nom, depuis que j'ai eu mon propre snekkja et que je n'ai plus vogué avec Tjodrek.

— Dès qu'il saura ce que vous avez fait…

— Tjodrek, Glúmr et Jóarr ne sont plus, ni Eyyolf. Maintenant on va vous enchainer au pilori, *Dubhghall de Gall-Ghaidhealaibh*, à la vue de tous vos hommes.

Dubhghall se laissa tomber comme une masse sur un siège. Un mouvement à sa droite attira son attention. Les yeux arrondis d'effroi, il vit les trois jeunes Fine Gall que ses hommes avaient enlevés, à Gall-Ghaidhealaibh, juste avant qu'il vienne ici.

— Voilà ce qu'il en coûte, Dubhghall de Gall-Ghaidhealaibh, de s'en prendre aux frères d'Einarr Leifrson et de notre Jarl. Une partie de vos hommes ont déjà péri sur la plage où nous les avons trouvés.

Nous chercherons sans relâche les autres, et nous les trouverons, je vous en donne ma parole : ils périront tous, vos navires partiront vers le fond.

Personne ne se souviendra de vous, ni de votre épouse, vous ne manquerez à personne. Alvbjǫrn que vous venez de reconnaître, est le frère d'Einarr, le toísech de ce túath.

Vous l'avez enlevé et vous en payez le prix. C'est lui qui a vendu votre épouse et Ailsa, elles arriveront très bientôt à la cour de Miklagarðr.

Einarr se tourna vers son Jarl.

— As-tu quelque chose à ajouter ?

— Non, que Gauti et Oddvakr le mènent au pilori.

Au moment où il se fit retourner par les deux hommes, il tomba nez-à-nez avec les trois jeunes femmes : ses anciennes captives. S'échappant de ses gardiens il agrippa Yseult par la gorge qu'il serra.

Sautant au-dessus de la table, Agnarr se rua vers lui, l'empoigna par le cou le tirant en arrière, puis le retourna et le plaqua dos au mur, l'étranglant.

Le jeune norrœnir le fixa les yeux flamboyant de colère et de haine, un rictus mauvais aux lèvres. S'approchant de lui, il serra un peu plus fort.

— Touche les une seule fois et je t'arrache les entrailles pour que les charognards te mangent bout par bout. Lève une seule fois les yeux vers elles et je t'arrache les tiens et je te les fais manger de force. Suis-je clair ?

— Oui, couina le Skotar.

L'attrapant par sa tunique, il le jeta, littéralement, vers Gauti et Oddvakr.

— Que fais-tu ici, seule ? demanda Snorri venant de rejoindre Niamh au bord du fleuve près d'un groupe d'arbres. Il s'accroupit auprès d'elle.

— Après ce qui s'est passé dans la grande salle, je cherchais un peu de calme. Cet endroit est si paisible. Et toi que fais-tu ici ?

— La même chose que toi.

— Vos soirées sont-elles toutes ainsi ?

— Non heureusement ! Généralement nous travaillons la journée, nous aidons les gens d'ici avec les récoltes, les réparations et ensuite nous mangeons et dormons après une dure journée. Je ne dis pas que nous ne faisons pas de bruit : généralement nous sommes joyeux, d'une façon assez exubérante.

— Que va-t-il se passer une fois que le mormaor d'Einarr sera là ?

— Daividh et Einarr vont vérifier les livres, trouver depuis quand Fergus et Dubhghall dérobaient les denrées.

Maîtresse Mairead a noté chaque visite de Dubhghall ce qui les aidera fortement. Ils seront probablement pendus.

— Crois-tu que Dubhghall sera puni pour ce qu'il nous a fait ? Je veux dire pour à Yseult, Kára et moi. Les hommes ne nous rendent jamais justice ! dit-elle tout bas d'une voix pratiquement inaudible.

— Chez moi il aurait été pendu.

— Pour une femme libre ! Aucune de nous trois ne l'est.

— Maintenant vous l'êtes ! Je ne peux pas parler pour Daividh, mais il se peut qu'il fasse quelque chose.

— Le crois-tu réellement ?

— Le connaissant, oui.

Niamh lui sourit timidement. Elle leva les yeux vers les étoiles :

— J'aime les nuits comme celle-ci, très étoilées. Parfois je me dis que chacune d'elles sont ceux qui nous ont quittés, et qu'ils veillent sur nous de là-haut. Tu vois la plus brillante là-bas ? C'est très certainement ma grand-mère.

Snorri ne vit les étoiles, il avait le visage tourné vers Niamh.

— Elle te manque beaucoup, lui demanda-t-il en murmurant.

Niamh secoua la tête en souriant tristement.

— Elle était la seule qui m'ait aimée, vraiment aimée.

— Et Sigurdr ?

Les yeux perdus dans le vague la jeune femme revit son passé défiler :

— Il avait une certaine affection pour moi, en y repensant. Sigurdr m'a toujours respectée. Pour être honnête, les Fine galls ont toujours été les seuls à le faire, et pas uniquement à cause de Sigurdr et ma grand-mère. Je peux te poser une question ?

Il acquiesça.

— Agnarr, ce qu'il a raconté à Dubhghall, ce n'était pas vrai, n'est-ce pas ?

Snorri baissa la tête soupirant profondément en se passant les doigts dans les cheveux. Relevant la tête il vrilla son regard à celui de la jeune femme :

— Agnarr ne ment jamais.

Tout le sang se retira du visage de la jeune femme, devenant blême.

— Tu veux dire qu'elles ont réellement été vendues ?

— Oui. Elles sont en mer vers Miklagarðr. Ce qui leur est arrivé c'est ce qu'elles envisageaient de faire subir à Alvbjǫrn, Bjǫrn et Jafnhárr avant de les vendre. C'est aussi ce que toi et Kára auriez eu à subir entre les mains des hommes de Dubhghall, et des siennes.

— Ce que Yseult a été obligé de faire.

— Oui.

— Agnarr était tellement différent de celui sur le navire. Il était si effrayant, si froidement cruel !

— Oui, à la demande d'Einarr. On aurait tous compris s'il avait refusé : c'était beaucoup lui demander. Il était ainsi avant de fuir son village et de venir chez nous avec Líf, son épouse.

Niamh n'en crut pas ses oreilles : cet homme, qui sur le navire, était toujours de bonne humeur, veillant sur un des plus jeune, aurait été un homme d'une telle cruauté ?

— C'est si difficile à croire qu'il ait été comme cela.

— Il le devait pour survivre. Il a vu son père tuer sa mère et faire les choses les plus cruelles que tu puisses imaginer, et même pire. Il s'interdisait d'aimer jusqu'à ce qu'il rencontre Líf.

— Qui est Svein pour lui ?

— Son frère. Agnarr a ses trois jeunes frères auprès de lui, il les élève. Il s'est toujours occupé d'eux, depuis le meurtre de sa mère. Il avait dix ár à l'époque. Bendik, que tu as rencontré, est un autre de ses frères.

— Lequel est le vrai Agnarr dans tout cela ?

— Celui que tu as rencontré sur le navire. En ce moment il est à l'étuve pour se purifier : pour qu'il ne subsiste aucune trace de l'ancien Agnarr.

— Líf doit être bien exceptionnelle !

— Pour lui elle l'est, Líf a toujours vu en lui *qui* il est réellement. Il t'a réellement effrayée autant ?

Niamh fit frénétiquement oui de la tête.

— Nous l'étions toutes les trois.

— Dubhghall et ses hommes s'en étaient pris à trois des nôtres, nous ne pouvions laisser cela impuni. Peux-tu le comprendre ?

— Oui je le peux, sans vous juger ! C'est juste le changement d'Agnarr qui m'avait effrayée. Je voulais comprendre rien de plus. Cela doit être si rassurant de savoir qu'on compte pour quelqu'un. J'espère un jour rencontrer quelqu'un pour qui je compte autant.

Snorri souleva le menton de la jeune femme, vrilla son regard dans le sien.

— Il existe, tu le trouveras j'en suis certain.

— Puisses-tu dire vrai, chuchota-t-elle.

La jeune femme déglutit péniblement les yeux de Snorri la brûlaient littéralement. Des sensations qu'elle ne connaissait pas s'emparèrent d'elle, dès qu'il commença à caresser sa lèvre de son pouce, tout en la fixant droit dans les yeux.

14

Comment le pouce de Snorri pouvait-il faire naître tant de sensations ? Elle avait l'impression que ses cheveux se dressaient. Tout son corps tremblait, sa peau semblait brûlante tout en frémissant en même temps, recouverte de chair de poule.

Il lui sembla que le visage de Snorri se rapprochait, très lentement. À moins que ce soit son imagination qui lui jouait un tour. Impossible de détourner les yeux : ceux de Snorri les attiraient comme des aimants.

Elle se noyait dans une immensité d'eau, mais il la retenait, l'empêchant de sombrer par son simple regard : il fut sa balise. Soupirant profondément elle se sentait si bien.

— Tu sais ce dont j'ai envie depuis que je t'ai rencontrée ? murmura-t-il.

— Heunnn... Le seul son capable de sortir de la bouche de Niamh.

— D'embrasser chaque tache de son que je découvrirai ! lui susurra-t-il, tout contre son oreille.

Son souffle provoqua des frissons sur tout le corps de la jeune femme en plus de ceux provoqués par ce pouce qui n'arrêtait pas de lui caresser les lèvres.

— Heunnn...

Niamh entrouvrit légèrement les lèvres, cette caresse était si envoutante. Il la fixa à nouveau les yeux toujours aussi brûlants, les pupilles dilatées.

— Cela te dérangerait-il ?

— Heunnn... soupira-t-elle.

Ses lèvres prirent le relais de son pouce. Elles emprisonnèrent la lèvre inférieure de Niamh, la caressant brièvement du bout de la langue avant de la relâcher.

Tout aussi succinctement, la langue de Snorri se fraya un passage entre les lèvres de Niamh, caressant sa langue puis se retira. Caressant de ses dents à nouveau sa lèvre. Il continua inlassablement ce jeu : avec ses lèvres, sa langue et ses dents, taquinant celles de la jeune femme.

Niamh ne voulant pas qu'il arrête cette douce caresse, imita les gestes de Snorri. Elle sentit des doigts disparaître dans sa chevelure, les pouces caressant les lobes de ses oreilles.

Se sentant tomber dans le vide, elle s'agrippa fermement à la tunique de cet homme, qui éveillait en elle des sensations méconnues, si douces, si envoutantes.

Écartant son visage, Snorri fut émerveillé par la réaction de Niamh. Elle brillait sous les rayons de la pleine lune, seule témoin de leur baiser.

— Heunnn... se plaignit Niamh en approchant ses lèvres vers celles de Snorri, ne voulant pas qu'il arrête cette si douce caresse.

Elle commença le même jeu que lui, avec ses lèvres, mais surtout sa langue, il avait un goût si délicieux, envoutant. Jamais elle ne pourrait s'en lasser. Le jeune homme répondit avec délice, à la demande de cette jeune femme, si merveilleusement douce.

Ses doigts quittèrent la longue chevelure de feu, pour se diriger vers son cou laiteux, qu'il caressa de ses pouces, lentement, remontant ensuite vers les joues si veloutées en terminant par prendre son visage en coupe.

Il approfondit leur baiser jouant de sa langue avec celle de la jeune femme.

Jamais un baiser n'avait fait naître de tels sentiments. Lentement Snorri la coucha dans l'herbe tout en l'embrassant, se couchant à côté d'elle.

Une de ses mains glissa vers sa nuque amenant ses doigts dans la longue chevelure couleur de feu, tandis que l'autre descendait le long de son dos puis remonta, pour repartir à l'inverse, de plus belle.

Lascif, ses lèvres jouant avec les siennes. Les bras de Niamh se mouvaient d'eux-mêmes, entourant le cou de Snorri les mains perdues dans sa chevelure dorée.

Le baiser du jeune homme devint passionné, attirant le corps de la jeune femme de plus en plus près du sien, tout contre lui. Les gémissements de Niamh furent à ses oreilles, le plus beau des airs qu'il ait jamais entendus.

Tenant la nuque de Niamh d'une main ferme, mais douce, il lui poussa la tête vers l'arrière, tandis que son autre main se dirigeait lentement vers le flanc de Niamh.

Cette caresse, qui montait et descendait tout au long de la jeune femme, provoqua une envie d'autre chose sans qu'elle ne sache exactement ce que son corps espérait.

Comment un baiser pouvait-il provoquer chez elle une telle faim de plus, sans connaître ce que son corps demandait ? S'écartant de cette bouche si délicieuse.

Snorri posa ses lèvres sur les yeux de Niamh, puis son nez, suivi sur ses joues, se dirigeant lentement vers le lobe d'une oreille le prenant entre ses lèvres, ce qui amena la chair de poule, ainsi qu'un frémissement à la jeune amante.

Relevant la tête, il l'admira, avec un éclat dans les yeux, qu'elle ne lui avait jamais vu. Leurs respirations étaient haletantes. Fermant les yeux il posa son front sur celui de la jeune femme tout en remontant la main vers sa joue. Frottant son nez contre le sien il réouvrit les yeux, la fixant.

— Je t'aime, Kynda[110].

Les yeux de Niamh se mouillèrent d'émotion : cet homme merveilleux et doux venait de l'appeler *luminosité* et l'aimait. Des larmes silencieuses coulaient le long de ses joues. Il les lui sécha de ses lèvres la serrant contre lui.

—Ne pleure pas, tu sais que je ne supporte pas les larmes ! murmura-t-il la serrant contre lui.

— C'est parce que tu me rends la plus heureuse des femmes. Jamais je n'aurais osé espérer que tu puisses m'aimer.

Après ces mots elle cacha son visage dans le cou du jeune homme qui la serra encore plus contre lui, la berçant tendrement. Relevant la tête elle inspira profondément, avant de lever les yeux vers lui.

— Moi aussi je t'aime, chuchota-t-elle.

Il admirait la jeune femme, avec tant de chaleur qu'elle ne douta pas de ses paroles. Le sourire qu'elle aimait tant,

---

110 Luminosité en vieux norrois.

se dessina sur les lèvres de Snorri, pendant qu'il lui caressait délicatement la joue du bout des doigts.

Elle avait sur Niamh l'effet d'une caresse d'ailes de papillons. Ce géant venu du Nord était un homme si doux, si tendre, qu'elle craignit vivre un rêve en étant éveillée. Ses doigts touchèrent les lèvres de cet homme avec émerveillement : elle constata qu'il était bien réel, couché tout contre elle la tenant tendrement contre lui.

— Épouse-moi.

— Tu… tu es sérieux ?

Caressant la joue de la jeune femme il lui sourit tendrement.

— Très.

Ne sachant plus prononcer de sons, elle acquiesça. L'approchant tout contre son corps il lui caressa le flanc amenant sa main de plus en plus proche de la poitrine de Niamh.

— Je vais te montrer à quel point je t'aime sans avoir besoin de mots pour le dire ! lui susurra-t-il à l'oreille.

Ses lèvres laissèrent une trainée brûlante, depuis le lobe de son oreille, vers sa gorge, descendant encore plus bas jusqu'à l'encolure de sa robe.

Deux mains défirent les fibules retenant son smokkr qui descendit lentement vers ses hanches. Les doigts de Snorri s'affairaient aux lanières fermant le devant de la robe, ainsi que de la chemise de Niamh.

L'extirpant de son smokkr, ses mains descendirent lentement vers les bords des deux seuls vêtements qu'elle portait encore. Encore plus lentement qu'à l'aller, les mains de Snorri remontèrent, caressant ses jambes au galbe parfait.

Haletante, elle respirait de plus en plus difficilement, subissant la pire des tortures. Elle aurait voulu sentir ses mains ailleurs, mais ne savait pas où exactement. Frôlant au passage, les seins de la jeune femme, elle frémit.

Avec douceur il lui retira sa robe et sa chemise en même temps. Ses yeux se posèrent, émerveillés, sur le corps s'offrant à lui dans toute sa plénitude. Il allait la vénérer, comme jamais il n'avait fait pour une autre femme.

Lentement ses mains découvrirent les courbes, suivies de ses lèvres, embrassant chaque tache de son qu'il trouva sur ce corps fait pour être adulé. Ses mains découvrirent les seins, pleins, ronds et magnifiques de son aimée.

Les caressant délicatement, ses lèvres découvrirent le premier, également parsemé de taches. Il les léchait une à une avant de prendre ce magnifique mamelon entre ses lèvres le caressant de sa langue tout en honorant l'autre de ses doigts.

Les gémissements de Niamh accompagnaient chacun de ses coups de langue. Déposant un sillon de baisers, ses lèvres trouvèrent l'autre qu'il câlina de la même façon.

Ses mains descendirent le long des flancs de son amante, montrèrent le chemin à sa bouche qui descendant lentement trouvait chaque tache colorée dont son ventre était parsemé.

Jamais la peau d'une femme ne lui avait semblé aussi douce, veloutée, goutant le miel. Arrivé au nombril de Niamh, ses lèvres remontèrent, refaisant le chemin dans le sens inverse jusqu'aux lèvres, gonflées par ses baisers.

— Tu es si belle, si belle.

Reprenant ses lèvres il l'embrassa tendrement.

— Je veux te voir ! murmura Niamh.

Se redressant, il se trouva à genou devant la jeune femme. Voulant relever sa tunique les mains de la jeune femme les retint en se mettant à genou devant lui.

— Je veux te découvrir par moi-même, susurra-t-elle.

Lentement elle souleva la tunique sans manches de son amant, découvrant carré par carré le torse du jeune homme, très pâle, doré par endroits : là où le soleil avait touché sa peau.

Sous les rayons de la pleine lune il ressemblait à un de ces dieux celtiques qu'elle vénérait : avec ses cheveux couleur or et son torse clair recouvert d'une toison aussi dorée que ses cheveux.

Avec délice, elle en découvrit, de ses doigts, la douceur, malgré son apparence drue. Intrépide elle commença à caresser ce torse d'homme suivant les courbes de ses muscles.

La réaction de Snorri l'enchanta : il respirait de plus en plus rapidement, gémissant au fur et à mesure qu'elle promenait ses mains sur lui, le découvrant.

Lentement les mains de la jeune femme descendirent vers les braies, le seul vêtement qu'il portait encore. Posant ses doigts sur les lacets, elle sentit ceux de Snorri la retenir.

— Je ne sais pas si c'est une bonne idée, Kynda.

Sachant comment certaines Skotars réagissaient à la vue de leurs attributs masculins, il craignait d'effrayer son amante.

— Je veux te voir, j'en ai réellement envie.

— Kynda, je…

— Chut…

Pour le faire taire elle l'embrassa tendrement, faisant jouer ses lèvres comme il l'avait fait plus tôt.

Elle défit les lacets, puis fit lentement descendre ses braies. Ses mains posées sur ses fesses, dures, rondes et musclées. Sentant le vêtement descendre elle ramena les mains vers l'avant, puis descendant le long de ses cuisses en caressant la peau de Snorri du bout des doigts, lui provoquant des frissons sur tout le corps.

Tout en continuant de s'embrasser langoureusement, elle remonta lentement, *très lentement*, les mains vers l'avant de ses cuisses allant toujours plus hauts. Plus elles montaient, plus le baiser de Snorri devenait passionné, les faisant gémir tous les deux.

Quittant ses lèvres il trouva sa gorge, qu'il embrassa, lécha, tout en amenant le corps doux contre le sien, contre sa virilité, se frottant lentement contre Niamh. La tête rejetée en arrière elle gémit le nom de Snorri, encore et encore, faisant monter la tension entre eux.

Lentement il la recoucha dans l'herbe tendre, admirant la splendeur de son corps, illuminé par les rayons de la lune. Elle fit de même avec lui en descendant son regard toujours plus bas. Le cœur serré il attendit en ayant peur qu'elle puisse s'effrayer, se fermer, le fuir. Elle releva les yeux vers les siens :

— Tu ressembles à un dieu ! l'admirait-elle.

— Et toi tu es ma Déesse.

Avant de se recoucher à côté d'elle il retira ses bottes et ses braies. Tout comme elle, il était entièrement dévêtu. La prenant dans ses bras, il la tint contre lui l'embrassant passionnément. Il refit faire le même parcours à ses lèvres : le long du corps de Niamh, embrassant chaque parcelle de peau, sans remonter, cette fois-ci. Il descendit plus bas la tenant par les hanches.

Snorri l'embrassa, tendrement et langoureusement tout en la recouvrant de son corps. D'instinct elle écarta ses cuisses, lui permettant de s'installer tout contre elle.

Il lui semblait que là était la place de son aimé : la seule où elle le voulait, le désirait. Levant la tête, elle posa ses lèvres sur les siennes tout en l'agrippant d'une main dans sa nuque.

Elle le sentit à l'entrée de sa féminité. Surprise elle constata qu'il avait la peau étrangement douce. Par de très lents mouvements, de va-et-vient du bassin, il entra en elle, toujours un peu plus profondément. Elle aima le sentir là, elle se sentit comblée, entière, complète. Arrêtant de l'embrasser il mit son front contre le sien.

— Je suis désolée, cela va te faire mal je le crains. Si tu veux je peux arrêter, je respecterai ton souhait.

Les yeux brillants elle fit non en agrippant les fesses de son amant, le retenant, elle ne voulait pas qu'il la quitte.

— Promets-moi.

— Tout ce que tu veux.

— Ne te retire pas, reste en moi je t'en prie.

— Kynda…

— Chut, elle posa ses doigts sur les lèvres de Snorri. C'est tout ce que je te demande, ne te retire pas, je ne le supporterais pas.

— Tu sais ce qui peut arriver.

— Oui, porter ton enfant. Je ne m'imagine rien de plus merveilleux. Promets-moi.

Scrutant le visage de Niamh, il n'y vit que sincérité.

— Je te le promets.

Brusquement, les traits de la jeune femme se crispèrent, la déchirure de son hymen fut plus douloureuse que ce qu'elle s'imaginait. Snorri la tenait tendrement, la berçant, chuchotant des mots tendres. Lentement elle se détendit à fur et à mesure que la douleur s'estompait.

Les sensations qui suivirent, n'eurent rien de comparable à ce qu'elle avait ressentit jusque-là. Lentement, Snorri allait et venait en elle, à chaque fois un peu plus profondément, son regard vrillé au sien, guettant chacune de ses réactions.

Elle frotta ses chevilles contre les jambes du jeune homme, les remontant pour les croiser sous ses fesses. L'encerclant de ses cuisses elle l'invitait à venir plus profondément en elle.

Se positionnant sur l'un de ses coudes il prit de l'autre main celle de Niamh qu'il plaça au-dessus de sa tête, mettant en valeur l'un de ses seins nimbés par les rayons argentés de la lune, rendant sa peau encore plus laiteuse.

Lentement il prit le mamelon entre ses lèvres, laissant y jouer sa langue en augmentant la cadence de ses va-et-vient. Sa langue avait le même rythme que son bassin, augmentant à chaque poussée.

Niamh respirait de plus en plus vite, haletante, gémissant le nom de Snorri. Subitement, elle quitta son propre corps en sortant un cri rauque de sa gorge, en volant en éclats sous une lumière éblouissante.

Chaque morceau planait au-dessus d'elle, avant de redevenir son corps allongée, alanguie sous celui de son aimé. Snorri trembla, frissonna en gémissant à son tour, crispant sa mâchoire, poussant quelques coups, longs, et profonds en elle.

Tous deux haletant et en sueur, se redécouvraient avec émerveillement. Frottant son nez contre celui de Niamh il redescendit sur terre. Jamais il n'avait vécu une telle union, un tel amour. Niamh s'était donnée toute entière, sans retenue.

Du doigt il suivit son arcade sourcilière, descendant le long de sa joue pour retrouver sa bouche, dont les lèvres étaient gonflées par ses baisers. Jamais il n'avait vu de plus belle femme, ni plus douce et passionnée. Cette femme sublime avait accepté de l'épouser.

Recommençant à bouger lentement en elle il constata qu'il était toujours dur malgré la jouissance qu'il venait de connaître. L'embrassant tout en se mouvant il fit remonter la passion entre eux, les amenant vers d'autres cieux.

Ils jouirent au même moment, tous les deux, les terrassant, à bout de souffle. Se couchant sur le dos, il attira la jeune femme tout contre lui, l'enlaça de ses bras, posa ses lèvres sur son front.

Revenant lentement sur terre ils se caressèrent tendrement du bout des doigts, se chuchotant des mots doux en parlant de leur avenir.

Il ne pouvait s'empêcher de l'admirer. Ils avaient retrouvé la force de se rhabiller pour ensuite prendre le passage secret, menant vers la chambre de Niamh.

Ils s'étaient déshabillés mutuellement, s'écroulant ensuite sur le matelas douillet, s'aimant une nouvelle fois, lentement au début en se murmurant des mots doux, tendres, avant que la passion ne les emmène toujours plus haut.

Par deux fois Niamh lui avait demandé s'il y avait d'autres façon de s'unir, ce qui lui montra, en veillant à ce qu'elle se sente à l'aise et aimée, l'amenant à l'extase avant de s'y rendre lui-même.

Comme il le lui avait promis il ne se retira pas une seule fois, répandant sa semence en elle. Ensuite elle l'étonna, demandant si elle aussi pouvait le cajoler avec les lèvres comme il le faisait pour elle. Lentement il l'initia, la guida. Jamais avant il n'avait connu un tel bonheur.

Maintenant il était là, couché à côté d'elle l'observant dormir, totalement découverte, offrant à ses yeux son corps splendide. Elle devait rêver, il la vit sourire en dormant puis d'étirer en soupirant. Tendrement il lui caressa l'épaule, descendant le long de son bras puis remontant à nouveau.

Les paupières de Niamh papillonnaient sous sa caresse. Ouvrant les yeux ses pupilles se dilatèrent à la vue de Snorri. Souriant délicieusement en s'étirant, elle provoqua un effet immédiat, à une partie de l'anatomie de son amant. Caressant sa lèvre inférieure il sourit :

— Bien dormi ?

Elle s'étira langoureusement amenant les bras au-dessus de sa tête :

— Merveilleusement bien, soupira-t-elle. Et toi ?

Amenant son nez sur celui de Niamh il le caressa :

— Je n'ai jamais aussi bien dormi qu'en te tenant dans mes bras. Je t'aime, Kynda.

— Moi aussi, tellement.

— Épouse-moi.

— Quand ?

— Aujourd'hui.

Posant une main sur le ventre de Niamh, il le caressa tendrement :

— J'ai t'ai peut-être fait un enfant. Je préfère qu'il ait des parents unis. Pas toi ?

Plaçant une main sur celle de Snorri son expression se fit rêveuse.

— Cela me rendrait très heureuse de porter ton enfant, et fière.

—Tu n'as pas répondu à ma question. Ne veux-tu pas m'épouser aujourd'hui ?

— Oh oui, je le veux.

Coquinement, elle pencha la tête, vrillant son regard dans celui de Snorri :

— Avant de descendre, tu devrais peut-être continuer tes semailles pour être certain, qu'en dis-tu ?

Un sourire tout aussi coquin lui répondit.

—Tu pourrais répéter? Magnar, ainsi qu'Einarr observaient Snorri étrangement.

— Que ne comprends-tu pas dans la phrase : peux-tu nous unir, Niamh et moi le plus tôt possible, aujourd'hui serait le mieux ?

— Pour commencer : *Niamh et moi*, ensuite *unir* et pour compléter le *aujourd'hui*. Avoue que c'est soudain !

— Que veux-tu dire par *soudain*, vous avez bien remarqué qu'on cherche souvent la compagnie l'un de l'autre ? Non ?

— Si se dire bonjour le matin, puis quelques mots durant la journée en étant accroupi à côté d'elle, signifie pour toi *chercher souvent la compagnie l'un de l'autre*, cela je l'avais remarqué.

— Que je veillais sur elle, la protégeais, m'occupais d'elle, tu ne l'as pas vu ?

— Quand ?

Einarr se racla la gorge :

— Je l'avais remarqué, maintenant qu'il le mentionne.

— Ah bon ? Quand ? s'étonna le Jarl.

Einarr se remémora la scène sur la plage, où Snorri s'était éloigné, avec Niamh dans ses bras, pour que d'autres ne la voient pas pleurer. Là, ou lui semblait que tout avait changé entre eux.

— Je l'ai remarqué, ce devrait être suffisant pour toi. Si cela n'est pas assez, remémore-toi les Nornes.

— Comment cela ?

— Les tourments cesseront, un ami l'y aidera et son cœur s'ouvrira à nouveau, laissant le Náttleysi éternel y

pénétrer. La femme de feu y veillera. Ne me dis pas que tu ne t'en souviens pas ?

— Niamh serait la femme de feu ?

— As-tu vu ses cheveux ? À quoi te font-ils penser ? Même Oddvakr a tout compris depuis bien longtemps !

Snorri observa Einarr, les sourcils froncés. Il avait totalement oublié les paroles des Nornes. La chevelure de Niamh faisait effectivement penser à du feu, quand le soleil s'y mêlait. Hier, la lune avait fait le même effet, ainsi que ce matin, étalée sur l'oreiller blanc.

—Quelle est ta décision ? Sinon j'attends l'arrivée du Jarl Thorolf !

— Pourquoi lui ? s'offusqua Magnar.

—Il demandera : voulez-vous réellement vous unir ? Je lui répondrai *oui*, il se tournera vers Niamh, si elle lui dit *oui* également, il nous unira. Il n'en fera pas toute une histoire, étant donné que c'est ce que l'on désire plus que tout !

— Je poserai donc la question à Niamh, si elle me répond que c'est son également souhait, je vous unis. Est-ce acceptable pour toi ?

— Tout à fait.

— Tu demanderas à Callum de vous unir selon les rites de la Chrétienté, ajouta Magnar.

— Je ne voie pas pourquoi : Niamh n'est pas Chrétienne.

— Comment ?

— Elle vénère les anciens dieux celtes.

— Il y en a bien plus que tu ne le crois, Magnar. Même parmi les baptisés, expliqua Einarr.

— Bien. Dès que je croiserai Niamh je lui poserai la question.

— Elle est derrière la porte, elle attend la réponse, expliqua Snorri.

— Tu m'en diras tant ! s'exclama Magnar. Dans ce cas, fais-la entrer.

Se tournant vers Einarr il ajouta :

— Elle semblerait toute aussi impatiente que lui !

Einarr sourit à la remarque de son Jarl. Snorri fit entrer Niamh, qui se tordait nerveusement les doigts, scrutant le Jarl.

—Niamh, Snorri m'a demandé de vous unir le plus rapidement possible, de préférence aujourd'hui. Consens-tu a cette union ?

Ayant une boule dans la gorge l'empêchant de prononcer le moindre son, elle hocha la tête souriante en s'approchant de Snorri.

— Il est clair que ces deux-là le désirent, affirma Einarr.

— Oui, c'est ce qu'il me semble également. Je vous unirais donc ce soir, avant le repas. Qu'en dites-vous ? Einarr je te fais confiance pour t'occuper de notre ami. Je vais demander à Kára de veiller sur Niamh. D'ici ce soir je ne veux plus vous voir *ensemble*, est-ce clair ?

— Nous n'avons pas besoin de tout le cérémonial : rien que nos vœux et les anneaux ! s'insurgea Snorri.

— Vous irez tous deux à l'étuve, chacun à votre tour, c'est ce que j'ai décidé. Que fais-tu de l'öl nuptiale ? Pendant quarante jours vous allez en boire, chaque soir avant le repas.

Soupirant, Snorri accepta, craignant que Magnar ne change d'avis.

Snorri attendait impatient, que *sa Kynda* descende. Il ne l'avait pas vue de toute la journée, comme son Jarl l'avait ordonné.

Plus tôt dans la journée, Oddvakr l'avait sermonné : il l'avait cherché toute la soirée de la veille, pour un concours de bras de fer.

Ayant parié sur la victoire de Snorri, il l'avait cherché en vain, perdant son pari. Il l'avait écouté débiter une longue tirade de paroles, dont il n'avait pas compris un traitre mot, ayant l'esprit ailleurs.

Pendant que Niamh se trouvait à l'étuve, avec Kára et Yseult pour la purification de la jeune mariée, il était monté dans la chambre qu'il occuperait *officiellement* dès cette nuit en tant que jeune époux. Son coffre y avait été monté.

Il n'avait jamais été très soucieux concernant ses vêtements, tant qu'ils étaient propres et ravaudés, il s'en contentait.

Mais pour ses noces, et pour Niamh, il voulait faire un effort.

Tous étaient habitués à le voir dans des vêtements sombres, pratiques pour un pisteur. Il craignait devoir demander l'une ou l'autre tunique à Oddvakr.

En ouvrant son coffre, il resté bouche bée : au-dessus de tous ses autres vêtements, s'y trouvait une qu'il ne connaissait pas. Il l'avait prise dans ses mains et dépliée.

Elle était faite avec la fine étoffe en laine, bleu profond, que Niamh avait trouvée sur l'île de Mǫn.

En pensée il avait revu la scène où elle avait dit au marchand vouloir en faire une cape, pour son époux.

Un sourire apparu sur son visage en se souvenant qu'il l'avait vue coudre un vêtement avec cette étoffe.

Il avait alors pensé qu'elle se cousait une robe.

La tunique était finement décorée de fils d'or et de galons, dorés également. Tout en creusant dans ses souvenirs, jamais il n'avait possédé une si belle tunique.

Il venait de trouver le parfait vêtement pour ses noces. Ses braies en cuir fin feraient le reste.

C'était une première pour Niamh : un bain à l'étuve ! Elle s'y retrouva avec Kára et Yseult. La jeune nordique lui expliqua le déroulement des noces, et le principe de ce bain.

Les trois jeunes femmes passèrent un bon moment ensemble, en rigolant, se racontant leurs rêves, leurs espoirs. Après l'étuve, le bain dans l'eau glacée avait saisi Niamh. Après être remontées dans la chambre de la jeune mariée, elles avaient eu à choisir la robe qu'elle devrait porter.

Son choix se porta sur le bel ensemble vert, trouvé par Snorri et Oddvakr sur l'île de Mǫn. Elle se sentait belle dans cette tenue façon nordique.

Kára avait longuement coiffé ses cheveux, les rendant encore plus brillants. Elle avait hâte d'arriver au moment de s'unir avec Snorri.

Malgré la nervosité qui avait pris possession d'elle en approchant ce moment qu'elle attendait depuis le matin. En arrivant dans la chambre elle avait ouvert le coffre de

Snorri, curieuse de découvrir s'il avait trouvé la tunique qu'elle lui avait faite en y mettant tout son amour pour lui.

Snorri était passé, comme la coutume le voulait, à l'étuve pour sa purification, accompagné d'Einarr, Agnarr, Thoralf et Oddvakr. Il avait apprécié qu'aucun d'eux ne se soit senti *obligé* de lui expliquer les devoirs d'un époux, ni lui parler des changements *inexplicables* des humeurs d'une épouse.

Ses amis l'avaient aidé à passer le temps qui lui avait semblé si long, durant toute cette journée, en se remémorant les frasques d'Oddvakr et lui, ou tous avaient craint qu'un jour l'un ne tue l'autre.

Malgré son impatience il avait passé un bon moment avec ses amis, ceux avec qui il partageait le plus, avec qui il avait le plus d'affinités.

Le moment tant attendu était arrivé, Niamh descendit les marches vers la grande salle, les mains tremblantes. Snorri allait-il la trouver belle ? Il se trouvait de l'autre côté de la grande salle, devant le Jarl.

Dès que celui-ci leva la tête vers elle, Snorri se retourna. Ses doux yeux agirent comme un aimant elle ne vit nulle autre que lui, souriant en l'observant s'avancer vers lui, l'admirant comme la plus belle des femmes.

Elle se trouvait sur un nuage. Après que le Jarl eût aspergé les jeunes époux, et toutes les personnes présentes, Snorri lui glissa un anneau au doigt. Prenant celui que le Jarl lui tendait, elle fit de même. Les mains unies, ils les posèrent sur une épée, prononçant leurs vœux.

Des cris de joie se firent entendre depuis tous les recoins de la grande salle : tous se réjouissaient des noces de leur ami.

Soudain, la grande porte s'ouvrit, laissant entrer des hommes d'armes. Niamh s'approcha de Snorri craignant un danger imminant.

Avec consternation elle vit Einarr avancer vers la porte en arborant un grand sourire. Un jeune Skotar entra, lui faisant une accolade. Fronçant les sourcils elle se tourna vers Snorri.

— Qui est-ce ? demanda-t-elle inquiète.

— Daividh. Non seulement le mormaor de ce túath, mais ils sont amis depuis l'enfance.

L'observant plus attentivement, elle espéra qu'il rende justice à ses deux amies et elle-même, comme Snorri semblait le croire. Elle le vit écouter Einarr, très attentivement, en haussant les sourcils avant de tourner la tête vers eux, arborant un très large sourire, pour ensuite se retourner à nouveau vers Einarr, lui faisant une nouvelle accolade. Les deux hommes vinrent vers eux en souriant.

— Snorri ! Dans mes bras mon ami ! Félicitations, j'apprends que j'arrive à temps pour fêter tes noces !

Les deux hommes se saluèrent chaleureusement. Se tournant vers Niamh, Daividh scrutait, avec émerveillement, la chevelure de la jeune femme. Lui prenant sa main droite il lui fit un baise-main.

— Je vous présente tous mes vœux de bonheur, ma Dame.

Se retournant, à nouveau, vers Snorri il lui posa une main sur son épaule :

— Mon ami, c'est avec une immense joie que je constate que ton union ne sera pas monotone : nos rousses ont une sacrée réputation et pas mal de qualités et *ennuyeuse* n'en fait pas partie !

Il prit une coupe d'mjǫðr puis se tourna vers le jeune couple :

— Skoll, que cette union soit fructueuse !
— Skoll ! répondit l'assemblé, tous avaient levé leurs coupes.

Daividh se pencha vers Snorri.

— Que tes dieux vous bénissent.

Stupéfaite par ce qu'elle venait d'entendre, Niamh en resta bouche bée en le fixant rejoindre Einarr.

— Ai-je bien entendu ? Il a parlé de *tes dieux* ? Les Nordiques ?
— Oui, il a vécu trois ár chez Alvaldr : il connait nos coutumes et les respecte. C'est pour cette raison que je crois qu'il vous rendra justice à toi, Yseult et Kára. Viens, *mon épouse*, nous devons nous rendre à la grande table pour la cérémonie de la bière nuptiale. Kára a-t-elle eu l'occasion de te l'expliquer ?

Elle hocha la tête émue par les paroles qu'il venait de prononcer : *mon épouse*. Elle était liée à cet homme beau, doux, fabuleux.

15

C'était le troisième jour que Daividh et Einarr s'enfermèrent toute la journée dans cette pièce sombre, examinant les livres de comptes et d'inventaires. Comparant la disparition de farine, et autres denrées : elles correspondaient avec les dates des visites de Dubhghall, fournies par Maîtresse Mairead.

— Heureusement que tu as eu un doute, et que tu es arrivé avant la date prévue. Il allait certainement emporter une partie de la nouvelle récolte. Cela aurait été un désastre pour les gens d'ici, ils n'auraient jamais survécu jusqu'aux prochaines récoltes. Qu'est-ce qui t'a fait prendre cette décision ? demanda Daividh.

— Alvbjǫrn les a entendus parler. Ses geôliers ne savaient pas qu'il comprenait le Gàidhlig. Quand il a entendu parler d'un túath le long du fleuve Tay, il a craint qu'il s'agisse de celui-ci, sachant qu'il y avait déjà eu des vols. Que vas-tu faire ?

— Je vais contacter son père : le toísech Cormac. Ainsi que son mormaor, que je connais assez bien. Il est honnête et juste. Je vais demander réparation et l'informerai que Dubhghall, ainsi que Fergus, seront pendus ici, en même temps que leurs hommes.

— Tous ses hommes ?

— Nous devons donner l'exemple, Einarr, aussi déplaisant que cela puisse être.

— Ce n'est pas pour cette raison que je te pose la question.

— Explique-toi !

— Tu devrais entendre ce que Snorri a à te dire.

— Où est-il ?

— De l'autre côté de cette porte.

— Je n'en reviens toujours pas qu'il ait une épouse ! Quand tu m'as répété les paroles des Nornes, jamais je n'aurais pensé à lui. Snorri tourmenté me semblait si incroyable !

— À moi également et pourtant c'était bien lui.

— Tu sais pour quelle raison il l'était ?

— Seuls Niamh et Oddvakr le savent.

— Même sous la torture Oddvakr ne dira rien, jamais, son secret est bien gardé. Bien faisons entrer Snorri.

Snorri expliqua aux deux hommes ce qu'il avait appris par son épouse, ce qu'il advenait des jeunes pucelles *offertes* chaque année à Dubhghall.

— Tu dis qu'il exigeait une vierge chaque ár ? demanda Daividh, écœuré par ce qu'il venait d'apprendre de la bouche de Snorri.

— Oui tu as bien compris. Niamh était le *tribut* de cette fois-ci.

— Ton épouse ? Daividh écarquilla les yeux.

— Je l'ai trouvée au moment où les hommes l'amenaient à Dubhghall.

Daividh se sentit mal, devant poser une question délicate :

— L'ont-ils, je veux dire, est-ce que Dubhghall, enfin tu vois, a-t-elle été .. ?

— Non.

Snorri était tout aussi mal à l'aise que Daividh.

— A-t-elle dit depuis quand cela durait ?
— Dix ár.

Daividh le fixait bouche bée, tombant des nues.

— Il me semble incroyable que son père, le toísech Cormac, n'ait jamais rien appris concernant les agissements de son fils. Une ou deux fois, ma foi oui, il aurait pu ne rien remarquer, mais dix ár ! Ensuite il les a toutes vendues comme esclaves ?

— Il les gardait pendant un ár, ensuite il les vendait juste avant l'arrivée de la suivante, sauf Ailis.

— Et pour les deux autres ?

— Kára a été enlevée en Agðir par des complices de Dubhghall, elle devait être vendue prochainement.

— A-t-elle été souillée ?

— Elle n'en a pas parlé à Niamh. Elle ne dit pas grand-chose de sa captivité.

— Et la jeune Franque, comment se nomme-t-elle déjà ?

— Yseult ne veut pas retourner en Francie, elle a dit à Niamh qu'elle voulait rester avec nous, et ne pas retourner auprès de sa famille.

— Par la Vierge Marie pourquoi cela ?

— Si j'ai bien compris, ses parents exigeraient qu'elle entre au couvent pour faire pénitence, étant donné qu'elle a *touché* un homme n'étant pas son mari. Dans son cas : plusieurs hommes. Elle aurait dû selon *ta* religion, se donner la mort, ce qui aurait été préférable, plutôt que de faire subir un tel affront à ses parents.

Daividh blêmit, les paroles de Snorri avait évoqué, en lui, des souvenirs lointains qu'il aurait préféré oublier à tout jamais.

Il revit la jeune fillette d'onze ans, morte en couche, suite aux agissements d'Angus, son père. Les parents de la pauvre petite n'avaient même pas voulu s'occuper de ses funérailles !

Callum et lui avaient creusé une tombe, en terre consacrée, pour qu'elle puisse reposer en paix. Le moine n'avait plus été le même depuis. Pour la paix de son âme il avait fui. Lui et Einarr lui prêtèrent main forte et désormais il vivait dans le village de son ami.

— Elle pourrait rester ici : Catriona la prendrait très certainement sous sa protection. Tu peux demander à ton épouse de lui transmettre le message ?

— Je lui en parlerai.

— Hum, bien. Qu'allons-nous faire ?

— En fait …. Snorri ne continua pas sa phrase.

D'un geste de la main Daividh l'invita à poursuivre.

— Au départ, deux d'entre elles étaient des femmes libres. Niamh est née fille de serf, ce qui fait qu'elle en était une également. En la délivrant de ses tourmenteurs, je lui aie rendu sa liberté.

Chez nous les violeurs sont pendus. Niamh a failli l'être ! Elle a été enlevée : ce qui est chez nous est également un crime. Pour Kára on ne sait pas, mais Niamh se doute qu'elle l'a été prise de force. Elles n'admettent pas ce manque de compréhension, ce manque d'égard. Honnêtement, moi non plus !

— Ni moi, dois-je t'avouer. Ce sont les dirigeants de la Chrétienté qui ont fait d'elles des personnes inférieures aux hommes, *largement inférieures*, sans aucun droit. Elles doivent enfanter, tenir une maison, obéir, prier pour le pardon du crime de Eve, ainsi que d'être née femme et surtout se taire.

— Tu agis ainsi avec ton épouse ? Snorri était dégoûté par ce qu'il venait d'entendre.

— Certes non ! Pour qui me prends-tu ? Jamais je ne traiterais Catriona de cette façon, ni ma mère ou ma sœur ! Ni aucune femme. J'espérais que tu me connaissais assez bien !

— Désolé, Daividh, je ne voulais pas t'insulter. Mais ce que j'ai appris me révolte.

— Tout autant que moi, crois-moi !

— Que comptes-tu faire ?

— Je ne peux, malheureusement, pas les pendre deux fois ! soupira-t-il, se frottant le visage. Mais, j'ai bien envie de faire comprendre que je compatis avec elles, que je suis dégoûté au point d'en être malade.

Il réfléchit se tapant les lèvres de son index, les yeux dans le vague :

— Que penseraient-elles d'une flagellation en public ?

— Tu serais prêt à les fouetter devant tous tes gens ? s'étonna Snorri.

— Vingt coups pour les enlèvements. Autant pour les viols.

— Tu risques de pendre des cadavres ! l'informa Einarr.

— Moi foi qui ira vérifier ? Toi ? Crois-tu qu'elles accepteraient ? demanda-t-il à Snorri.

— Je crois que oui. Merci Daividh.

Se tournant vers Einarr, les sourcils froncés, Daividh ajouta :

— Quelques coups pour l'enlèvement de tes hommes ?

— Là c'est certain : tu vas pendre des hommes morts ! Mais ce n'est pas eux qui les ont enlevés.

— Rien que Dubhghall dans ce cas : l'ordre venait de lui. Autre chose, je me vois difficilement donner tous les coups de fouets, mes bras n'auraient pas la force. Puis-je compter sur toi ? En tant que toísech tu en as le droit étant donné que l'ordre vient de moi. Aidan et Coinneach seront également utiles.

— Évidemment que tu peux compter sur moi !

— Bien, ceci étant réglé, revenons à nos livres de comptes.

Snorri quitta la pièce, laissant les deux hommes à ce travail fastidieux.

— Il va les fouetter ? En public ?

Niamh n'en revenait toujours pas ! Un mormaor, un noble, prenant une telle décision, à l'égard de ce qu'elle et ses deux nouvelles amies, avaient subi !

— Comment cela se fait-il ? demanda-t-elle toujours incrédule.

— Il a vécu trois ár chez nous, comme je te l'ai déjà expliqué. Daividh préfère certaines de nos lois. Il a également vu pas mal de choses qui le dégoûtent, surtout de la part de son père. Il est quelqu'un de bien. Il propose d'emmener Yseult et la mettre sous la protection de son épouse. Il lui laisse le choix.

— Il y a une autre raison pour laquelle elle veut venir avec nous.

Snorri pencha la tête, attendant la suite.

— Alvbjǫrn ! expliqua-t-elle.

— Alvbjǫrn ?

— Oui, il a été le premier à la considérer sans mépris, depuis son enlèvement, et quand on nous a attaqués, il l'a protégé. Ensuite il s'est occupé d'elle. Son cœur bat plus vite, dès qu'elle l'aperçoit, mais d'un autre côté elle se demande ce qu'il pense d'elle, vu qu'elle est souillée.

— Tu veux dire qu'elle a des tendres sentiments pour Alvbjǫrn ?

Niamh acquiesça.

— Je vois, dit-il, pensivement.

— Tu ne sais pas si lui en a pour elle ?

— Je dois dire que je ne passe pas énormément de temps avec lui.

— Je l'avais remarqué.

— Ce n'est pas que je ne l'apprécie pas, c'est juste…

— Qu'il est plus jeune !

Snorri fit oui de la tête.

— Si maintenant Alvbjǫrn n'a pas les mêmes sentiments, elle risque de regretter d'être venue chez nous, n'y connaissant pratiquement personne, ni notre langue.

— Peut-être qu'un autre grand et charmant Fine gall la trouvera à son goût.

— Un *grand et charmant Fine gall* ?

— Le grand, charmant, beau et tendre Fine gall est déjà pris : je l'ai épousé hier !

— Vraiment ?

— Je te le promets, c'est le cas.

— *Beau* ?

— Sans aucun doute !

— *Tendre* ?

— Il en va sans dire, plus tendre que lui n'existe pas.

— Vraiment ?

— Pourquoi cela te trouble autant ?

— Tu viens de détruire avec un seul mot ma réputation de farouche guerrier. *Tendre* ! Vraiment ?

Souriant, elle lui caressa la joue :

— Du point de vue de l'épouse, tu l'es. Envers tes adversaires, je préfère que tu ne le sois pas.

Lui souriant en retour, il pencha sa tête contre sa main.

— Tendre envers mon épouse ? Je peux vivre avec cela.

Daividh se tenait auprès d'Einarr, Aidan et le jeune Coinneach dans la place du donjon non loin du pilori, son fouet dans les mains :

— Je te laisse Dubhghall, pour ses crimes envers l'épouse d'un de tes hommes et tes frères.

Einarr hocha la tête en guise de remerciement.

Tous étaient présents : les hommes d'armes de Daividh, les habitants du túath, les Northman et les mécréants qui allaient subir la sentence. Les Jarlar Thorolf et Alvaldr étaient arrivés plus tôt dans la journée, et tous leurs hommes, comme prévu.

Daividh annonça la sentence en public. Vu le nombre de coups de fouets qui allaient suivre, les trois Jarlar présents effectueraient, également, une part du châtiment.

Aussitôt que la sentence au fouet serait terminée, les hommes de Daividh emmèneraient, au fur et à mesure, les coupables vers l'arbre de gibet, où ils seraient pendus, et laissés aux corbeaux ; en guise d'avertissement ils pourriraient à l'air libre.

On entendait que les coups de fouets de Daividh et un de ses hommes, qui les comptait à haute voix ; ainsi que les plaintes et cris des châtiés. Il prit le fouet mordant le plus profondément dans la chair des hommes, suspendus par les bras au pilori, dénudés jusqu'à la taille.

Dès que l'un d'eux s'évanouissait il donnait l'ordre de le réanimer à l'aide d'un seau d'eau. Ils devaient *tous* être conscients tout au long de la sentence.

Il faisait exceptionnellement chaud, ce jour-là. Le soleil tapait sur les dos des fouettés, amenant également son lot de mouches, et autres insectes, volant autour d'eux, attirés par l'odeur du sang. Subir autant de coups mit leurs dos en lambeaux, dégoulinant de sang, qui s'accumulait en une énorme flaque à leurs pieds.

Dès que la sentence prit fin, deux hommes de Daividh les détachaient du pilori pour les jeter, sans ménagement, à l'arrière d'une charrette. Ensuite, ils les menèrent vers l'arbre de gibet où ils furent pendus.

Les corbeaux, et autres oiseaux charognards, attirés par le sang du tout premier pendu, se délectèrent de toute cette chair fraîche mise à leur disposition. Jamais un arbre ne fut aussi ensanglanté dans ce túath !

Daividh, dans sa colère, avait également interdit au prêtre de prier pour les condamnés, en leur refusant les derniers sacrements, il avait la certitude qu'ils pourriraient tous en enfer : là où était leur place.

Inlassablement il donnait les coups aux premiers condamnés. Les trois années passées en Rygjafylki, lui avaient enseigné la même dextérité des deux mains, ce qui fut utile en ce jour funeste.

Après les douze premiers, des quarante à châtier, il passa son fouet à Aidan. Fils d'un Dani, il avait la taille et la force des Nortmans, au grand dam de l'homme attaché au pilori.

Tous les condamnés furent obligés d'assister à la sentence : à genoux attendant leur tour. Grand nombre d'entre eux priaient, d'autres fermaient les yeux, pleurant silencieusement.

À chaque coup de fouet qu'ils entendaient, ils se crispaient, ou sursautaient, supportant que très difficilement les plaintes de leurs compagnons.

Seul Dubhghall resta stoïque, pendant que ses hommes subissaient leurs sentences. Insensible et froid, il fixait droit devant lui.

Tard dans l'après-midi, ce fut son tour, il ne restait que lui. Einarr fit signe aux hommes de Daividh de ne pas bouger. Deux de ses propres hommes se dirigèrent vers le vendeur d'esclave : Gauti et Oddvakr, qui avaient vu leur plus jeune frère se faire enlever par les hommes de cette pouriture.

Ils avaient tous décidé d'un traitement spécial. Il fut entièrement dénudé devant tous. Pendu au pilori, mais dans l'autre sens que les autres : face vers Einarr, les bras très tendus vers le haut et les pieds attachés également.

Einarr s'avança en déliant le fouet, se plaçant à une distance qui fasse que ce soit plus douloureux, chaque coup mordant très profondément dans la chair.

Dubhghall allait contempler la mort en face, droit dans les yeux, très douloureusement, et lentement. Le premier coup parti laissa une immense zébrure, en oblique sur le torse de l'homme n'ayant pas réussi à retenir son cri de douleur.

Einarr, de très grande stature, mais surtout de musculature, ne retint aucun de ses coups, maniant de main de maître le fouet, sachant parfaitement où frapper pour agoniser très douloureusement, et lentement.

Cet homme s'en était pris à ses deux jeunes frères : il allait en payer le prix. Il y veilla, et prit le temps, pour effectuer la sentence. À la moitié des coups de fouet, le Skotar n'était que lambeaux et sang : de ses mains aux pieds, aucune partie à la vue d'Einarr ne fut épargnée.

Dubhghall gémit, pleura et hurla à chaque coup, implorant pitié. Inlassablement, Einarr continuait à jouer de cette lanière en cuir.

À chaque évanouissement, Dubhghall était réanimé d'un seau d'eau : il devait subir les quatre-vingt coups, éveillé jusqu'au bout, conscient de *qui* les lui infligeait.

Fergus, son jeune frère, assista à cette scène atroce et monstrueuse. N'ayant pas participé aux enlèvements, ni aux viols, il serait uniquement pendu, en même temps que son frère Dubhghall : sur le même arbre, à la même branche, tourné face à lui.

Respirant faiblement, et à l'article de la mort, Dubhghall fut détaché et jeté à l'arrière de la charrette, son jeune frère assis à ses côtés. Ils effectueraient leur dernier voyage : vers l'arbre de gibet où ils seraient pendus.

Dubhghall fut trainé, sans ménagement, par les pieds, il sentit la corde autour de son cou le tirant vers le haut. Gargouillant, tout en se débattant des jambes, en raison des derniers spasmes musculaires, il rendit l'âme, ayant eu comme dernière vue, du seul œil qui lui restait, un corbeau se délectant de sa chair.

Le ciel commença à se couvrir au loin, plus au nord. Des nuages menaçants arrivaient droit vers eux. Ils étaient aussi sombres que l'humeur d'Einarr. Même de loin il voyait les trombes d'eau tomber en grande quantité ! Si les vents ne tournaient pas ce seraient pour eux.

Soupirant il porta son attention vers les terres agricoles de son túath. Heureusement ils avaient rentré toutes les récoltes ! Les terres étaient en attente de labourage et de nouvelles semailles.

Cette pluie, qui arrivait droit vers eux, allait les retarder. En Alba on savait quand une pluie arrivait, mais jamais quand elle cesserait ! Elle rendait les terres boueuses, collantes, imbibées d'eau et impossibles à labourer.

Quand on y marcha, les semelles s'y enfonçaient, faisant un bruit de succion quand on les retirait, les laissant boueuses, trempées, parfois jusqu'aux dessus des bottes. Il soupira à nouveau, las.

Fermant les yeux, il reposa sa tête contre le tronc d'arbre, rêvant d'être auprès d'Iona, sa tendre épouse. Qui par sa simple présence, même en songe, chassa ses mornes pensées, et douloureux souvenirs. Il ne lui avait jamais avoué ce qu'il avait vécu, ici en Alba, les deux ár qu'il avait passés auprès d'Angus, le père de Daividh.

La flagellation de Dubhghall, en public, et de ses hommes, l'avait replongé dans les abîmes de son passé, les moments où, lui-même, avait goûté le fouet d'Angus !

Certes, pas beaucoup de coups pour qu'Alvaldr, son grand-père, ne puisse le suspecter, mais les cicatrices étaient bien présentes et pas uniquement dans sa chair.

Infliger les coups de fouets aux condamnés avait fait remonter ces souvenirs, revivant les morsures dans sa propre chair. Il avait été à la limite de crier sa propre douleur, celle qu'il avait retenue, par fierté, devant Angus.

Il avait retrouvé cet arbre, celui où il avait rencontré Iona, la toute première fois ; dans lequel il avait grimpé pour l'aider à descendre. Ils n'étaient que des enfants ce jour-là.

Iona y était montée pour sauver un chaton, mais ne pouvait plus en redescendre ; alors que la boule de poils était déjà bien loin. Souriant à ce souvenir, il se remémora chaque étape de ce grand sauvetage : chaque branche qu'il avait empoignée, sur laquelle il avait posé un pied, pour monter vers elle, la mettant à l'aise en lui parlant.

Ce jour-là, il n'aurait jamais pensé qu'elle deviendrait, des ár plus tard, son épouse, la mère de ses enfants : la femme qu'il aimait tout simplement. Il n'aurait jamais pu deviner qu'elle serait, pour lui, son port d'attache, son tout, celle qui le ramenait vers celui qu'il était avant de connaître Angus.

— Tu comptes descendre de cet arbre, un jour ?

La voix de Daividh le ramena au moment présent. Il garda les yeux fermés : ne voulant pas voir disparaître le beau visage, au sourire lumineux, d'Iona.

— Monte ! lui répondit-il tout simplement.

— Comment est la vue ?

Un haussement d'épaule fut la réponse d'Einarr en soupirant les yeux fermés. Il entendit Daividh, ou plutôt le bruit des feuilles et des branches, indiquant qu'il grimpait.

Ouvrant un œil Einarr constata que son ami était à sa hauteur, une pomme retenue par ses dents. Daividh les aimait depuis toujours : les pommes. Souriant, il secoua la tête :

— Qu'est-ce qui t'amène ?

— Dois-je avoir une raison particulière pour rechercher la présence d'un ami ? J'ai l'impression qu'on y grimpe plus facilement !

— On a grandi depuis.

— Oui, aussi. Toi surtout !

— Tu n'es pas *si* petit, Daividh. La plupart des Skotars le sont bien plus que toi !

— Je sais : je suis un *très grand Skotar*. Maintenant que je suis là, dis-moi ce qui ne va pas. Ce n'est pas dans ton habitude de t'isoler ainsi, de te retrancher dans tes pensées. Je t'ai à l'œil depuis quelques jours.

— Est-ce un ordre de mon mormaor ?

— Non c'est à celui que je considère comme un frère que je pose cette question. Parle-moi, dis-moi ce qui ne va pas.

Soupirant Einarr se passa les doigts dans les cheveux :

— La flagellation : elle a fait remonter des souvenirs que j'enfouis depuis bien longtemps. Ne me dis pas que ce ne fut pas le cas pour toi ! Jamais je ne le croirais, tu y as goûté bien plus souvent que moi.

Daividh assit sur la branche à côté de celle d'Einarr, et observa au loin, un pli amer aux commissures des lèvres.

— À chaque fois elles m'y ramènent : je revis chaque moment, je ressens chaque morsure une à une. Ce n'est pas de gaité de cœur que je fouette ces condamnés, mais parfois je n'ai pas le choix.

Toi tu l'as eu : ne pas vouloir devenir Jarl. Moi je ne l'avais pas, j'étais le seul fils, seul héritier vivant de mon père. Si tu savais le nombre de fois où j'ai envié Callum !

J'aurais bien donné tous ce que je possède pour aller vivre chez toi, sans ces responsabilités, du moins celles-ci. J'en aurais eu d'autres mais moins lourdes à porter.

— Je n'avais pas vu les choses ainsi, je suis désolé si je t'ai offensé.

— Non, tu ne l'as pas fait. Je ne me leurre pas, ce que nous avons fait ne va pas changer beaucoup de choses. Mon propre père avait des þrælar et en vendait. Moi cela me rebute, je n'en veux pas chez moi malgré, que ce soit une pratique très courante.

— Je sais. J'ai dû de ma propre sœur une ambát ! Je sais qu'il y en a pas mal chez nous, je ne le nie pas. Mais nous ne les traitons pas plus mal que les autres. Certains font bien pire que nous.

— Ce n'est pas moi que tu dois convaincre, je suis parfaitement au courant des faits.

— C'est vrai aussi que pas mal de femmes se font enlever, mais pas toutes pour être vendues, ou devenir nos ambáttir[111], beaucoup deviennent des épouses.

Nos esclaves peuvent acheter leur liberté, ou le devenir après un acte de bravoure, ce qui n'arrive pas chez les autres. Ce n'est pas ce qui allait arriver à mes frères et à

---

111 La société viking étant polygame, il n'y avait pas assez de femmes à épouser pour tous.

Jafnhárr : leur trépas aurait été l'unique façon de n'en plus en être.

Dubhghall méritait sa sentence, je ne le nie pas, ce sont les souvenirs que la flagellation a fait remonter, qui me rendent amer.

Entre-temps, en Rygjafylki

Enfin ! Il était arrivé à destination. Son snekkja avança lentement vers le ponton. Observant fièrement autour de lui, il aima ce qu'il découvrait, au fur et à mesure de son approche. Faisant signe à son second d'approcher, il mit de l'ordre dans sa mise.

Il venait de se changer pour mettre ses plus beaux atours, ceux qu'il avait fait coudre, par son épouse, uniquement pour cette occasion. Le jour qu'il attendait depuis si longtemps était arrivé. Il allait prendre sa place légitime, celle qui lui revenait, de droit, depuis sa naissance, mais qui lui avait toujours glissé entre les doigts.

Mais ces jours-là étaient derrière lui, plus qu'un mauvais souvenir. Un rictus cruel se forma sur ses lèvres, certains allaient en pâtir, allaient payer leurs dettes, payer pour toutes les privations et humiliations qu'il avait connues depuis sa naissance.

— Tu restes ici avec l'équipage, je descends seul, vous me rejoindrez après, quand je vous en donnerai l'ordre. Tu feras comme j'ai dit : tu les maîtrises tous, femmes, enfants, vieillards. Vous ne devriez pas rencontrer beaucoup de résistance.

— Non il ne doit pas y avoir beaucoup d'hommes. Peut-on prendre notre plaisir, après les avoir maîtrisés ?

— Autant que vous voulez, mon frère ! ricana-t-il, sachant pertinemment de quel *plaisir* il parlait. D'ailleurs, il avait décidé d'en prendre également !

Quittant son navire il fit quelques pas, avant de s'arrêter, scrutant, avec envie, autour de lui d'un air de conquérant. Ce village était de toute splendeur. Avançant lentement il se dirigea vers la maison longue, au centre du village. Elle était immense, près de huit toises !

Il aima ce qui se trouvait devant lui ! Il eut hâte d'en découvrir l'intérieur. Entrant, il resta bouche bée, la dimension de ce skáli dépassait tous ses espoirs : la beauté était époustouflante, reflétant parfaitement la richesse de ce Jarldom !

Avançant vers la grande table, il caressa, en main de propriétaire, les piliers richement sculptés. S'asseyant sur le siège du maître des lieux, il croisa ses pieds sur la table en prenant ses aises. Il ne lui restait qu'à attendre qu'une des ambáttir, ou des servantes, vienne le servir comme il se doit.

Il n'attendit pas longtemps, des voix de femmes arrivèrent à ses oreilles. Nombreuses, lui sembla-t-il, certainement en nombre suffisant pour que lui et ses hommes puissent se débarrasser de la tension dans leurs bourses.

Aux moins dix femmes entrèrent, jeunes, en pleine forme, avec des courbes là où il les aimait ; portant ou tenant par les mains, des enfants. Toutes s'arrêtèrent dès qu'elles eurent conscience de sa présence, les yeux pleins d'interrogations. L'une d'elle approcha après avoir passé l'enfant, qu'elle portait dans ses bras, à une autre.

— Qui êtes-vous et que faites-vous ici ? Premièrement : retirez vos pieds de cette table et quittez ce siège !

Il ricana en s'installant plus confortablement, l'examinant lubriquement de la tête aux pieds. Un peu petite à son goût mais quelle poitrine ! Exactement ce dont il avait besoin.

— Tu vas commencer par me montrer un peu plus de respect, si tu ne veux pas que je te transforme en ambát, ensuite tu vas me servir, j'ai grand-soif.

La femme haussa un sourcil en croisant ses bras. Cela mit sa poitrine encore plus en valeur, au point où il ne pouvait la quitter des yeux.

— Vous servir ? Vraiment ? Quittez ce siège, il ne vous appartient pas !

— Mais tu te trompes, ma jolie, il est à moi à partir de cet instant, et vous, vous êtes toutes servantes, ou ambáttir. Toi par contre, je crois bien que je vais faire de toi ma concubine, mon épouse ne tolèrerait pas que j'en prenne une deuxième.

De toute façon des épousailles doivent apporter une dot : et à part ton joli corps que pourrais-tu m'apporter ! Sers-moi maintenant avant que je ne change d'avis et te coupe cette belle chevelure et te mette un collier.

L'idée le fit rire :

— Quoique faire de toi mon esclave de lit me semble tout aussi alléchant !

— De quel droit prenez-vous ce siège, et agissez comme si vous étiez dans *votre* skáli ? suffoqua Iona, suite aux paroles entendues

Écartant les bras il engloba le skáli par ce simple geste :

— Je suis ici chez moi, c'est à moi que toi, et les autres, devez obéissance !

Retirant ses pieds, il mit ses mains sur la table :

—Maintenant, tu me sers à boire, immédiatement ! menaça-t-il Iona.

— De quel droit prétendez-vous être ici chez vous ! Sortez !

Il se leva, sauta au-dessus de la table, puis empoigna Iona par la gorge :

— Je suis le maître ici ! Depuis le trépas de Rókr Leifrson, je suis l'héritier du Jarl Leifr Sigurdrson, tu me dois obéissance !

— En quoi cela te fait-il l'héritier de Leifr ? Helga s'étant avancée, s'interposant entre cet homme et Iona.

— Parce que je suis son fils, né que quelques jours après Rókr, ce qui fait de moi son fils aîné.

— Leifr n'en a jamais parlé ! Le regardant d'un air méprisant elle secoua la tête, tu es peut-être son fils, ou peut-être pas, il ne t'a pas reconnu.

Ce qui veut dire que tu n'as aucun droit. En fait *tu* n'es rien du tout ! dit-elle ponctuant ses paroles d'un claquement de doigt le menton levé. Tu vas déguerpir d'ici avant que l'on s'occupe de toi.

— Je n'en crois rien, et tu ne devrais pas non plus, mon équipage m'attend, non loin d'ici, à bord de mon snekkja.

Il examina Helga de la tête aux pieds :

— Tu devrais plaire à plusieurs de mes hommes, ainsi que toutes les autres.

Iona avança à nouveau vers l'étranger :

— Là où tu te trompes : ceci n'est pas la maison du Jarl !

Il n'en crut rien, ricanant aux paroles d'Iona :

— Regarde cette demeure, elle est celle d'un Jarl !

— C'est celle d'un Goði[112], non celle du Jarl. Magnar Sorrenson l'est, élu par tous les hommes de ce Jarldom après que Leifr Sigurdrson ait été déchu de son titre par le Þing. Magnar est un neveu du Jarl Thorolf Hjǫrleifrson, un cousin de notre Konungr[113]. Vous comptez vous opposer à lui ?

Toutes les femmes, présentes dans le skáli, avancèrent vers lui, menaçantes. Reculant, il se trouva vite coincé contre un des piliers.

Helga et Dagmar sortirent leurs dagues, le tenant en respect, pendant que Inga courait chercher les hommes, présents, au village. Il fut amené par deux d'entre eux vers son snekkja au ponton, enchainé, couteau à la gorge.

---

112 Chef de clan appartenant à un Jarldom.

113 Roi en vieux norrois.

— Partez maintenant, où nous l'égorgeons, ordonna Iona.

Brandr, son second, attendait une réaction de son chef. Un faible signe de tête lui ordonna d'obéir. Il donna l'ordre aux hommes d'éloigner le snekkja du ponton, ensuite de quitter le fjǫrðr.

Il fut ramené, de force, vers la grande demeure, où tous les habitants du village s'étaient regroupés. Les deux hommes, le maîtrisant, l'obligèrent à se mettre à genoux devant une femme âgée, tenant un bâton, posant sur lui un regard méprisant.

Il avait entendu parler d'elle, une seiðkona répondant au nom d'Unni, une femme au grand pouvoir, respectée par les uns, crainte par les autres.

— Ainsi Pedr, tu as osé désobéir : toi le fils d'une femme vendant ses charmes aux hommes, tu as osé venir clamer ce qui ne te revient pas. J'avais prévenu ta mère, jamais elle ne pouvait te parler de ce qu'elle prétend être.

Tu n'es pas le fils de Leifr Sigurdrson. Par pitié pour elle, Leifr, lui a donné de l'or pour qu'elle puisse t'élever. Cela ne fait pas de toi son héritier. En fait, tu n'es rien depuis ta naissance, Pedr.

Pedr lui cracha à la figure faisant comprendre ce qu'il pensait d'elle. Jamais une seiðkona ne lui dicterait ses actes, sa vie.

— Un jour je te tuerai, Unni, de mes propres mains, dans une longue agonie. Tu ne me fais pas peur, vieille femme croulante ! Ma mère avait des preuves que je suis le fils de Leifr, elle me les a transmises sur son lit de mort. Je lui ai promis que les descendants de Leifr mourraient tous de mes mains, ainsi que toi : l'instigatrice de son malheur.

— Emmenez-le, et enchaînez-le solidement, il attendra le retour des Jarlar pour son procès, ordonna Unni.

16

Haustmánuður dans le túath d'Einarr, Alba

Daividh observa l'assemblée avec beaucoup d'intérêt, c'était la première fois qu'il participait à un jugement de ce type. Les trois Jarlar avaient demandé la permission de tenir ici celui du forgeron Iver, ainsi que de son épouse.

Ils avaient tous deux passé quelques mánaðr dans une de ses geôles, en attendant le retour du félagi. Plusieurs de ses hommes, pour cet événement, les avaient amenés ici.

Les équipages des quatre navires étaient présents, attendant que le Jarl Thorolf prenne la parole, l'ainé des trois Jarlar.

Les trois hommes se consultèrent à voix basse, légèrement à l'écart des autres. Le forgeron et son épouse attendaient enchaînés, au milieu du cercle formé par tous les hommes.

Thorolf leva les mains demandant le silence de tous.

— Nous sommes tous réunis, ici, à la demande d'Einarr Leifrson : Goði du Jarldom de Magnar Sorrenson. Il porte des accusations envers Iver Afkarrson et son épouse. Ils auraient mis en danger tout le village, sachant que Glúmr Tjodrekson allait les attaquer, avec ses hommes dans le but de tous les anéantir, massacrer également les femmes et les enfants, peu importe l'âge. Nous donnons la parole à Einarr Leifrson.

Einarr avança vers le milieu du cercle formé :

— Dès son arrivée dans notre village je me suis méfié de lui, ainsi que de son épouse. Je les ai faits surveiller par mes hommes.

Au début, il agissait en bon habitant de notre clan. Quand nous avons agi plus discrètement, il a trouvé un moyen pour passer des renseignements, nous concernant, à Glúmr. Ils se fixaient rendez-vous dans l'écurie assez éloignée des habitations.

Il savait que Glúmr allait nous attaquer et tous nous tuer. Or il ne nous a rien dit, ce qui, pour moi, revient à être complice. Iver et sa famille auraient bénéficié de notre protection. Qu'il ne l'ait pas fait, mettant ainsi femmes et enfants en danger, est pour moi suffisant pour exiger qu'il soit puni selon nos lois.

— L'as-tu entendu, toi-même, lors de ses rencontres avec Glúmr ? demanda Thorolf.

— Non, se sont Snorri Haakonson et Oddvakr Sorrenson, en le surveillant, comme je l'avais ordonné, qui m'ont rapporté cette conversation.

— Nous allons donc les entendre. Veuillez approcher Snorri Haakonson et Oddvakr Sorrenson.

Les deux hommes vinrent se mettre aux côtés d'Einarr.

— Snorri Haakonson peux-tu nous répéter ce qui a été dit, ce fameux jour, dont Einarr vient de nous parler ?

— Oddvakr et moi étions dans l'écurie, comme Einarr nous l'avait ordonné. Glúmr est arrivé en premier. Peu de temps après, Iver l'a rejoint et ils ont commencé à parler du village.

— Que sont-ils dit ? demanda Thorolf.

— Qu'il n'y avait pas le moindre doute possible, que nous ne surveillons plus, qu'il y avait un relâchement depuis la célébration de Jól. Glúmr a répondu qu'il était temps d'agir : il commençait à désespérer.

Il a exigé d'Iver un rapport sur les habitudes d'Einarr Leifrson, ainsi que ceux d'Agnarr Tjodrekson.

Iver serait payé généreusement. Ensuite il a demandé où trouver Bendik Tjodrekson. Iver lui a passé ce renseignement.

Glúmr c'est également renseigné sur les habitudes de ses trois jeunes frères : Svein, Erik et Halfdan Tjodrekson. Il semblait ravi qu'Agnarr soit devenu père d'un fils, se réjouissant de ce qu'il allait faire endurer à son frère et sa nouvelle famille.

Iver lui a demandé s'il envisageait réellement de s'attaquer à des enfants, ce que Glúmr a confirmé. Cet homme savait que nous étions tous en danger, mais ne nous a pas prévenus.

— Oddvakr Sorrenson, confirmes-tu les dires de Snorri Haakonson ?

— Je les confirme : c'est ce que nous avons entendu.

— As-tu quelque chose à ajouter ?

Oddvakr fit non.

— Einarr Leifrson, quelles accusations portes-tu envers son épouse ?

— Elle nous épiait pour son époux.

— Bien. Iver que peux-tu nous dire pour ta défense ?

— Vous connaissez tous la réputation de Glúmr. Si je lui avais désobéi, il s'en serait pris à mon épouse et mes enfants ! Vous le savez tous, chacun d'entre vous !

— Tu aurais pu les prévenir, ils t'auraient protégé, ainsi que ta famille. Pourquoi ne l'as-tu pas fait ?

— Nous protéger ? Ils ne savaient déjà pas protéger les leurs !

— Vraiment ? Pourtant ils ont réussi à mettre toutes les familles en sécurité, nous semble-t-il. En attendant tu ne réponds pas à ma question : *pourquoi ne les as-tu pas prévenus ?*

— Je ne savais pas qu'ils avaient la possibilité de tous les évacuer.

Daividh écoutant les réponses d'Iver, s'énerva.

— Par la Sainte Vierge, je sens qu'il cache quelque chose, il ne dit pas tout ! chuchota-t-il à son voisin.

Fronçant les sourcils, Gauti se tourna vers lui.

— Ta Vierge n'a pas vraiment sa place ici ! Mais de quoi parles-tu exactement ?

— Je le sens quand on cache quelque chose, et c'est le cas avec Iver. Il y a comme une haine profonde en lui. Ne remarques-tu pas de quelle façon il lorgne Agnarr ?

Plein de haine au point d'en avoir froid dans le dos. Si seulement je pouvais parler, le questionner !

— Mais tu le peux, tu es un homme libre.

— Vraiment ? Daividh fut enchanté par cette suggestion.

— Oui tu demandes la parole et elle t'est donnée.

— Comment dois-je faire ?

Gauti lui sourit, puis leva la main en fixant les Jarlar. Thorolf tourna la tête vers lui :

— As-tu quelque chose à ajouter, Gauti Sorrenson ?

— Pas moi. Daividh Stewart, ici présent, demande la parole.

Se tournant ensuite vers le jeune Skotar il lui murmura :

— Tu vois, ce n'est pas plus compliqué !
— Avance Daividh. Qu'as-tu à dire ? ordonna Thorolf.

Daividh avança vers le centre se mettant à côté d'Einarr, en se raclant la gorge.

— J'ai à l'œil Iver depuis le début des débats : il ne dit pas tout.
— Explique nous, jeune Daividh !
— J'ai une certaine habitude à questionner les gens, et je sens quand ils ne me disent pas tout. Il prétend qu'il n'a rien dit craignant pour sa sécurité, ainsi que celle de sa famille.

Mais ce n'est pas la vraie raison, il y a autre chose qu'il nous cache, comme une vengeance. Il suffit de voir la façon dont il lorgne Agnarr, présent parmi nous ! Pour quelle raison a-t-il autant de haine envers lui ?

Tous commençaient à murmurer.

— SILENCE ! cria Thorolf en se levant. Les deux autres Jarlar suivirent son exemple.
— Iver que réponds-tu à cette question ? demanda Magnar.
— Je ne vois pas de quoi cet homme peut bien parler. Il ne me connait pas. D'où peut-il dire que j'ai de la haine envers Agnarr ?
— Je la reconnais quand je la vois, ton regard est un des plus haineux qu'il m'a été donné d'observer. Pourquoi hais-tu Agnarr ?

Daividh se tourna vers les Jarlar :

— Puis-je m'approcher de lui ?

— Tant que tu ne le touches pas, lui répondit Alvaldr.

— Je vous remercie.

S'approchant d'Iver, il tint ses mains dans le dos, prouvant sa bonne foi. Son visage quant à lui, était très proche de celui du forgeron, les yeux plissés.

— Il a fait de ta fille une femme honnête, en l'épousant, subvient à tous ses besoins, la protège. Que veux-tu de plus ? Serais-tu jaloux qu'il y arrive mieux que toi ? Ou parce qu'il est plus honnête que toi ? Parce qu'il a trouvé une place où il est respecté ? Pourquoi toute cette haine envers un homme qui ne t'a jamais causé de préjudice ?

— Il a violé une autre de mes filles ! cracha Iver.

— Nous y voilà, il se dévoile *enfin* notre Iver !

— As-tu des preuves de cela ? demanda Magnar.

— C'est ce qu'elle m'a dit. Pourquoi me mentirait-elle ? s'offusqua Iver.

— Agnarr a pas mal de choses à se reprocher, de son passé, mais le viol n'en a jamais fait partie ! répondit Thorolf.

Ceci donna à réfléchir à Daividh :

— N'était-ce pas plutôt les façons d'agir de Tjodrek, Glúmr et Jóarr ? Lesquels des trois a violé ta fille ? À moins que ce soit tous les trois ….. Dis-moi, Iver, ta fille ne voulait-elle pas plutôt Agnarr comme époux ? Tu lui en veux qu'il soit parti avec la plus jeune, te laissant te dépêtrer avec une autre de tes filles, et un rejeton.

Daividh devint très menaçant :

— Dis-moi : que ressens-tu quand tu observes le bâtard de ta fille ? Tu sais que ni le père, ni l'un des frères d'Agnarr, ne t'aurait payé un wergeld, n'est-ce pas ?

À moins que ta fille ne veuille pas du vrai père, sachant qu'il avait pour habitude de violer, contrairement à Agnarr ? À quoi penses-tu en regardant le petit ?

Daividh scruta très attentivement les réactions du forgeron.

— Vois-tu, je suis quelqu'un de très bien renseigné, et qui aime, par-dessus tout, aller au bout d'un problème. Je me pose donc plusieurs questions. Suite au viol de ta fille, tu as reçu un grand nombre de demandes d'épousailles.

Plusieurs hommes se sont présentés : ce détail je l'ai de source sûre, vois-tu. Pourquoi les as-tu TOUTES refusées ? D'autant plus qu'ils n'exigeaient aucune dot de ta part. Ils auraient fait de ta fille une femme honorable, et donné un nom à son rejeton.

Les paupières plissées, Daividh continua à observer les réactions d'Iver.

— Tu as également laissé passer trois Þing depuis la conception de ce petit. TROIS ! insista-t-il. Pour quelle raison ? Tu obtenais une réparation, et Glúmr aurait été pendu haut et court. Mais non, tu n'as rien fait, même pas réagi, tu t'es abstenu, tel un pleutre, une vermine, une racaille de la pire espèce. Moi-même j'ai une fille : je peux te garantir que celui qui lui fait du mal périra de mes mains.

Sans remords je l'enverrai à Hel ! Ou je l'emmène en haute mer : où le noierai pour qu'il soit tourmenté par Rán, mais en aucun cas il n'irait retrouver le banquet d'Óðinn, ni accueilli par Frœyja[114] !

Mais on peut se poser d'autres questions, vois-tu. Il me semble que ta fille est bien fertile : être grosse après un seul viol ! Grand nombre d'entre nous n'ont pas eu la chance que nos épouses soient fécondées, lors de nos nuits de noces.

À moins qu'elle n'ait pas été violée ? Qui nous dit qu'elle ne s'est *accouplée* qu'une seule fois ?

Peut-être désirait-elle des épousailles, ou de devenir concubine ? Là elle avait plutôt le statut *d'ambát de lit,* ce qui ne la convenait pas !

Le regard d'Iver se fit fuyant.

— Au lieu de toutes les possibilités qui t'étaient offertes, tu as préféré être le complice du, soi-disant, *violeur* de fille ! Quel père agit de cette façon ?

Le tout est de comprendre pour quelle raison ? Comment un père ne peut-il pas prendre la défense de sa progéniture ? Pourquoi accuses-tu Agnarr ? Je te pose cette question : *pourquoi lui ?*

Iver fulmina aux paroles de Daividh.

---

114 Freyja en vieux norrois. Parcourant les champs de bataille, elle reçoit notamment la moitié des guerriers morts au combat dans Sessrumnir : *Pièce aux sièges nombreux,* la salle principale de sa demeure Fólkvangr : *Champs du peuple/ de l'armée,* tandis qu'Odin reçoit l'autre moitié dans sa halle, la Valhöll (Valhalla).

— Réponds Iver ! ordonna Thorolf.

— Elle ne voulait pas de Glúmr, elle a toujours préféré Agnarr. Mais cette fiente de Troll n'a jamais voulu en entendre parler. Il a préféré s'en prendre à ma plus jeune, en la forçant à coucher avec lui, voilà ce qu'il a fait ! hurla-t-il hors de lui.

— Je n'ai jamais forcé Líf ! s'insurgea Agnarr.

— Tu es prié de garder le silence, Agnarr, tant qu'on ne t'a pas invité à prendre la parole, ordonna Thorolf.

Iver foudroyait le jeune homme d'un regard haineux :

— Que tu dis, espèce de vermine. Tu sautais sur tous ce qui bougeait ! Ensuite tu l'as enlevée à sa famille en l'emmenant avec toi, loin de nous.

— Qu'est-ce qui te fais dire qu'il l'a *forcée* ? demanda Daividh se tenant toujours très menaçant devant Iver.

— Un soir, un des hommes de son père, est venu la chercher. Sur son ordre à lui ! il pointa Agnarr du doigt.

Iver était rouge de colère. Thorolf se tourna vers Agnarr.

— As-tu envoyé quelqu'un quérir sa fille, Agnarr ?

— C'est ce que j'ai fait, après avoir passé toute l'après-midi avec elle. Avant que la question soit posée : elle y était avec moi de son plein gré. Le lendemain, après une dispute avec mon père, je lui ai proposé de me suivre. C'est ce que Líf a fait sans que je ne la menace, ni ne la force. D'autres ici peuvent témoigner qu'elle ne ressemblait en rien à une prisonnière, ou un otage !

— Tu n'es qu'un menteur, Agnarr Tjodrekson ! Tu l'as enlevée et forcée à te suivre. Uniquement parce que Geira t'a accusé du viol perpétré par Glúmr ! l'accusa Iver.

Daividh, au grand étonnement de tous, se mit à applaudir.

— Par deux fois tu as avoué qu'Agnarr n'était pas le violeur de ta fille. *L'accuser* de ce méfait, uniquement parce que ta fille le préférait à son frère, est un crime !

Tu l'as fait ouvertement, pour ensuite te contredire, par deux fois, en rejetant la faute sur Glúmr. Tu es tellement aveuglé par ta soif de vengeance, que tu as trahi ton clan, ceux qui t'ont généreusement accueilli. Plus grave : c'est au véritable, *soi-disant,* violeur de ta fille que ton allégeance allait.

Quel père avons-nous là ! Dis-moi : que prévoit votre justice pour un tel crime ? N'est-ce pas la pendaison, le châtiment pour une trahison ?

Iver blêmit suite aux paroles de Daividh. Comment ce Skotar connaissait-il leurs lois ? Le silence tomba sur l'assemblée, tous attendaient une réponse d'Iver. Thorolf observa le forgeron un sourcil relevé :

— Qu'as-tu à répondre, Iver ? Nous avons tous entendu, par deux fois, tes aveux, comme Daividh le précise.

— Il reste qu'il a enlevé Líf !

— Je m'adresse aux hommes du village d'Einarr Leifrson : Líf Iverdóttir vous a-t-elle fait comprendre, ou dit à l'un de vous, avoir été enlevée par Agnarr Tjodrekson ?

— Non, elle ne l'a jamais fait. Le soir de leur arrivée nous étions Thoralf, Snorri et moi, avec eux chez Unni. Notre seiðkona est la grand-tante d'Agnarr. Líf ne s'est jamais comportée comme une prisonnière, ni otage. Il était clair qu'elle l'avait suivi de son plein gré. C'est même elle qui a choisi le jour de leurs épousailles. Une prisonnière aurait-elle agit de la sorte ? expliqua Einarr.

— Était-elle libre de ses mouvements ? Pouvait-elle aller et venir, à sa guise, dans le village ? Le pouvait-elle seule ? l'interrogea Thorolf.

— Oui, Líf aidait dans toutes les tâches. Lorsque notre village a été attaqué, elle a participé à sa défense, avec toutes les autres femmes.

— Je ne crois pas qu'une prisonnière aurait agi ainsi, elle aurait trouvé un moyen de s'enfuir, ou de demander de l'aide. Concernant l'épouse d'Iver avez-vous des choses à ajouter ?

Tous firent non.

— Je vais vous demander de partir, les Jarlar Alvaldr, Magnar et moi allons décider ce qu'il y a lieu de faire. Daividh puis-je te demander que tes hommes surveillent les deux accusés ?

Le jeune Skotar acquiesça en faisant signe à ses hommes d'emmener les deux prisonniers. Quittant le lieu, où ce rassemblement avait eu lieu, il se tourna vers Einarr :

— Que vont-ils décider, selon toi ? lui demanda-t-il.

— Honnêtement ? Je ne saurais le dire.

— Merci pour ton intervention, j'ai grandement apprécié.

— Je ne pouvais le laisser faire, je sentais qu'il se vengeait de quelque chose. Quand j'ai vu la façon qu'il avait de lorgner Agnarr, j'ai compris.

La sentence des trois Jarlar tomba en début d'après-midi : Iver, ainsi que son épouse, seraient pendus pour trahison envers leur clan.

Il ne l'avait jamais vu ainsi, cela faisait tout un temps maintenant que Thoralf épiait Mairead. Depuis leur arrivée, il y a près d'un mánaðr, elle n'était plus celle qu'il avait côtoyée en début de l'ár.

Elle semblait lasse, malheureuse même. Mairead n'était pas une femme à se plaindre, dirigeant cette maisonnée de main de maître, ou dans son cas, de maîtresse. Jamais elle ne prit un moment pour elle, tant que le travail ne fut pas terminé, elle ne prenait un repos bien mérité, que lorsque tous s'étaient retirés pour la nuit.

Mairead était la dernière à se coucher et la première à se lever, chaque jour, inlassablement. Ce qu'avant elle effectuait avec beaucoup d'entrain, lui semblait devenu une lourde corvée.

Son regard avait également changé, Thoralf l'avait bien remarqué, il se voilait de tristesse, et d'une certaine lassitude. Se retournant elle lissa le devant de sa robe, pour ensuite faire de même avec ses cheveux, la tête baissée.

Se redressant elle le découvrit l'attendre dans cette position qu'elle lui connaissait si bien : très droit et les bras croisés. Examinant les alentours elle constata qu'ils étaient seuls dans ce verger, où elle trouvait souvent la solitude recherchée. Mairead lui sourit tendrement, comme à chaque fois qu'ils se trouvaient seuls, Thoralf et elle :

– Cherches-tu quelqu'un, Thoralf ?

Le jeune homme étudia ce visage, comme à chaque fois qu'il tentait de lire les pensées de Mairead.

— Que se passe-t-il ? lui demanda-t-il, allant droit au but.

— Je ne vois absolument pas de quoi tu parles !

Le regard intense du jeune homme la mit mal à l'aise. Thoralf vrilla ses yeux, à ceux de la femme lui faisant face.

— C'est moi : Thoralf. Tu ne peux me leurrer : je te connais ! Je te repose la question : *que se passe-t-il ?*

Un soupire lui répondit.

— C'est….(elle soupira)….compliqué, commença-t-elle.

— Essaye au moins.

—Je suis lasse, si lasse, dit-elle, la voix devenue un murmure.

Voyant les yeux de la femme s'humidifier, Thoralf la prit par le bras.

— Allons vers le muret, là-bas plus loin, tu m'expliqueras ce qui te lasse à ce point. Serais-tu souffrante ?

Les deux s'installèrent sur le muret.

— Pas vraiment souffrante, du moins pas ce genre que l'on soigne avec une décoction ou autre.

— Tu sais que tu peux tout me dire ! Aurais-tu un souci avec une personne ? Avec ton activité ici ?

— Pas tout à fait. Ce dont je souffre, c'est la solitude. Tu vois, depuis ma tendre enfance, je suis au service de la famille de messire Daividh.

Oh, je n'ai pas à me plaindre de lui ! Mon défunt époux l'était également, c'est ainsi que l'on s'est connu. Je n'ai pas eu à me plaindre de lui, même quand il a réalisé que je ne pourrais jamais lui donner d'enfants. Il ne m'a jamais fait de reproche.

Depuis son trépas, je ne me suis jamais sentie seule, ni même malheureuse : j'avais mon travail, cela me satisfaisait amplement. Mais maintenant ….murmura-t-elle.

Un silence s'installa, Mairead porta son attention au loin, se tortillant les mains sur son giron.

— Mais maintenant ? l'incita Thoralf à continuer.

— Depuis le printemps dernier j'ai changé, je me sens lasse et seule après que vous soyez tous partis.

— Je suis désolé de l'apprendre.

— Tu ne dois pas, tu m'as fait un si beau présent en me demandant d'être la grand-mère de cœur de ta petite Aðísla ! Toi et Auða, vous êtes un peu les enfants que je n'ai jamais eus, tu comprends. Mais elles me manquent toutes les deux, terriblement !

Thoralf soupira en se passant les doigts dans les cheveux. Avait-il fait plus de mal que de bien à Mairead ?

— Comment puis-je t'aider ?

Mairead se gonfla la poitrine, cherchant le courage pour continuer :

— Emmenez-moi avec vous !

Thoralf en resta la bouche bée.

— Tu veux quitter tout pour venir avec nous ?

— Oui ! répondit-elle fermement, le menton relevé.

— Vivre en Rygjafylki ?

— Je veux voir la petite Aðísla grandir, faire partie de sa vie comme une vraie grand-mère. Comment le ferais-je en restant ici en ne la voyant jamais ?

Les dernières années qui me restent, je veux les passer auprès des personnes qui m'aiment, et que j'aime en retour. Peux-tu comprendre cela ?

Il ne sut que répondre.

— Thoralf, depuis mes six ans je suis au service des autres, n'ayant aucune vie pour moi-même. Est-ce mal d'en vouloir une ?

— Certes non ! As-tu pris tout en considération ? Nous n'avons pas le même mode de vie. Je ne te parle même pas de nos hivers !

— Callum y survit, pourquoi pas moi ?

— Il supporte très mal le froid : il est emmitouflé dans de grosses couches de vêtements, sans te parler de toutes les peaux dans lesquelles il s'enveloppe devant son âtre.

Nous n'arrêtons pas de lui rentrer du bois et de la tourbe, de peur qu'il se transforme en bloc de glace !

— Il a toujours été très frileux, depuis l'enfance, expliqua-t-elle en riant, s'imaginant aisément la scène.

— Tu le connais depuis ce temps-là ? demanda-t-il de plus en plus étonné.

— Oui, son père était le menuisier du grand-père de messire Daividh, nous avons grandi ensemble. Je suis bien moins frileuse que lui, je te l'assure.

De toute façon : puisque lui survit à vos hivers il en sera de même pour moi.

— Qu'en pense Daividh ?

— Il ne le sait pas encore, je voulais t'en parler avant. Je ne trouvais pas trop le courage, ne sachant pas comment aborder le sujet. Cela te dérangerait que je vienne ?

— Comment peux-tu me poser une telle question Mairead ? Auða en serait enchantée également. Mais quelle réaction aura Daividh ? Qui prendrait ta place ici ?

Einarr et Iona ont une totale confiance en toi !

— J'ai formé une personne qui serait très bien, méritant leur confiance.

— Tu as donc tout prévu ?

— On peut le dire ainsi. Le seul souci : je ne sais pas comment aborder le sujet avec messire Daividh, soupira-t-elle.

— Il ne doit pas être difficile à convaincre ! Je suis certain qu'il comprendra parfaitement ton désir.

— Tu crois ?

— Oui. N'a-t-il pas aidé Callum ?

— La situation était différente.

— Je veux bien t'accompagner, si tu le souhaites ?

— Tu ferais cela pour moi ?

— Pour toi, oui !

— Merci. Je crois que le plus tôt serait le mieux !

— Je le pense également : nous partons dans deux jours. Seras-tu prête ?

— Pour te dire la vérité, je le suis depuis que vous êtes arrivés.

Thoralf s'esclaffa.

— Dans ce cas allons trouver Einarr en premier, ensuite Daividh.

Einarr écouta Thoralf les yeux plissés. Son ami se tenait devant lui, ainsi que Maîtresse Mairead se tordant les doigts, tête baissée. Qu'il fut estomaqué par ce qu'il venait d'entendre, était peu dire !

La responsable de sa maisonnée voulait partir avec eux, en Rygjafylki ! Soupirant en se grattant la barbe il épia les expressions des deux protagonistes face à lui.

Thoralf se tenait les bras croisés, la tête haute comme à son habitude ; Mairead quant à elle, ne savait pas si oui ou non, elle pouvait le regarder en face.

— Mairead, avez-vous pris tout en considération ?

Elle osa enfin lever la tête vers lui.

— Oui, messire Einarr. J'y pense depuis de longs mois maintenant.

— Si Daividh accepte, il n'y aura pas de *messire* Einarr en Rygjafylki.

— Cela veut-il dire que tu acceptes ? demanda Thoralf.

— J'ai donné mon consentement que Yseult vienne, pourquoi le refuserais-je à Mairead ? N'avons-nous pas toujours pris en considération la demande d'asile ? Il est vrai que dans le cas de Mairead, ce n'en est pas une, mais plutôt un désir. Il semble qu'elle te considère comme étant sa famille.

— Oui, mess… je veux dire Einarr : dans mon cœur il est le fils que je n'ai jamais eu. Il en va de même pour Auða. Ils m'ont demandé d'être la grand-mère de la petite Aðísla : ce que je ne sais pas être en restant ici. Ils sont devenus ma famille, vous comprenez ?

— Parfaitement, Mairead. Je considère Thoralf et Svein comme étant mes frères, ainsi que le jeune Bjǫrn. J'irai moi-même en parler avec Daividh. Le connaissant, il ne s'y opposera point.

— Merci ! Merci beaucoup mess… je veux dire Einarr.

— Cela facilitera également le séjour de Yseult : elle ne maîtrise pas notre langue. Elle aura une personne de plus l'aidant à se sentir bien chez nous.

— Certes, n'ayez crainte je l'entourerai du mieux que je peux.

— Je n'en doute pas. Comptes-tu accueillir Mairead chez toi ? demanda-t-il à Thoralf.

— Oui. De toute façon c'est ce que Auða fera, me trucidant au passage si je refuse ! Mon habitation est assez spacieuse pour que Mairead s'y sente bien.

—J'espère que vous vous adapterez facilement chez nous, Mairead.

— N'ayez aucune inquiétude : le jeune Hákon, ainsi que votre mère, m'ont déjà appris tant de choses.

— Parlant d'Ástríðr, revient-elle avec nous ? questionna Thoralf.

—Non, Aidan m'a demandé sa main hier soir, elle reste ici avec lui.

— Elle se remarie avec un Skotar ?

— À moitié Dani ne l'oublie pas ! De toute façon elle n'avait nullement besoin de mon accord.

— Comment Dagny va-t-elle prendre cette nouvelle ?

Einarr soupira, sa jeune sœur n'avait toujours pas pardonné à Ástríðr, de les avoir quittés. Ceci n'allait pas arranger l'histoire.

— Mal, je le crains. Elle finira bien par s'en remettre. Elle n'a pas le choix de toute façon. Je vais aller trouver Daividh. Nous commençons à embarquer nos affaires : tu peux t'occuper de celles de Mairead ?

— Naturellement.

Se tournant vers Mairead, Einarr lui sourit :

— J'espère que vous trouverez votre bonheur chez nous, Mairead, tout comme Callum.

— Merci, je suis certaine que oui.

Ils venaient de quitter le large fjǫrðr du fleuve Tay, y croisant quelques knǫrrer venant ici pour y faire commerce. Les vents soufflaient vigoureusement, gonflant les voiles, ce qui leur donna une belle vitesse.

Daividh fut surpris par la demande de Mairead. Ils avaient parlé longuement dans le verger, loin des oreilles des autres occupants de la maisonnée. Il avait fini par lui donner son accord, le cœur lourd. Depuis sa naissance, Mairead faisait partie de sa vie, il l'avait toujours connue.

Les deux amis avaient passé un long moment ensemble, seuls, dans l'arbre où Einarr avait rencontré Iona la première fois. Ils ne parlèrent pratiquement pas, profitant simplement de la compagnie l'un de l'autre, dans un silence amical.

Einarr tourna la tête vers son équipage. Ils retournaient à trois de plus : Niamh, la jeune épouse de Snorri ; Mairead, ainsi que la jeune Yseult ayant préféré quitter Alba. Elle n'y laissait que des mauvais souvenirs, en espérant une nouvelle vie sans jugement, ou en tant que paria : ce qu'elle aurait été en Francie.

Kára voguait avec Magnar, le Jarl l'avait *adoptée* comme petite sœur. Quoiqu'en y réfléchissant bien, Einarr devait avouer que Jafnhárr ne lui lançait pas, exactement, des œillades fraternelles, au grand dam de Bjǫrn, son jeune frère. Souriant il imagina les deux jeunes se battre comme deux chiens pour un os, risquant de la voir partir avec un troisième !

Alvbjǫrn quant à lui avait mûri, il était plus réfléchi suite à son enlèvement. Par contre il devenait taiseux, ce dont se souciait Einarr.

Le seul pouvant le tirer de son mutisme était Hákon, ce qui le ne surprenait pas. Fidèle à lui-même, son plus jeune frère égayait la vie de tous ceux qui l'entouraient. Il se remémora les pleurs des enfants de son túath, quand Hákon *le dragon des mers* embarqua sur le knǫrr.

Il leva le visage vers le ciel : les vents étaient forts mais pas trop violents, exactement ceux qui étaient nécessaires pour les ramener en Rygjafylki. Il ferma les yeux envoyant une prière aux dieux : qu'il en reste ainsi jusqu'à ce qu'ils arrivent dans le fjǫrðr, chez eux dans son village.

Les côtes de Rygjafylki se profilèrent au loin, le quatrième jour de navigation. Niamh en fut des plus heureuse, depuis le matin elle se sentait nauséeuse. Se tenant à la coque elle fixait un point de l'horizon : la seule façon de calmer son ventre.

Elle avait certainement du mal, suite au repas qu'elle avait pris de la veille. Inspirant profondément elle le regretta aussitôt, l'air marin, poissonneux, ne l'aidait en rien à se sentir mieux.

Mairead à ses côtés, la main en visière, serra Yseult contre elle, tentant de calmer la nervosité de la jeune fille. En avançant ils rejoignirent d'autres knǫrrer, se dirigeant vers le même fjǫrðr qu'eux.

Les hommes de toutes parts se saluèrent joyeusement. Tournant la tête elle vit Einarr souriant largement à la vue du fjǫrðr. Pour elle ce fut le signe qu'ils approchaient, qu'ils arriveraient bientôt à bon port.

Comment y serait-elle reçue ? Elle n'y avait pas réfléchi avant ; mais dans le cas où sa présence n'aurait pas été la bienvenue, Thoralf lui aurait déconseillé de se joindre à eux.

Le paysage se profilant à sa vue, lui remémora les descriptions que Thoralf et Hákon en faisaient, avec amour. L'eau, d'un bleu profond, scintillait sous les rayons de soleil. De chaque côté, ils étaient entourés de falaises d'une hauteur vertigineuse.

Le fjǫrðr, sinueux, lui dévoilait, après chaque courbe, d'autres merveilles, ils s'y enfoncèrent profondément. Ici et là, des cascades, l'une plus belle que les autres, se jetaient dans l'eau profonde.

Les falaises devinrent des montagnes, aux pics enneigés et majestueux, parsemés de bois de pins. Plus bas se trouvaient des feuillus. Les pics étaient entourés de brume les rendant mystérieux.

Ce pays était-il, comme le sien, peuplé d'être maléfiques et magiques, tels les elfes et les trolls ? Elle poserait la question à Auða, curieuse de connaître tout de cette patrie, de sa nouvelle vie.

Elle découvrit, au loin, de vertes vallées, parsemées de flocons blancs. Elle réalisa que c'étaient les troupeaux de moutons, dont elle avait entendu parler par Hákon. Des ruisseaux, venant des montagnes, se jetaient dans les eaux sur lesquelles ils naviguaient.

Inspirant profondément, elle s'emplit d'air, le plus pur, qu'elle eut jamais inhalé. Un cri se fit entendre et attira son attention vers ce ciel bleu clair : un rapace les survolait.

Mairead l'observa pendant qu'il tournoyait : il avait certainement une proie en vue. Quel ne fut pas son émerveillement quand elle le vit plonger vers la surface de l'eau et de remonter vers le ciel, tenant un poisson entre ses serres.

Ils avancèrent lentement, et elle constata une certaine fébrilité parmi l'équipage. Arrivaient-ils à destination ? Se haussant sur la pointe des pieds, elle scruta au loin.

Une magnifique vallée se dévoila à sa vue. Au loin, elle découvrit un lac, scintillant de mille feux, sous les rayons de soleil. Elle aperçut également des troupeaux de bovins, broutant librement, sans se soucier des nouveaux venus. Mairead vit un toit, puis deux, indiquant qu'ils s'approchaient d'un village.

Des cris d'enfants se firent entendre au loin, à fur et à mesure qu'ils approchaient d'un ponton. Elle les vit arriver en courant, criant de joie, sautillant tout en appelant les autres. Petit à petit d'autres s'attroupaient auprès d'eux, les saluant plus discrètement : les visages joyeux, les yeux brillants. Il était évident pour Mairead que tous étaient heureux de voir les knǫrrer arriver après de longs mois d'absence. Les femmes séchaient, discrètement, leurs larmes de joie.

Humant l'air Mairead se sentit comme renaître, elle le savait, elle serait heureuse ici. Serrant un peu plus le bras autour des épaules de Yseult elle se pencha vers la jeune fille :

— On sera bien ici, je le sens !

La jeune fille lui sourit, les yeux pétillants. Elle ne l'avait pas vue ainsi depuis qu'elle la connaissait, tout le visage de Yseult se transforma. Elle aussi réalisait, qu'elle allait vivre une toute autre vie. Mairead l'enlaça des deux bras, la serrant tout contre elle, déposant un baiser sur sa tête :

— Oui ma petite, on sera très bien ici, tu verras.

D'autres knǫrrer ayant déjà débarqué hommes et marchandises, laissèrent la place aux nouveaux arrivants, en allant plus loin dans le fjǫrðr. Là, où ils resteraient quelques jours, le temps que le félagi fasse le partage des bénéfices, après avoir fêté dignement leur retour.

Les navires de Magnar et Einarr furent les derniers à accoster. Les personnes présentes restèrent toutes silencieuses, ne comprenant pas la présence des deux femmes en plus de Mairead, ni la présence de celle-ci.

Ils la connaissaient tous, depuis leur séjour dans le túath d'Einarr en Alba. Auða les sourcils froncés, s'avança vers elle tenant la petite Aðísla dans les bras, maintenant âgée de près de sept mánaðr.

Malgré l'envie de Mairead, de serrer la jeune mère dans ses bras, elle se retint, sachant que les Norrœnir détestaient les effusions en public.

— Mairead, mais, que fais-tu ici ? lui demanda la jeune femme.

— Je... vois-tu, je... je n'étais plus heureuse en Alba, loin de toi et la petite. Einarr et messire Daividh ont accepté la requête de Thoralf : de m'amener ici, à ma demande.

Émue, Auða peinait à retenir ses larmes.

— Tu viens réellement vivre avec nous ? murmura-t-elle, tombant des nues.

Mairead affirma ayant grand-peine à prononcer un mot.

— J'espère au moins que Thoralf t'as dit que tu vivrais avec nous, dans notre demeure ?

— Oui, il craignait que tu le tues, s'il en avait décidé autrement !

Les deux femmes s'esclaffèrent au comble du bonheur. Les habitants du village vinrent saluer l'ancienne responsable de la maisonnée d'Einarr, ayant tous de chaleureux souvenirs de l'accueil de Mairead, quand ils durent s'y réfugier. Lentement les deux femmes marchèrent vers l'habitation de la jeune mère, en discutant joyeusement.

Que fait Snorri avec une femme ?

Helga après avoir salué Oddvakr, ne quittait pas son frère des yeux. Il marchait tranquillement, une femme à ses côtés, lui montrant du doigts, différents endroits du village. Quand avait-elle vu Snorri parler autant ? Avec une femme en plus ! Attrapant son époux par le col, elle le retint montrant son frère du menton :

— Qui est-ce ?

— De qui parles-tu ? Oddvakr n'ayant pas suivi la direction pointée par son épouse.

— Celle qui accompagne Snorri ! Depuis quand parle-t-il autant ? Vas-tu me répondre, Oddvakr ?

Il se tourna vers son meilleur ami, le sourire aux lèvres, ce qui rendit Helga un peu plus suspicieuse.

— Il te la présentera lui-même, si l'envie lui dit.

— Comment cela : *si l'envie lui dit* ? De quoi parles-tu ? Pourquoi ne le ferait-il pas ?

Oddvakr haussa les épaules, d'un air mystérieux.

— Je ne puis lire les pensées de ton frère, Helga !

Helga lui tapa l'épaule pour le repousser, n'aimant pas la réponse qu'il donnait. D'autant plus qu'il n'avait *pas réellement répondu* à sa question.

— Dans ce cas je vais aller lui demander moi-même ! marmonna-t-elle, en levant le devant de ses jupons.

Elle mit ses paroles en actes et se dirigea vers Snorri, se plantant devant lui les bras croisés, l'empêchant de continuer vers sa demeure.

— Helga !

— Snorri !

— Cherches-tu Oddvakr ?

— Non je l'ai laissé planté là ! montrant du menton l'endroit où Oddvakr se trouvait.

— Aurais-tu un souci ?

— Tu ne me présentes pas ? Depuis quand causes-tu autant ? Je t'ai vu prononcer plus de mots depuis que tu as débarqué, à cette personne, que tu n'en dis à moi en tout un ár !

— Peut-être parce que Niamh me laisse parler…

— Ce qui veut dire ? le coupa-t-elle.

— Que tu parles beaucoup, Helga !

— Oh ! Moi ?

— Oui *toi*, énormément, avoue.

— J... elle croisa ses bras un peu plus fermement contre sa poitrine. Oddvakr ne veut pas me dire qui est cette femme *qui te laisse parler* !

— Helga, je te présente Niamh, mon épouse. Niamh voici Helga, ma sœur, ainsi que l'épouse d'Oddvakr.

Helga fixait son frère la bouche grande ouverte, tombant des nues.

— TA *QUOI* ? finit-elle par hurler.

— Mon épouse, et je te prierais de la traiter avec respect, comme elle le mérite.

— Mais tu…quand…mais comment…tu es sérieux ? Tu as pris une épouse ? Mais…mais…tu ne voulais jamais en entendre parler ! balbutiat-elle.

Snorri soupira, craignant d'en avoir pour un long moment avec sa sœur, pendant qu'il ne désirait qu'une chose : montrer sa demeure à Niamh. Sentant son désarroi, elle fit un pas en avant.

— On s'est rencontrés en Gaddgeðlar, Snorri et moi. Depuis on ne s'est plus quittés. Le Jarl Magnar nous a unis selon vos rites, il y a une lune. Je suis très heureuse de faire ta connaissance, Helga. Oddvakr m'a tellement parlé de toi !

— Ah oui ? Oddvakr parle de moi ?

— Oh oui, il ne parle *que* de toi !

—Vraiment ? Helga fut plus qu'enchantée de ce qu'elle venait d'apprendre.

La laissant plantée là, Snorri conduisit sa jeune épouse vers son habitation.

— Voici donc un skáli ?

Snorri confirma d'un signe de la tête. Niamh se promena dans toute la pièce, mémorisant l'agencement de cette demeure qui était désormais la sienne.

Se retournant vers Snorri en souriant, elle le vit avancer vers elle, tenant quelque chose dans ses mains. Il lui montra le trousseau de clé, avant de le tendre vers une de ses fibules, pour l'y attacher.

— Voici les clés de ton foyer. C'est toi qui y gouverneras. Tu en es la maîtresse, la protectrice et la gardienne. Maintenant ce sera à toi de transmettre nos coutumes, à nos futurs enfants.

Émue, Niamh caressa le trousseau. Relevant son visage vers son époux, elle déglutit faisant descendre la boule qui s'était formée dans sa gorge.

— Je n'ai jamais eu mon propre foyer jusqu'à maintenant. C'est avec fierté que je l'accepte, murmura-t-elle.

Tenant la tête penchée, un sourire enjoué se forma sur ses lèvres :

— Je transmettrai nos coutumes assez vite, en fait.

Fronçant les sourcils Snorri avança d'un pas.

— Que veux-tu dire ?

Elle prit la main du jeune homme qu'elle la plaça sur son ventre.

— Parce qu'ici…

Elle l'appuya plus fortement :

— …se trouve un petit Snorrison.

Elle le vit passer par toutes sortes d'émotions. S'approchant pour la prendre dans ses bras, il posa son front sur celui de son épouse.

— Tu portes mon enfant ?

Toute souriante elle acquiesça.

— Heureux ? lui demanda-t-elle ?

Un sourire coquin naquit sur les lèvres du futur père.

— Tu sembles très fatiguée par la traversée, je vais te montrer l'alcôve et te mettre au lit, philosopha-t-il. Sache également que c'est un petit *Snorrason*[115].

Soulevant Niamh il la conduisit vers leur alcôve en l'embrassant.

Einarr, accompagné d'Iona, se rendit vers sa demeure. Il avait été très heureux de la voir, parmi les autres épouses, l'attendant. Dagny, sa plus jeune sœur, était restée avec les jumeaux encore trop somnolant à l'arrivée du knǫrr.

Il avait hâte de les revoir, tous les deux : ses fils Alvaldr et Ulric. Se dirigeant vers l'alcôve, il entendit leurs babillages, le cœur battant. Allaient-ils le reconnaître après ces longues mánaðr d'absence ?

Se tenant à l'entrée de l'alcôve il fut émerveillé : ils avaient grandi, étaient devenus de rudes gaillards d'un ár ce jour même. Il fit signe à sa sœur ne pas leur indiquer sa présence, il voulait en profiter pour les observer, découvrir à quel point ils avaient changé.

Ils étaient tous les deux pareils, et en même temps, si différents l'un de l'autre. Alvaldr semblait prendre le temps de réfléchir à un problème, tandis que son frère était plus impulsif.

---

115 Le vieux norrois a également ses règles et ses exceptions. Les prénoms terminant par -i deviennent un -a quand il s'agit d'y ajouter -son ou -dóttir.

Ses yeux faillirent tomber quand il les vit ramper, ébahi par la vitesse. Iona s'étant installée sur le lit leur parlait, et reçu des babillements en guise de réponse.

Ému il s'accroupit, admirant mieux ce qu'ils faisaient, à deux toises seulement de lui. Son cœur de père gonfla de fierté et d'amour. Il allait pouvoir rester auprès d'eux de longs mánaðr : bien chaudement dans leur demeure, profitant pleinement de sa famille. Après les moments difficiles dans son túath, il avait besoin de paix et de sérénité.

Tournant la tête, Alvaldr plongea les yeux dans les siens, émerveillé. Le cœur battant, Einarr, attendait la réaction de son fils. Elle ne se fit pas attendre : Alvaldr se mit à ramper à toute vitesse vers lui.

Plaçant les petites mains potelées sur les genoux d'Einarr, il se redressa en se tenant maladroitement sur ses pieds, tout en chancelant. Il lui tendit une de ses petites mains tandis que de l'autre il se tenait au genou de son père :

— Faðir[116], Faðir !

Se tournant vers sa mère, il pointa Einarr du doigt :

— Faðir !

Une boule dans la gorge, le jeune père souleva son fils et le serra contre lui.

— Oui, Alvaldr, Faðir est de retour.

---

116 Père en vieux norrois.

Ulric imitant son frère, vint le rejoindre en rampant, se relevant de la même façon et riant aux éclats. Einarr le souleva également le tenant contre lui. Ulric pointa Iona du doigt.

— Móður[117] !

Son père acquiesça :

— Oui, Móður.

Ulric pointa ensuite son père :

— Faðir !

Les yeux clos, il posa ses lèvres sur la tête d'Ulric, ensuite sur celle d'Alvaldr. Il était heureux : ses deux fils, tout contre lui, l'avaient reconnu. Un homme pouvait-il rêver d'un meilleur accueil de la part de ses enfants ?

---

117 Mère en vieux norrois.

EPILOGUE

Le moment préféré de la journée, aux critères d'Einarr Leifrson, dans son lit, tenant Iona contre lui, après la nuit passionnée qu'ils avaient partagée. L'instant ou tout était calme autour d'eux, les jumeaux dormants encore.

Ils parlaient Iona et lui : des choses à faire dans le village, le préparant pour les longs mois d'hiver. Ce qu'ils avaient fait, chacun pendant les longs mois que durait le félagi. Les nouvelles de leur túath et de Daividh. Ils voulaient tout savoir l'un de l'autre.

— Tu me dis que Pedr est venu jusqu'ici ? Qu'il voulait faire de toi sa concubine, ou pire, son ambát de lit ? s'insurgea Einarr.

— Tu le connais ?

— Pas personnellement, mais je connais son histoire, ainsi que celle de sa mère.

— Il prétend être le fils de Leifr, que depuis le trépas de Rókr, il est le fils aîné, et donc son héritier.

— Il n'y avait rien à hériter, tu le sais aussi bien que moi. Même s'il y avait, je n'aurais rien accepté venant de Père, Pedr pouvait se servir !

— Qui est-il exactement ?

— Le fils d'une ribaude, qui prétend que mon père en est le géniteur. Du moins c'est ce qu'elle a prétendu, dès qu'il fut nommé Jarl.

Avant elle proclamait que Holmi, le plus jeune frère de Père, l'était, ajoutant qu'il avait promis de l'épouser mais qu'il a trépassé avant. La vérité, elle a connu tellement d'hommes, vu son activité, que personne ne sait réellement qui est le père de Pedr.

— Toi qu'en penses-tu ?

— Je n'y ai jamais réfléchi, ma Douce. Peu m'importait, il était loin, je ne le connaissais pas, je ne me souciais pas de lui.

Ensuite, les problèmes dans le village, à cause de Père, ont accaparé toutes mes pensées. Je n'avais plus entendu parler de lui depuis des ár. Il voulait réellement le titre de Jarl ?

— Selon lui le titre lui revenait de droit.

— Un imbécile de plus, un Jarl est le plus souvent élu, sauf pour ceux de la famille royale ayant reçu un Jarldom du roi.

— Magnar n'est-il pas, par sa mère, un lointain cousin de Hjorr ?

— Oui, mais notre Jarldom n'a pas été offert par lui, ni son père Hálfr. Nous élisons nos Jarlar depuis la nuit des temps. J'ai difficile à croire que Pedr Jórason est venu ici, réclamer un dû auquel il n'a pas droit.

— Il est enchainé depuis.

— Il est votre prisonnier depuis un mánaðr ?

Einarr n'en crut pas ses oreilles ! Des femmes avec uniquement une petite poignée d'hommes présents, avaient réussi à le faire prisonnier.

Iona acquiesça de la tête :

— Cela t'étonne ?

— En y réfléchissant bien, cela ne le devrait pas, après les entrainements que Agnarr vous a fait subir !

— Justement Helga l'a maîtrisé avec sa dague, celle qui effraie Agnarr plus que tout !

Ils en riaient souvent : d'Agnarr paniquant, sachant que Helga se trouvait auprès de Líf, à la naissance de son fils.

Il se l'était imaginé, de l'autre côté de la porte de la maison des bains, une dague à la main.

— Que comptes-tu faire de lui ? demanda Iona.

— Je vais laisser Magnar prendre la décision, il est notre Jarl après tout.

Soupirant d'aise, Iona se blottit plus confortablement dans les bras de son époux, fermant les yeux savourant les caresses du bout des doigts d'Einarr sur son épaule et son bras.

— Dis-moi avant que je ne me fasse à nouveau attaquer : combien de dents ont nos fils ?

Einarr ayant l'ouïe fine, entendit la respiration d'un de ses fils changer : un réveil se préparait.

— Alvaldr dix, Ulric huit, mais les deux autres arriveront bientôt. Évite qu'ils mordent tes doigts.

— Ou mon nez !

— Oui, évite, elles font très mal.

— Que veux-tu dire par *Unni a disparu* ? s'étonna Magnar.

Tous étaient tournés vers Yngvi. Les Jarlar l'avaient envoyé quérir la seiðkona concernant l'histoire de Pedr Jórason.

— Elle n'est nulle part, personne ne se souvient l'avoir vue depuis hier soir !

— Comment peut-on disparaître ainsi, vu le nombre d'hommes présents ? s'insurgea Alvaldr.

— C'est d'Unni que nous parlons, intervint Thorolf. Si elle veut disparaître, elle y arrive sans aucun souci.

— Nous devons partir à sa recherche ! suggéra Thoralf.

— Tu la trouveras que *si* elle en a décidé ainsi choisissant elle-même *quand*, Thoralf.

— Snorri trouvera ses traces, on les suivra.

Thorolf secoua la tête.

— Elle n'en aura laissé aucune crois-moi.

Le jeune homme se tourna vers Snorri, l'interrogant du regard.

— Je veux bien chercher mais je crains que Thorolf ait raison, si elle ne veut pas qu'on la trouve, personne n'y arrivera.

Svein, le jeune frère de Thoralf, entra en trombe, essoufflé :

— Le prisonnier, il a disparu. Hier soir il était toujours là. Ses chaînes lui ont été retirées avec la clé semble-t-il, elles n'ont pas été forcées.

— Snorri, accompagne-moi dans la maison d'Unni, nous devons découvrir si elle n'a pas été enlevée, ordonna Einarr.

Einarr quitta le skáli suivi de Snorri. Tous étaient inquiets, qu'Unni puisse disparaître les secoua, mais d'apprendre que le prisonnier, haïssant la seiðkona, avait également disparu ne présageait rien de bon.

— Si c'est Unni que tu cherches cela ne sert à rien, Einarr. Elle m'a transmis un message à te faire passer.

— Que dis-tu Callum ? Einarr avait blêmi, aux mots de son ami Skotar.

La suite dans le livre 4

PERSONNAGES

Les principaux :

Einarr Leifrson : Fils aîné de l'ancien Jarl Leifr Sigurdrson et d'Ástríðr Alvaldrdóttir. Le personnage central de cette saga, il est très respectueux des traditions, des lois et de ses responsabilités envers les habitants de son village. Il n'arrive pas à mettre facilement des mots sur ses sentiments. Comme tout Viking, il est très pudique.

Iona : jeune écossaise et cousine d'un des meilleurs amis d'Einarr. Dans le livre 1, elle épouse Einarr par amour. Ne vous méprenez pas, quoique de petite taille, elle est téméraire, costaude et courageuse, entre-autre...

Unni : la seiðkona du clan. Elle transmet les messages énigmatiques des Nornes à l'aide de ses Runes. Son âge est un mystère pour pratiquement tout le monde. Les rares à le connaître ne le dévoilent pas. Elle est également guérisseuse et accoucheuse.

Thoralf Reiðulfrson : depuis son enfance, il est le meilleur ami d'Einarr. Orphelin de mère et ensuite de père, le Jarl Leifr Sigurdrson l'adopte, ainsi que son jeune frère Svein. Bras droit et confident d'Einarr. Il n'est pas toujours capable de maîtriser sa colère ou ses émotions.

Alvaldr Ericson : le grand-père maternel d'Einarr. Jarl très respecté, il est également reconnu comme étant un excellent guerrier. Malgré le sérieux, quand cela concerne ses responsabilités, il est également bon enfant. Il ne se prend pas toujours très au sérieux. Comme la majorité des Vikings, il est très fier de sa personne. Au point qu'il exige de ses petits-enfants de l'appeler par son prénom, ne voulant dévoiler son âge exact.

Agnarr Tjodrekson : fils aîné du Jarl Tjodrek Eldirson. Également connu entant qu'*Agnarr le Sanguinaire*. Durant ses premières années d'adulte, il s'est forgé une réputation de pirate et d'un guerrier sans pitié. Il trouve refuge dans le village d'Einarr Leifrson après sa fuite du Jarldom de son père (livre 2). Agnarr y commence une nouvelle vie.

Snorri Haakonson : pisteur du clan. Il est le meilleur ami d'Oddvakr Sorrenson. Il est quelqu'un de très taiseux, calme, doux et discret.

Oddvakr Sorrenson : un des frères du Jarl Magnar Sorrenson et troisième de la fratrie. Il est le meilleur ami de Snorri Haakonson. Sa plus grande qualité est d'analyser une situation et de trouver les failles. Lui et Snorri se *chamaillent* constamment, ayant toujours envie de se taper dessus. Il a épousé Helga, la demi-sœur de Snorri.

Gauti Sorrenson : deuxième de la fratrie. Il vit dans le village d'Einarr avec sa famille. Comme tous les frères, il se chamaille constamment avec les siens.

Magnar Sorrenson : Jarl d'Einarr. L'ainé de la fratrie. Il a difficile à admettre que ses frères sont adultes.

Thorolf Hjǫrleifrson : depuis de longues années, il est le meilleur ami d'Alvaldr Ericson. Sa défunte fille était la première épouse de Leifr Sigurdson (père d'Einarr, voir livre 1). Il est l'opposé d'Alvaldr quand il s'agit de garder son sérieux. Ils se complètent parfaitement. Leur amitié date depuis leurs années d'apprentissages qu'ils ont passés chez le même Jarl. Thorolf est, dans cette saga, un petit cousin du roi du Rogaland. Il est également l'oncle de la fratrie Sorrenson.

Ástríðr Alvaldrdóttir : mère d'Einarr et fille du Jarl Alvaldr Ericson.

Daividh Stewart : suzerain écossais. Un des meilleurs amis d'Einarr et le cousin d'Iona. Il a vécu trois hivers dans le Jarldom d'Alvaldr.

Callum : moine chrétien écossais. Il était, jadis, au service du père de Daividh. Il a trouvé refuge dans le village d'Einarr où il vit paisiblement. Il est un excellent ami d'Unni.

Alvbjǫrn et Hákon Leifrson : les deux jeunes frères d'Einarr, respectivement 2e et 4e de la fratrie.

Dagny Leifrdóttir : la plus jeune sœur d'Einarr, dernière de la fratrie de 6.

Bjǫrn Leifrson : frère adoptif d'Einarr.

Helga Haakondóttir : épouse d'Oddvakr et demi-sœur de Snorri. Elle se mêle de tout, mais a un très grand cœur.

Dagmar Sorrendóttir : jeune sœur d'Oddvakr et du Jarl Magnar. Seule fille de la fratrie. Tout comme Helga, elle se mêle de tout.

Auða Halfdandóttir : jeune femme recueillie dans le village d'Einarr après un mois d'errance. Son village a été attaqué par des renégats (livre 2). Elle est devenue l'épouse de Thoralf Reiðulfrson.

Líf Iverdóttir : fille du forgeron appartenant au clan de Tjodrek. Elle prend la fuite avec Agnarr Tjodrekson qu'elle épouse par la suite (livre 2).

Svein Damianason : jeune frère d'Agnarr et élevé par lui, 5e de la fratrie. Il prend officiellement le nom *Damianason* ne voulant plus être associé à deux de ses frères et encore moins à son père. Il apprend les métiers d'orfèvre avec son frère aîné et de pisteur avec Snorri.

Niamh (se prononce Neeve) : jeune Skotar que Snorri Haakonson délivre d'une situation humiliante dans les Dumfries and Galloway (nom actuel de cette région en Écosse). Elle devient son épouse.

Maîtresse Mairead : l'intendante du fief d'Einarr et Iona en Écosse, où elle gouverne en main de maître. Elle n'a jamais eu d'enfants et considère Thoralf et Auða comme sa famille, pour qui elle a une très grande affection.

Yseult : une jeune fille Franque, délivré par Alvbjǫrn. Elle s'exile en Rygjafylki.

Kára Bjermóðrdóttir : jeune fille originaire d'Agðir, un petit royaume en Norvège avant l'annexion par Harald Ier. Elle est délivrée par Magnar et Gauti Sorrenson, ainsi que Svein Damianason en Dumfries et Galloway, en Écosse. Magnar l'adopte comme jeune sœur.

Apparaissant dans ce roman :

Fergus : tient la fonction de *secrétaire* dans le fief d'Einarr en Écosse. Il est suspecté de vol.

Dubhghall : frère de Fergus.

Finnmark
Troms
Nordland
Nord-Trøndelag
Møre og Romsdal
Sør-Trøndelag
Hedmark
Sogn og Fjordane
Opp-land
Horda-land
Buske-rud
Oslo
Akershus
Tele-mark
Østfold
Roga-land
Vestfold
Vest-Agder
Aust-Agder
© www.world-gazetteer.com

ORKNEY ISLANDS
KIRKWALL
SHETLAND ISLANDS
LERWICK
THURSO
WICK
OUTER HEBRIDES
STORNOWAY
LEWIS
ULLAPOOL
HARRIS
NORTH SEA
BENBECULA
SOUTH UIST
SKYE
LOCH NESS
ELGIN
INVERNESS
PETERHEAD
AVIEMORE
ABERDEEN
SCOTLAND
COLL
TIREE
BEN NEVIS
DUNDEE
ARBROATH
MULL
OBAN
PERTH
ST ANDREWS
ATLANTIC
OCEAN
COLONSAY
JURA
KIRKALDY
0
80km
ISLAY
GLASGOW
EDINBURGH
ARRAN
AYR
MELROSE
NORTH SEA
DUMFRIES
NEWCASTLE UPON TYNE
LARNE
STRANRAER
BELFAST

Orkney
Islands
Papa
Westray
North
Ronaldsay
Westray
Sanday
Eday
Rousay
Stronsay
Mainland
Shapinsay
Stromness
Kirkwall
Hoy
Flotta
Burray
South
Ronaldsay
ZigZag
On
Earth

NOTE DE L'AUTEURE

Loi et gouvernement viking : le Thing

À l'époque viking, les Scandinaves avaient une culture orale et seule l'écriture runique existait. Cependant, les Vikings avaient à la fois la loi et le gouvernement même sans loi écrite. Tous les hommes libres des Vikings se rassemblaient dans leurs communautés pour légiférer et décider des affaires lors d'une réunion appelée une chose. Chaque communauté avait son propre Thing indépendante.

Plutôt que de régler tous les différends par duel ou des querelles familiales, le Thing a été instituée à la fois pour rédiger la loi Viking et pour trancher les cas de différends dans le cadre de la loi. Le Thing s'est réuni à des heures précises et régulières. Chaque Thing avait un orateur de loi qui récitait la loi de mémoire. Le président de la loi et le chef local jugeraient et régleraient les litiges qu'ils entendaient, bien que tous les hommes libres de la communauté aient leur mot à dire. Les choses étaient très probablement dominées par une ou plusieurs familles locales et puissantes.

Au niveau le plus bas se trouvaient les Thing locales et communautaires. La communauté Thing était alors représentée au niveau supérieur suivant. En Islande, les différends et les lois ont finalement été réglés à la Thing nationale, ou à l'Althing.

Les malfaiteurs qui ont été jugés au Thing et reconnus coupables ont été condamnés à une amende, déclarés semi-hors-la-loi ou totalement interdits. Être un hors-la-loi était une terrible punition pour un Viking. Cette personne a été exclue de la loi viking, bannie de la société et ses biens confisqués. Ils ne devaient recevoir aucune aide, aucune nourriture et aucun soutien de personne. Outre la terrible solitude, ces personnes pourraient être tuées par n'importe qui. Ils ont souvent fui le pays et tenté de s'installer ailleurs.

Outre le proto-tribunal du Thing, les litiges pourraient également être réglés par arbitrage, où les deux parties s'entendraient sur un tiers objectif pour juger entre elles. Un différend pouvait également être réglé par le holmgang, ou duel, qui se battait soit jusqu'au premier sang, soit à mort. Si le différend était porté devant le Thing, le perdant pourrait être soumis à une amende, qui serait payée à la partie lésée ou à une mise hors la loi partielle, qui durerait trois ans ou pour compléter la mise hors la loi comme décrit ci-dessus.

Le Thing avait à la fois des pouvoirs judiciaires et législatifs, mais aucun pouvoir d'exécuter une peine. La famille de la personne lésée exécuterait la peine. La politique, les décisions communautaires et les nouvelles lois étaient également des fonctions de le Thing. Ces rencontres duraient généralement plusieurs jours, souvent dans une ambiance festive. Les commerçants apportaient leurs marchandises à la vente et les commerçants installaient des stands pour leurs marchandises. Les Thing se tenaient là où l'eau était facilement obtenue, il y avait du pâturage pour les animaux et la pêche ou la chasse fourniraient de la nourriture à tous. Les maîtres brasseurs ont apporté des barils de bière et d'mjǫðr. Pendant le Thing, des mariages ont été arrangés, des alliances ont été forgées, des nouvelles et des potins échangés et des amitiés établies et renouvelées.

POUR LA PETITE HISTOIRE

— **Rygjafylke** : Rogaland en vieux norrois. Avant Harald Fairhair et la bataille de Hafrsfjord, et dans cette saga, il était un petit royaume. Aujourd'hui un comté en Norvège occidentale, bordure de Hordaland, Telemark, Aust-Agder, et Vest-Agder. Au cours de la domination du Danemark de la Norvège jusqu'à l'année 1814, le comté a été nommé Stavanger amt, après la grande ville de Stavanger. Le premier élément est le cas génitif pluriel de rygir qui fait probablement référence au nom d'une ancienne tribu germanique. Le dernier élément est la terre qui signifie « terre » ou « région ». Dans les temps anciens Nordiques, la région a été appelée Rygjafylki. Rogaland est principalement une région côtière avec des fjords, des plages et des îles, l'île principale étant Karmøy (Kormt en vieux norrois). La grande Boknafjorden est la plus grande baie, avec de nombreux fjords bifurquant de celui - ci. Il y a des restes de temps les plus reculés, comme les fouilles dans une grotte à Viste dans Randaberg (Svarthola). Ceux - ci comprennent la découverte d'un squelette d'un garçon de l'âge de pierre. Diverses découvertes archéologiques proviennent des âges suivants, l'âge de bronze et l'âge de fer. Beaucoup de croix de style irlandais ont été trouvés. Rogaland a été appelé Rygjafylki à l'époque des Vikings.

— **Une spécificité des navires vikings** : Certains bateaux ne sont pas pontés, ou que partiellement, et même en longeant les côtes, les marins de l'Âge Viking avaient fort à faire avec les pluies et les embruns qu'il fallait écoper. L'opération semble avoir été si courante et essentielle qu'une saga conte l'aventure d'un équipage où six hommes écopent tandis que sept autres souquent.

— **Les Scandinaves** étaient grands consommateurs de champignons, carotte sauvage, panais, navet, céleri, céleri sauvage, radis, oseille, chénopode blanc (consommé comme les épinards), pissenlit, chou, endive, fèves, pois, oignon, ail rocambole et ail commun. À cette liste, peuvent s'ajouter les betteraves, poireaux et oignons. En plus des légumes cultivés, des plantes sauvages telles que l'ortie, l'oseille, le cresson et le chénopode blanc pouvaient être récoltées. Les légumes étaient généralement conservés par séchage. La sabline et les glands ont pu être consommés en période de famine. Grands consommateurs également de produits laitiers, tels que : lait de vache, de brebis et de chèvre, petit-lait, lait caillé, beurre, babeurre, Skyr (produit entre le yaourt et le fromage blanc), fromage (généralement très salé pour pouvoir le conserver), produits de la mer : morue, saumon, hareng, aiglefin, lingue, chinchard, éperlan, lieu noir, anguille, brème, brochet, gardon, perche, rotengle, huîtres, coques, moules, bigorneaux, pétoncles, crevettes, algues comestibles. Ils avaient une alimentation plus *saine* que la majeure partie des pays de nos contrées. Leur grande consommation de protéine serait une explication de leur grande taille.

— **Gaélique ou Gádhlich** : Langue communément parlé en Écosse médiéval. Le gaélique écossais est issu du vieil irlandais (goídelc), forme ancienne des langues gaéliques que l'on peut aujourd'hui reconstituer à partir des sources écrites disponibles. Cette langue était parlée par les Gaels pendant une période que l'on estime s'étendre plus ou moins entre le VIe siècle et le Xe siècle.

— **Les Pictes** étaient une confédération de tribus vivant dans ce qui est devenu l'Écosse du Nord et de l'Est, présents avant la conquête de l'île de Bretagne par les Romains et jusqu'au Xe siècle lorsqu'ils se réunirent avec les Gaëls.

— **L'enfant** est porté à son père (föður sínum) ou, en l'absence de père, au tuteur de la mère. Si le père accepte l'enfant, le nouveau-né est aspergé d'eau et reçoit un nom.

Ce n'est qu'au terme de ces rituels que l'enfant devient membre de la famille et de la communauté : à l'époque païenne, *tuer des enfants après qu'ils eurent été aspergés d'eau était qualifié de meurtre.* Un autre rite de passage, mentionné, par exemple, dans l'ancienne loi chrétienne du Borgarþing, et reflétant sans doute un ancien usage païen, concerne l'alimentation de l'enfant : l'exposition de l'enfant ne pouvait avoir lieu qu'avant sa première tétée. En revanche, si le père ne le reconnaît pas, l'enfant est confié à un tiers pour être exposé dans un lieu le plus souvent isolé, éloigné de la ferme, en marge de l'espace domestique. Compte tenu du climat et de la dispersion de l'habitat – et des églises où, ailleurs en Europe, les enfants étaient souvent abandonnés, un tel abandon revenait le plus souvent à un infanticide. Dans les sagas où il est question de barnaútburðr, l'enfant est systématiquement retrouvé mais, plutôt qu'une réalité statistique, il faut y voir le motif littéraire de l'enfant abandonné promis à un grand destin. De façon exceptionnelle, dans la Harðar saga, le père ordonne que sa fille soit noyée.

— **Le Royaume d'Agder** est un royaume norvégien du Moyen Âge situé dans les fylker actuels de Vest-Agder et d'Aust-Agder, au Sud du pays.

La signification du nom Agder lui-même n'est pas connue. On sait uniquement qu'il vient du vieux norrois Agðir. Les habitants de ce royaume s'appelaient Egðir. Il semblerait que ces Egðir soient les Augandzi mentionné par Jordanes dans sa Getica.

Voici quelques noms connus de rois d'Agder :

Kissa

Harald barbe rouge, père d'Åsa, mère de Halfdan le noir

Halfdan le noir, père de Harald à la belle chevelure, de l'an 838.

Kjotve le riche, fin du neuvième siècle

Harald Gudrødsson Grenske, 976-987

— **Royaume de Ranrike** (vieux norrois Ránríki) était l'ancien nom pour une partie de Viken, correspondant au sud-est de la Norvège (zone Oslofjord) et la moitié nord de la province suédoise moderne (norvégienne jusqu'en 1658) de Bohuslän (à peu près identique à Álfheimr de la mythologie scandinave). Lorsque le folklore et la culture est préoccupé par l'utilisation a été relancé pour faire référence à Bohuslän du Nord.

— **Maîtresse de maison** (la húsfreyja) : avec les hommes qui partaient en expéditions guerrières ou commerciales, la gestion quotidienne de la maisonnée ou de la ferme devenait l'apanage de l'épouse du propriétaire, la húsfreyja (maîtresse de maison), qui gagnait ainsi en autorité comme en indépendance et jouissait en retour pour cela d'un profond respect. En effet, l'épouse nordique participait de la sorte à la position et à la fortune de son mari. Les clés avec lesquelles plusieurs d'entre elles ont été enterrées symbolisent leur influence sur le foyer et leurs responsabilités domestiques, en particulier dans la distribution de la nourriture.

— **Némed** : Dieu Celtique. En Irlande, Cernnunnos possède un avatar nommé Némed. Signifiant *le sacré*. Dans l'œuvre le Lebor Gabala, ou le livre des conquêtes, Némed dit le *dieu-cerf* est le seigneur du second peuple conquérant l'Irlande : le *peuple-cerf*. À la suite de leur conquête, ces derniers se confrontent aux Formoirés, un peuple maléfique sous l'égide de Balor, un roi-sorcier. Après trois batailles successives entre les deux peuples protagonistes, le peuple-cerf et son chef furent anéantis au cours d'une quatrième et dernière confrontation. Les Foirmoirés, incarnant le rival de Cernnunnos, tel le tiers personnage à la massue dans une scène iconographique gallo-romaine, comme nous l'avons vu plus haut, vainc le dieu à cornes (le peuple-cerf et surtout son maître), lui prenant son épouse la Déesse-mère (ici symbolisée par le royaume, la terre, ou encore le territoire d'Irlande.

— **La civilisation Nordique du Moyen-Âge**, acceptait parfaitement que les femmes portent des braies, au lui de robes. Ceci rendait certains travaux, à effectuer plus faciles, pour les femmes Scandinaves, ainsi qu'une liberté de mouvement que les robes et/ou jupons n'offraient pas.

— **L'île de Man** (en anglais : Isle of Man ou en mannois : Ellan Vannin ; en latin : Insula Mona) est un territoire formé d'une île principale et de quelques îlots situés en mer d'Irlande, au centre des îles Britanniques.

L'île de Man est une terre celte depuis la protohistoire, puis devient un royaume viking au Moyen Âge, soumis à l'influence anglo-saxonne. Les dominateurs scandinaves y ont fondé un système politique basé sur le principe des *citoyens libres* et s'organisant autour du Tynwald qui serait le plus ancien parlement en fonctionnement continu du monde. Elle fait aujourd'hui partie des six nations celtiques (avec l'Irlande, les Cornouailles, la Bretagne, l'Écosse et le pays de Galles) reconnues par le Congrès celtique et la Ligue celtique.

— **La société viking** était polygame, ce qui ne facilitait pas la tâche des hommes qui n'étaient pas issus de l'élite. Cela aurait pu motiver les pillages et les ambitieux voyages qui ont fait la réputation des Vikings. Des études génétiques montrent par exemple que la majorité des femmes islandaises ont des ancêtres écossaises et irlandaises qui étaient certainement les *butins* de ces pillages.

— **Les esclaves** pouvaient être affranchis de différentes manières : soit par leur propriétaire à la suite d'un service long et dévoué ou pour l'accomplissement d'un haut fait.

Soit par le versement d'une somme par un tiers, soit en rachetant leur propre liberté. Un thræll était dans l'obligation de rembourser en premier la moitié de sa valeur en devises au moment où il annonçait son désir d'être libéré. La loi précise que le premier paiement devait être versé sous la forme de 6 onces d'argent, pesées sur une balance en présence d'au moins 6 témoins. Puis il versait le reste de la somme au cours d'un rituel connu sous le nom *frelsis-öl* (littéralement *libre de boire la bière*). Après le paiement de cette somme, l'esclave devait inviter officiellement son maître à assister à cette fête de la liberté, où il lui proposait un siège d'honneur. L'affranchi abattait un mouton en lui coupant la tête, un rite où l'animal "incarnait" le thræll, avec l'ancien collier d'esclave placé autour de son cou au moment de l'abattage. En terrassant de la sorte le mouton, le nouvel affranchi tuait symboliquement son précédent statut social de servitude, et le collier sanglant était présenté au maître en gage de cela. La bière et la viande ainsi fournie alimentaient le début d'une fête somptueuse au cours de laquelle l'affranchi servait le maître une dernière fois. A l'issu de cette cérémonie, l'ancien þræll passait au rang de leysingi (leysingjar au pluriel). Par conséquent, un affranchi devait demander et obtenir l'approbation de son ancien maître pour toute entreprise commerciale, action en justice, vote, mariage ou changement de résidence, etc. Les sommes gagnées par l'affranchi dans un procès devaient aussi être réparties équitablement entre son *tuteur* et lui. L'ancien propriétaire était par ailleurs l'héritier légal de l'affranchi s'il n'y avait pas d'enfants légitimes nés après l'affranchissement de l'esclave, mais il héritait aussi au moins d'une partie même en cas d'enfants légitimes. Les affranchis qui manquaient d'observer ces restrictions de tutelle pouvaient être légalement réasservis pour « manque de gratitude » envers leur ancien propriétaire.

En retour, le maître devait assistance, conseils et protection juridique à l'affranchi. Dans certains cas seulement, le leysingi pouvait obtenir une totale liberté, en payant immédiatement une somme plus importante que celle requise par la loi.

— **La justice** chez les scandinaves. Les trois peines graves :

1. Le bannissement : peine la plus grave puisqu'elle provoque l'engloutissement dans le néant. L'homme est exclu de la fraternité des vivants et de la sacralité des morts. Le Destin se retire de lui car le Clan est l'ordre du monde par-delà les vies éphémères. Même mort, il ne sert plus à rien, les Dieux l'ont quitté !

2. L'esclavage : par cette condamnation, le Viking perd tous ses droits d'homme libre et devra suivre un maître. Il reste cependant rattaché à la Hamingja du Clan.

3. La mort : cette peine, troisième en importance et rarement usitée, n'est qu'une marque de déshonneur. Seule l'acceptation de cette mort lave le déshonneur du jugement.

Quelques peines types :

-Le voleur : est pendu à un arbre jusqu'à ce qu'il pourrisse dans le vent et la pluie.

-Le viol d'une femme libre est puni de pendaison.

-Le traître est pendu.

-Le lâche et la prostituée : sont traînés et noyés dans un marais attaché à une pierre.

-L'homosexualité *passive* est un cas de bannissement immédiat.

La hiérarchie des blessures :

1 - l'Averk : lésion corporelle mineure.

2 - la Svödusar : atteint la chair mais pas l'os.

3 - la Beinhögg : l'os atteint sans gravité.

4 - la Sar : blessure grave avec effusion de sang.

Les cas classiques d'Obotamal (un cas qui ne saurait appeler compensation) sont :

- le Nidhingverk, la magie noire et infâmante.
- le parricide, le fratricide et le meurtre de son épouse.
- le refus de vengeance d'une offense grave.
- le non-respect d'une trêve ou d'un accord sacré.

- le vol et le viol.

On perce le *mauvais œil* et on tranche la *mauvaise langue* ou la *mauvaise main*.

UN MESSAGE DE MAIRIE

Un grand merci à :

— À mes enfants.

— À mon médecin de famille, pour les conseils médicaux.

— À Cyril ayant résolu un souci avec Word

— À Hugh Mcmillan et David Bone, en Écosse, pour les documentations concernant la présence Nordique en Galloway

— À Michel, pour ses encouragements à mieux croire en moi, à continuer cette saga.

— À Chloé Gerbault pour la création de mes romans en fichiers Epub.

— À Marit Synnøve Vea, Director Avaldsnes Project. Your patience and kindness when I have doubts or questions about the Vikings. It really is the best thing that can happen to a novelist writing historical novels : the precious help of an historian.

— À Andrew. You came into my life so suddenly, in such a strange way. Even though I wanted you to go, you held on, patiently. I have to admit you did well. Once my heart was opened, I discovered a wonderful person, charming, charismatic, with a lot of humor. I never would have believed that a man like you existed.... Now, more than a year later, we are talking about more serious things, like our future, as well as our children. You see my children as if they are your own and vice versa. How can I thank you for the light and warmth you brought back into my life ? How can I thank you for accepting me with all my faults? How to thank you for your love ? There are not enough words in this world to express my gratitude. One thing is certain, I love you like I have never loved a man before. Thank you for being you, for being there by my side, for your trust and above all for all the respect I feel. I bless the day you turned my life upside down. I love you, your Màirie.

— À *ma Lili*, ma meilleure amie depuis treize ans. Depuis le début, tu es là, présente, comme toujours, à mes côtés. Je t'envoyais chapitre par chapitre, souvent suivi par les réécritures. Sans tes encouragements je ne crois pas que je serais allée jusqu'au bout. Tu croyais en moi bien plus que moi je le faisais. C'est pour cette raison que je te dédie la série *Le Destin des Runes*.

BIBLIOGRAPHIE

Le destin des runes

Déjà parus :
Livre 1
Livre 2
Livre 3

La naissance d'une seiðkona

À paraître :
L'ours et la louve (été 2023)

Printed in France by Amazon
Brétigny-sur-Orge, FR